Lob für Die Sühne des Herzogs

**Gewinner des MAGGIE AWARD of Excellence,
des GOLDEN LEAF
& des PASSIONATE PLUME**
**Finalist des BOOKSELLERS' BEST AWARD,
NATIONAL READER'S CHOICE AWARD &
CAROLYN READER'S CHOICE AWARD**

„Grace Callaways Bücher treffen mitten ins Herz! Die Romanze zwischen Wick und Bea ist einfach nur wunderschön (und unglaublich heiß). Am meisten haben mir in dieser Geschichte die unterschiedlichen Auffassungen von Schönheit gefallen."
– Angela, *Goodreads*

„Wick und Bea bringen das Beste ineinander zum Vorschein. Ich fand es toll, dass ihre Beziehung sich so natürlich entwickelt hat. Ihre Liebesgeschichte ist sowohl heiß als auch gefühlvoll (die perfekte Kombination!) ... Auch die Spannung kam nicht zu kurz, und am

Ende gab es eine überraschende Wendung, die ich nicht habe kommen sehen! Im Gegensatz zu den meisten anderen historischen Liebesromanen, die ich dieses Jahr gelesen habe, schafft es Grace Callaways romantische, mitreißende Geschichte, mich von der ersten bis zur letzten Seite zu fesseln."
   – Romance Library

„Jeder Satz steckt voller Emotionen, und ich hatte beim Lesen stets das Gefühl, hautnah dabei zu sein. Ein unglaublich mitreißendes Buch! Beatrice und Wick waren perfekt füreinander, ich konnte gar nicht genug bekommen von ihrer heißen, stürmischen Romanze!"
   – Candace, *Goodreads*

„Ich habe diese Geschichte über Wick und Beatrice geliebt! Obwohl sie zunächst Gegenspieler waren, hat es von Anfang an zwischen ihnen geknistert. Es war so wunderbar zu erleben, wie sie gemeinsam Hürden überwinden und sich gegenseitig dabei helfen, ihre Vergangenheit zu verarbeiten."
   –Historical Romance Lover Blog

„Ein brillantes, süchtig machendes Buch."
   – Maggie, *Goodreads*

Weitere Bücher auf Deutsch von Grace Callaway

GAME OF DUKES – GEFÄHRLICHES SPIEL

Der Undercover-Herzog

Der verlorene Schatz des Herzogs

Die Rache des Herzogs

Die Sühne des Herzogs

Die Rückkehr des Herzogs (Kommt bald)

DETEKTIVE AUS LEIDENSCHAFT

Der Herzog, der zu viel wusste

M wie Marquess

Die Lady, die aus der Kälte kam

Der Vicomte klopft immer zweimal

Sag niemals nie zu einem Grafen

Der Kavalier, der mich liebte

MIEDER IN MAYFAIR

Lehrling der Lust

Ihre waghalsige Wette

Ihr begieriger Beschützer

Ihre lasterhafte Leidenschaft

Einbandgestaltung: EDH Graphics

Buchdesign: KM Graphics

Fotonachweis: Period Images

Die SÜHNE des HERZOGS

GAME of DUKES

GEFÄHRLICHES SPIEL

BUCH 4

GRACE CALLAWAY

USA TODAY BESTSELLING AUTHOR

Aus dem Englischen von
ANNIKA MIRWALD

The beauty that addresses itself to the eyes is only the spell of the moment; the eye of the body is not always that of the soul.
  – George Sand

Auf die Schönheit der Seele.

Prolog

Hyde Park, London, 1833

„**W**ie gehen die Dinge voran, Beatrice?", fragte die Herzogin von Hadleigh und beugte sich über den Rand ihrer offenen Kutsche, wobei die Feder auf ihrer Haube energisch wippte. „Hat Croydon bereits seine Absichten kundgetan?"

Die siebzehnjährige Lady Beatrice Wodehouse, die auf einer braunen Stute neben der Kutsche herritt, bemerkte das erwartungsvolle Funkeln in den blauvioletten Augen ihrer Mutter. Mama, die in ihrer Jugend als unvergleichliches Juwel galt, war nach wie vor eine atemberaubende Schönheit, und Bea betrachtete sich selbst als eine blasse Imitation: Ihre eigenen Locken glänzten in einem helleren Goldton, und ihre Augen waren lavendelfarben. Papa pflegte zu sagen, dass Mama und Bea wie Schwestern aussahen, was erstere immer erröten ließ und letzterer ein Grinsen ins Gesicht zauberte.

Es war allgemein bekannt, dass der Herzog von Hadleigh schamlos in seine bezaubernde Frau vernarrt war. Obwohl Beas jüngerer Bruder Benedict stets die Augen verdrehte, wenn die beiden ihre Zuneigung füreinander zum Ausdruck brachten, war sie von dem Glück ihrer Eltern fasziniert. Es beflügelte ihre Träume von der ewigen Liebe ... Träume, die vielleicht schon an diesem Tag in Erfüllung gehen würden.

Bea warf einen Blick auf Peter Mansfield, den Herzog von Croydon, der ein paar Meter entfernt rittlings auf einem weißen Hengst saß. Er war der begehrteste Junggeselle der Saison und konnte sich seit ihrer Ankunft hier auf der Rotten Row kaum vor seinen Scharen von Verehrerinnen retten. Ihr Puls beschleunigte sich, als er den Kopf in ihre Richtung drehte und ihr ein atemberaubendes Lächeln schenkte.

Sie errötete heftig und spürte, wie gewisse Regionen ihres Körpers zu pulsieren begannen. Vorige Woche hatte Croydon sie heimlich im Garten geküsst und ein seltsames Verlangen in ihr geweckt. Sie konnte nicht aufhören, an die Wärme seiner Lippen auf den ihren zu denken. Nachts wälzte sie sich unruhig im Bett und träumte von den aufregenden Geheimnissen, die hinter den Türen des ehelichen Schlafgemachs lagen ...

„Nun, Beatrice? Hat Seine Gnaden dir den Grund für den heutigen Ausritt gestanden?"

„Gestanden, Mama?" Bea verdrängte ihre unbändige Neugier und schlug einen neckischen Ton an. „Du lässt ihn wie einen Verbrecher klingen."

„Deine Zukunft ist eine ernst zu nehmende Angelegenheit", wies die Herzogin sie zurecht. „Denke daran, deine scharfe Zunge zu zügeln. Kein Mann will eine forsche, allzu neunmalkluge Gemahlin haben. Und richte deine Röcke, Liebes. Eine Frau muss stets ihre Vorzüge zur Schau stellen."

Da Bea die Predigten ihrer Mutter gewohnt war, hütete sie sich, ihr zu widersprechen. Gehorsam strich sie ihr violettes Reitensemble glatt und rückte den kleinen Hut auf ihren blonden Locken zurecht.

„Sämtliche heiratsfähigen Damen haben ein Auge auf

Croydon geworfen, und wer kann es ihnen verübeln?", fuhr Mama fort. „Ein attraktiver Herzog mit einem jährlichen Vermögen von zwanzigtausend Pfund ist seltener als ein Einhorn, wenn du mich fragst. Und sein Interesse scheint *dir* zu gelten."

Diese Tatsache erstaunte Bea immer wieder aufs Neue. Zwar war sie die Tochter eines Herzogs, hatte jedoch den Großteil ihres Lebens auf dem Land verbracht. Ihre Mutter hielt sich nicht gerne in London auf, von daher reiste ihr Vater für gewöhnlich allein dorthin. Allerdings hatte er für Beas gesellschaftliches Debüt ein Stadthaus gemietet und die ganze Familie während der Saison dort untergebracht. Sie musste zugeben, dass sie sich in der schillernden, prunkvollen Welt des *ton* noch immer wie ein Fisch auf dem Trockenen fühlte.

„Als Seine Gnaden heute um einen Ausritt mit dir bat, erwähnte er, dass er etwas Wichtiges besprechen wolle", fuhr Mama fort und musterte sie erwartungsvoll. „Bist du bereit, ihm eine Antwort zu geben?"

Wäre ‚Ja, ja, o ja!' zu unverfroren?

Sie entschied sich für eine züchtigere Variante. „Natürlich, Mama. Mit deinem und Papas Einverständnis, versteht sich."

„Das hast du. Ach, wie glücklich du sein wirst! Als Herzogin wird dir die Welt zu Füßen liegen, und ich weiß, dass Croydon dir die Wertschätzung entgegenbringen wird, die du verdienst", sagte ihre Mutter mit einem strahlenden Lächeln. „Wenn Seine Gnaden gleich zu uns zurückkehrt, dann schlage ihm vor, ein wenig Abstand zu dem Trubel hier zu gewinnen. Der Bereich dort hinten bei der Serpentine eignet sich hervorragend für ein vertrauliches Gespräch. Ich werde euch in gebührendem Abstand folgen ..."

Sie wurde von einer glockenhellen Stimme unterbrochen: „Lady Beatrice, wie schön, Sie hier zu sehen!"

Als Bea sich umdrehte, erspähte sie Miss Arabella Millbank,

die sich im Schatten eines spitzenbesetzten Sonnenschirms einen Weg durch die spazierengehende Menge bahnte. Die hübsche, schwarzhaarige Erbin hatte ihr gesellschaftliches Debüt zur selben Zeit wie Bea gehabt, und die beiden waren schnell gute Freundinnen geworden. Da Arabella in London aufgewachsen war, wusste sie bestens über alles Bescheid, was in der Stadt vor sich ging. Sie hielt Bea bei jeder Veranstaltung einen Platz frei, beriet sie über die neuesten Modetrends und erzählte ihr die interessantesten Klatschgeschichten. Bea war ihr unendlich dankbar für ihre Freundlichkeit und ihren Großmut.

„Guten Tag, Euer Gnaden", begrüßte Arabella die Herzogin und knickste höflich, wobei die Rüschen an ihrem bauschigen Rock flatterten.

Mama hob abschätzig die Brauen. „Haben Sie Ihre Anstandsdame verloren, Miss Millbank?"

Angesichts ihres frostigen Tonfalls verzog Bea das Gesicht. Die Herzogin machte wahrlich keinen Hehl aus ihrer Abneigung gegen die Freundin ihrer Tochter. Arabella hatte auf ihre gewohnt nüchterne Art dazu Stellung genommen: *Das war ja zu erwarten, liebe Bea. Ich stehe nicht in der Gunst Ihrer Gnaden, weil das Vermögen meiner Familie aus dem Import-Export-Geschäft stammt.*

Bea gefiel der Gedanke nicht, dass ihre eigene Mutter solche Anmaßungen hegte, von daher hatte sie ihren Mut zusammengenommen und sie ganz unverblümt danach gefragt.

Jegliche Vorurteile, die ich gegenüber Miss Millbank habe, sind auf ihren Charakter zurückzuführen, hatte Mama geantwortet. *Deine Gutgläubigkeit wird dir noch zum Verhängnis werden, Beatrice ... Aber daran bin ich wohl selbst schuld. Ich habe dich zu lange auf dem Lande versteckt gehalten. Höre auf meine Worte: In London laufen die Dinge anders.*

Bea jedoch sah keinen Grund, Arabella zu misstrauen, da

diese sich ihr gegenüber stets liebenswürdig und zuvorkommend verhalten hatte.

„Meine Anstandsdame ist irgendwo dort hinten", erwiderte Arabella leichthin. „Als ich Lady Beatrice erblickte, bin ich nur schnell zu ihr geeilt, um Hallo zu sagen."

„Und das zum perfekten Zeitpunkt, wie mir scheint', stellte Mama trocken fest.

Während Bea sich noch über den Tonfall ihrer Mutter wunderte, gesellte sich der Herzog von Croydon zu ihnen.

„Guten Tag, Euer Gnaden", begrüßte Arabella ihn mit einem Funkeln in den Augen und drehte kokett ihren Sonnenschirm hin und her. „Was für ein stattliches Pferd Sie doch haben!"

„Vielen Dank, Miss Millbank." Croydon tätschelte den Hals des Arabers, bevor er sich Bea zuwandte. „Verzeihen Sie die Verzögerung, Mylady. Ich hatte die Yardleys länger nicht gesehen, und es gab viel zu bereden."

„Ich hoffe, Sie hatten ein nettes Gespräch", erwiderte sie höflich.

„Allerdings. Obwohl ich zugeben muss, dass ich Ihre reizende Gesellschaft vermisst habe", murmelte Croydon. „Wollen wir unseren Ausritt fortsetzen?"

„Eine hervorragende Idee", mischte die Herzogin sich ein. „Warum begleiten Sie meine Tochter nicht entlang des ruhigeren Abschnitts dort hinten an der Serpentine, Euer Gnaden? Ich bringe Miss Millbank zu ihrer Anstandsdame zurück und komme dann nach."

Kurze Zeit später erreichten Bea und ihr Begleiter den schattigen Pfad entlang des Flusses, der wesentlich spärlicher besucht war. Statt des ausgelassenen Geschwätzes der Parkbesucher war die Luft hier von Vogelgezwitscher erfüllt. Wie versprochen folgte Mama ihnen unauffällig in ihrer Kutsche …

so unauffällig, in der Tat, dass Bea sie nicht einmal mehr sehen konnte.

Verstohlen musterte sie Croydon und fragte sich, ob er wohl erneut versuchen würde, sie zu küssen. *Nicht, dass ich etwas dagegen hätte.* Dieser dreiste Gedanke wärmte ihre Wangen noch mehr als die Hitze der Nachmittagssonne.

Attila, der Hengst des Herzogs, schien Gefallen an ihrer Stute Midnight Star zu finden, doch jedes Mal, wenn er ihr zu nahe kam, scheute diese mit einem nervösen Wiehern zurück.

„Sie ist ein wenig schreckhaft", entschuldigte sich Bea, bevor sie sich in ihrem Damensattel aufrichtete und die Zügel kürzer fasste.

„Das kann man ihr wohl kaum verübeln. Attila, hör auf, dich so rüpelhaft zu benehmen", schalt Croydon sein Pferd.

Als sie den kleinlauten Blick des Arabers bemerkte, musste Bea kichern.

„Darf ich Ihnen sagen, wie reizend ich Ihr Lachen finde, Lady Beatrice? Es klingt so ungekünstelt und sorglos. Beides Eigenschaften, die ebenso selten und bewundernswert sind wie Ihre Schönheit."

Ihr Puls begann zu rasen, als sie das Funkeln in den atemberaubend blauen Augen des Herzogs bemerkte.

„Vielen Dank, Euer Gnaden", hauchte sie.

„Da wir unter uns sind, dürfte ich Sie darum bitten, mich beim Vornamen zu nennen?"

„Das ... das wäre doch sehr ungebührlich, oder nicht?"

„Derart zwangloses Verhalten wäre in der Tat ungebührlich, es sei denn, zwischen uns bestünde eine intimere Verbindung", erwiderte er mit ernster Miene und hielt kurz inne, bevor er hinzufügte: „Ich muss Ihnen eine Frage stellen, meine Teure. Natürlich werde ich auch mit Ihrem Vater sprechen, aber zuerst wollte ich wissen, wie es um Ihre Wünsche bestellt ist."

O mein Gott!

Jeden Augenblick würde sie vor Aufregung in Ohnmacht fallen. „Ja, Euer Gnaden?"

„Lady Beatrice ... Würden Sie mir die Ehre erweisen, meine Frau zu werden?"

„Ja", flüsterte sie atemlos. „Ja, ich will ..."

„Das soll dir eine Lehre sein, anständige Leute zu bestehlen, du dreckiger Straßenköter!"

Wütendes Gezeter zerstörte die Magie des Augenblicks. Verwirrt wandte Bea sich den lauten Stimmen zu und entdeckte zwei Gestalten, die sich ihnen in einiger Entfernung näherten. Ein Mann, der auf einem Pferd saß, schleifte einen Knaben am Kragen hinter sich her, dessen wild strampelnde Beine hilflos in der Luft hingen. Entsetzt beobachtete sie, wie der Gentleman eine Hand hob, in der er eine schwarze Peitsche hielt.

„Was um alles in der Welt?", murmelte Croydon.

Instinktiv setzte Bea sich in Bewegung.

„Hören Sie sofort auf, Sir! Sie tun dem Jungen weh!", rief sie, während sie auf die beiden zugaloppierte.

Als sie vor dem älteren Herrn zum Stehen kam, musterte dieser sie unverfroren. Er hatte bebende Hängebacken und markante, kampflustige Züge. Seine Kleidung wirkte protzig und pompös, die Weste, die über seinem mächtigen Bauch spannte, war übersät von goldenen Knöpfen und funkelnden Uhrenketten.

„Wer sind Sie, dass Sie es wagen, sich in meine Angelegenheiten einzumischen?", verlangte er zu wissen.

„Lady Beatrice Wodehouse, Tochter des Herzogs von Hadleigh", erwiderte sie und sah zu ihrer Bestürzung, dass der Knabe, der noch immer an der fleischigen Hand des Unbekannten baumelte, ein geschwollenes Auge hatte und an der Lippe blutete. „Lassen Sie den Jungen auf der Stelle los, Sir. Sehen Sie nicht, dass Sie ihn verletzen?"

„Der verdammte Dieb verdient eine ordentliche Tracht Prügel", knurrte der Mann und schüttelte das Kind so heftig, dass seine abgetragene Kappe zu Boden fiel. „Hat mir die Geldbörse geklaut und dachte, er käme ungeschoren davon!"

Mittlerweile hatte auch Croydon zu ihnen aufgeschlossen. „Ich bin der Herzog von Croydon, Lady Beatrices Begleiter. Und wer, wenn ich fragen darf, sind Sie?"

„T. Edgar Grigg, Unternehmer. Zweifellos haben Sie schon von mir gehört", brüstete sich der Angesprochene.

In der Tat war Bea der Name vertraut. Grigg war ein Kohlenhändler, dessen auffällige Werbung überall in der Stadt zu sehen war. Die Zeitungen schrieben ihm Fortschritte bei der Lieferung des Rohstoffs nach London zu, da man dort zunehmend Bedarf an Kohlekraft hatte. Seine Lagerhäuser säumten die Ufer des Regent's Canal, und manche nannten die Rauchschwaden, die über der Stadt hingen, spöttisch „Griggs Gold".

„Helfen Sie mir, Mylady!", rief der Junge und fixierte Bea mit einem flehentlichen Blick. Er konnte nicht älter als acht sein. Sein braunes Haar war zerzaust, und er hatte eine große Lücke zwischen den Vorderzähnen. „Ich hab nichts getan, ich schwör's!"

„Lassen Sie den Burschen los, Mr Grigg", sagte Bea so ruhig sie konnte, obwohl ihr das Herz bis zum Hals schlug. „Ich bin mir sicher, es handelt sich hierbei um ein Missverständnis."

„Von wegen", zischte Grigg. „Der dreckige Dieb hat sich das falsche Ziel ausgesucht."

„Ich schwöre beim Grab meiner Mutter, dass ich nichts geklaut hab! Meine Taschen sind leer, sehen Sie?" Verzweifelt stülpte der Knabe die Taschen seiner Hose und Jacke nach außen. „Tust du mir Unrecht, sollst du's bereuen, doch hilfst du mir, wirst du dich meiner ewigen Dankbarkeit erfreuen. Bitte helfen Sie mir, Mylady! Lassen Sie nicht zu, dass der böse Mann mir wehtut."

Der Ärmste ... Er ist schon halb von Sinnen vor Schmerz und redet wirres Zeug. Ich muss etwas unternehmen!

„Wie Sie sehen, hat er Ihre Geldbörse nicht", sagte sie. „Ich muss darauf bestehen, dass Sie ihn loslassen."

„Halten Sie mich für einen Lügner?", knurrte Grigg und hob drohend die Peitsche.

Midnight Star wich nervös tänzelnd zurück, doch Bea gelang es, sie zu beruhigen.

„Ich weise Sie höflich darauf hin, nicht in diesem Ton mit einer Dame zu sprechen", fuhr Croydon ihn scharf an.

„Selbstverständlich, Euer Gnaden", erwiderte Grigg mit einem höhnischen Grinsen. „Sofern Ihre *Ladyschaft* sich zukünftig nicht mehr in meine Angelegenheiten einmischt."

Die beiden Männer musterten einander feindselig, bevor der Herzog sich Bea zuwandte.

„Lassen Sie uns weiterreiten", sagte er leise. „Das hier geht uns nichts an."

„Wir können das Kind doch nicht im Stich lassen", erwiderte sie schockiert.

„Ihr Großmut ist wahrlich bewundernswert, aber der Knabe ist ein Gassenjunge", erwiderte Croydon kurz angebunden. „Sie sind noch nicht lange genug in der Stadt, um zu wissen, wozu seinesgleichen in der Lage ist ..."

„Verdammt noch mal, der Bengel hat mich gebissen!", jaulte Grigg plötzlich mit schmerzverzerrter Stimme auf.

Atemlos sah Bea zu, wie der Junge sich aus dem eisernen Griff des Unternehmers befreite und schnell wie der Wind davonsauste.

Grigg hatte sich jedoch ebenso rasch von seinem Schock erholt, schwang die Peitsche und brüllte: „Dafür wirst du bezahlen, du dreckiger Köter!"

Während er seinem Pferd die Sporen gab, tat Bea dasselbe. Sie war schneller und schnitt ihm den Weg ab, sodass er sich seinem Opfer nicht weiter nähern konnte. Obwohl sie seinem Blick standhaft begegnete, blieben ihr angesichts seiner glühenden Wut die Worte im Hals stecken. Kurz hielt er in der Bewegung inne, bevor er die Peitsche mit einem unheilvollen Zischen durch die Luft sausen ließ.

Panisch bäumte Star sich auf, woraufhin Bea die Zügel entglitten und sie in hohem Bogen aus dem Sattel geschleudert wurde. Unsanft landete sie auf dem Boden und sah einen Augenblick lang nichts als schwarz, während schockierte Schreie an ihr Ohr drangen. Sie blinzelte durch einen Schleier aus Schmerz und sah einen Schatten über ihrem Gesicht schweben ... einen Huf, dessen scharfe Kante wie eine Sense glänzte.

Ein Schrei entrang sich ihrer Kehle, als er ihr in rasender Geschwindigkeit entgegenkam.

Kapitel Eins

Wickham Murray betrat den Ballsaal des Landsitzes in einem warmen Domino, unter dem er elegante Abendgarderobe trug, während sein Gesicht von einer schwarzen Halbmaske verdeckt wurde. Ähnlich maskierte Gäste schwebten bereits über die Tanzfläche. Die anwesenden Damen – eine Mischung aus Mitgliedern des *ton* sowie Freudenmädchen – trugen unterschiedliche Kostüme, und ihre Juwelen reichten von unschätzbar kostbaren Edelsteinen bis hin zu kunstvoll geschliffenem Glas.

Wick hatte sich zu einem Besuch auf diesem Ball hinreißen lassen, weil die Veranstaltung ihm die nötige Anonymität bot. Gegenwärtig war er inkognito unterwegs, da er als das öffentliche Gesicht der Great London National Railway (kurz GLNR), eines der erfolgreichsten Eisenbahnunternehmen Englands, auf seiner Reise nach Staffordshire nicht erkannt werden wollte.

Seine geheime und äußerst wichtige Mission war es, ein Stück Land zu erwerben, das den Unterschied zwischen Erfolg und Misserfolg für sein Unternehmen bedeutete. Mit großem Aufwand hatte die GLNR das notwendige Parlamentsgesetz erwirkt, um eine Trasse von London nach Manchester bauen zu können. Das ehrgeizige Projekt fand sofort Anklang bei den Investoren, die sich förmlich um die Aktien des Unternehmens rissen und deren Wert dadurch in die Höhe trieben.

Das Unterfangen war auf dem besten Weg, der größte Triumph der GLNR zu werden ... bis sie bemerkten, dass ihnen ein gravierender Fehler unterlaufen war.

Während die Firma seit Monaten das für den Schienenbau benötigte Gebiet erwarb, war ein Teil der geplanten Strecke durch Staffordshire irgendwie übersehen worden. Die Beschaffung dieses Geländes erwies sich als überraschend schwierig. Da Wick die Verhandlungen für GLNR führte – sein Partner Adam Garrity kümmerte sich um die finanziellen Belange der Firma, während sein anderer Partner, Harry Kent, als Wissenschaftler für Forschung und Entwicklung zuständig war –, lag es an ihm, dieses letzte, aber entscheidende Hindernis aus dem Weg zu räumen.

Wick war stolz auf seine Fähigkeit, Kompromisse auszuhandeln, die beide Parteien zufriedenstellten. Doch die Besitzerin des Grundstücks, eine mürrische und zurückgezogen lebende Jungfer namens Beatrice Brown, erwies sich als die hartnäckigste Gegnerin, mit der er je zu tun hatte. Er hatte ihr bereits mehrere großzügige Angebote unterbreitet, die sie allesamt rundweg ausschlug. Als er sie nach London einlud, um die Angelegenheit persönlich zu besprechen, lehnte sie auch das ab, und zwar auf ausgesprochen unfreundliche Weise.

Wick war jedoch nicht bereit aufzugeben. *Wenn der Berg nicht zum Propheten kommt ...*

„Hallo, Schätzchen." Eine säuselnde Stimme riss ihn aus seinen Gedanken. „Suchst du heute Abend nach Gesellschaft?"

Die Frau war als Kanarienvogel verkleidet. Ihr knappes, mit

gelben Federn verziertes Kleid bedeckte kaum ihre üppige Figur. Ihr Lächeln war in etwa so echt wie ihre Diamanten und ließ Wick daher kalt. Es gab eine Zeit in seiner Vergangenheit, als es ihm nichts ausmachte, für sein Vergnügen zu bezahlen. Damals hatte er sich auch anderen Lastern hingegeben, hatte getrunken und gespielt und Geld verprasst, als ob es auf Bäumen wachsen würde. Aber genau dieses leichtsinnige Verhalten hatte ihn in Ungnade gebracht.

Selbst jetzt wurde er noch von brennender Scham übermannt, wenn er an seine früheren Schandtaten dachte.

Es hatte ihn ein Jahrzehnt gekostet, seine Ehre wiederherzustellen. Er hatte seine Schulden beglichen, seine schlechten Gewohnheiten abgelegt und sich seiner Arbeit gewidmet. Jetzt, mit dreiunddreißig, genoss er endlich einen finanziellen Erfolg, der seine kühnsten Träume übertraf. Hin und wieder wünschte er sich jedoch eine Auszeit von seinem ehrgeizigen Streben, von einem Leben, das arbeitsreich und lohnend, aber mitunter auch furchtbar einsam war.

Als daher der Wirt des Gasthauses, in dem er gegenwärtig übernachtete, diesen Maskenball erwähnte, der von einem berüchtigten Paar in der Gegend veranstaltet wurde, beschloss er, ihm einen Besuch abzustatten. Er hoffte einfach, ein wenig Abwechslung zu finden, und sei es nur für den Abend. Jemanden, der die Leere in ihm vorübergehend zu füllen vermochte.

Das Problem jedoch war, dass nichts diese seltsame Leere zu lindern schien. Vielleicht gab es kein Heilmittel ... oder vielleicht würde er es erst wissen, wenn er es gefunden hatte. Wie dem auch sei, der Kanarienvogel war definitiv nicht das, wonach er suchte.

„Leider bin ich gerade erst angekommen und muss mich noch orientieren", lehnte er höflich ab.

„Wie du willst." Sie rauschte davon und warf im Gehen gelbe Federn ab.

Wick setzte seinen Rundgang durch den Ballsaal fort, der das Ambiente des venezianischen Karnevals nachahmte. An den Wänden hingen Malereien, die eine Illusion von bunten Gebäuden, Kanälen und Brücken erzeugten. Unter den sich kreuzenden Laternenketten entlockten Jongleure, Schwertschlucker und Feuerspucker den Gästen erstaunte und begeisterte Ausrufe. Als Gondoliere verkleidete Lakaien huschten durch die Menge und trugen Tabletts mit Erfrischungen.

Doch hinter dem Reiz des Unbekannten lauerte eine triste Vertrautheit. Dieselbe süßliche Mischung aus Parfüm, Schweiß und Alkohol. Dieselbe glühende Begierde in den Augen hinter den Masken. Dasselbe sinnlose Streben nach Vergnügen. Sogar Wicks eigene Reaktion war vorhersehbar: Umgeben von einer ausgelassenen Menschenmenge, verspürte er das überwältigende Bedürfnis, allein zu sein.

Als praktisch veranlagter Mann suchte er verbissen nach einer Lösung für seine innere Unruhe. Da er reich und adelig war, der jüngere Sohn eines Vicomtes, war er jahrelang von heiratswilligen Damen verfolgt worden. Die Ehe konnte seinen Beobachtungen zufolge durchaus zu Glück führen: Seine beiden Geschäftspartner waren ihren Gemahlinnen treu ergeben, und auch sein älterer Bruder Richard, jetzt Vicomte Carlisle, war eine Liebesheirat eingegangen.

Doch bisher hatte keine Dame Wicks Interesse lange genug wachgehalten, als dass er einen Antrag in Erwägung gezogen hätte. Vielleicht war er nicht für die Ehe geschaffen ... oder gar für eine langfristige Affäre. Aus Gewohnheit rieb er mit dem Daumen über seinen Siegelring. Er erinnerte ihn an die Frau, die er im Stich gelassen hatte, und an die Verantwortung, die selbst mit einer lockeren Liaison einherging.

Wick verdrängte die düsteren Gedanken und rief sich in Erinnerung, dass er nicht auf der Suche nach einer Beziehung war. Er war nur auf ein wenig Ablenkung aus, um sich von seiner Anspannung zu befreien, damit er am folgenden Tag, wenn er es mit der sturen Miss Brown zu tun haben würde, seine volle Konzentration aufbringen konnte. Entschlossen verließ er den Ballsaal und durchquerte das Atrium, durch das er in eine Reihe von mit Kerzen beleuchteten, öffentlichen Räumen gelangte. Hier begann er zu begreifen, wie der Maskenball seinen berüchtigten Ruf erlangt hatte.

Mehrere Paravents waren aufgestellt worden, um intime Ecken für Schäferstündchen zu schaffen. Die Schatten hinter den Seidenpaneelen waren der Beweis dafür, dass die Gäste diese „Privatsphäre" nur zu bereitwillig ausnutzten. Unverkennbar war das Rascheln von Kleidungsstücken, die abgelegt wurden, begleitet von lustvollem Stöhnen und Wimmern.

Als er eine Öffnung zwischen zwei Wandschirmen passierte, fiel sein Blick auf eine Dame, die sich auf einer übergroßen Chaiselongue räkelte. Ihre gepuderte Perücke und ihr karmesinrotes Kleid vermittelten den Prunk einer vergangenen Epoche. Mit der funkelnden Diamantkette, die ihr Dekolleté zierte, hätte man ein kleines Londoner Stadthaus erwerben können.

„Hallo, mein Hübscher", sagte sie in einem rauchigen Tonfall, der zu ihrer Aufmachung passte. Ihre rot geschminkten Lippen verzogen sich zu einem verführerischen Lächeln. „Suchst du jemanden?"

Jetzt nicht mehr, hätte er mit einem charmanten Grinsen erwidern können. Oder aber er wäre einfach an sie herangetreten und hätte ihre entblößte Schulter gestreichelt. Immerhin war die Dame attraktiv und an ihm interessiert ... Genau das, wonach er eigentlich suchte. Doch als er mit dem konfrontiert wurde, was er zu wollen glaubte, spürte er, wie sich die Leere in ihm ausbreitete.

„Ich bin leider schon verabredet", hörte er sich sagen.

Was zum Teufel ist nur los mit mir?

„Je mehr, desto besser, Schätzchen." Sie spielte mit ihrer Halskette, die sich wie ein glitzerndes Netz auf ihren prallen Brüsten ausbreitete. „Bring deine Freundin ruhig mit. Hier ist genug Platz für drei ... oder mehr."

Er hätte ihre Einladung unwiderstehlich finden sollen, aber er tat es nicht.

Vielmehr war er ... gelangweilt.

„So sehr ich das Angebot auch zu schätzen weiß, ist meine Verabredung privater Natur", sagte er höflich.

Falls sie beleidigt war, ließ sie es sich nicht anmerken. „Komm gerne wieder, wenn du deine Meinung doch noch ändern solltest. Abwechslung ist schließlich die Würze des Lebens."

„In der Tat", murmelte er.

Nach einer knappen Verbeugung setzte er seinen Weg fort. Die Zügellosigkeit der Gäste schien sich mit jedem weiteren Raum, den er durchquerte, zu steigern. Im Billardzimmer waren die Sichtschutzwände beiseitegeschoben worden, und eine große Gruppe maskierter Frauen und Männer wand sich eng umschlungen auf dem mit Matratzen ausgelegten Boden. Bei dem verruchten Anblick hob Wick beeindruckt die Brauen.

So aufreizend die Szene auch war, verspürte er jedoch kein Verlangen, sich daran zu beteiligen. Wenn ihn selbst dieser Sündenpfuhl nicht zu erregen vermochte, war es wohl an der Zeit, die Suche aufzugeben. Seufzend ging er zurück in den Korridor und wollte sich gerade in Richtung Ausgang begeben, als laute Stimmen seine Aufmerksamkeit erregten. Sie kamen aus einer offenen Tür am Ende des Flurs.

„Das reicht, Sir!", rief eine eindeutig weibliche Person empört.

„Du hast mich den ganzen Abend über scharf gemacht, Kleines", sagte eine männliche Stimme. „Zeit, die Zeche zu zahlen."

„Lassen Sie mich *los*!"

Wick sprintete den Gang entlang und stieß die Tür auf. Das dahinter liegende Arbeitszimmer war klein, dominiert von einem Schreibtisch und büchergesäumten Wänden, mit einem gemütlichen Sofa vor dem Kamin. Ein Mann, der wie ein Pirat gekleidet war, hatte eine Frau gegen eines der Bücherregale gepresst und hielt sie umklammert, während sie verzweifelt versuchte, sich zu wehren.

Dieser verachtenswerte Bastard. Wütend marschierte Wick auf ihn zu.

„Leg dich mit jemandem an, der dir ebenbürtig ist", knurrte er.

Als er den Schuft am Kragen packte, stieß der Mann einen erschrockenen Schrei aus und stolperte rückwärts in Wick hinein. Fluchend versuchte dieser, das Gleichgewicht zu wahren. Er atmete tief durch, hob den Kopf ... und starrte geradewegs in den Lauf einer Pistole.

Sein Blick wanderte von der Waffe zu der Frau, die sie auf ihn gerichtet hielt. Eine weiße Satinmaske bedeckte ihr Gesicht, sodass nur ihre Augen und ihr Mund zu sehen waren. Kupferrote Locken fielen ihr wallend über Schultern und Rücken. Ihre hochgewachsene, gertenschlanke Figur wurde von einem tiefschwarzen Kleid vortrefflich zur Geltung gebracht, und ihre Arme steckten in dazu passenden schwarzen Satinhandschuhen.

Ihre Hände, die die kleine Pistole mit dem Perlengriff umschlossen hielten, waren auffallend ruhig, ebenso wie der Blick, den die Dame auf den Bastard richtete, der sie belästigt hatte.

„Raus hier", sagte sie in kultiviertem Tonfall.

Der Mann, der leichenblass geworden war, ließ sich das nicht zweimal sagen und rannte davon wie ein Köter mit eingezogenem Schwanz. Wick widerstand dem Drang, dem Mistkerl nachzulaufen und eine Entschuldigung aus ihm herauszuprügeln.

Stattdessen wandte er sich an die Frau. „Geht es Ihnen gut, Miss?"

Nun richtete sie ihre Aufmerksamkeit auf ihn. Ihre Augen nahmen die Farbe des Kerzenlichts an, geheimnisvoll und flackernd. Ein prickelnder Schauer durchfuhr ihn.

„Ich hatte die Situation im Griff." Ihre Stimme war ruhig, mit einem angenehmen, musikalischen Tonfall.

„Das bezweifle ich nicht." Wick schenkte ihr ein schiefes Lächeln. „Würden Sie bitte die Pistole runternehmen? Ich gebe Ihnen mein Wort, dass ich nichts Böses im Sinn habe."

Sie blinzelte, als hätte sie vergessen, dass sie die Waffe noch in der Hand hielt. Nach kurzem Zögern ließ sie sie in den Falten ihres Rocks verschwinden, so beiläufig, wie eine andere Dame ein Taschentuch wegstecken würde.

„Ich danke Ihnen, Sir." Sie trat hinter den Schreibtisch, als wollte sie eine Barriere zwischen sich und ihm schaffen. „Dafür, dass Sie in dieser unerfreulichen Situation eingeschritten sind."

Während sie sprach, fiel sein Blick auf ihren Mund. Umrahmt von ihrer Maske, wirkten ihre Lippen besonders rosig und voll. Vermutlich war der Rest ihres Gesichts ebenso anmutig. Die Satinmaske schmiegte sich an dessen zarte Konturen, und ihr Hals und ihre Schultern ließen erahnen, dass ihre Haut so glatt und makellos war wie feinstes Porzellan. Es war zu dunkel, um die Farbe ihrer Augen zu erkennen – irgendein Blauton, vermutete er –, aber sie waren groß und mandelförmig, umrandet von den längsten Wimpern, die er je gesehen hatte.

Sie hatte sich für ein Kostüm entschieden, das nicht der neuesten Mode entsprach. Der klassische Säulenschnitt schmeichelte ihrer Figur, die zwar schlank, aber an den von ihm bevorzugten Stellen kurvig war. Das tief ausgeschnittene Dekolleté ihres Kleides enthüllte die reizvollen Rundungen ihrer Brüste, die von mittlerer Größe waren und bei jedem Atemzug leicht bebten. Mit einem Mal überkam ihn das Verlangen, sie zu kneten und zu liebkosen. Der geradlinige Rock fiel fließend über ihre üppigen Hüften, die wie gemacht waren für ein wildes, hemmungsloses Liebesspiel ...

Wick runzelte die Stirn. Was war nur los mit ihm? Er hatte kein Recht, so lüstern über sie zu denken, auch wenn sie das erste Mal seit Langem wieder seine Sinne erregte. Nach dem Übergriff, dem sie gerade knapp entkommen war, brauchte sie wahrlich keine weiteren unerwünschten Annäherungsversuche.

Er räusperte sich. „Mein Eingreifen war in der Tat überflüssig. Soll ich Sie zu Ihren Freunden zurückbringen?"

„Ich bin ohne Begleitung gekommen, weil das meinem Zweck dienlicher ist."

„Ah." Das war alles, was er auf ihre unverblümte Antwort zu erwidern wusste.

Es gab nur einen Grund, warum eine Frau wie sie allein einen Ort wie diesen aufsuchen würde. Sie war hier, um sich zu vergnügen, auf wilde, anonyme, ungebundene Weise.

Die Lust, die er unterdrückt hatte, breitete sich wie glühende Lava durch seinen Körper aus. Doch seine Ehre ließ nicht zu, dass er der Versuchung nachgab. Sie war eindeutig eine Dame und verletzlich ... Sie könnte unter Schock stehen.

„Dann erlauben Sie mir, Sie zu Ihrer Kutsche zu begleiten", sagte er. „Oder eine für Sie herbeizurufen."

Sie senkte den Blick und strich ihre Röcke glatt.

„Ich bin noch nicht bereit zu gehen", sagte sie scharf.

„Es ist zu gefährlich für Sie, allein hier zu sein."

„Ich bin nicht allein." Sie hob den Kopf und musterte ihn eindringlich. „Ich bin heute Abend aus einem bestimmten Grund hergekommen, und ich nehme an, Sie ebenfalls."

Ihre Direktheit traf ihn wie ein Schlag gegen die Brust. Ihm stockte der Atem, und sein Herz klopfte wie wild. Was war es, das ihn an dieser Frau so faszinierte? War es ihre geheimnisvolle Schönheit? Der Kontrast zwischen ihrer äußeren Zartheit und ihrem stählernen Rückgrat?

Vielleicht sind es auch nur ihre Wahnsinnsbrüste.

„Ich würde Sie nicht ausnutzen", sagte er ganz offen.

„Nein, das würden Sie nicht."

Sie verschränkte die Arme vor der Brust und bedachte ihn mit einem nachdenklichen Blick. Mit geneigtem Kopf und geschürzten Lippen sah sie aus wie ein unschuldiger Blaustrumpf ... *Gott bewahre.* Denn trotz seiner weltmännischen Einstellung zu körperlichem Vergnügen würde seine Ehre es ihm niemals erlauben, eine Jungfrau zu verführen.

Glücklicherweise hatten weder er noch seine Ehre an diesem Abend Grund zur Sorge. Eine Jungfrau auf diesem Maskenball zu treffen, war so wahrscheinlich, wie eine in einem Nonnenkloster in Covent Garden zu finden. Diese Dame, die er auf Mitte zwanzig schätzte, war vermutlich eine Witwe oder eine verheiratete Frau, die sich vergnügen wollte.

Der Gedanke, dass sie verheiratet sein könnte, gefiel ihm nicht. Nicht, dass es ihn etwas anginge.

„Darf ich Ihnen eine Frage stellen, Sir?"

„Nur zu."

„Als was, glauben Sie, bin ich verkleidet?"

Er legte den Kopf schief. „Erkennen Sie Ihr eigenes Kostüm nicht?"

„Doch", sagte sie ernst. „Heute Abend jedoch suche ich einen Mann, der meine Verkleidung erraten kann. Ich werde nicht gehen, bevor ich ihn gefunden habe."

Die Vorstellung, dass sie mit sämtlichen anwesenden Männern hier verkehrte, verursachte ein seltsames Ziehen in seinem Bauch. Eifersucht? Sicherlich nicht. Was Frauen anbelangte, war er noch nie besitzergreifend gewesen.

Verwirrt über seine Reaktion hob er die Brauen. „Und was gedenken Sie zu tun, wenn Sie diesen scharfsichtigen Gentleman gefunden haben?"

Sie sah ihm geradewegs in die Augen. „Ich werde mit ihm schlafen."

Kapitel Zwei

Ich habe es getan. Ich habe gerade einem Mann ein unmoralisches Angebot unterbreitet.

Bea schlug das Herz bis zum Hals. Sie war dankbar für ihre Maske, nicht nur, weil sie ihre Narben verbarg, sondern auch ihre glühend roten Wangen. Während sie mit aufgesetzter Gleichgültigkeit auf eine Reaktion des Unbekannten wartete, nutzte sie die Gelegenheit, um ihn eingehender zu betrachten.

Mit seiner stattlichen Größe und den breiten Schultern sah er aus wie ein gut gebauter Athlet. Unter seinem geöffneten Mantel zeichneten sich deutlich sein muskulöser Oberkörper, die schmalen Hüften und kräftigen Beine ab. Seine schwarze Halbmaske betonte seine hohen Wangenknochen, seine gerade Nase und die markanten Züge seines Kiefers, der aussah, als wäre er aus Marmor gemeißelt. Sein dichtes, goldbraunes Haar war leicht gewellt und verleitete sie zu der Fantasie, ihre Finger darin zu vergraben.

In ihrem ganzen bisherigen Leben hatte sie noch nie etwas so Forsches, so *Unverfrorenes* getan. Offensichtlich war sie nicht länger die einfältige Debütantin von damals.

Die vergangenen sieben Jahre hatten sie verändert ... hatten *alles* verändert.

Das ist es, was du willst, ertönte eine Stimme in ihrem Kopf. *Einen Augenblick der Leidenschaft. Nicht als Jungfrau zu sterben.*

Die Erinnerung an ihren einzigen Kuss brachte eine Welle der Sehnsucht und des Schmerzes mit sich. Energisch schob sie die Gefühle beiseite, was ihr nach Jahren der Übung nicht mehr schwerfiel. Sie hatte viel Zeit gehabt, sich ihrer Wut und Trauer hinzugeben und sich mit den Launen des Schicksals abzufinden.

Auch wenn ich die Vergangenheit nicht ändern kann, liegt es an mir, die Gegenwart zu bestimmen, dachte sie entschlossen. *Und ich habe mich entschieden, nur ein einziges Mal die Berührung eines Liebhabers genießen zu wollen.*

Am nächsten Morgen würde sie in ihr sicheres, abgeschiedenes Leben zurückkehren, ein Leben, das sie sich aus eigener Kraft aufgebaut hatte. Ihre Tage waren erfüllt mit guten Absichten und sinnvollen Aufgaben, ihre Nächte hingegen wurden von Einsamkeit regiert. Aber nun, wenige Tage vor ihrem fünfundzwanzigsten Geburtstag, sehnte sie sich nach ... mehr.

Sich einen Liebhaber zu nehmen, war ihr Geschenk an sich selbst.

Freudige Erwartung durchfuhr sie, als sie den Blick ihres potenziellen Bettgefährten erwiderte, der auf der anderen Seite des Schreibtisches stand. Was ihren Partner anbelangte, hatte sie nur drei Ansprüche, und der erste lautete körperliche Anziehungskraft. Selbstverständlich musste sie einen Mann begehrenswert finden ... Allerdings hätte sie nicht mit einer so heftigen Reaktion gerechnet wie der, die dieser Gentleman in ihr auslöste. Ihr Puls raste, und sie zitterte am ganzen Körper.

Sie fühlte sich wie die Heldin eines Liebesromans, nicht wie die vernünftige Junggesellin, die sie eigentlich war.

Äußerlich betrachtet war er makellos, von daher war sie sich ziemlich sicher, dass er auch ihre zweite Anforderung erfüllen würde. Sie wollte einen Liebhaber, der sich darauf verstand, eine Frau zu befriedigen, und dieser charmante, weltmännische Fremde schien sich in der Gesellschaft einer Dame sichtlich wohlzufühlen. Er strahlte ein natürliches Selbstbewusstsein aus, das sich hoffentlich auch im Schlafgemach zeigen würde.

Ihre letzte Bedingung war zugegebenermaßen etwas selbstsüchtig, aber selbst entstellte Jungfern hatten Erwartungen, und sie wollte ihr erstes und vielleicht einziges Mal mit jemandem zusammen sein, der ein Mindestmaß an Intelligenz besaß: mit einem Mann, der dazu imstande war, tiefer zu blicken. Natürlich nicht hinter ihre Maske – die sie niemals abnehmen würde, denn sie wusste, dass dies nur Schmerz und Ablehnung zur Folge hätte –, sondern in ihr Herz.

Der die Frau hinter der monströsen Narbe wahrnahm.

Aus diesem Grund hatte sie sich einen einfachen Test überlegt.

Obwohl die Aufgabe ihres Erachtens nicht sonderlich anspruchsvoll war, hatte es bisher kein Gentleman geschafft, ihr Kostüm zu erraten. Der Mistkerl beispielsweise, den sie soeben außer Gefecht setzte, hatte sie für eine schwarze Katze gehalten. Womöglich war sein Sehvermögen durch die Augenklappe eingeschränkt gewesen, denn ihm war nicht aufgefallen, dass sie weder einen Schwanz, spitze Ohren noch Schnurrhaare besaß. Leider war seine Antwort immer noch besser gewesen als die der meisten anderen, zu denen ein Rabe (ohne Flügel und Federn?), ein schwarzes Schaf (ganz ohne Wolle?) sowie ein Leopard (du lieber Himmel!) gehörten.

In einem Anflug von Verzweiflung hatte sie ihr Bauchgefühl ignoriert und war dem Möchtegernpiraten ins Arbeitszimmer gefolgt, doch als er sie zu begrapschen begann und ihr sagte, er könne es kaum erwarten, seinen „Anker" in ihrem „feuchten Hafen" zu versenken, wusste sie, dass sie ihren Plan nicht durchziehen konnte. Nicht mit ihm.

Sie mochte verzweifelt sein, aber nicht geistig umnachtet.

Erwartungsgemäß hatte es ihm nicht gefallen, abgewiesen zu werden. Zum Glück war sie darauf gefasst gewesen und hatte ihre Waffe als Abschreckung dabei. Sie war schließlich nicht einfältig und wusste genau, dass ihr Verhalten an diesem Abend riskant war. Zu ihren Sünden sollte nicht auch noch mangelnde Vorbereitung zählen.

Der Adonis vor ihr atmete tief durch – eine Reaktion, die darauf hindeutete, dass er eine Entscheidung getroffen hatte. Bildete sie es sich nur ein oder flackerte Interesse in seinen Augen auf? Ein erwartungsvolles Prickeln durchfuhr sie.

„Verzeihen Sie, wenn ich schwer von Begriff erscheine", sagte er. „Wollen Sie damit andeuten, dass Sie mit mir ins Bett zu gehen wünschen, wenn ich Ihr Kostüm richtig errate?"

„Das war keineswegs eine Andeutung, Sir." Sie runzelte die Stirn und spürte, wie ihre innere Aufregung erstarb. Hatte sie seine Intelligenz überschätzt? „Ich habe meine Absichten deutlich dargelegt."

„Aber ich kenne nicht einmal Ihren Namen."

„Anonymität ist kein Hindernis bei intimen Begegnungen. Vielmehr sorgt sie für die nötige Diskretion."

„In der Tat." Er musterte sie mit hochgezogenen Brauen. „Sie tun so etwas also öfter, was?"

Selbstverständlich nicht. Allerdings würde sie sich als Frau mit Erfahrung ausgeben müssen, wenn sie ihr Ziel erreichen wollte. Als jemand, der wusste, was er von einem Liebhaber erwartete, was Bea auch tat ... Zumindest aus theoretischer Sicht.

Intellektuell gesehen, verstand sie den Unterschied

zwischen Liebe und fleischlichem Vergnügen. Die Narbe hatte ihr einen Gefallen getan, indem sie den Vorhang der Tugendhaftigkeit niederriss, der Jungfrauen abzuschirmen pflegte und, offen gesagt, für Enttäuschungen sorgte. Sie kannte die Wahrheit: Liebe war ein flüchtiges Gefühl, dem man nicht trauen konnte. Sein Herz und seine Träume an einen anderen zu verschenken, war ein Akt der äußersten Torheit. Der Schmerz über den Verlust von Croydon hatte sie diese Lektion gelehrt, ebenso wie die Tatsache, dass sie mit ansehen musste, wie die glückliche Verbindung ihrer Eltern vor ihren Augen zerbrach.

Körperliche Vergnügungen hingegen waren eher eine Art Appetit, wie Hunger oder Durst. Wenn Bea ehrlich war – und sie hatte es sich zur Gewohnheit gemacht, sich nicht selbst zu belügen –, hatte sie seit ihrem ersten Kuss Verlangen nach dieser Art von Vergnügen gehabt. Ihre Träume von der Liebe mochten zu Asche zerfallen sein, aber ihre Bedürfnisse waren geblieben.

Dieser Abend würde ihr endlich die Möglichkeit geben, ihre Neugierde zu befriedigen. Solange sie sich darüber im Klaren war, dass es sich bei diesem Rendezvous um eine rein körperliche Angelegenheit handelte und sie nichts weiter erwartete, würde es ihr nicht schaden. Alles, was sie tun musste, war, die Situation und ihre Gefühle unter Kontrolle zu halten, zwei Dinge, die sie sehr gut zu beherrschen gelernt hatte.

Betont lässig fuhr sie mit den Fingern über die Tischkante. „Ich ziehe es vor, in allen Angelegenheiten direkt zu sein, Sir. Und heute Abend bin ich nicht auf Verwicklungen aus, sondern rein aufs Vergnügen. Sollten Sie sich vor den Kopf gestoßen fühlen …“

„Nur ein Narr würde Anstoß an den Annäherungsversuchen einer bezaubernden Dame nehmen. Und verrückt bin ich definitiv nicht“, erwiderte er mit einem zugleich jungenhaften wie auch sinnlichen Lächeln. „Obwohl ein Verrückter vermutlich genau so argumentieren würde."

„Sie scheinen im Vollbesitz Ihrer geistigen Fähigkeiten zu sein."

„Darf ich mir Ihr Kostüm näher ansehen, jetzt, da ich Sie von meiner Zurechnungsfähigkeit überzeugt habe?", fragte er zwinkernd.

Das ist deine Chance. Ergreife sie!

Bea nahm all ihren Mut zusammen, ging um den Schreibtisch herum zur Tür und verschloss sie. Wenn diese Begegnung so ablief, wie sie es sich erhoffte, wollte sie nicht gestört werden. Anschließend trat sie auf den Fremden zu und bedeutete ihm mit einer Handbewegung, ihr Gewand zu betrachten.

Langsam umrundete er sie, wobei er sie mit höflicher Zurückhaltung musterte. Für sie jedoch fühlte sich sein Blick wie eine Berührung an, eine zärtliche Liebkosung, die ihr Blut in Wallung brachte und ihr einen wohligen Schauer über den Rücken jagte.

Als er hinter ihr stehen blieb, drehte sie den Kopf, um seine Reaktion einschätzen zu können. Die wenigen Männer, die sich die Mühe gemacht hatten, einen Blick auf den Rücken ihres Kleides zu werfen, hatten sich nicht lange damit aufgehalten, da sie in den Falten der schwarzen Seide nichts von Interesse sahen. Würde es sich bei diesem Unbekannten ähnlich verhalten?

Sie hielt gebannt den Atem an, als er eine große Hand hob und sie nach ihrer rechten Schulter ausstreckte. Nur eine Haaresbreite von ihr entfernt verharrte er.

„Darf ich?", fragte er.

Die Tatsache, dass er um Erlaubnis bat, erfüllte sie mit Wärme.

„Nur zu", sagte sie leise.

Obwohl sie sich bemühte, selbstsicher zu klingen, blieb ihr

beinahe die Luft weg, als er ihre entblößte Haut streifte. Die Berührung war flüchtig, verriet ihr jedoch alles, was sie über diesen Mann wissen musste – über seine sanfte Stärke, sein Wissen um die Lust einer Frau ... und seine Freude daran.

Ihr Puls schnellte in die Höhe, als seine Finger tiefer wanderten und zielsicher die verborgene Verschlussleiste fand. Mit einem Geschick, das dem ihrer Zofe Lisette glich, befreite er die winzigen Ebenholzknöpfe aus den schwarzen Schlaufen.

Anschließend zog er vorsichtig das darunter versteckte Seidentuch hervor, dessen orangefarbenes und weißes Muster im Schein der Kerzen schimmerte und ihr das Gefühl verlieh, dass sich etwas Magisches zwischen ihnen abspielte.

„Ein Schmetterling", murmelte er. „Ein Roter Admiral, wenn mich nicht alles täuscht?"

„Sie kennen sich mit Schmetterlingen aus, Sir?", fragte sie überrascht.

„Nein, aber mit Schönheit." Er löste das Tuch auf der anderen Seite, fand die seidenen Schlaufen an der Spitze jedes Flügels und befestigte sie an den Knöpfen, die sich unter den Falten auf Schulterhöhe befanden. Die Berührungen seiner rauen Fingerspitzen jagten ihr einen Schauer über den Rücken, während er ihr im wahrsten Sinne des Wortes dabei half, ihre Flügel auszubreiten.

„Und die Metamorphose ist vollendet", sagte er.

Er sieht, was niemandem sonst auffällt. Das Herz klopfte ihr bis zum Hals. *Außerdem ist er der attraktivste Mann, der dir bisher begegnet ist, und er wird zweifelsohne ein guter Liebhaber sein. Mach jetzt bloß keinen Rückzieher.*

Entschlossen wirbelte sie zu ihm herum. „Würden Sie mit mir schlafen?", platzte sie heraus.

Seine Miene wurde ernst, und er musterte sie eindringlich. „Sind Sie sicher, dass Sie das wirklich wollen?"

„Andernfalls würde ich nicht fragen. Aber wenn Sie nicht

interessiert sind, dann sagen Sie es einfach." Ihr abwehrender Tonfall ließ sie innerlich erschaudern.

Selbst nach so vielen Jahren wurde sie immer noch von Erinnerungen an Momente der Zurückweisung heimgesucht: wie ihre angeblichen Freunde sich von ihr abgewandt hatten, die Fassade der Akzeptanz bröckelte und der bösartige Kern der Gesellschaft zum Vorschein kam. Am schlimmsten war das vorgetäuschte Mitleid gewesen.

Welch ein Jammer, dass Lady Beatrice sich in Lady Beastly verwandelt hat!

Sie verbannte die höhnischen Stimmen aus ihrem Kopf und rief sich ins Gedächtnis, dass dieser Unbekannte ihre Narbe nicht gesehen hatte. Wenn er ihr Angebot ausschlug, dann nicht deshalb, weil er sie abstoßend fand.

Außerdem hatte er das gute Recht, frei zu entscheiden, mit wem er die Nacht verbringen wollte. Seinem Verhalten nach schien er ein Gentleman zu sein, vermutlich blieb er also nur deshalb bei ihr, weil er sich nach dem Angriff des Grobians dazu verpflichtet fühlte.

Bei dem Gedanken krampfte sich ihr Magen zusammen. Die vergangenen sieben Jahre mochten ihr vieles genommen haben, aber ihr Stolz gehörte nicht dazu. Manchmal fühlte es sich so an, als sei dieser das Einzige, was ihr geblieben war.

Sie straffte die Schultern und fügte hinzu: „Sir, Sie sind keineswegs dazu verpflichtet ..."

Der Rest ihres Satzes ging in einem überraschten Ausruf unter, denn bevor sie wusste, wie ihr geschah, hatte er sie hochgehoben und zum Schreibtisch hinübergetragen, wo er sie auf der harten Oberfläche absetzte und die sich darauf befindlichen Schreibutensilien mit einer ausladenden Bewegung zu Boden fegte.

Anschließend trat er zwischen ihre Beine und drückte ihre Schenkel mit den seinen auseinander. Ein erwartungsvoller

Schauer durchfuhr sie, als er ihr ein umwerfend sinnliches Lächeln schenkte.

„Sie könnten niemals eine Verpflichtung sein", murmelte er, während er mit dem Daumen über ihre Unterlippe fuhr. Bea spürte, wie sich ihre Brustwarzen vor Erregung aufrichteten. „Im Gegenteil, Sie fallen unter eine ganz andere Kategorie."

„Und welche wäre das?", hauchte sie.

„Sie, mein Engel, sind ein wahrgewordener Traum."

Mit diesen Worten senkte er den Kopf. Als seine samtigen Lippen die ihren streiften, glaubte sie für einen kurzen Augenblick, die Besinnung zu verlieren. Der Kuss war ebenso selbstsicher und meisterhaft wie alles andere an ihm, dazu bestimmt, einer Frau Lust zu bereiten.

Er war so viel besser als eine Fantasie, als alles, was sie sich hätte erträumen können. Und diese Nacht gehörte er allein ihr.

Kapitel Drei

S ie schmeckt nach Erlösung und Sünde.

Die schöne Unbekannte erwiderte Wicks Kuss mit unschuldiger Neugier, doch gleichzeitig verbarg sich hinter ihren Lippen ein kühnes Verlangen, das sein Blut in Wallung brachte. Bei Gott, sie war erfrischend fordernd und täuschte keine falsche Schüchternheit vor Es war offensichtlich, dass sie ihn genauso sehr begehrte, wie er sie.

Als sie leise stöhnte, vertiefte er den Kuss und ließ seine Zunge in ihren Mund gleiten, wo die ihre sich mit seiner zu einem heißen, leidenschaftlichen Tanz vereinte, der ihn in flammende Erregung versetzte.

Er war hart ... von einem verdammten Kuss!

Beruhige dich. Lass dir Zeit.

Widerwillig löste er sich von ihr, um an ihrem Ohrläppchen zu knabbern. Ihr dezenter, blumiger Duft war ebenso erfrischend wie sie selbst.

„Nimm die Maske ab", murmelte er. „Ich will dich sehen."

Er spürte, wie sie sich in seinen Armen versteifte. „Die Maske bleibt auf."

Verwundert hob er den Kopf und musterte sie. Diese Frau,

die in aller Seelenruhe einen Mann mit ihrer Pistole bedroht hatte, wirkte plötzlich nervös und panisch. Fürchtete sie sich davor, ihre Identität preiszugeben?

„Du kannst dich auf meine Diskretion verlassen", versicherte er ihr.

„Ich behalte die Maske auf. Dieser Punkt ist nicht verhandelbar."

Für gewöhnlich hatten diese Worte dieselbe Wirkung auf ihn wie das rote Tuch auf einen Stier. Er liebte Herausforderungen, und Verhandlungen waren sein Spezialgebiet. Dazu gehörte auch die Fähigkeit, andere zu durchschauen, zu wissen, wann man vorpreschen und wann man sich zurückziehen musste. Als er die unverkennbare Angst in den Augen seiner Gespielin sah, wusste er, dass er sie besser nicht bedrängen sollte.

Stattdessen nahm er seine eigene Maske sowie seinen Domino ab und warf sie achtlos beiseite. Sie betrachtete ihn mit offenem Mund. Bevor er entscheiden konnte, ob er sich von diesem Blick geschmeichelt fühlen sollte, reckte sie das Kinn vor.

„Ich werde meine trotzdem nicht abnehmen."

Warum fand er ihre Sturheit so verflucht anziehend?

„Wie du willst, mein Engel. Aber was ist mit dem Rest deiner Kleidung?" Verspielt zupfte er an ihrem Ärmel.

Sie biss sich auf die Lippe. „Alles andere ... darfst du entfernen."

Wenn doch nur alle Verhandlungen so einfach wären. Immerhin hatte er nun einen Fuß in der Tür und würde daran arbeiten, ihr Vertrauen zu gewinnen. Für den Moment beschwerte er sich nicht.

Er küsste sie fordernd, während er sich an den Knöpfen auf der Rückseite ihres Kostüms zu schaffen machte. Seine Erektion pulsierte schmerzhaft, als er feststellte, dass sie vorbereitet gekommen war: Ihre einzige Unterwäsche bestand aus einem kurzen Mieder, das unter der Brust endete, einer Chemise und Strümpfen. Das bedeutete nicht nur, dass es auf dem Weg zum Vergnügen weniger Hindernisse gab, sondern auch, dass ihre prachtvolle Figur nur wenig Polsterung oder Schnürung brauchte.

Bis auf die weißen Seidenstrümpfe zog er ihr alles aus. Obwohl er schon viele nackte Frauen gesehen hatte, spürte er, wie ihm angesichts ihrer vollkommenen Schönheit der Atem stockte. In einem Anflug von Verlegenheit verschränkte sie die Arme vor der Brust.

„Nein, tu das nicht. Lass mich dich ansehen", bat er sie mit heiserer Stimme.

Er stellte sich vor, wie sie unter ihrer Maske errötete, während sie langsam die Arme sinken ließ. Dieser unerwartete Akt des Gehorsams ließ seinen ohnehin schon steifen Schwanz noch weiter anschwellen. Wenn es um Bettsport ging, gab es nichts, was er mehr genoss als die Kapitulation einer Frau ... Insbesondere, wenn sie so stark und unabhängig war wie diese verführerische Fremde.

Vertrauen war ein Geschenk, eines, das er in Beziehungen vermied, im Bett jedoch willkommen hieß. Wenn es um den Geschlechtsakt ging, wusste er genau, wie er die süße Unterwerfung einer Partnerin sowohl zu ihrem als auch seinem eigenen Vergnügen nutzen konnte.

Mit geballten Fäusten erlaubte sie ihm, sich nach Herzenslust an ihrem Anblick zu laben. Und das tat er auch. Genüsslich versuchte er, sich jedes reizvolle Detail ihres Körpers einzuprägen: ihre bebenden, vollen Brüste mit den lieblichen blassrosa Brustwarzen, die sinnliche Vertiefung ihrer Taille und die großzügigen Kurven ihrer Hüften.

Sein Blick wanderte weiter nach unten zu ihren langen, wohlgeformten Beinen und ... *Gott verdammt!*

Ihm fielen drei Dinge zugleich auf: Erstens hatte sie die hübscheste Pussy, die er je gesehen hatte. Zweitens war sie so heißblütig, wie er gehofft hatte, denn ihr Schamhaar war bereits feucht vor Erregung. Und drittens war sie kein echter Rotschopf.

„Mein Gott, du bist einfach perfekt", murmelte er mit kehliger Stimme.

Sie stieß einen wimmernden Laut aus, der ihn dazu veranlasste, sie rücklings auf die Tischoberfläche zu drücken und hart zu küssen, bevor er dazu überging, den Rest ihres Körpers mit Lippen und Zunge zu erforschen: ihren langen, samtigen Hals, ihr elegantes Schlüsselbein, das Tal zwischen ihren bebenden Brüsten. Als er seine Hände um diese schloss und sie leicht zu kneten begann, stöhnte sie laut auf.

„Was für bezaubernde, kleine Brustwarzen du doch hast", sagte er und blies sanft auf eine der steifen Knospen. „Gefällt es dir, wenn jemand daran leckt und saugt?"

Überrascht riss sie die Augen auf. „J-ja?"

„Das klingt nicht sehr überzeugt." Als er auf die andere blies, spürte er, wie sie heftig erzitterte. „Warum bist du dir nicht sicher?"

„Weil ... äh ... Nun, es kommt ganz darauf an, oder nicht?", erwiderte sie und fuhr sich mit der Zunge über die Lippen. „Ob es mir gefiele oder nicht, hinge ganz davon ab, wie geschickt die Aktivität ausgeführt würde, nicht wahr?"

Oho ... Sollte das etwa eine weitere Herausforderung sein?

„Mir scheint, mein Engel", sagte er amüsiert, „dass du ganz genau weißt, wie man jemandem den Fehdehandschuh hinwirft."

Bevor sie etwas erwidern konnte, beugte er sich hinunter und umschloss eine ihrer Brustwarzen mit dem Mund.

～

Gütiger Himmel! Was er da tat, fühlte sich ... unbeschreiblich an.

Bea stöhnte genüsslich auf, während ihr unbekannter Liebhaber erst ihre eine, dann die andere Knospe mit Lippen und Zunge verwöhnte. Sie hatte stets angenommen, dass dieser Teil ihrer Anatomie lediglich dem Säugen von Neugeborenen diente, aber nun wurde sie eines Besseren belehrt. Mit jeder seiner Berührungen pulsierte es heftig zwischen ihren Schenkeln.

„Oh!", keuchte sie.

„War das ein gutes *Oh?*", fragte er und hob den Kopf. Eine Locke seines frisierten Haars hatte sich gelöst und fiel ihm in die Stirn, was seinen jungenhaften, aber auch sinnlichen Charme nur noch verstärkte. „Oder muss ich mich mehr anstrengen?"

Es war zuvor nicht ihre Absicht gewesen, seine Fähigkeiten in Frage zu stellen, sie hatte nur versucht, ihren Mangel an Erfahrung zu überspielen. Allerdings bedauerte sie die versehentliche Herausforderung nicht, wenn dies das Ergebnis war.

„Das kannst du sicher noch besser, oder nicht?", platzte sie heraus.

Er schenkte ihr ein träges Lächeln und tat anschließend etwas mit seiner Zunge, das sie dazu brachte, sich wimmernd aufzubäumen.

„Wie empfindlich du bist, mein Engel. Bist du schon mal allein dadurch gekommen, dass jemand deine Titten geleckt hat?"

Sie wusste nicht, ob es seine verruchten Worte waren oder die Frage an sich, die ihr einen elektrisierenden Schock durch den Körper jagte. Mit „gekommen" spielte er vermutlich auf die heimliche Befriedigung an, die sie sich selbst schon öfter in der Privatsphäre ihres Bettes verschafft hatte. Das, was bisher geschehen war, ließ jedoch darauf schließen, dass dieser

Fremde ihr eine noch weitaus größere Ekstase bescheren könnte.

Sie musterte ihn mit großen Augen und schüttelte den Kopf. „Nein.“

„Nun, es gibt für alles ein erstes Mal“, erwiderte er grinsend.

Dann legte er abermals den Mund auf eine ihrer Brustwarzen und begann, enthusiastisch daran zu saugen. Ein heißes, prickelndes Gefühl durchströmte sie, und sie spürte, wie sich ein köstlicher, kaum auszuhaltender Druck in ihr aufbaute. Nach einer Weile wechselte er zu ihrer anderen Knospe und schenkte dieser dieselbe Aufmerksamkeit, während er diejenige, die er zuvor liebkost hatte, zwischen Daumen und Zeigefinger rollte.

Ihre Lust steigerte sich ins Unermessliche. Hilflos zuckte sie mit den Beinen, während die intime Stelle zwischen ihren Schenkeln vor Verlangen pulsierte. Plötzlich packte er sie an der Hüfte, zog sie zu sich heran und presste seinen muskulösen Oberschenkel gegen ihre heiße Scham. Sie stöhnte auf und rieb sich verzweifelt an ihm, immer schneller, bis sie von einer Welle der Ekstase übermannt wurde.

Einen Moment lang lag sie atemlos da und genoss den Rausch der soeben erlebten Verzückung. Als sie die Augen öffnete und ihn ansah, bemerkte sie seinen eindringlichen Blick.

„War das gut so?“, fragte er mit einem Schmunzeln, das ihr verriet, dass er die Antwort bereits kannte.

„Es war fantastisch“, gab sie zu.

„Du bist fantastisch“, erwiderte er und ließ seine Lippen über ihre Brüste streifen. „Ich kann es kaum erwarten herauszufinden, ob jeder Teil deines Körpers so köstlich ist.“

„J-jeder Teil?“, stammelte sie.

Lächelnd senkte er den Kopf und bahnte sich seinen Weg über ihre Rippen und ihren Bauch nach unten, wobei er jeden

Zentimeter ihrer Haut küsste. Bevor sie registrieren konnte, was er vorhatte, spreizte er ihre Schenkel noch weiter auseinander und presste seine Lippen ...

„Gütiger Himmel!"

Sie hatte nicht so schrill aufschreien wollen, aber die heiße, feuchte Berührung seiner Zunge an ihrer intimsten Stelle entriss ihr jegliche Kontrolle. Weitere erstickte Laute entfuhren ihr, während er sie auf eine Weise verwöhnte, die sie sich nicht einmal in ihren kühnsten Träumen hätte ausmalen können.

„Verdammt, du schmeckst so unglaublich süß", knurrte er, und die Vibration seiner Stimme jagte ihr einen wohligen Schauer über den Rücken. „Wie ein reifer, saftiger Pfirsich. Ich bekomme gar nicht genug von deiner Pussy."

Ohne den Blick von ihrem abzuwenden, ließ er seine Zunge über ihre triefende Spalte gleiten. Seine verruchten Worte, die ihr eigenes Vokabular um ein Vielfaches bereicherten, brachten ihr Blut zusätzlich in Wallung. Als er sich genüsslich die Lippen leckte, wurde sie von einer Welle schamloser Erregung erfasst. Er genoss den Akt ebenso sehr wie sie ... Gut, vielleicht nicht *ganz* so sehr. Sie ließ den Kopf zurück auf die Schreibunterlage sinken und gab sich den unbeschreiblichen Gefühlen hin, die seine sündhaften Berührungen in ihr auslösten.

Nach einer Weile fand er ihren geheimen Lustknoten und begann, die feste, kleine Perle mit seiner Zunge zu reizen. Unwillkürlich zuckte sie mit den Hüften und stieß einen flehentlichen Laut aus.

„So ist es gut, mein Engel. Reib dich an meiner Zunge", murmelte er mit belegter Stimme. „Zeig mir, wie sehr du es genießt, von mir verwöhnt zu werden."

Wimmernd folgte sie seiner Aufforderung und presste sich immer schneller und fordernder gegen seinen Mund, bis er die Lippen um ihre Perle schloss und daran zu saugen begann.

Halb von Sinnen vor Lust erreichte sie abermals den Gipfel ihrer Ekstase.

Langsam hob er den Kopf und bedachte sie mit einem glühenden Blick. Dann ließ er einen Finger in ihre feuchte Hitze gleiten, und sie zuckte zusammen ... nicht vor Schmerz, sondern vor Überraschung. Noch nie zuvor hatte jemand diese intimste aller Stellen in ihr berührt. Instinktiv zogen sich ihre Scheidenmuskeln um ihn zusammen.

„Mmmh, das war sehr gut, wie du in meinen Mund gekommen bist", lobte er sie. „Gott, ich kann es kaum erwarten, deine enge, kleine Pussy um meinen Schwanz zu spüren."

Seine Worte weckten eine schmerzhafte Sehnsucht in ihr, die sie seit Jahren unterdrückt hatte. Gleichzeitig klammerte sie sich verzweifelt an den Resten ihrer Vernunft fest: Jetzt, da sie diesen Punkt erreicht hatten, musste sie etwas Wichtiges ansprechen.

„Es, äh, gibt da etwas ..."

Normalerweise war sie nicht um Worte verlegen, aber hierbei ging es um ein heikles Thema, auf das sie trotz vorheriger Übungsversuche einfach nicht vorbereitet war. Während sie versuchte, sich an ihre einstudierten Sätze zu erinnern, zog er Weste und Hemd aus ... und angesichts seiner Männlichkeit stockte ihr der Atem.

Seine Schultern und Arme waren von hervortretenden Sehnen überzogen, und jeder Zentimeter seines Oberkörpers schien aus Muskeln zu bestehen. Seine breite Brust war leicht behaart, und der hellbraune Flaum zog sich in einer dünnen Linie über seinen Bauch hinunter bis zum Bund seiner Hose. Als ihr Blick auf seinen Schritt fiel, musste sie angesichts der beachtlichen Beule, die sich dort abzeichnete, schlucken.

Dieser Teil von ihm würde bald in ihr sein ... Was zu unwiderruflichen Konsequenzen führen könnte, wenn sie keine Vorsichtsmaßnahmen ergriff. Und genau aus diesem Grund hatte sie das Präservativ mitgebracht, das neben ihrer Pistole in ihrer Rocktasche steckte.

Bevor sie etwas sagen konnte, griff er nach seiner Weste, und der Anblick des Schutzes, den er herauszog, erfüllte sie ebenso mit Erleichterung wie mit dem Bedürfnis zu lachen. Er war nicht nur vorbereitet, sondern ging auch ganz lässig damit um. Die Tatsache, dass er die Verantwortung für die Folgen seines Vergnügens übernahm, sagte einiges über seinen Charakter aus.

Amüsiert hob er eine Braue. „Was wolltest du gerade sagen?"

„Das ist unwichtig. Du, äh, scheinst die Sache im Griff zu haben."

Ein träges Lächeln breitete sich auf seinem Gesicht aus. „Ich weiß nicht, was mich mehr erregt: dein unvergleichlicher Charme oder deine Diskretion."

Mit diesen Worten öffnete er den Verschluss seiner Hose, und sie stützte sich auf die Ellbogen, um ihm dabei zusehen zu können. Ihre Augen weiteten sich, als sein hartes Glied zum Vorschein kam.

Gütiger Himmel ... Er ist riesig! Wie soll er nur in mich hineinpassen?

An dem langen, braunrosafarbenen Schaft traten mehrere Venen hervor, und als ihr Liebhaber eine Hand darumlegte, schaffte er es kaum, ihn vollständig mit den Fingern zu umschließen. Ihr Magen flatterte nervös. Gleichzeitig wurde sie feucht vor Erregung, als sie sah, wie ein paar Tropfen aus dem Schlitz quollen und über seine Faust rannen.

Er positionierte die samtige, geschwollene Spitze seines Glieds an ihrer Scham und rieb über ihre Spalte, bis sie sich vor Ungeduld auf dem Tisch hin- und herwand.

„Bist du bereit für mich, mein Engel?", flüsterte er.

War sie bereit für dieses neue Abenteuer, das vor ihr lag?

Ja, ja, o ja!

„Nimm mich", hauchte sie atemlos.

Wortlos streifte er sich das Präservativ über, band es fest und dann …

Als sein harter, riesiger Schwanz in sie hineinglitt, stöhnte sie vor Wonne auf. Entgegen ihren Befürchtungen verspürte sie keinen Schmerz. Nichts in ihr schien zu reißen. Nach anfänglichem Unbehagen entspannten sich ihre Muskeln und erlaubten ihr, ihn immer tiefer in sich aufzunehmen. Das Gefühl, einen Mann in sich zu haben, auf diese natürlichste aller Arten mit ihm verbunden zu sein, erfüllte sie mit Staunen.

„Verdammt, bist du eng", knurrte er, und obwohl seine Wangen vor Erregung gerötet waren, musterte er sie stirnrunzelnd. „Alles in Ordnung, mein Engel?"

„Es geht mir gut", erwiderte sie und ließ ihre Finger über seinen markanten Kiefer gleiten. „Das letzte Mal ist, äh, nur schon eine Weile her."

Genauer gesagt habe ich eine Ewigkeit auf das hier gewartet … auf dich.

„Ist das so?", fragte er und bedachte sie mit einem glühenden Blick. „Dann werde ich mich zurückhalten, bis du mich anflehst, es dir so richtig hart zu besorgen."

Bevor sie etwas erwidern konnte, beugte er sich zu ihr hinunter und küsste sie. Die heiße Berührung seiner Lippen fegte sämtliche Gedanken aus ihrem Kopf. Sein Kuss war ebenso fordernd wie die Bewegungen seiner Hüften. Jeder Vorstoß seiner Zunge und seines Schwanzes zeugte von Gründlichkeit statt Gewalt, von Geduld statt Aggression. Und sie sehnte sich nach mehr.

Mehr von seiner Zunge, seinem harten Schaft … von *ihm*.

„Bitte", flüsterte sie gegen seine Lippen. „Ich will … Ich brauche …"

„Das hier?", fragte er und ließ seine Hüften gegen sie schnellen. „Willst du es härter, mein Engel?"

„Ja!", stöhnte sie.

„Und tiefer auch?" Bevor sie wusste, wie ihr geschah, hatte er ihre Knie nach hinten gedrückt und nahm sie mit einer Unerbittlichkeit, die sie Sterne sehen ließ. „Willst du meinen Schwanz so tief wie möglich in deiner engen Pussy spüren?"

Statt einer Antwort gab sie wirre Laute der Verzückung von sich, während er sie in immer schnellerem, härterem Tempo nahm, bis sie vor Lust den Verstand zu verlieren drohte. Das erotische Geräusch ihrer nackten Haut, die bei jedem Stoß aneinanderklatschte, erfüllte den Raum. Als er dazu überging, im Rhythmus seiner Stöße an ihren Brüsten zu saugen, vergrub sie die Finger in seinem Haar und gab sich den aufbrausenden Wogen ihres herannahenden Höhepunkts hin.

„Ich kann spüren, dass du gleich kommst", knurrte er und sah sie mit vor Leidenschaft sprühenden Augen an. „Gott, wie brav du meinen Schwanz in dir aufnimmst .. Einfach alles an dir ist *perfekt*!"

Er stieß noch ein, zwei weitere Male in sie hinein, bevor er laut stöhnend das Gesicht in ihrer Halsbeuge vergrub und sich bebend seinem Orgasmus hingab. Anschließend hob er sie hoch, trug sie zu einem der Sofas vor dem Kamin hinüber und ließ sich mit ihr darauf nieder.

Überwältigt von dem Rausch ihrer Ekstase schmiegte sie sich an ihn und entschwebte glückselig ins Land der Träume.

Als Bea die Augen öffnete, stellte sie fest, dass ihr Liebhaber tief und fest schlief.

Um ihn nicht zu wecken, löste sie sich so behutsam wie möglich aus seiner Umarmung, erhob sich und verharrte mit angehaltenem Atem, als er etwas Unverständliches murmelte und sich auf dem Sofa umdrehte. Sie wartete, bis er wieder still dalag, bevor sie auf Zehenspitzen durchs Zimmer schlich, ihre Kleidungsstücke zusammensuchte und sich anzog.

An der Tür hielt sie inne und warf einen letzten Blick auf diesen unvergleichlichen Mann, der ausgestreckt auf der Couch lag.

Sein Gesicht sah mit Bartschatten noch besser aus. Seine muskulöse Brust hob und senkte sich friedlich. Er war eine herrliche Fantasie, die allein ihr gehört hatte ... Zumindest für eine Nacht.

Danke, flüsterte sie in ihrem Herzen. *Ich werde nie vergessen, wie schön ich mich in deinen Armen fühlte.*

Dann öffnete sie die Tür und ging leise hinaus.

Kapitel Vier

Am folgenden Nachmittag war Bea mit Fancy Sheridan zum Kaffeekränzchen in ihrer Gartenlaube verabredet. „Erzähl mir alles über den Maskenball, Bea, und lass bloß nichts aus!", verlangte ihre Busenfreundin.

Zahlreiche Schmetterlinge flatterten durch die weitläufigen Grünanlagen von Camden Manor, um sich an den Blumen zu erfreuen, die speziell für sie dort gepflanzt worden waren. Auf dem Zierteich tummelten sich Enten und verursachten winzige Wellen, in denen sich das Tageslicht wie in unzähligen Diamanten brach. Die Sonne wärmte die hohe Steinmauer, die den Garten und das Herrenhaus vor neugierigen Blicken schützte.

Es war ein ganz normaler Sommertag in Beas sicherem Hafen, und doch nahm sie alles mit einer ganz neuen Schärfe wahr. Es kam ihr so vor, als hätten die Abenteuer der letzten Nacht einen unsichtbaren Schleier zwischen ihr und der Welt zerrissen. Alles wirkte lebendiger, leuchtender, ihre Sinne nahmen jedes noch so kleine Detail um sie herum in sich auf. Die warme Brise, die ihre Haut streichelte. Der Duft von geschnittenen Hecken, Lavendel und Eisenkraut. Der angenehme Muskelkater, den sie noch nie zuvor verspürt hatte ...

Als sie die Neugierde in Fancys rehbraunen Augen sah, wollte sie nichts lieber, als die Geschehnisse der vergangenen Nacht mit ihrer besten Freundin zu teilen. Vor fünf Jahren war Bea mit gebrochenem Herzen nach Camden Manor gekommen. Sie hatte das Anwesen gerade frisch erworben und sah in ihm einen Rückzugsort, an dem sie sich nicht davor fürchten musste, jemals wieder irgendwem zu vertrauen. Alles, was sie wollte, war Privatsphäre, der Trost der Abgeschiedenheit.

Dann jedoch war die Familie Sheridan aufgetaucht.

Fancys Vater, Milton Sheridan, war ein fahrender Kesselflicker, und er und seine Familie hatten auf der Suche nach Arbeit bei ihr angeklopft. Da Camden Manor von seinem Vorbesitzer mehr oder weniger als Trümmerhaufen zurückgelassen worden war, hatte Bea sie unter Vorbehalt eingestellt. Die Sheridans hatten sich jedoch nicht nur als unentbehrlich bei der Restaurierung des Anwesens erwiesen, sie brachten Bea zudem wahre Freundlichkeit entgegen, ebenso wie etwas, das sie als privilegierte Tochter eines Herzogs nie erfahren hatte: Akzeptanz für das, was sie war.

Sie hatten ihr geholfen, das Vertrauen in sich selbst wiederzuerlangen und eine neue Bestimmung zu finden. Obwohl sie eine wandernde Familie waren, machten sie Beas Anwesen seither zu einer festen Station auf ihrer Reise und blieben den Sommer über bis nach der Ernte in einer speziell für sie reservierten Hütte. Das ganze Jahr über freute sich Bea auf ihre Ankunft. Und während sie in ihrem neuen Leben als die wohlhabende Jungfer Miss Beatrice Brown bekannt war, hatte sie den Sheridans die Wahrheit über ihre Vergangenheit anvertraut.

Insbesondere Fancy war zu einer ihrer engsten Vertrauten geworden.

Mit zweiundzwanzig war sie zwar nur zwei Jahre jünger als Bea, wirkte aber aufgrund ihrer geflochtenen Zöpfe, den großen, braunen Augen sowie ihrer zierlichen Statur wesentlich jugendlicher. Obwohl sie nicht die leibliche Tochter der Sheridans war – ihr Vater hatte sie als kleines Kind in einem Feld ausgesetzt vorgefunden –, behandelten sie sie wie ihr eigen Fleisch und Blut. Das Leben als Zögling eines fahrenden Kesselflickers hatte ihr eine Weisheit verliehen, die über ihr Alter hinausging. Von Natur aus war Fancy schüchtern und eher zurückhaltend ... bis man sie besser kennenlernte.

Im Gegensatz zu ihren angeblichen „Freunden" in London entdeckte Bea mit der Zeit, dass sich hinter Fancys Fassade wahre Schönheit verbarg, sowohl innerlich als auch äußerlich. Die junge Frau brachte sie sogar dazu, wieder an Freundschaft zu glauben. Mit ihr konnte man durch dick und dünn gehen, und in der Tat war sie es gewesen, die Beas Schmetterlingskostüm für den Maskenball angefertigt hatte, da das Nähen zu einer ihrer zahlreichen Fertigkeiten zählte.

Sie hatte Bea sogar zu dem Ball begleiten wollen, aber diese war entschieden dagegen gewesen. Es war eine Sache, selbst ein Risiko einzugehen, aber eine ganz andere, ihre Freundin zu gefährden. Sie würde sich nicht für die Güte der Sheridans revanchieren, indem sie Fancy Schaden zufügte.

Dafür konnte sie die Geschehnisse des Abends rückwirkend mit ihr teilen. Sie trank einen stärkenden Schluck Tee und gab eine Kurzfassung der Ereignisse wieder, wobei sie insbesondere den gut aussehenden Fremden hervorhob, der als Einziger ihr Kostüm erraten hatte.

„Und dann habe ich ein paar, äh, intime Stunden mit ihm verbracht", schloss sie mit hochroten Wangen.

„Wie war es? Tat es nicht weh, als er ... Du weißt schon ...?" Fancy sah sie mit großen Augen an, während sie mit der einen

Hand ein Loch formte und den Zeigefinger der anderen Hand hindurchsteckte.

Beinahe hätte Bea sich an ihrem Tee verschluckt. „Gütiger Himmel, wo hast du denn diese ordinäre Geste gelernt? Sprich es besser aus, meine Liebe."

Fancy sah sich nervös im Garten um, obwohl niemand in der Nähe war, der sie hätte belauschen können ... außer vielleicht Beas Hund, Zeus. Sie hatte den gestromten Bullterrier blutend am Straßenrand gefunden, wo irgendein Mistkerl ihn zweifellos nach einem Hundekampf zum Sterben zurückgelassen hatte. Sie hatte das verletzte Tier gerettet und es nach dem Gott des Donners benannt, wegen der blitzförmigen Narbe auf seiner Stirn. Im Moment lag Zeus ausgestreckt auf dem Boden der Gartenlaube, und sein Schnarchen verriet ihnen, wie wenig er an dem Gespräch interessiert war.

„Wie war es, mit einem Mann ... intim zu sein?", flüsterte Fancy und errötete bis zu den Haarwurzeln.

Wie soll ich dieses erderschütternde, alles verzehrende Vergnügen in Worte fassen?

Als sie an diesem Morgen erwachte, hatte sie sich irgendwie ... verändert gefühlt. Trotz der wenigen Stunden Schlaf war sie voller Energie gewesen. In der vergangenen Nacht war es nicht darum gegangen, ihre Jungfräulichkeit zu verlieren, sondern sich selbst zu entdecken: die unzähligen, wundersamen Empfindungen, die in ihr schlummerten. Den Rausch, die Lust mit einem anderen zu teilen. Die Freude, im ursprünglichsten Sinne zu spüren, dass man begehrenswert war.

„Es hat meine kühnsten Vorstellungen übertroffen." *Das war wohl die Untertreibung des Jahrhunderts.*

„Inwiefern?"

„Ich wusste einfach nicht, dass es beim Liebesspiel so viele Facetten gibt", antwortete sie aufrichtig. „Neben dem Küssen und dem Akt an sich, meine ich. Und um auf deine vorherige

Frage zurückzukommen: Nein, es hat nicht wehgetan. Zu Beginn war es ein wenig unangenehm, aber nachdem ich mich daran gewöhnt hatte, fühlte es sich irgendwie … natürlich an."

Mmmh, das war sehr gut, wie du in meinen Mund gekommen bist. Ein wohliger Schauer durchfuhr sie, als sie sich an seine verruchten Worte erinnerte. *Gott, ich kann es kaum erwarten, deine enge, kleine Pussy um meinen Schwanz zu spüren …*

Angesichts seiner beachtlichen Größe war es ihr immer noch ein Rätsel, wie er überhaupt in sie hineingepasst hatte. Aber ihr Körper hatte ihn bereitwillig in sich aufgenommen, und das leichte Ziehen in ihrer intimsten Stelle rief ihr einmal mehr ins Gedächtnis, was für ein ausgezeichneter Liebhaber er gewesen war.

„Was gibt es denn sonst noch?", fragte Fancy mit großen Augen.

„Nun, zum einen die Berührungen. Und sagen wir einfach, das Küssen beschränkt sich nicht auf den Mund", erwiderte sie mit einem verlegenen Räuspern.

Wenn dieses Gespräch so weiterging, würden ihre Wangen noch verglühen. Andererseits wollte sie Fancy über die Fakten in Kenntnis setzen, die ihr selbst gefehlt hatten. Mama pflegte stets verwirrende Euphemismen zu benutzen, wenn es um den Akt ging und … Der Gedanke an ihre verstorbene Mutter löste die üblichen Schuldgefühle und Traurigkeit in ihr aus, von daher verdrängte sie die bittersüßen Erinnerungen.

„Gütiger Himmel", hauchte Fancy. „Und das hat dir gefallen?"

„Hat es", gab sie unumwunden zu. „Ach, und ich musste nicht einmal das, äh, Präservativ benutzen, das du für mich besorgt hast. Er hatte selbst eines dabei."

Ursprünglich hatte ihre Zofe Lisette sie über die Existenz solcher Verhütungsmittel informiert, da diese als Französin über viel praktisches Wissen auf dem Gebiet verfügte. Das Problem war gewesen, an eines dieser Dinger heranzukommen. Bea wollte um jeden Preis den Skandal vermeiden, den derartige Nachforschungen im Dorf verursacht hätten.

Wieder einmal war Fancy ihr zu Hilfe gekommen. Als Tochter eines Kesselflickers kannte sie Mittel und Wege, um sich das zu beschaffen, was sie brauchte. Sie hatte die „Vergnügungsvorräte" ihres Bruders durchsucht und tatsächlich gefunden, wonach Bea suchte. Anschließend hatten die beiden Freundinnen kichernd den langen Schlauch aus Schafsdarm begutachtet.

„Er klingt wie ein wahrer Gentleman", seufzte Fancy nun.

„Das war er in jeder Hinsicht."

Abgesehen von seiner verruchten Ausdrucksweise während ihres Liebesspiels vielleicht. Allerdings war es auch nicht sehr damenhaft von ihr gewesen, ihm ein unmoralisches Angebot zu unterbreiten und sich von seinen derben Worten in Erregung versetzen zu lassen.

Nun, dann bin ich eben keine Lady.

„Das freut mich sehr für dich", sagte Fancy. „Wirst du ihn wiedersehen?"

Bea unterdrückte die Sehnsucht, die in ihr aufstieg. „Auf keinen Fall! Er hat mir seinen Namen nicht genannt, ebenso wenig wie ich ihm den meinen. So läuft das nun mal bei diesen einmaligen Angelegenheiten."

„Aber würdest du ihn nicht gerne wiedersehen, wenn er doch so attraktiv und zuvorkommend war?"

Diese Frage verdeutlichte einen der Hauptunterschiede zwischen ihr und Bea: Obwohl die junge Frau eine Vielzahl an praktischen Fertigkeiten besaß, war sie im Herzen eine Träumerin. Sie glaubte an die Liebe, an den Sieg des Guten über das Böse und an Märchen mit einem glücklichen Ende. Und sie weigerte sich partout, sich diesen unerschütterlichen Optimismus austreiben zu lassen. Wenn das Leben ihr eine Kiste Zitronen vorsetzte, würde sie daraus mit Freuden Limonade für das ganze Dorf machen.

Bea hingegen war Realistin. Sie hatte den Preis dafür gezahlt, zu vertrauensselig zu sein. Mittlerweile begriff sie, dass Schönheit und Liebe nicht der Schlüssel zum Glück waren: Wahre Zufriedenheit lag in der Kontrolle des eigenen Schicksals. Wenn jemand ihr Zitronen zuwarf, sammelte sie sie ein und schleuderte sie sofort zurück. Oder sie schlug das Tor zu und ließ die Zitronen dagegenknallen.

„Nur, damit er die Flucht ergreift, sobald er mein Gesicht sieht?", erwiderte sie mit einem verbitterten Lächeln. Das Ziehen an ihrer vernarbten rechten Wange diente als ständige Erinnerung an das, was sie in den Augen der Welt geworden war. „Was letzte Nacht geschehen ist, fand nur statt, weil ich eine Maske getragen habe. Weil er nicht sehen konnte, wer ich wirklich bin."

„Vielleicht *hat* er ja gesehen, wer du bist." Fancy stützte die Ellbogen auf dem Tisch ab und musterte sie mit einem Ausdruck unnachgiebiger Hoffnung. „Immerhin hat er erraten, dass du ein Schmetterling bist, oder nicht? Vielleicht wäre ihm die Narbe egal, die übrigens nicht so schlimm ist, wie du immer tust. Du bist wunderschön, und der richtige Mann würde das erkennen. Außerdem liegt deine Schönheit nicht nur im Äußeren. Du bist großzügig, fürsorglich und ...“

„Reich. Vergiss nicht meine beste Eigenschaft", fügte Bea trocken hinzu.

Fancy warf ihr einen irritierten Blick zu. „Dein Geld ist nicht das Beste an dir."

„Für mich schon. Es ist der Quell meiner Unabhängigkeit, der Grund, warum ich mein Leben nach meinen eigenen Bedingungen führen kann." Und zu diesen Bedingungen würde *niemals* ein gut aussehender, meisterhafter Liebhaber gehören, egal, wie wunderbar die Erfahrung auch gewesen sein mochte. „Die vergangene Nacht war eine Fantasie, nichts weiter. Ich bin froh, dass ich meine Neugierde befriedigen konnte. Aber jetzt werde ich wie gehabt weitermachen und mich um die Dinge kümmern, die wirklich wichtig sind."

„Was könnte wichtiger sein als die Liebe?", warf Fancy ein.

„Das war Lust, keine Liebe." Diese wichtige Unterscheidung durfte sie selbst niemals vergessen. „Außerdem hast du gut reden: Du hast in diesem Jahr zwei Anträge abgelehnt."

„Die hatten nichts mit Liebe zu tun", schnaubte Fancy. „Den Kerlen ging es nur darum, eine Haushälterin, Köchin und Betreuerin für ihre Kinder zu finden. Das alles bin ich schon für meine eigene Familie, warum sollte ich mir noch eine weitere aufbürden?"

Trotz ihres optimistischen Wesens war die junge Frau manchmal verblüffend scharfsinnig. Und obwohl Bea nicht an die Liebe glaubte, unterstützte sie die Träume ihrer Freundin. Fancy hatte sich immer einen Ehemann gewünscht, den sie lieben konnte und von dem sie geliebt wurde. Sie verdiente es, das zu bekommen, was sie wollte.

„Eines Tages wirst du finden, wonach du suchst", sagte Bea und tätschelte die kleine, aber kräftige Hand ihrer Freundin. „Niemand verdient die Liebe mehr als du."

„Du verdienst sie auch", sagte Fancy beharrlich.

Bea lächelte, bereit, das Thema zu wechseln. In Wahrheit hatte sie etwas ziemlich Beunruhigendes zu besprechen. Sie zog ein gefaltetes Stück Papier aus der Tasche ihres Rocks und legte es auf den Tisch.

„Genug der Gefühlsduselei", sagte sie. „Ich habe heute Morgen einen Brief erhalten."

„Noch einen?" Fancy runzelte die Stirn. „Von diesem verdammten Eisenbahnkerl, der dich einfach nicht in Ruhe lassen will?"

Während der vergangenen zwei Monate hatte Bea einen hitzigen Briefwechsel mit einem unausstehlichen Industriellen namens Wickham Murray geführt. Murray wollte eine Eisenbahnstrecke durch ihr Anwesen bauen und hatte ihr wiederholt Angebote zum Kauf ihrer Ländereien unterbreitet. Obwohl Bea jedes Mal ablehnte, kamen immer wieder neue Briefe. Er ließ sich nicht abwimmeln und schlug ihr sogar vor, sich persönlich in London zu treffen ... Der letzte Ort auf der Welt, an dem sie sein wollte.

Sein Verhalten passte allerdings zu den Geschichten, die sie in den Zeitungen über ihn gelesen hatte. Den Artikeln zufolge nannte man ihn aus mehreren Gründen „der eiserne Herzog". Allen voran stand sein geschäftlicher Erfolg: Great London National Railway, das Unternehmen, das er zusammen mit zwei Partnern leitete, war das renommierteste seiner Art und brachte ihm ein gewisses Ansehen ein. Ebenso bezog sich der Spitzname auf seinen Willen, wenn es darum ging zu bekommen, was er wollte. Sein Charme und Verhandlungsgeschick waren legendär.

Und wenn man den Skandalblättern Glauben schenken durfte, erstreckte sich sein Geschick auch auf persönliche Bereiche seines Lebens.

Mit „göttlichem" Aussehen und Reichtum gesegnet, löste er angeblich überall, wo er auftauchte, Massenhysterien unter dem weiblichen Geschlecht aus. Doch selbst, wenn es einer Frau gelang, sein Interesse zu wecken, verlor sie es ebenso schnell wieder. Seine Affären waren kurzlebig und zu zahlreich, um den Überblick zu behalten. Ein besonders reißerisches Klatschblatt behauptete sogar, einige seiner früheren Geliebten befragt zu haben, und diesen „anonymen Quellen" zufolge seien seine Ausdauer und gewisse Teile seiner Anatomie die wahren Gründe für seinen Spitznamen.

Eine letzte Bedeutung gab es dennoch. Mit „Herzog"

wurden gemeinhin die Männer bezeichnet, die Londons Unterschicht beherrschten, und Murray hatte trotz seiner aristokratischen Wurzeln Erfahrungen im Umgang mit dieser gerissenen Gesellschaftsgruppe gemacht. Bevor er Eisenbahnindustrieller geworden war, hatte er einige Jahre lang für einen Geldverleiher gearbeitet. Wie genau der jüngere Sohn eines Vicomte in diese Welt geraten war, blieb allerdings ein Rätsel.

Bea konnte Murrays Charakter demnach in drei Worten zusammenfassen: charmant, arrogant und zwielichtig. Als sie das neue Schreiben betrachtete, bezweifelte sie jedoch, dass es von ihm stammte.

„Dieser Brief scheint anders zu sein als die, die ich zuvor von ihm erhalten habe", sagte sie. „Normalerweise verwendet er teures Briefpapier mit seinem Firmenwappen, nicht derart dünnes Material. Seine Handschrift ist kühner als diese hier, und er hat immer mit seinem Namen unterschrieben, während diese Nachricht anonym ist. Ganz zu schweigen davon, dass ein wesentlich unhöflicherer Tonfall gewählt wurde."

„Was steht denn drin?"

Bea schob ihrer Freundin das Schreiben zu. „Warum liest du es nicht selbst?"

Trotz Fancys mannigfaltiger Talente gab es gewisse Dinge, die ihr schwerfielen. Lesen und schreiben zählten nicht zu den wichtigen Fertigkeiten im Bereich der Kesselflickerei, insbesondere nicht für Frauen. In letzter Zeit hatte sie jedoch ihr Interesse daran bekundet, das Alphabet lernen zu wollen, und Bea war nur zu gerne bereit, ihre Freundin zu unterrichten. Sie hielt es für einen gerechten Tausch, denn Fancy war eine stolze Person, die sich weigerte, mehr als den Lohn einer Näherin für die Kleidung zu nehmen, die sie für Bea anfertigte, egal wie sehr diese auch darauf beharrte, ihr mehr zu zahlen.

Fancy beugte sich über den Brief und fuhr mit dem Zeige-

finger die Worte nach, die sie laut vorzulesen versuchte. „Sei ...
sein ...“

„Konzentriere dich auf eine Silbe nach der anderen“, ermutigte Bea sie.

„Sei-en Sie ge... ge-warnt. Ver-las-sen Sie Ihr An... Anwesen. Wenn n-nicht, wer-den Sie es beru... bereuen.“

„Gut gemacht.“

Fancy starrte sie mit weit aufgerissenen Augen an. „Gütiger Himmel! *Wenn nicht, werden Sie es bereuen?* Was hat das zu bedeuten?“

„Schwer zu sagen, aber es klingt schon sehr bedrohlich, nicht wahr?“, erwiderte Bea.

„Wenn der Brief nicht von Murray stammt, wer hat ihn dann geschrieben?“

Unglücklicherweise war der Industrielle nur eines von Beas Problemen. Nach ihrem Unfall hatte sie sich jahrelang gefragt, was genau an ihr Klatschbasen und Rüpel magisch anzuziehen schien. Nun interessierte es sie nicht mehr. Sie legte nur sich selbst und ihrem Gewissen Rechenschaft ab und scherte sich einen Dreck darum, was andere über sie dachten oder sagten.

„Du weißt doch, wie beliebt ich bin“, sagte sie trocken. „Wie manche Menschen über mich denken ... Und über diejenigen, die ich hier wohnen lasse.“

Da Bea selbst eine Ausgestoßene war, wies sie andere, die sich in einer ähnlichen Lage befanden, nicht ab. Es hatte ganz harmlos angefangen, als sie Sarah Johnson – inzwischen Mrs George Haller – beherbergte, eine ehemalige Prostituierte, die mit ihrem unehelichen Kind nirgends eine Bleibe fand. Es dauerte nicht lange, bis sich herumsprach, dass Bea jeden aufnahm, der hart arbeitete und sich bessern wollte, und schon bald rannten ihr Menschen, die von der Gesellschaft ausgestoßen worden waren, die Tür ein.

Da Bea Farmland besaß, das bewirtschaftet werden musste,

und da diese guten Leute Arbeit brauchten, hielt sie diese Lösung für perfekt. Doch nicht alle waren ihrer Meinung, und es gab genügend Menschen, die ein Hühnchen mit ihr zu rupfen hatten. Ihre schärfsten Gegner waren Junker Crombie, dem das benachbarte Landgut gehörte, und Pastor Wright, der Pfarrer des nahe gelegenen Dorfes. Thomas McGillivray, der eine Koalition von Töpfermanufakturbesitzern im nördlichen Teil der Grafschaft anführte, zählte ebenfalls zu ihren Widersachern. Und dann war da noch Randall Perkins, ein ehemaliger Pächter und Unruhestifter, den Bea einen Monat zuvor des Grundstücks verwiesen hatte.

Jeder dieser Männer hatte seine Gründe, warum er Bea loswerden wollte. Aber würde sich einer von ihnen dazu herablassen, einen Drohbrief zu schicken?

Fancy nagte an ihrer Unterlippe. „Wir müssen etwas dagegen tun."

„Ja, aber was?" Bea trommelte mit den Fingern auf den Tisch. „Normalerweise könnte man die Hilfe der Gerichtsbarkeit in Anspruch nehmen, aber ..."

„Aber Crombie *ist* die Gerichtsbarkeit."

„So ist es. Und wir wissen beide, welche Art von Hilfestellung er mir geben würde."

„'Nen Tritt in den Allerwertesten, meinst du?", schnaubte Fancy.

„Er hat mir nie verziehen, dass ich ihn beim Kauf von Camden Manor überboten habe", räumte Bea mit einem schiefen Grinsen ein. „Allerdings wäre es möglich, dass ich aus einer Mücke einen Elefanten mache. Vielleicht hat sich nur jemand einen harmlosen Scherz erlaubt."

„Für mich klingt das nicht nach 'nem Scherz", erwiderte Fancy und fügte nach kurzem Zögern hinzu: „Hast du mal dran gedacht, deinen Bruder zu kontaktieren? Er ist doch ein Herzog, nicht wahr? Er könnte doch sicher etwas tun."

Bei der Erinnerung an ihre letzte Begegnung mit Benedict, am Grab ihrer Eltern vor über fünf Jahren, schnürte es ihr die Kehle zu. Sie hatten sich gestritten und beide Dinge gesagt, die nicht mehr zurückgenommen werden konnten. Und die Wunden, die sie sich zugefügt hatten, waren nicht nur durch Worte verursacht worden. Benedicts Besessenheit von Rache hatte unsägliches Leid nach sich gezogen.

Sie wusste nicht, wie sie sich je mit ihm aussöhnen sollte ... oder ob sie das überhaupt wollte. Zu viel war geschehen. Sie und ihr Bruder waren nicht länger die Menschen, die sie einst waren.

Benedict schickte ihr weiterhin ab und zu Briefe. Da sie jedoch alle die gleiche Botschaft enthielten, machte sie sich nicht die Mühe, ihm zu antworten. Er konnte sie nicht davon überzeugen, dass sie immer noch Lady Beatrice Wodehouse war ... Genauso wenig, wie sie ihn von dem Weg abbringen konnte, den er eingeschlagen hatte.

Oder wen er gewählt hatte, um ihn mit ihm zu gehen.

„Meinen Bruder da hineinzuziehen, ist die Mühe nicht wert", sagte sie barsch.

Fancy kannte sie gut genug, um zu wissen, dass jede weitere Diskussion zwecklos war. „Ich mach mir einfach Sorgen um dich, so ganz allein in diesem Haus."

„Ich bin nicht allein. Ich habe Zeus ... und Gentleman Henderson." Was ihrem Butler an konventionellen Fähigkeiten fehlte, die man von einem Diener erwartete, wie etwa Höflichkeit, machte er durch seine Vorzüge als ehemaliger Preisboxer mehr als wett. „Sollte es jemand wagen, hier einzudringen, wird er ihn sofort aus dem Weg räumen."

„Trotzdem werde ich meinen Vater und die Jungs bitten, dafür zu sorgen, dass alle Schlösser in Ordnung sind ..."

Beide Frauen erschraken, als Zeus unvermittelt aufsprang und zu knurren begann.

„Was ist denn los, mein Guter?", fragte Bea alarmiert.

Der Bullterrier bellte zweimal und rannte aus der Gartenlaube in Richtung der hinteren Mauer. In diesem Moment bemerkte sie, wie das hohe Gestrüpp auf der anderen Seite hin- und herwackelte ... als ob etwas – oder jemand – darin herumschlich.

„Du lieber Himmel!" Das Herz schlug ihr bis zum Hals. „Da ist ein Eindringling!"

Kapitel Fünf

Während Wick sich durchs Gebüsch kämpfte, um die Mauer zu inspizieren, die Miss Browns ländliche Festung umgab, war er nicht gerade bester Laune. Vergangene Nacht hatte er das bislang größte Vergnügen seines Lebens empfunden, ein Vergnügen, bei dem es nicht nur darum ging, seinen Schwanz in die nächstbeste Pussy zu stecken (obwohl es die engste, feuchteste, verführerischste Pussy war, die er je hatte genießen dürfen).

Er hatte eine Verbindung gespürt, die tiefer ging als Lust, die ihm so real und kostbar erschienen war, dass er angenommen hatte, seine maskierte Gefährtin hätte sie ebenfalls fühlen können.

Verdammt, nach dem Akt hatte sie sich sogar selig an ihn geschmiegt, während er in einen tiefen, befriedigten Schlummer fiel. Und davor war sie mindestens dreimal gekommen, womöglich öfter, wenn man bedachte, wie fest ihre Scheidenmuskeln sich unentwegt um ihn zusammengezogen hatten.

Doch trotz alledem war er allein in dem Arbeitszimmer aufgewacht.

Sie hat sich nicht einmal die Mühe gemacht, ein paar

Abschiedsworte zu hinterlassen. Finster starrte er die ungerührte und ziemlich hohe Mauer an. War er für die schöne Unbekannte nichts weiter gewesen als ein zweckdienlicher Schwanz? Eine Möglichkeit, sich Befriedigung zu verschaffen?

Teufel noch eins. Irgendwie fühlte er sich ... benutzt.

Nachdem er sich für diesen albernen Gedanken gerügt hatte, suchte er Halt an kleinen Steinvorsprüngen in der Mauer und begann, daran hinaufzuklettern. Sie hatten einander nichts versprochen. Die maskierte Dame hatte ihm nicht einmal ihren Namen genannt. Wie so viele andere Frauen vor ihr, war sie nichts weiter als eine flüchtige Ablenkung gewesen. Wenn er sich enttäuscht fühlte, war er selbst schuld.

Mit einem Rest von Unmut darüber, allein aufgewacht zu sein, hatte er sich auf den Weg zu Miss Browns Anwesen gemacht, nur um feststellen zu müssen, dass das Eingangstor verschlossen war. Da niemand zugegen war, um es zu öffnen, hatte er sich gezwungen gesehen, das Schloss zu knacken ... eine Fertigkeit, die er nicht in der Londoner Unterwelt, sondern in Eton gelernt hatte (da sollte noch einmal jemand sagen, Internate würden ihren Schülern keine nützlichen Fähigkeiten vermitteln). Anschließend war er die elegante Einfahrt hinaufgeritten.

Er musste zugeben, dass die widerspenstige Miss Brown wusste, wie man seine Ländereien anständig verwaltete. Auf dem Weg zum Herrenhaus war er an florierenden Farmen vorbeigekommen, an Rindern auf saftigen Weiden und Bauern, die die Heufelder mähten. Die Rasenflächen rund um die Auffahrt waren gut gepflegt, mit natürlichen Baumgruppen hier und da und sattgrünem Gras, das sich bis zu dem efeubewachsenen Hauptgebäude erstreckte.

Das große, dreistöckige Haus mit den beiden Flügeln und hohen, eleganten Bogenfenstern, die viel Licht versprachen, war genau die Art von Wohnsitz, in der Wick sich vorstellen könnte zu leben, falls er sich doch einmal niederlassen sollte. Als er an die Tür klopfte, war er von Miss Browns hünenhaftem Butler begrüßt worden, dessen Zahnlücken und vernarbte Fäuste eher an einen Preisboxer erinnerten als an einen Diener. Und „begrüßt" war in diesem Fall eine Beschönigung.

„Kein Zutritt ohne Einladung", hatte der Riese geknurrt und ihm die Tür vor der Nase zugeknallt.

Obwohl Wick mehrere Minuten lang beharrlich klingelte, öffnete der unverschämte Bastard sie nicht wieder. Kurz hatte er überlegt aufzugeben, verwarf die Idee jedoch gleich wieder. Klein beizugeben lag einfach nicht in seiner Natur. Also hatte er sich auf die Suche nach einem anderen Weg hinein gemacht und eine weitere Mauer gefunden, die den Garten hinterm Haus umgab.

An besagter Mauer hing er nun und realisierte, dass diese offensichtlich nicht zum Klettern gedacht war. Die Sohle seines Stiefels rutschte mehrfach an dem glatten Gestein ab. Er biss die Zähne zusammen und krallte sich mit den Fingern fest, bis er wieder sicheren Halt fand.

Um sich zu motivieren, rief er sich seinen letzten Briefwechsel mit Miss Brown ins Gedächtnis. Er hatte ihr ein höfliches Schreiben geschickt, in dem er ihr ein fürstliches Angebot unterbreitete.

Und was hatte sie darauf geantwortet?

Vielleicht beeinträchtigt die Dicke Ihres Schädelknochens ja Ihre Auffassungsgabe, Sir, deshalb wiederhole ich mich noch einmal: Mein Land steht nicht zum Verkauf. Ob Sie diese Tatsache nun akzeptieren oder nicht, ändert nichts an dem Ergebnis. Ich bitte Sie, meine Zeit nicht länger zu vergeuden. Jede weitere Kontaktaufnahme Ihrerseits wird als Belästigung gewertet.

Belästigung? Verflucht, er hatte ihr das *Doppelte* von dem geboten, was ihr dämliches Stück Land wert war! Nichtsdestotrotz war er höflich geblieben und hatte sie in seinem nächsten Brief auf Kosten der GLNR nach London eingeladen.

Auch darauf war die Antwort kurz und bündig gewesen:

Eher würde ich mich mit dem Teufel persönlich treffen.
Hochachtungsvoll,
Beatrice Brown

Hochachtungsvoll ... von wegen! Nur zu gerne hätte er ihr gesagt, wohin sie sich ihre Hochachtung stecken könne.

Aber was ihre Hartnäckigkeit anbelangte, konnte Wick locker mithalten. Zentimeter um Zentimeter zog er sich an der Mauer hinauf. Einmal machte er den Fehler, nach unten zu schauen, wobei ihm der Hut vom Kopf rutschte und durchs Gebüsch auf den Boden fiel. Mit zusammengebissenen Zähnen richtete er den Blick wieder nach oben und kletterte weiter, bis seine Hand das Eisengeländer auf der Brüstung umschloss. Den scharfen Metallspitzen ausweichend, schwang er sich auf die andere Seite.

„Keine Bewegung!", rief eine weibliche Stimme.

Vor Überraschung verlor er den Halt und stürzte fluchend hinunter. Er spannte die Muskeln an und stöhnte auf, als er unsanft rücklings in einem Busch landete. Nach Luft schnappend versuchte er, sich von den Blättern und Ästen zu befreien, bevor er unelegant über den Boden rollte und stolpernd auf die Füße kam ... Und geradewegs in den Lauf einer Pistole starrte.

Sein Blick wanderte von den schlanken Fingern, welche die Waffe umschlossen hielten, über die bauschigen, blauen Ärmel bis hin zum Gesicht der blonden Frau, die auf ihn zielte.

~

Gütiger Himmel ... Das ist doch der Fremde vom Maskenball!

Verblüfft ließ Bea die Waffe sinken und rief Zeus zurück, der sich knurrend zum Angriff bereit machte. Sie starrte den Mann an, der soeben ihre Mauer erklommen hatte. Was um alles in der Welt hatte er hier zu suchen?

Ihr anfänglicher Schock vermischte sich mit einem seltsamen, schwindelerregenden Gefühl, das ihren Puls in die Höhe schnellen ließ.

Im Tageslicht sah er noch viel beeindruckender aus. Das Halbdunkel des Arbeitszimmers hatte die von der Sonne vergoldeten Strähnen in seinem dichten, kastanienbraunen Haar verschleiert. Sein unglaublich attraktives Gesicht wirkte wie aus Marmor gemeißelt und seine Augen ... Sie waren nicht einfach nur braun, sondern von einem außergewöhnlichen Haselnusston. Ein bronzefarbener Kranz umgab seine Pupillen und verschmolz mit dem tiefen Waldgrün der äußeren Iris.

Seine Schönheit war ... hypnotisierend.

Doch dann wanderte sein Blick zu ihrer rechten Wange – *zu ihrer Narbe.* Seine Augen weiteten sich vor Schock.

Der Zauber zerbrach, und Splitter des Schreckens bohrten sich in ihr Herz.

Wie habe ich das nur vergessen können ...?

Die Falten in seinem perfekten Gesicht schürten ihren Schmerz und ihre Demütigung nur noch mehr, wusste sie doch, dass diese ein Ausdruck der Abscheu sein mussten. Instinktiv dachte sie daran, ihre Wange hinter einer Haarlocke zu verbergen, doch sie weigerte sich, dem aus Schamgefühl geborenen Impuls nachzugeben. Es war ohnehin zu spät. Er hatte die Narbe bereits gesehen, und das Tageslicht enthüllte jedes Geheimnis. Nun wusste er, was sich hinter der Maske verbarg ...

Plötzlich kam ihr ein ganz anderer Gedanke: *Vielleicht weiß er nicht, wer ich bin.*

Die Maske ihres Kostüms hatte ihr komplettes Gesicht verdeckt, und ihr weißblondes Haar, das sie an diesem Tag zu einem strengen Knoten zusammengefasst trug, war unter einer lockigen, feuerroten Perücke verborgen gewesen. In der Nacht zuvor hatte sie ein freizügiges, schwarzes Kleid getragen, das ihre amourösen Aktivitäten erleichtern sollte und das nicht unterschiedlicher sein könnte zu dem biederen, blauen Hauskleid mit den Bischofsärmeln, dem eng anliegenden Mieder und den mehrlagigen Röcken.

Sie war nicht mehr dieselbe Frau, die sie auf dem Ball gewesen war. An diesen Gedanken klammerte sie sich wie eine Ertrinkende an ein Stück Treibholz und hoffte inständig, dass ihr Liebhaber sie nicht erkennen würde ... nicht begreifen würde, dass er mit Lady Beastly geschlafen hatte.

Sie richtete sich auf und straffte die Schultern. „Wer sind Sie und was wollen Sie hier, Sir?"

Stolz bemerkte sie, dass ihre Stimme so distanziert und gebieterisch klang, wie man es von jemandem erwartete, der einen fremden Eindringling auf seinem Grundstück entdeckte. Nicht wie eine Frau, die den Mann ansprach, der ihr in einer leidenschaftlichen Nacht die Jungfräulichkeit genommen hatte.

Er musterte sie unverwandt. „Dasselbe könnte ich Sie fragen."

Sie hoffte, dass das schummerige Kerzenlicht die wahre Farbe ihrer Augen ebenso kaschiert hatte wie die der seinen.

„Das ist mein Anwesen. Ich wohne hier."

„*Sie* sind Miss Beatrice Brown?"

Überrascht hielt sie inne. *Woher kennt er meinen Namen?* Sein Tonfall hatte eine Schärfe angenommen, die ihr nicht gefiel.

Und Fancy schien ihn ebenso wenig zu mögen, denn die junge Frau trat mit entschlossener Miene neben Bea. Trotz ihrer Schüchternheit, was zwischenmenschliche Situationen anbelangte, wusste sie, wie man mit Störenfrieden umging, denn als Tochter eines Kesselflickers hatte sie auf ihren Reisen schon so einiges erlebt.

„Es geht Sie einen feuchten Dreck an, wer die Dame ist!", fauchte Fancy und richtete sich zu ihrer vollen Größe auf … Nur war sie leider immer noch einen Kopf kleiner als der Eindringling. „Sie haben unbefugt Privatbesitz betreten. Am besten klettern Sie wieder über die Mauer, bevor wir Sie von Gentleman Henderson rauswerfen lassen!"

Der Fremde wirkte nicht eingeschüchtert, sondern hob lediglich eine Braue. „Ist das der Riese, der mir die Haustür vor der Nase zugeschlagen hat?"

„Er ist der Butler", informierte Bea ihn. „Und er hat nur seine Arbeit gemacht."

„Er scheint mir eher jemand zu sein, der andere Männer im Ring verprügelt."

„Wir urteilen hier nicht nach dem Äußeren", entgegnete sie schroff.

„Wie lobenswert."

Sie musterte ihn aus zusammengekniffenen Augen. Er hatte eine neutrale Miene aufgesetzt, die ebenso wenig preisgab wie ein maskiertes Gesicht. Sie konnte weder sagen, ob er sie erkannt hatte, noch, weshalb er hierhergekommen war. Doch ihr Instinkt warnte sie, dass dieser Mann mit seinem übermäßig guten Aussehen und seinen aalglatten Manieren genauso gefährlich war wie jeder beliebige Halsabschneider.

„Nennen Sie Ihren Namen und Ihr Anliegen, Sir", verlangte sie in einem Ton, der deutlich machte, dass dies keine höfliche Bitte war.

Aus irgendeinem Grund zuckten seine Mundwinkel. Dann verneigte er sich elegant vor ihr.

„Wickham Murray, zu Ihren Diensten."

Oh, verflixt und zugenäht!

„Sie sind Mr Murray von der Great London National Railway?", fragte sie scharf.

„Wie er leibt und lebt", erwiderte er mit einem gewinnenden Lächeln.

Gütiger Himmel, das durfte doch nicht wahr sein! Warum hatte sie ausgerechnet mit ihrem erbittertsten Feind schlafen müssen?

Gleichzeitig half ihr die Erkenntnis dieses törichten Fehlers, ihren Schmerz zu lindern. Ihr entging nicht, wie sein Blick immer wieder zu ihrer Narbe huschte. Zweifellos musste ein Mann von seiner Schönheit ihre Unvollkommenheit abstoßend finden. Sie ärgerte sich darüber, dass ihre Nacht der Ekstase – eine Erinnerung, die ihr ein Leben lang erhalten bleiben sollte – nun ruiniert war.

Wann wirst du es endlich lernen? Das Glück ist nie von Dauer. In diesem Fall hat es nicht einmal länger als ein paar Stunden angehalten.

Darum bemüht, ihre Frustration und ihren Ärger im Zaum zu halten, sagte sie: „Es war reine Zeitverschwendung, nach Staffordshire zu kommen, Sir. Wie ich Ihnen bereits mehrfach schriftlich mitteilte, habe ich nicht die Absicht, meinen Besitz zu verkaufen, und nichts, was Sie sagen oder tun könnten, wird meine Meinung ändern."

Nicht einmal, mich ins Bett – oder besser gesagt, auf den Schreibtisch – zu bringen und mir einen unvergesslichen Höhepunkt zu bescheren.

Drei Höhepunkte, warf eine lästige Stimme in ihrem Kopf ein. Als ob sie daran erinnert werden müsste.

Sie verschränkte die Arme vor der Brust und warf Murray einen abschätzigen Blick zu.

„Und wie *ich* Ihnen bereits mehrfach geschrieben habe, Miss Brown, ist es meine Aufgabe, Meinungen zu ändern." Bevor sie auf diese arrogante Aussage antworten konnte, drehte er sich zu Fancy um und fügte lächelnd hinzu: „Entschuldigen Sie bitte meine Unhöflichkeit, Miss. Ich glaube, wir wurden einander noch nicht vorgestellt?"

Fancy blinzelte verwirrt. Sie war zweifellos hin- und hergerissen zwischen dem, was sie über Murray wusste, und dem, was ihr nun gegenüberstand: ein anbetungswürdiger Adonis, der ihrer schroffen Art mit entwaffnender Höflichkeit begegnete. Als Tochter eines fahrenden Kesselflickers war sie es nicht gewohnt, mit Respekt behandelt zu werden. Doch Murray sprach mit ihr, als wäre sie eine Herzogin, um deren Audienz er bat.

„Ich bin Fancy Sheridan", erwiderte sie verunsichert. „Miss Beatrices Freundin."

„Miss Brown kann sich wirklich glücklich schätzen, eine solch treue Gefährtin an ihrer Seite zu haben", sagte Murray und verneigte sich vor ihr, woraufhin sie errötete. „Oder besser gesagt, *zwei* treue Gefährten."

Er ging in die Hocke und lockte Zeus mit einer Geste zu sich. Irritiert beobachtete Bea, wie ihr Hund auf ihn zutrottete, an seiner Hand schnüffelte und sie schließlich ableckte.

Murray kraulte den Bullterrier kurz hinterm Ohr, bevor er sich wieder erhob.

„Ich entschuldige mich für mein unangemeldetes Erscheinen, Miss Brown", sagte er. „Glauben Sie mir, ich war ebenso überrascht wie Sie über meine, äh, überstürzte Ankunft auf Ihrem Anwesen."

Das belustigte Funkeln in seinen Augen irritierte sie noch mehr. Weder ihr Vater noch ihr Bruder, ja nicht einmal Croydon, hatten die Kunst beherrscht, sich selbst nicht zu ernst zu nehmen.

Dass Murray nicht nur unverschämt gut aussah, sondern auch noch eine charmante Persönlichkeit besaß, war einfach ungerecht.

„Solange Ihre Abreise ebenso überstürzt erfolgt, werde ich mich nicht beschweren", erwiderte sie schnippisch.

Wunderbar, nun wirkte sie im Gegensatz zu ihm wie eine übellaunige Gewitterziege.

Doch daran schien er sich nicht zu stören. „Wann wäre denn ein günstigerer Zeitpunkt für einen Besuch?"

„Wenn die Hölle zufriert, würde ich sagen."

Wieder zuckten seine Mundwinkel auf verdächtige Weise.

„Dann also morgen? Um die Mittagszeit?", fragte er.

„Da werde ich nicht zu Hause sein."

„Generell ... oder nur in meinem Fall?"

Sie bedachte ihn mit einem Blick, der jeden anderen Mann in die Flucht geschlagen hätte.

Murray jedoch wirkte nur ... amüsiert. „Also gut, wie Sie wollen. Aber wir haben etwas zu regeln, Miss Brown, und das wird geschehen, wenn nicht morgen, dann irgendwann in nächster Zeit. Bis dahin."

„Es gibt nichts zu klären ...", begann sie, doch er hatte sich bereits umgedreht und marschierte zurück zur Mauer. Zu ihrem Erstaunen begann er, die Barriere erneut zu erklimmen, eine Demonstration männlicher Athletik, die absolut *nicht* für ihren rasenden Puls verantwortlich war. Oben angekommen, kletterte er über die Eisenzacken und hielt inne, um sich noch einmal zu ihnen umzudrehen.

„Adieu, meine Damen!", rief er.

Hatte der verfluchte Kerl ihr gerade *zugezwinkert*? Bevor sie ihm einen vernichtenden Blick zuwerfen konnte, war er auf der anderen Seite verschwunden.

„Warum hat er nicht einfach gefragt, ob er zur Vordertür raus darf?", fragte Fancy verwundert.

„Weil er ein arroganter Bastard ist, der sich gerne aufspielt", murmelte Bea.

Kapitel Sechs

Wenn Bea ihre Pächter besuchte, nahm sie sich in der Regel Zeit, um die ertragreichen Farmen und den soliden Viehbestand zu begutachten. Sie war sehr stolz auf ihr Anwesen und die Leistungen ihrer Bauern. Als sie jedoch an diesem Morgen an den Höfen vorbeiritt, war sie tief in Gedanken versunken.

Weiß Murray, dass ich die maskierte Dame bin? Hat er aufgegeben und ist nach London zurückgekehrt?

Zwar hatte sie ihn seit dem vorherigen Tag nicht mehr gesehen, doch seine Abwesenheit war vergleichbar mit der Ruhe vor dem Sturm. Ihre Intuition und das, was sie über ihn gelesen hatte, deuteten darauf hin, dass er kein Mann war, der leicht aufgeben würde ... Wenn überhaupt. Hinter seinem unbekümmerten Charme verbarg sich etwas Lauerndes, Rücksichtsloses. Er erinnerte sie an den Löwen, den sie einmal im Zoologischen Garten im Regent's Park gesehen hatte. Das gelbbraune, geschmeidige Tier war faul umherspaziert und hatte die Kaninchen, die in seinem Käfig ausgesetzt worden waren, scheinbar nicht bemerkt ... nur, um sich plötzlich blitzschnell auf seine Beute zu stürzen.

Bea hatte nicht vor, sich von einem Mann in die Enge treiben zu lassen, ganz gleich, wie attraktiv, charmant oder gut im Bett er auch sein mochte. Allerdings befand sie sich in einer prekären Lage, und vor Sorge hatte sie in der vergangenen Nacht kaum geschlafen. Was würde er tun, wenn er herausfand, dass sie seine maskierte Liebhaberin auf dem Ball gewesen war?

Würde er ihr diese Information vorhalten? Sie als Druckmittel benutzen? Würde er damit drohen, ihren Ruf zu ruinieren, wenn sie ihm ihr Anwesen nicht verkaufte?

Sie packte die Zügel fester. *Was geschehen ist, ist geschehen. Du kannst diese Nacht nicht rückgängig machen.*

Das Törichte daran war, dass sie trotz der drohenden Gefahr nicht wusste, ob sie das überhaupt wollte.

Ihre erste intime Erfahrung war magisch gewesen, und das wollte sie sich von niemandem nehmen lassen ... nicht einmal von ihrem Liebhaber selbst. Und was konnte Murray ihr schon groß antun? Wie sie Fancy während ihres Kaffeekränzchens gesagt hatte, war sie in den Augen der Gesellschaft bereits wegen ihrer Narbe ruiniert. Wen kümmerte es, wenn ihr beschädigter Ruf noch ein paar weitere Kratzer abbekam? Sicherlich nicht sie.

Ich werde mich von der Ungewissheit nicht verrückt machen lassen, beschloss sie. *Kommt Zeit, kommt Rat.*

Von dieser Entscheidung beflügelt, stieg sie vor der Hütte der Ellerbys ab, einer der zwei Dutzend Wohnstätten, die sich auf ihrem Grundstück befanden. Als sie das Anwesen erworben hatte, waren die Häuser wegen des vorherigen Vermieters, dem der Profit wichtiger war als der Komfort seiner Mieter, in einem erbärmlichen Zustand gewesen. Eines von Beas ersten Projekten hatte darin bestanden, die Gebäude zu modernisieren und die Strohdächer sowie veralteten Heizöfen zu ersetzen. Sie hatte neue Brunnen graben lassen, sodass frisches Wasser statt kilometerweit nur noch wenige Minuten entfernt war. Neue Fenster, Dielenböden und ein frischer Anstrich vervollständigten die Renovierungsarbeiten.

Seither trugen die Mieter ihren Teil dazu bei, die Häuser in Schuss zu halten. Bea band ihr Pferd an, nahm ihren Korb und ging den Weg zur Hütte der Ellerbys hinauf, wobei sie die gepflegten Rosensträucher und die blitzsauberen Fenster bewunderte. Sie klopfte an die sonnengelbe Tür, die prompt aufschwang.

Bea neigte den Kopf, um der Bäuerin in die Augen sehen zu können.

Ellen Ellerby, die nur etwas mehr als einen Meter groß war, hatte ihren Lebensunterhalt einst als Kuriosität in einem Wanderzirkus verdient. Dann lernte sie ihren Mann Jim kennen, und die beiden hatten auf Camden Manor ein neues Leben begonnen ... im wahrsten Sinne des Wortes. Ellen trug die kleine Janey auf dem Arm, und von drinnen drangen die Schreie ihres vierjährigen Sohnes Johnny zu Bea heraus.

„Tag, Miss Brown", begrüßte die Bäuerin sie und führte sie hinein. Das Häuschen war blitzsauber, und ein Vorhang trennte den Wohnbereich von den Schlafräumen. „Ich hatte gehofft, dass Sie bald mal wieder vorbeischauen würden. Am besten schiebe ich gleich die Haferkekse in den Ofen."

„Bitte machen Sie sich meinetwegen keine Umstände, Mrs Ellerby. Wie geht es Janey heute?"

„Sie ist ein mürrischer kleiner Schreihals", sagte Ellen und schüttelte den Kopf, wodurch sich ein paar Strähnen ihres sandfarbenen Haars unter ihrer Haube lösten. „Weil sie gerade Zähne kriegt, brüllt sie noch lauter als ihr Bruder ..."

Wie aufs Stichwort kam Johnny herbeigerannt und rief: „Miss Brown! Da sind Sie ja!"

„... Was schwer vorstellbar ist", vollendete seine Mutter ihren Satz.

„Hallo, Johnny." Erfreut über die ungekünstelte Begrüßung des Jungen, schenkte Bea ihm ein strahlendes Lächeln. Da er sie schon sein ganzes – wenn auch recht kurzes – Leben lang kannte, war er an ihre Narbe gewöhnt und dachte sich nichts dabei.

Tatsächlich schenkte keiner ihrer Pächter ihrer entstellten Wange ungebetene Aufmerksamkeit, und ihr Anwesen war der einzige Ort, an dem sie sich nicht die Mühe machte, einen Schleier zu tragen. In Wahrheit war sie von den Bauern herzlicher behandelt worden als von ihrer eigenen Familie nach dem Unfall. Der Gedanke beschwor schmerzhafte Erinnerungen herauf: die Frustration ihres Vaters, die zahllosen Quacksalber, die er konsultiert und die „Kuren", die er ihr aufgezwungen hatte. Die verzweifelten Tränen ihrer Mutter. Und ihr Bruder hatte sie nicht einmal mehr ansehen können, ohne von Wut zerfressen zu werden ...

Aus Gewohnheit verbannte sie die qualvollen Bilder aus ihrem Kopf.

Hier, in ihrem neuen Leben, hatte sie eine andere Art von Familie um sich versammelt. Eine, deren Bande stärker waren als Blutsverwandtschaft. Bea und ihre Mieter teilten den Schmerz, Ausgestoßene zu sein, und ihre Verbundenheit vertiefte sich durch das wichtigste Geschenk, das sie sich gegenseitig zu geben vermochten.

Akzeptanz.

Was Murray – und andere, die versucht hatten, ihr Anwesen zu kaufen – nicht verstanden, war, dass Camden Manor mehr war als nur ein Stück Land: Es war ein sicherer Hafen, ein Ort, der Bea in ihrer dunkelsten Stunde gerettet hatte und nun auch anderen Zuflucht bot.

Einen, den sie nicht verkaufen würde, für keine Summe der Welt.

„Haben Sie mir was mitgebracht, Miss Brown?"

Johnnys neugierige Frage riss sie aus ihren Grübeleien.

„Gütiger Himmel, wo sind nur deine Manieren geblieben?“, rief seine Mutter entrüstet. „Man bettelt einen Gast nicht um Geschenke an!“

„Das ist schon in Ordnung“, erwiderte Bea und grinste den Kleinen verschwörerisch an. „Zufälligerweise habe ich hier in meinem Korb etwas für dich. Möchtest du es sehen?“

„Ja!“, erwiderte Johnny prompt.

„Ja, was?“, rügte Mrs Ellerby ihn.

Ihr Sohn runzelte die Stirn. „Ja … Ich will sehen, was sie mir mitgebracht hat?“

„Ja, *Miss*“, korrigierte seine Mutter ihn und verdrehte die Augen. „Herr im Himmel, sind denn alle meine Belehrungen auf taube Ohren gestoßen?“

Bea, die des Öfteren Zeugin dieses Schlagabtauschs wurde, unterdrückte ein Schmunzeln und trug ihren Korb zu einem aufgebockten Tisch hinüber, der mehrere Funktionen erfüllte. An einem Ende war fürs Abendessen gedeckt worden, während an dem anderen, das dem Herd am nächsten war, eine Schüssel voll Haferteig für Mrs Ellerbys berühmte Kekse stand. Bea stellte ihren Korb auf einem freien Platz ab und holte ein Päckchen Süßigkeiten heraus.

Johnny griff sofort danach.

„Na, na, was sagt man?“, fragte sie.

„Vielen Dank, Miss Brown“, erwiderte er mit einem unschuldigen Lächeln.

„Gern geschehen.“ Kaum hatte sie ihm das Paket überreicht, rannte er jauchzend davon und verkündete, dass er es seinen Freunden zeigen wolle.

„Aber gib ihnen auch was ab!“, rief Mrs Ellerby ihm hinterher. Dann wandte sie sich kopfschüttelnd Bea zu. „Sie verwöhnen ihn viel zu sehr, Miss.“

„Ich habe noch ein paar andere Dinge mitgebracht“, erwiderte diese und packte den Tee sowie die Gewürze aus, die mit der monatlichen Lieferung aus London eingetroffen waren.

„Sie sind zu großzügig", protestierte ihre Gastgeberin.

„Das ist doch gar nichts", winkte sie ab. „Darf ich Janey halten?"

Mrs Ellerby überreichte ihr die Kleine, die sofort nach den Bändern ihrer Haube grapschte. Lachend ließ Bea sich mit ihr auf einem der Stühle nieder und löste die Schleife, damit Janey mit den violetten Stoffbändern spielen konnte.

„Passen Sie lieber auf, Miss, sonst macht sie Ihren hübschen Hut noch kaputt", warnte Mrs Ellerby sie, bevor sie sich wieder ihren Haferkeksen widmete. Ihr Ehemann, der sie vergötterte, hatte die Küche ihrer Körpergröße entsprechend gebaut, sodass sie leicht an die niedrigen Oberflächen herankam. Mit geübten Bewegungen schöpfte sie den Teig in perfekten Kreisen auf eine erhitzte Kochplatte.

„Es ist doch nur ein Stück Stoff. Du armer, kleiner Engel", murmelte Bea dem Kind zu. „Mit deinem wunden Zahnfleisch brauchst du es dringender als ich, nicht wahr? Das Zähnekriegen ist harte Arbeit."

Als wollte sie ihre Zustimmung bekunden, stopfte Janey sich eines der Bänder in den Mund. Bea drückte sie an sich und wurde von einer vertrauten Welle der Sehnsucht übermannt. Sie würde niemals ihr eigenes Kind in den Armen halten können.

„Da wir gerade von harter Arbeit sprechen ... Mein Jim hat gesagt, das Heu ist gut gereift und sollte morgen zum Ernten bereit sein", berichtete Mrs Ellerby, während sie die Kekse geschickt wendete. „Die angeheuerten Bauern und Burschen aus dem Dorf werden sich im Morgengrauen auf den Feldern einfinden."

„Ausgezeichnet", sagte Bea. „Ich habe für die nötigen Erfrischungen während der Ernte gesorgt. Und auch für den Ball ist alles vorbereitet."

Jedes Jahr veranstaltete sie für ihre Pächter ein Fest auf dem Anwesen, um den erfolgreichen Abschluss der Ernte zu feiern.

„Ich kann es kaum erwarten, das Tanzbein zu schwingen", sagte Mrs Ellerby mit funkelnden Augen und brachte den Teller voll dampfender Kekse zum Tisch. „Keiner kann so führen wie mein Jim."

Bea lächelte, denn die Ellerbys waren in der Tat versierte Tänzer. „Die Plätzchen sehen wirklich zum Anbeißen aus."

„Am besten schmecken sie, wenn sie noch warm sind. Legen Sie Janey in ihr Bettchen und nehmen Sie sich einen, Miss."

Behutsam legte sie die Kleine in ihre Wiege und griff nach einem der Kekse, den sie mit Butter und Brombeermarmelade bestrich, bevor sie herzhaft hineinbiss. Die Süße der Früchte und die cremige Reichhaltigkeit der Butter harmonierten perfekt mit dem warmen, nussigen Gebäck.

„Ich habe noch nie einen Haferkeks gegessen, der besser ist als Ihrer, Mrs Ellerby", sagte sie anerkennend.

Die tüchtige Bäuerin errötete vor Stolz. „Ich nehme an, es liegt an dem Schuss Milch, den ich hinzufüge. Oder an der Prise Muskatnuss."

„Das Ergebnis ist köstlich." Bea biss noch einmal ab, bevor sie fragte: „Wie laufen die Dinge in letzter Zeit?"

Da Mrs Ellerby äußerst gesellig und allseits beliebt war, wusste sie immer, was auf dem Anwesen und in den umliegenden Dörfern vor sich ging. Sie berichtete Bea von Mrs Hallers möglicher Schwangerschaft, die diese noch nicht bekannt gegeben hatte, und von dem Streit zwischen Mrs Denton und Mrs Kenny über ein paar verschwundene Hühner. Natürlich kam auch das Thema Eisenbahn zur Sprache.

Seit Monaten kursierten Gerüchte, dass eine Eisenbahnlinie durch die Midlands gebaut werden sollte ... genauer gesagt, mitten durch Camden Manor. Beas Anwesen hatte den geografischen Vorteil – oder Nachteil, wie sie fand –, in einem Tal zu liegen, das nicht nur das einfachste Terrain für die Verlegung von Gleisen bot, sondern auch die kürzeste Entfernung zwischen den Bahnhöfen ermöglichte. Verständlicherweise waren Beas Pächter trotz ihrer ständigen Beteuerungen besorgt, dass man ihnen ihr Zuhause und ihre Lebensgrundlage wegnehmen könnte.

„Wir wissen ja, dass Sie Camden Manor nicht verkaufen wollen, Miss, aber im Dorf heißt es, dass die Fabrikbesitzer nicht eher ruhen werden, bis sie ihre Eisenbahn bekommen", sagte Mrs Ellerby bekümmert. „Und Sie wissen, wie mächtig diese Männer sind."

Das wusste sie in der Tat. Der nördliche Teil der Grafschaft wurde von florierenden Töpfermanufakturen beherrscht, deren Besitzer erheblichen Einfluss besaßen. Eine Eisenbahnlinie würde den Transport ihrer Waren billiger und effizienter gestalten, und sie hatten keinen Hehl daraus gemacht, dass sie die Pläne der Great London National Railway unterstützten. Der Vorsitzende ihrer Koalition, ein herablassender Hornochse namens Thomas McGillivray, hatte Bea sogar einen Besuch abgestattet, jedoch waren das Treffen und die anschließende Kommunikation nicht gerade freundlich verlaufen.

Sie fragte sich, ob die Fabrikbesitzer von Murrays Besuch wussten ... oder ob er gar mit ihnen unter einer Decke steckte. Der Gedanke, dass er mit dieser üblen Bande verbündet sein könnte, schnürte ihr die Kehle zu. Wenigstens hatten die Klatschmäuler noch nichts von seiner Anwesenheit mitbekommen. Der Himmel mochte ihr beistehen, sollte jemand herausfinden, dass sie mit dem Feind geschlafen hatte ...

Ein Klopfen an der Tür weckte Janey, die prompt zu schreien begann.

„Wer das wohl sein mag?" Mrs Ellerby runzelte die Stirn und erhob sich.

„Sehen Sie ruhig nach, ich kümmere mich einstweilen um Janey", bot Bea an.

Kaum hatte sie die Kleine auf den Arm genommen, als sie eine tiefe, vertraute Stimme von der Tür her vernahm. Ein Schauer durchfuhr sie, und sie drehte sich in dem Moment um, als ihre verlegene Gastgeberin mit keinem Geringeren als Wickham Murray zurückkehrte.

Obwohl sie wusste, welche Bedrohung er darstellte, konnte sie nicht anders, als ihn anzustarren.

Er hatte seinen Hut abgenommen, und sein dichtes Haar glänzte aufreizend, als er den Kopf einzog, um einem tief liegenden Balken auszuweichen. Sein tabakbrauner Gehrock betonte seine breiten Schultern, und das bronzefarbene Krawattentuch passte perfekt zu den dezenten Streifen in seiner Weste. Eine graugelbe Hose schmiegte sich wie eine zweite Haut an seine muskulösen Beine, die in auf Hochglanz polierten, schwarzen Stiefeln steckten.

Als er sie mit einem eindringlichen Blick bedachte, musste sie dem Drang widerstehen, ihre entstellte Wange von ihm abzuwenden. Ihr Stolz hinderte sie daran, vor seinem Urteil zurückzuschrecken, egal, welcher Art es sein mochte. Doch statt auf ihr Gesicht konzentrierte er sich auf das Kind in ihren Armen.

Seine Miene wurde sanfter, und das goldene Funkeln in seinen Augen löste ein verräterisches Flattern in ihrer Brust aus.

Verflucht, warum vermittelte dieser Kerl immer den Eindruck, als sei er gerade erst aus dem Bett gerollt? Und nicht etwa so, wie ein normaler Mensch aussehen würde, mit zerzaustem Haar und Schlaffalten auf der Wange, vielleicht auch mit eingetrockneter Spucke im Mundwinkel. Nein, *er* strahlte eine träge, unwiderstehliche Sinnlichkeit aus.

Mrs Ellerby starrte ihn an, als sei er soeben vom Olymp herabgestiegen. „Miss Brown, Sie haben Besuch … Verzeihung, Sir, ich glaube nicht, dass Sie sich vorgestellt haben?"

Alarmiert horchte Bea auf. Wenn Murray seine Identität preisgab, würde er nur die Gerüchteküche bezüglich des Eisenbahnbaus schüren …

„Wie unachtsam von mir. John Smith, zu Ihren Diensten, Madam", erwiderte er und verbeugte sich. „Ich bin ein Bekannter von Miss Brown, der sich mit dem Erwerb eines Grundstücks in dieser Gegend befasst. Ich hatte gehofft, dass sie sich dazu überreden lässt, mir die Umgebung zu zeigen, damit ich eine fundierte Entscheidung treffen kann."

Beas erste Reaktion auf seinen diskreten Decknamen war Erleichterung. Doch dann machte sich Unmut in ihr breit: *Ein Stück Land erwerben, pah! Nur über meine Leiche.* Sein Gesichtsausdruck ließ nicht darauf schließen, ob er herausgefunden hatte, dass sie seine maskierte Liebhaberin war. Gott, wenn sie gewusst hätte, wer er wirklich war, hätte sie nie mit ihm geschlafen …

Lügnerin, flüsterte eine Stimme in ihrem Kopf. *Selbst jetzt bereust du es nicht.*

„Da Mr Smith ein Freund von Ihnen ist, habe ich ihn zu einer Tasse Tee eingeladen", verkündete Mrs Ellerby strahlend.

„Ich hoffe, ich störe nicht, aber bei der Erwähnung von Haferkeksen konnte ich einfach nicht ablehnen", fügte Murray hinzu und schenkte der Bäuerin ein gewinnendes Lächeln.

Mrs Ellerby kicherte wie eine Debütantin.

Widerwillig musste Bea zugeben, dass er nicht die üblichen Vorurteile gegen Menschen zu haben schien, die nicht den Vorstellungen der Gesellschaft entsprachen. Er war zu Mrs Ellerby genauso charmant wie zu Fancy. Gleichzeitig erinnerte sie sich an all die Geschichten in den Zeitungen über seine Fertigkeiten. Sie bezweifelte nicht, dass seine Fähigkeit, freundlich und aufrichtig zu wirken, zu seinem Repertoire als erfolgreicher Verhandlungsführer gehörte. Es gab einen Grund, warum sich dieser Mann in den Sitzungssälen und Schlafzimmern des ganzen Landes einen Namen machte. Warum er so zuversichtlich war, dass er sie davon überzeugen konnte, Camden Manor zu verkaufen.

Irritiert biss sie die Zähne zusammen. Er konnte mit seinem verfluchten Charme zur Hölle fahren.

Janey, die es leid war, ignoriert zu werden, begann aus vollem Halse zu schreien. Vergeblich wiegte Bea sie in ihren Armen und versuchte, sie zu besänftigen. Mrs Ellerby machte Anstalten, das Kind zu nehmen, aber Murray kam ihr zuvor.

„Darf ich mal?", bat er.

Bevor Bea reagieren konnte, nahm er ihr das wimmernde Mädchen ab. In dem Moment, als Janey neue Arme um sich spürte, blickte sie auf. Ihr zu einem Schrei verzerrten Gesicht entspannte sich. Sie starrte Murray aus großen Augen an und stieß ein Glucksen aus, als er sie an seine breite Brust drückte.

„Sonst beruhigt sie sich nie so schnell", sagte Mrs Ellerby ebenso verblüfft, wie Bea sich fühlte. „Sie können wirklich gut mit Kindern umgehen, Sir. Haben Sie denn eigene?"

„Nein, Ma'am, aber drei Neffen, mit denen ich viel Zeit verbringe, ebenso wie mit den Sprösslingen meiner Freunde. Kinder scheinen mich zu mögen", erwiderte er.

Bea hätte ihn der Prahlerei bezichtigt, wenn Janey ihn nicht so offensichtlich anhimmeln würde. Als sie zu ihrer Pächterin hinübersah, konnte sie die Botschaft in deren Augen deutlich entziffern: *Ein Mann, der nicht nur umwerfend aussieht, sondern auch mit Kindern umgehen kann? Schnappen Sie ihn sich, bevor es jemand anderes tut!*

„Sind das die Haferkekse, von denen Sie sprachen, Ma'am?" Murray blickte mit höflichem Interesse zum Tisch hinüber, während Janey sich gähnend an ihn kuschelte. „Die sind ganz anders als die, mit denen ich in Schottland aufgewachsen bin.“

„Hier in Staffordshire sind wir berühmt für unsere Plätzchen“, sagte Mrs Ellerby stolz. „Ich werde Ihnen rasch eine frische Ladung backen.“

„Machen Sie sich meinetwegen bitte keine Umstände.“

„Das ist doch kein großer Aufwand, vor allem, weil Janey schon wieder schläft. Warum geben Sie sie mir nicht, dann können Sie sich mit Miss Brown im Garten unterhalten, während ich hier alles fertig mache?“

So sehr Bea die Vorstellung fürchtete, mit Murray allein zu sein, wusste sie doch, dass diese Konfrontation nicht länger aufgeschoben werden durfte. Sie musste seine Absichten ergründen ... und ihren eigenen Standpunkt klarstellen.

„Zum Garten geht es hier entlang“, sagte sie kühl. „Folgen Sie mir, Sir.“

Kapitel Sieben

In Mrs Ellerbys Garten gab es mehrere ertragreiche Gemüsebeete sowie eine Gruppe von Obstbäumen in der Nähe des hinteren Zauns. Als Wick der steifen, in Samt gekleideten Miss Brown zu dem kleinen Obstgarten folgte, wurden Erinnerungen an den Maskenball in ihm wach. Vor zwei Nächten hatte sie die gleiche entschlossene Haltung eingenommen, als sie die Tür des Arbeitszimmers verschloss, bevor sie ihm ihr unmoralisches Angebot unterbreitete.

Er bezweifelte, dass ihn nun ein ähnlich reizvoller Vorschlag erwartete.

Zu schade.

Für ihn bestand kein Zweifel daran, dass Miss Beatrice Brown seine geheimnisvolle Schmetterlingsdame war. Er hatte es sofort gewusst, als er am Tag zuvor in ihren Garten „stolperte". Sie mochte während des Balls Maske und Perücke getragen haben, aber ihre melodische Stimme, die sinnlichen Lippen und die umwerfende Figur würde er überall wiedererkennen. Natürlich war es unmöglich gewesen, ihr Rendezvous in Gegenwart ihrer Freundin zu erwähnen, immerhin war er ein

Gentleman und würde niemals den Ruf einer Dame auf diese Weise schädigen.

Sie wiederzusehen, war ein Schock gewesen, aber nicht wegen ihrer Narbe ... der Grund, so vermutete er, warum sie eine Maske getragen hatte, die das gesamte Gesicht bedeckte. Er fragte sich, woher die dünne, rosafarbene Wölbung stammte, die sich wie die Hälfte eines Herzens über ihre rechte Wange erstreckte. Dass sie glaubte, ihre ungewöhnliche Schönheit verbergen zu müssen, verursachte ein seltsames Ziehen in seiner Brust. Anfangs hatte ihn der Anblick überrascht, so wie ein Farbklecks auf der Wange der Mona Lisa den Betrachter ablenken würde.

Die eigentliche Überraschung lag jedoch darin, dass Beatrice Brown – die er sich als verschrumpelte alte Jungfer vorgestellt hatte, die kichernd ihre scharfzüngigen Briefe verfasste – die atemberaubendste Frau war, die er je gesehen hatte. Keine Narbe vermochte eine so seltene Schönheit wie die ihre zu schmälern.

Ihr eleganter Knochenbau würde einen Bildhauer zum Weinen bringen, und ihre Augen ... Gott, *ihre Augen*. Sie waren nicht blau, wie er zunächst vermutet hatte, sondern von einem bemerkenswerten Lavendelton. Die Farbe war so einzigartig wie sie selbst. In Kombination mit ihrem glänzenden, weißgoldenen Haar sah sie aus wie ein Engel, also passte der Kosename, den er für sie gewählt hatte, perfekt. Und der Rest ihres Körpers, der in einem biederen Reitkleid aus violettem Samt steckte ... Nun, er wusste aus Erfahrung, dass sie einem Mann damit himmlisches Vergnügen bereiten konnte.

Allein der Gedanke an ihr leidenschaftliches Liebesspiel brachte sein Blut in Wallung ... und verursachte ihm gleichzeitig Gewissensbisse. In der Nacht zuvor war er lange wach gelegen, hatte an die rissige Decke des Gasthauses gestarrt und im Geiste eine Liste dessen verfasst, was ihm aufgefallen war:

dass ihre Küsse etwas Heißes, Forderndes, aber auch Unschuldiges an sich hatten. Wie überrascht sie von ihrer eigenen Reaktion gewesen war.

Wie fest ihre enge Pussy ihn massierte.

Bei der Erinnerung daran musste er schwer schlucken. Wie erfahren war sie tatsächlich im Bett? Gewiss würde keine unberührte Frau eine derartige Veranstaltung besuchen und ihre Jungfräulichkeit einem Fremden anbieten. Und dennoch ...

Er konnte das ungute Gefühl in seinem Bauch nicht ignorieren, musste wissen, ob sie noch Jungfrau gewesen war oder nicht. Jahrelang hatte er sich bemüht, seine früheren Fehler wiedergutzumachen, die Ehre zurückzuerlangen, die er in seiner Zeit als egoistischer, rücksichtsloser Wüstling verloren hatte. Der Gedanke, dass er in seine alten Gewohnheiten zurückverfallen sein könnte, war unerträglich.

Wenn er tatsächlich eine keusche Frau kompromittiert hatte, würde er das Richtige tun. Sein Ehrenkodex verlangte, dass er ihr einen Heiratsantrag machte. Ob sie – oder er selbst – es so wollte, war irrelevant. Wenn man einer Dame die Unschuld raubte, schuldete man ihr den Schutz des eigenen Namens. So verhielt sich ein wahrer Gentleman.

Als Miss Brown den Zaun im hintersten Teil des Gartens erreicht hatte, der so weit wie möglich von der Hütte entfernt war, drehte sie sich abrupt zu ihm um. Das Sonnenlicht fiel durch die Blätter der Apfelbäume und tanzte über ihr bezauberndes Gesicht.

„Mr Murray, Sie und ich haben geschäftliche Angelegenheiten zu klären", sagte sie.

War es widernatürlich von ihm, ihre Direktheit erregend zu finden? Obwohl er in einer Gesellschaft aufgewachsen war, die sanftmütige, sittsame Frauen schätzte, hatte er stets diejenigen unter ihnen bewundert, die wussten und taten, was sie wollten. Auch auf dem Ball war er von Miss Browns Forschheit angetan gewesen, von ihrer Entschlossenheit, den Stier bei den Hörnern zu packen ... oder besser gesagt, beim Schwanz.

Hör auf, über sie und deinen Schwanz nachzudenken, rügte er sich insgeheim.

„Das haben wir in der Tat." Er entschied, ebenso direkt zu sein wie sie. „Ich weiß, dass wir uns vor zwei Nächten begegnet sind, Miss Brown. Auf dem Maskenball."

Sie erblasste sichtlich, verlor jedoch nicht die Fassung. „Ich verstehe", sagte sie mit stetem Blick und faltete die Hände vor sich.

„Zu jenem Zeitpunkt kannte ich Ihre Identität zwar nicht, allerdings verkompliziert unser Rendezvous die Verhandlungen hinsichtlich Ihres Anwesens natürlich um ein Vielfaches."

„Inwiefern?", fragte sie und kniff die Augen zusammen.

„In der Regel halte ich Geschäftliches und Privates streng getrennt. Alles andere wäre keine gute Form." Er hielt inne und räusperte sich, unschlüssig, wie er auf möglichst höfliche Weise die Frage stellen könnte, die er als Gentleman stellen musste. „Da wir diese Grenze zwischen, äh, Arbeit und Vergnügen nun verwischt haben, müssen wir uns den Konsequenzen stellen. Es gibt da etwas, das ich Ihnen sagen muss. Etwas, das unser beider Zukunft betrifft."

„Ich weiß, worauf Sie hinauswollen."

„Tun Sie das?", fragte er erleichtert. Obwohl er sonst nicht auf den Mund gefallen war, stellte er sich in diesem Fall äußerst ungeschickt an.

Sie nickte knapp. „Und Sie sollten wissen, dass ich Ihrem Erpressungsversuch nicht nachgeben werde."

„Mein ... Erpressungsversuch?", wiederholte er verwirrt.

„Die Tatsache, dass wir miteinander geschlafen haben, verschafft Ihnen hinsichtlich meines Anwesens kein Druckmittel", sagte sie unverblümt. „Seit unserer letzten Korrespondenz hat sich nichts geändert. Ich werde mein Land nicht verkaufen, und es gibt nichts, was Sie dagegen tun können. Drohen Sie ruhig damit, meinen Ruf zu ruinieren, wenn Sie wollen, aber Camden Manor erhalten Sie dadurch nicht. Ich pfeife auf die Meinung anderer ...“

„Moment mal!“ Er starrte sie ungläubig an. „Wollen Sie etwa andeuten, ich würde unsere intime Begegnung dazu benutzen, um Sie zu *erpressen?*“

„Ihr Ruf als Verhandlungsführer eilt Ihnen voraus“, sagte sie kühl. „Sie sind bekannt als ein Mann, der seine Ziele erreicht, koste es, was es wolle.“

Ein seltsames, tosendes Rauschen ertönte in seinen Ohren. Es dauerte einen Moment, bis er es als ... *Wut* erkannte.

Wie kann sie es wagen?

„Ich bin kein Erpresser, verdammt!“, knurrte er durch zusammengebissene Zähne. „Und Ihre Anschuldigung ist nichts weniger als Verleumdung. Wenn Sie ein Mann wären, würde ich Sie wegen Beleidigung meiner Ehre zum Duell fordern.“

Sie hob die Brauen. „Wenn Sie nicht vorhatten, mich zu erpressen, welche *Konsequenzen* wollten Sie dann besprechen?“

„Ich wollte fragen, ob ich Sie entjungfert habe“, stieß er hervor. „War ich Ihr erster Liebhaber?“

Auf Erpressungsversuche war Bea vorbereitet gewesen, nicht jedoch auf Fragen zu ihrer Erfahrung mit dem anderen Geschlecht. Er hatte sie eiskalt erwischt, und das kam sie teuer zu stehen. Sie errötete heftig und kämpfte verzweifelt darum, eine eloquente Antwort zu formulieren.

„Teufel noch eins“, murmelte er verblüfft. „Sie waren tatsächlich noch Jungfrau?“

Bea war klar, dass ihr Schweigen einem Zugeständnis gleichkam, aber sie war wie gelähmt. Weder wollte sie lügen noch mit der Wahrheit herausrücken. Er musterte sie stirnrunzelnd und mit angespanntem Kiefer, als wäre sie ein Wesen, das er noch nie zuvor gesehen hatte.

Er ist mit einem Schmetterling ins Bett gegangen und neben einem Biest aufgewacht, flüsterte die Stimme in ihrem Kopf.

Diese schmerzhafte Erkenntnis riss sie aus ihrer Starre. Sie würde sich nicht der Demütigung aussetzen, der bedauernswerte Fehler dieses Mannes zu sein.

Stolz reckte sie das Kinn vor. „Ich finde Ihre Frage höchst taktlos, Sir."

„Das sagen ausgerechnet Sie, wo Sie mich doch unter Vorspiegelung falscher Tatsachen verführt haben."

„Wie bitte?", fragte sie empört. „Ich habe Sie nie belogen!"

„Sie ließen mich glauben, Sie seien eine Frau mit Erfahrung." Der Muskel in seinem Kiefer begann, bedrohlich zu zucken. „Und dass Sie sich bereits des Öfteren auf derartige Spielchen eingelassen hätten. Kein einziges verdammtes Mal erwähnten Sie, dass Sie noch unberührt sind."

War er wirklich aufgebracht darüber, mit einer Jungfrau geschlafen zu haben ... oder mit einer Entstellten?

Was spielt das für eine Rolle?, dachte sie verbittert. *Er bereut es so oder so.*

„Der Grad meiner Erfahrenheit geht Sie überhaupt nichts an", erwiderte sie steif.

„Und ob er das tut! Ich bin nicht die Art von Mann, der Unschuldige entjungfert."

Das Flackern in seinen Augen deutete auf die räuberischen Instinkte hinter seinem sinnlichen Charme hin. Eine vernünftige Frau würde die aufgebrachte Bestie nicht noch weiter reizen.

„Oh, bitte, Sie haben hier niemanden entjungfert." Leider

hatte Einsicht noch nie zu ihren Stärken gehört. Sie machte eine abfällige Handbewegung. „Ich war eine gleichberechtigte und willige Partnerin."

„Wie dem auch sei, mein Schwanz steckte in Ihrer bis dahin unberührten Pussy. Das, so meine ich, ist die Definition von Entjungferung."

„Achten Sie auf Ihre Wortwahl, Sir!"

Ihre Zurechtweisung klang weitaus weniger empört als beabsichtigt, was wohl daran lag, dass sie von erotischen Erinnerungen übermannt wurde, die ihr den Atem raubten und ihre intimste Stelle heftig pulsieren ließen.

„Während unseres Stelldicheins schien diese Sie nicht gestört zu haben", erwiderte er und fuhr sich mit der Hand durchs Haar, bevor er ihr einen finsteren Blick zuwarf. „Allerdings hätte ich nie auf diese Weise mit Ihnen geredet, wenn ich gewusst hätte, dass Sie Jungfrau sind. Verdammt, ich hätte Sie niemals auch nur angefasst!"

Und genau deswegen hatte sie ihren Mangel an Erfahrung verheimlicht. Zu hören, wie sehr er ihr Rendezvous bereute, wenn auch aus gutem Grund, schnürte ihr die Kehle zu. Bei Tageslicht war die verzweifelte List enttarnt worden, die hinter ihrer kühnen Fantasie gesteckt hatte. Die Wahrheit war unumstößlich und starrte ihr entgegen, wann immer sie in den Spiegel blickte: Sie würde niemals einen echten Liebhaber finden.

Kein Mann würde neben ihr aufwachen und sie im Licht der Sonne lieben wollen. Kein Mann würde je ihre Unvollkommenheit akzeptieren. Sie würde ihr Glück nicht in den Armen eines Partners finden ... Was das anbelangte, musste sie sich auf sich selbst verlassen.

Als sie spürte, wie ihr Tränen in die Augen zu steigen drohten, atmete sie tief durch und bemühte sich darum, die Fassung zu wahren. Ja, sie hatte sich wie eine Närrin benommen. Gerade sie hätte wissen müssen, dass jede Entscheidung Konsequenzen nach sich zog, nicht zuletzt deshalb, weil das Ziehen an ihrer rechten Wange sie fortwährend daran erinnerte. Gegenwärtig war es wichtig, sich nicht in weitere Dummheiten zu verrennen, sondern die Angelegenheit mit Murray in den Griff zu bekommen und nach vorne zu schauen.

Entschlossen straffte sie die Schultern. „Es tut mir leid, dass ich Sie in die Irre geführt habe. Ich möchte jedoch darauf hinweisen, dass wir beide erwachsene Menschen sind, die zugestimmt haben, einen Abend miteinander zu verbringen. *Einen* Abend. Ich glaube, ich habe deutlich gemacht, dass es keine unangenehmen Verwicklungen geben würde, und Sie waren einverstanden.“

„Das war, bevor ich sämtliche Tatsachen kannte.“ Ungeduldig begann er, vor ihr auf und ab zu tigern und – mehr zu sich selbst – zu murmeln: „Wie hätte ich wissen sollen, dass Sie noch Jungfrau sind? Wie viele unberührte Frauen würden schon einer verfluchten Orgie beiwohnen? Nur eine ... und die musste ausgerechnet mir über den Weg laufen.“

Seine Besessenheit von ihrem ehemals jungfräulichen Zustand begann sie zu ärgern. Ebenso wie die Tatsache, dass er zu reden schien, als wäre sie nicht da.

„Ich mag unberührt gewesen sein, Mr Murray“, sagte sie scharf, „aber verrückt war ich nicht. Ich war – und bin – durchaus in der Lage, meine eigenen Entscheidungen zu treffen.“

„Es gibt keinen anderen Ausweg.“ Abrupt hielt er inne und sah ihr geradewegs in die Augen. „Ich muss Ihnen einen Antrag machen.“

Er meinte doch nicht etwa ...?

„Einen Antrag? Was genau soll das bedeuten?“, fragte sie misstrauisch.

„Wir werden heiraten müssen", erwiderte er stirnrunzelnd. „Was sollte es sonst bedeuten?"

Ihre Schläfen begannen, schmerzhaft zu pochen. *Tief einatmen, und wieder ausatmen ... Verlier jetzt bloß nicht die Fassung.*

„Sie hätten sich durchaus auch auf den Kauf meines Anwesens beziehen können", konterte sie schnippisch. „Aber weder auf das eine noch das andere werde ich mich einlassen."

„Ihr Anwesen ... Stimmt ja." Er hielt inne und holte tief Luft. „Ein erschwerender Umstand, um den wir uns kümmern müssen."

„Keineswegs, denn ich werde Sie nicht heiraten."

„Ihnen bleibt nichts anderes übrig, Miss Brown. Ihre Ehre steht ebenso auf dem Spiel wie die meine." Sein Tonfall wurde sanfter, als spräche er mit einem begriffsstutzigen Kind. „Ich habe Ihnen die Unschuld genommen, und nun muss ich das Richtige tun."

Wenn er noch ein einziges Mal meine Unschuld erwähnt ...

Obwohl das Dröhnen in ihrem Kopf kaum noch zu ertragen war, blieb sie ruhig.

„Niemand weiß, was zwischen uns geschehen ist", entgegnete sie. „Also brauchen wir nichts zu unternehmen."

„Wir beide wissen es. Und meine Ehre als Gentleman gebietet es, dass ich Ihnen, da ich Sie Ihrer Jungfräulichkeit beraubt habe, den Schutz meines Namens anbiete."

„Würden Sie bitte aufhören, über meine verfluchte Jungfräulichkeit zu reden?"

Er hob eine Braue. „Mir war nicht klar, dass Sie sich dadurch brüskiert fühlen."

Der Druck in ihrem Kopf glich dem einer verkorkten Champagnerflasche, die ordentlich geschüttelt worden war. „Sie haben mir einen Antrag gemacht und ich habe ihn abgelehnt. Belassen wir es dabei. Ihre Pflicht ist hiermit erfüllt."

„Die Umstände sind bedauerlich. Aber wie ich bereits auf dem Ball sagte, könnten Sie niemals eine Verpflichtung für mich sein." Er hielt inne und musterte sie neugierig. „Warum wollen Sie meinen Antrag nicht überdenken?"

Gütiger Himmel, wo sollte sie nur anfangen?

„Es ist doch offensichtlich, dass wir beide nicht zusammenpassen", erwiderte sie und deutete erst auf ihn, dann auf sich.

„Warum glauben Sie das?"

Er wollte also wirklich, dass sie ihn mit der Nase darauf stieß? Das konnte er haben!

„Sie sind ein Adonis, während ich in den Augen der Gesellschaft aufgrund meiner Narbe völlig entstellt bin." Bea war stolz darauf, wie sachlich sie klang. Die Wahrheit konnte ihr nichts anhaben, wenn sie es nicht zuließ. „Wir könnten unterschiedlicher nicht sein."

Er runzelte die Stirn. „Das meinen Sie doch wohl nicht ernst?"

„Selbstverständlich. Ich sehe die Dinge nun einmal so, wie sie sind."

„Dann sind Sie auch noch verblendet", sagte er schroff.

„Wie bitte?"

„Als ich Ihre Wange das erste Mal sah, war ich überrascht", gab er ebenso sachlich zu. „Aber es ist doch nur eine Narbe. Sie ändert nichts an der Tatsache, dass Sie eine außergewöhnlich schöne Frau sind."

Nur eine Narbe?, dachte sie ungläubig. *Er lügt doch wie gedruckt.*

Seine Worte weckten schmerzhafte Erinnerungen in ihr. Sechs Monate nach dem Unfall hatten ihre Eltern sie gezwungen, an einer intimen Soiree teilzunehmen, die ihr damaliger Verlobter, der Herzog von Croydon, ausrichtete. Sie war in den Garten gegangen, um Seine Gnaden zu suchen, als sie ihn und Arabella, die sie für ihre beste Freundin gehalten hatte, auf der anderen Seite der Hecke flüstern hörte.

„Sie war einmal so schön. Nahezu perfekt", murmelte der Herzog mit hörbarer Verzweiflung. „Aber wenn ich sie jetzt ansehe ..."

„Sie dürfen sich keine Vorwürfe machen", hatte Arabella scheinheilig geantwortet. „Was aus Lady Beatrice geworden ist, ist schwer zu ertragen. Und es war sehr ehrenhaft von Ihnen, ihr zur Seite zu stehen, obwohl jeder sie nur noch Lady Beastly nennt."

Lady Beastly – die entstellte Dame. Der Spitzname fühlte sich nicht länger an wie ein Dolchstoß ins Herz, sondern lediglich wie das Ziehen einer alten Verletzung. Auf keinen Fall wollte Bea, dass die Wunde erneut aufriss.

Erhobenen Hauptes wandte sie sich Murray zu. „Sie scheinen mir ein Mann von Welt zu sein, daher sollten Sie verstehen, dass die Gesellschaft den Wert einer Frau nach ihrer Schönheit beurteilt. Ist ihr Aussehen beschädigt, gilt sie als ebenso wertlos wie eine zerbrochene Vase oder ein zerstörtes Gemälde und könnte genauso gut auf dem Müllhaufen landen."

„Sie stufen sich doch hoffentlich nicht als wertlosen Müll ein?", fragte er schockiert.

„Natürlich nicht. Das ist die Ansicht der Gesellschaft, nicht meine", erwiderte sie und bedachte ihn mit einem vernichtenden Blick. „Mein Reichtum erlaubt es mir, über mein eigenes Schicksal zu entscheiden, und ich habe nicht die Absicht, einen aus Mitleid geborenen Antrag anzunehmen."

„Ich bemitleide Sie nicht", behauptete er mit einem Anflug von Ungeduld.

„Oh, bitte." Sie verdrehte die Augen. „Wollen Sie ernsthaft andeuten, an Mann wie Sie könnte an einer Frau wie mir interessiert sein?"

„Nun ... Ja."

Seine Antwort und das Glühen in seinen haselnussbraunen Augen jagten ihr einen elektrisierenden Schock durch den Körper. Instinktiv wich sie zurück, und er folgte ihr Schritt für Schritt, bis sie mit dem Rücken gegen etwas stieß ... den Zaun. Zwar berührte Murray sie nicht, aber allein seine Nähe und sein würziger Duft erfüllten sie mit nervöser Panik.

„Ich habe mein Interesse an Ihnen doch während unserer gemeinsamen Nacht unter Beweis gestellt. *Mehrmals*", sagte er in gefährlich leisem Tonfall.

Sie atmete schwer, und ihre Brust berührte mit jedem Atemzug beinahe die seine. Was er da vorschlug, war unmöglich. Vielleicht wäre es früher einmal vorstellbar gewesen, aber jetzt nicht mehr. Ein Mann wie er konnte jede Frau haben, warum also sollte er sich für eine entscheiden, die für immer aus der Gesellschaft ausgeschlossen war? Die ihn zum Gespött machen würde?

„Aber nur, weil ich eine Maske getragen habe", erwiderte sie. „Weil Sie nicht sehen konnten, wer ich wirklich bin."

„Wären Sie geblieben, hätten Sie vielleicht herausgefunden, wie es ist, wenn nichts – nicht einmal eine Maske – zwischen uns stünde."

„Wer's glaubt." Sie hatte sich um einen zynischen Tonfall bemüht, klang jedoch lediglich atemlos.

„Halten Sie mich für so oberflächlich, dass ich nicht über einen kleinen Makel hinwegsehen kann?"

Meine Narbe ist so viel mehr als das!, wollte sie ihm entgegenschleudern. *An ihr misst die Welt meinen Wert.*

Sie musterte sein attraktives, eindringliches Gesicht ... und sah Croydon. Die Erleichterung, die er nicht hatte verbergen können, als sie die Verlobung löste, als ihm klar wurde, dass er Lady Beastly nicht würde heiraten müssen.

„Ich halte Sie für einen ganz normalen Mann", erwiderte sie

mit erzwungener Gleichgültigkeit. „Nicht mehr und nicht weniger."

„Warum haben Sie sich auf dem Ball dann für mich entschieden?"

Bleibe unpersönlich. Werde ihn irgendwie los. Das geht langsam zu weit.

„Weil Sie an jenem Abend die ansprechendste Wahl waren", erklärte sie kühl. „Und weil Sie wie ein Gentleman wirkten, der weiß, wie man eine Frau befriedigt und dabei diskret bleibt."

„Ich verstehe", murmelte er.

Sie zwang sich, seinen enttäuschten Blick zu ignorieren.

„Da wir nun alles geklärt hätten, treten Sie bitte beiseite", verlangte sie forsch.

„Nichts ist geklärt."

„Wie bitte?"

„Zwischen uns gibt es noch so einiges zu regeln", beharrte er. „Zum einen wäre da nach wie vor die Frage meiner Ehre. Und zum anderen die Verhandlungen hinsichtlich des Eisenbahnbaus."

Der Eisenbahnbau ... *Deswegen* heuchelte er also persönliches Interesse an ihr vor!

Die Erkenntnis schmerzte ebenso sehr, wie sie Erleichterung mit sich brachte. Nun, da Bea seine wahren Beweggründe kannte, konnte sie sich vor ihm schützen. Sie war nicht länger dieselbe vertrauensselige Närrin, die sich einst so leicht von anderen hatte täuschen lassen.

„Wenn Sie glauben, sich meinen Besitz durch eine Vermählung erschleichen zu können, haben Sie sich gewaltig geirrt", sagte sie.

Er starrte sie an. „Wollen Sie damit andeuten, ich hätte vor, Sie der Ländereien wegen zu heiraten?"

„Das sollte keine Andeutung sein."

„Verflucht noch mal!"

Blitzschnell presste er die Hände gegen die Zaunlatten neben ihren Schultern. Die kaum zu bändigende Kraft, die von ihm ausging, hätte sie eigentlich einschüchtern sollen ... Doch stattdessen spürte sie ein hypnotisierendes Kribbeln im ganzen Körper. Seine Wärme und sein berauschender Duft weckten eine tiefe, pulsierende Sehnsucht in ihr.

„Erst beschuldigen Sie mich der Erpressung, dann werfen Sie mir vor, ein Mitgiftjäger zu sein. Man könnte meinen, Sie wollten mich absichtlich loswerden, Miss." Sein heißer Atem streifte ihr Ohr und jagte ihr einen wohligen Schauer über den Rücken. Ihr wurde schwindelig, und sie spürte, wie jede Faser ihres Seins auf das anziehende Charisma dieses Mannes reagierte. Ein Mann, der sie zu heiraten gedachte ...

Weil er sich dazu verpflichtet fühlt. Weil er deine Ländereien will. Sei nicht töricht! Lass dich nicht wieder verletzen, weil dir die Kontrolle entgleitet.

„Nur ein arroganter Schuft würde etwas anderes glauben", erwiderte sie, legte die Hände auf seine Brust und versuchte, ihn von sich zu drücken, doch er bewegte sich nicht.

„Mehr haben Sie nicht drauf?", fragte er amüsiert.

„Stellen Sie mich nicht auf die Probe", warnte sie ihn.

„Sie mögen sich hart und unnahbar geben, mein Engel, aber ich weiß, wie süß und willig Sie sein können", flüsterte er in einem kehligen Tonfall, der ihr einen elektrisierenden Schock durch den Körper jagte.

Als sein Blick auf ihre Lippen fiel, spürte sie, wie ihre Brustwarzen sich aufrichteten und es zwischen ihren Schenkeln feucht zu prickeln begann. Der glühende Ausdruck in seinen Augen entführte sie zurück zu ihrer gemeinsamen Nacht der Leidenschaft, der Ekstase ihrer eigenen Hingabe ...

„Die Haferkekse sind fertig!"

Mrs Ellerbys fröhliche Stimme riss sie jäh aus ihren Fantasien.

„Treten Sie sofort zurück, Sie Wüstling!", befahl sie und schlug gegen seine Brust.

Diesmal gehorchte er ihr. „Es wäre unhöflich, unsere Gastgeberin warten zu lassen", sagte er mit einem amüsierten Funkeln in den Augen und verbeugte sich elegant. „Wir werden unsere Verhandlung ein anderes Mal fortsetzen, mein Engel."

„Das werden wir ganz sicher nicht", erwiderte sie wütend. *„Halten Sie sich gefälligst von mir fern."*

Sie rauschte davon und hoffte, dass er nicht bemerkt hatte, wie sehr er ihr unter die Haut gegangen war.

Kapitel Acht

Als Bea am nächsten Morgen bei den Feldern eintraf, waren die Bauern bereits dabei, das sonnengereifte Heu einzusammeln. Es war der perfekte Tag für die Ernte. Der Himmel war strahlend blau, und sie trottete gemütlich auf ihrer Stute dahin, Zeus wie immer treu an ihrer Seite.

Bea hatte es schon immer genossen, an der gemeinsamen Ernte teilzunehmen, und gerade an diesem Morgen brauchte sie eine Ablenkung, um sich diesen Mistkerl Murray aus dem Kopf zu schlagen.

Es ist doch nur eine Narbe. Sie ändert nichts an der Tatsache, dass Sie eine außergewöhnlich schöne Frau sind.

Das konnte er unmöglich ernst gemeint haben. Er war schlagfertig, ein Mann, der es verstand, mit Charme zu erreichen, was er wollte. Gleichzeitig musste sie jedoch zugeben, dass sein Vorschlag nicht von Geldgier herzurühren schien.

Sein Affront war echt gewesen, als sie ihm vorgeworfen hatte, er wolle sie nur wegen ihres Anwesens heiraten. Außerdem würde ein eingefleischter Junggeselle wie er wahrscheinlich eher seine Seele verkaufen als seine Freiheit aufzugeben. Mit seinem Verhandlungsgeschick musste er überzeugt sein, dass es einfachere und weniger endgültige Wege gab, seine Ziele zu erreichen.

Damit blieb tatsächlich nur sein Ehrgefühl als Beweggrund übrig.

So ungern sie es auch zugab, sprachen ihre bisherigen Interaktionen mit ihm dafür, dass er ein Gentleman war. Er hatte auf dem Maskenball eingegriffen, als sie belästigt wurde. Sein Benehmen ihr und ihren Freundinnen gegenüber war ärgerlicherweise tadellos gewesen: Fancy, Mrs Ellerby und sogar die kleine Janey hatten sich von seinem Charme bezirzen lassen. In seiner Gegenwart kam Bea sich vor wie eine übellaunige Gewitterziege.

Aber wie sollte sie sich auch sonst verhalten? Gereizt verstärkte sie ihren Griff um die Zügel. Sie durfte sich weder von seinen Komplimenten noch der Anziehungskraft zwischen ihnen den Kopf verdrehen lassen. Die Wahrheit war unumstößlich: Sie hatte nicht nur Croydon aufgrund der Narbe verloren, sondern bald darauf auch ihre Eltern und ihren Bruder. In dem Augenblick, als der Huf sie getroffen hatte, war ihr ganzes früheres Leben in sich zusammengestürzt.

Sie hatte ihre Lektion gelernt: Wenn Schönheit ein gebrochenes Versprechen war, dann war Liebe eine glatte Lüge.

Nun führte sie ein neues Leben, eines, das sie sich selbst aufgebaut hatte und welches einen sinnvollen Zweck erfüllte. Sie würde nicht zulassen, dass irgendein Mann – egal wie höflich, charmant und attraktiv er auch sein mochte – es ihr wegnahm. Diesem Schmerz würde sie sich nicht noch einmal aussetzen.

Mit geübter Effizienz verdrängte sie die beunruhigenden Gedanken und richtete ihre Aufmerksamkeit wieder auf die umliegenden Felder. Das Heumachen war eine mühsame Arbeit. Anfang der Woche hatten die Männer das Gras gemäht, es zum Trocknen ausgebreitet und noch einmal geharkt, um eine gleichmäßige Aushärtung zu gewährleisten. Jetzt sammelten sie es ein und manövrierten es mithilfe von Heugabeln auf die Pferdewagen. Es würde zwei volle Arbeitstage dauern, das Futter in der Scheune zu stapeln und zu lagern, damit das Vieh für die Wintermonate versorgt war.

Als sie das Erfrischungszelt erreichte, das ihre Angestellten aufgebaut hatten, stieg Bea ab und ließ ihre Stute davor grasen, während Zeus ihr hineinfolgte. Unter der gestreiften Markise, die Schatten vor der Sonne spendete, waren Mrs Ellerby und einige andere Bäuerinnen dabei, die Speisen und Getränke anzurichten.

„Guten Morgen, Miss Brown." Mrs Ellerby machte einen Knicks, und die anderen Frauen taten es ihr gleich.

„Hallo, meine Damen." Bea betrachtete die Tabletts mit den belegten Broten und fragte besorgt: „Meinen Sie, es ist genug da? Soll ich mehr bringen lassen?"

„Es ist reichlich vorhanden, Miss", erwiderte Mrs Haller lächelnd. „Genug, um eine ganze Armee durchzufüttern."

Als Sarah Haller, eine ehemalige Dirne, erstmals nach Camden Manor gekommen war, war sie völlig verzweifelt und ausgehungert gewesen, ohne die nötigen Mittel, um sich und ihr uneheliches Kind zu versorgen. Nun strahlten ihre blauen Augen, ihre blonden Haare glänzten, und mit ihrem rosigen Teint und ihrer Anmut glich sie einer Porzellanpuppe. Eine Hand ruhte auf ihrem von einer Schürze verdeckten Bauch, was es in der Tat nicht einfach machte festzustellen, ob die Hallers nun ein weiteres Kind erwarteten.

Mrs Ellerby schnaubte, während sie ein Tablett voll Käse und Hammelfleisch anrichtete. „Geben Sie den Männern lieber nicht zu viel von diesen Köstlichkeiten, Miss. Nach einem solch königlichen Festmahl werden sie ein ausgiebiges Schläfchen halten wollen."

„Wer könnte es ihnen verübeln?", fragte Bea und ließ den

Blick über die Bauern wandern, die unermüdlich die Mistgabeln schwangen. „Es muss hart sein, in dieser Hitze zu schuften."

„Schuften? Von wegen! Die werten Herren machen ein Spielchen draus", mischte sich Mrs Gable ein, während ihr Sohn Billy, dessen Lockenschopf ebenso feuerrot war wie der seiner Mutter, unter ihrem wachsamen Blick Limonade ausschenkte. Er führte seine Aufgabe konzentriert aus, darauf bedacht, dass jeder Becher dieselbe Menge enthielt.

Obwohl er bereits zwölf war, hatte er noch kein einziges Wort gesprochen und vermied es, anderen in die Augen zu sehen. Bea kam es so vor, als würde er in seiner eigenen Welt leben und einem Rhythmus folgen, den nur er wahrnehmen konnte. Mrs Gable hatte ihr einmal anvertraut, dass er in dem Dorf, in dem sie zuvor wohnten, wegen seiner Andersartigkeit gehänselt worden war, aber glücklicherweise waren die Bewohner von Camden Manor wesentlich aufgeschlossener und akzeptierten den Jungen. Aus diesem Grund nahmen seine Eltern ihn immer öfter zu öffentlichen Veranstaltungen mit.

Auch Bea glaubte, dass es ihm guttat, unter Leute zu kommen. Zwar hatte er ihre Begrüßung nicht erwidert, ihr aber immerhin einen flüchtigen Blick zugeworfen. Da sie wusste, was für einen Fortschritt der Augenkontakt bedeutete, schenkte sie ihm ein ermutigendes Lächeln.

„Was für ein Spiel?", fragte sie Mrs Gable.

„Man kann einen Haufen Kerle nicht zusammenstecken, ohne dass um irgendwas gewettet wird", erwiderte diese und fügte mit einer Kopfbewegung in Richtung der arbeitenden Männer hinzu: „Diesmal geht es darum, wer seinen Abschnitt am schnellsten freiräumt."

Amüsiert beobachtete Bea die gabelschwingenden Bauern. Da sie die Strohhüte tief ins Gesicht gezogen hatten, konnte sie niemanden erkennen, aber der Karren füllte sich stetig. Sollten sie ruhig wetten, wenn dadurch die Arbeit umso schneller verrichtet wurde.

Insbesondere der Größte von ihnen zeigte beachtliche Stärke und athletisches Geschick. Jede seiner Bewegungen war geprägt von eleganter Effizienz. Es überraschte sie nicht, dass er als Erster fertig wurde, doch als er unter dem Gejohle der anderen Männer den Hut in die Luft warf, blieb ihr beinahe das Herz stehen. Sein in der Sonne glänzendes, bronzefarbenes Haar war unverkennbar.

Plötzlich drehte er sich zu ihr um und sah ihr geradewegs in die Augen.

Verflucht noch mal ... Was hat Murray hier zu suchen?

Eigentlich hätte sie einen Zug wie diesen von ihm erwarten müssen. Hinter seiner freundlichen Fassade verbarg sich eine Hartnäckigkeit, die sich mit der von Zeus messen konnte, wenn er einen Knochen ergatterte. Als Murray auf sie zuschlenderte, straffte sie in dem Versuch, ihre Nerven zu stählen, die Schultern.

„Mr Smith ist wirklich eine Augenweide, nicht wahr?", murmelte Mrs Ellerby neben ihr.

Wieder einmal war die Wirkung, die er auf Frauen hatte, unverkennbar. Auch die anderen Bäuerinnen reagierten wie einfältige Debütantinnen auf seine Anwesenheit: Mrs Gable rückte sich die Haube zurecht, während Mrs Haller ihre Schürze glattstrich. Mrs Sears leckte sich sogar die Lippen, wie sie es sonst nur tat, wenn ihr ein besonders köstliches Stück Kuchen vorgesetzt wurde. Und das, obwohl die gute Frau vor Kurzem ihren fünfzigsten Geburtstag sowie die Geburt ihres fünften Enkelkinds gefeiert hatte.

Offenbar wirkte Murrays Anziehungskraft auf alle Frauen, unabhängig ihres Alters.

Bea räusperte sich und fragte: „Wie lange ist er schon hier?"

„Seit dem Morgengrauen, als Jim und ich ankamen",

antwortete Mrs Ellerby. „Ich traute meinen Ohren kaum, als er sagte, er wolle bei der Ernte helfen. Als ich ihn fragte, warum, sagte er, er wolle das echte Landleben kennenlernen, bevor er hier ein Anwesen kaufe ... Als ob er tatsächlich mehr tun würde als zu jagen und Privatfeiern zu veranstalten.“

Bea war nicht weniger verwundert als ihre Pächterin. Warum sollte Murray anbieten, bei der Ernte zu helfen?

Was hat der Mistkerl vor?

„Was auch immer Mr Smiths wahrer Beweggrund sein mag“, fuhr die Bäuerin fort und warf Bea einen wissenden Blick zu, „Jim wollte ein paar zusätzliche Hände nicht ablehnen. Heu sammelt sich nicht von allein, wie er zu sagen pflegt.“

„In der Tat“, murmelte Bea.

„Ich habe so meine Erfahrungen auf dieser Welt gesammelt, Miss Brown, und muss Ihnen sicher nicht sagen, was Sie längst wissen: Mr Smith ist ein adretter Mann. Aber es gibt attraktive Gentlemen, die nur hübsch aussehen und solche, die sich nicht vor harter Arbeit scheuen. Und dieser hier hält selbst mit unseren stärksten Burschen mit, während er uns die Aussicht versüßt.“

Es ärgerte Bea, dass Mrs Ellerby recht hatte. Außerdem konnte sie Murray seinen Heiligenschein nicht abnehmen: Das wahre Motiv für seine Anwesenheit zu verraten, würde nur noch mehr Probleme verursachen. Zu sagen, er sei ein Eisenbahner, wäre so, als werfe man ein brennendes Streichholz ins Feuer. Sie würde sich mit einem Inferno von Sorgen ihrer Pächter auseinandersetzen müssen, zumal nun jeder glaubte, er sei ein persönlicher Bekannter von ihr.

Verzweifelt hielt sie an ihrer Gereiztheit fest, in der Hoffnung, dass diese sie gleich einem Schild vor Murrays hypnotischem Charme schützen würde. Doch je näher er ihr kam, desto stärker wurde ihr Verlangen nach ihm. Schon in seiner maßgeschneiderten Kleidung sah er umwerfend gut aus, aber in diesem verschwitzten, frisch vom Feld kommenden Zustand war er geradezu unwiderstehlich.

Der dünne Leinenstoff seines lose herunterhängenden Hemds schmiegte sich an seine breiten Schultern. Er hatte die Ärmel hochgekrempelt, wodurch seine sehnigen Unterarme zum Vorschein kamen (wer hätte gedacht, dass Unterarme einen derart erotischen Anblick bieten könnten?). Außerdem hatte er sein Krawattentuch abgelegt, und der offene Hemdkragen gab den Blick auf sein gekräuseltes Brusthaar frei. Ihre Fingerspitzen kribbelten bei der Erinnerung an den weichen Flaum und die harten Muskeln darunter. Ihr Blick wanderte über seinen glänzenden, schweißnassen Hals hinauf zu seinem markanten Kiefer, seinem sinnlichen Mund und seinen Augen …

Der bronzefarbene Kranz um seine Pupillen ließ das Grün seiner Iris aufleuchten wie Blätter im Sonnenlicht. Er schenkte ihr ein träges, verführerisches Lächeln, das ihren Puls zum Rasen brachte, als wäre sie ein einfältiges Schulmädchen statt einer Jungfer an der Schwelle zu ihrem fünfundzwanzigsten Geburtstag.

„Guten Morgen, Miss Brown", begrüßte er sie mit einer eleganten Verbeugung.

Zeus, der elende Verräter, rannte freudig auf ihn zu und ließ sich von ihm hinter den Ohren kraulen. „Hallo, mein Junge", murmelte er.

„Mr Smith." Da Bea sich ihres Publikums bewusst war, zu dem nicht nur die Bäuerinnen, sondern auch deren Männer gehörten, die Murray vom Feld gefolgt waren, sagte sie spitz: „Was für eine Überraschung, Sie hier zu sehen."

„Als Sie mir von der Ernte erzählen, wollte ich sie unbedingt einmal selbst erleben", sagte er leichthin. „Ich habe festgestellt, dass nichts über praktische Erfahrung geht, finden Sie nicht auch?"

Aufgrund des anzüglichen Untertons in seiner Stimme kniff Bea die Augen zusammen. Wenn er glaubte, er könne die Oberhand gewinnen, indem er ihre Liebesnacht zur Sprache brachte, dann hatte er sich gewaltig geschnitten.

„Gewisse Dinge sollte man allerdings nur einmal ausprobieren", sagte sie mit kühlem Nachdruck.

Seine Augen funkelten amüsiert. „Nur ein einziges Mal?"

Sie zuckte mit den Schultern. „Wiederholungen können ermüdend sein."

„Andererseits heißt es aber auch: Übung macht den Meister."

Unter seinem glühenden Blick wollte ihr partout keine schlagfertige Antwort einfallen, aber in diesem Moment mischte sich glücklicherweise Jim Ellerby ein. „Also ich hab nichts gegen Wiederholungen, allerdings bin ich dankbar für ein zusätzliches Paar Hände", verkündete er und klopfte Murray auf die Schulter, als wären sie alte Kumpel. „Smith, ich hatte so meine Zweifel an Ihnen, aber Sie sind ein tüchtiger Arbeiter. Hab noch nie jemanden so schnell Heu schaufeln sehen wie Sie."

„Vielleicht haben Sie ja doch das Zeug zum Bauern", fügte Mr Gable grinsend hinzu.

Aus seinem Mund war das ein echtes Kompliment, denn er war ein stämmiger Bursche und so stark wie ein Ochse. Auch von den anderen Männern kam ein zustimmendes Grunzen. Ein paar von ihnen boxten Murray freundschaftlich auf den Arm, und er erwiderte die Gesten mit gutmütigen Schlägen seinerseits.

Staunend beobachtete Bea das Geschehen. Eigentlich müsste Murray als wohlhabender Gentleman inmitten der Arbeiterklasse auffallen wie ein bunter Hund. Stattdessen passte er sich wie ein vermaledeites Chamäleon seiner Umgebung an.

„Der Gewinner hat sich eine Erfrischung verdient!", rief Mr Ellerby.

Mrs Gable reichte ihrem Sohn ein Tablett voller Becher und schob ihn nach vorne. „Sei so gut und bring dem Herrn eine Limonade, Billy."

Mit gesenktem Blick schlurfte der Junge zu Murray hinüber und streckte ihm so abrupt das Tablett hin, dass er es ihm beinahe in den Bauch gerammt hätte. Jedem, der Billy nicht kannte, wäre die Aktion höchst unhöflich erschienen. Bea bemerkte den besorgten Blick, den Mr und Mrs Gable wechselten.

Bevor sie jedoch einschreiten konnte, hatte Murray einen der Zinnbecher an sich genommen.

„Vielen Dank, Billy. So heißt du doch, oder?" Als keine Antwort kam, lächelte er und nippte an seinem Getränk. „Es geht nichts über kühle Limonade an einem heißen Tag. Ich bin mir sicher, dass die anderen auch gerne etwas zu trinken hätten, mein Junge."

Ohne aufzublicken oder zu antworten, setzte Billy seine Runde fort.

Mrs Gable eilte zu Murray hinüber. „Es tut mir furchtbar leid, Sir. Mein Sohn muss noch lernen ..."

„Er ist ein guter Junge", unterbrach er sie. „Und ein hilfsbereiter."

„Zumindest bemüht er sich." Mrs Gable hielt inne und biss sich auf die Lippe. „Er ist einfach anders als die anderen ..."

„Jede Blume erblüht zu ihrer Zeit und auf ihre eigene Weise, Ma'am."

Seine sanften Worte trafen Bea mitten ins Herz. Überraschung und etwas Tiefgründigeres durchströmten sie. Er war ein höchst verwirrender Mann. Wie konnte ein hartnäckiger Industrieller und angeblicher Wüstling so ... fürsorglich sein? Denn an seiner Aufrichtigkeit gab es keinen Zweifel, ebenso wenig wie an seiner Wirkung auf Mrs Gable, die aussah, als hätte er ihr ein kostbares Geschenk gemacht.

Was in gewisser Weise auch stimmte. Er hatte hinter Billys Eigenheiten geblickt und etwas Positives gesehen, statt ihn wie einen Ausgestoßenen zu behandeln. *Er sieht, was niemandem sonst auffällt.*

Bea erschauderte und schob den Gedanken beiseite.

„Sie sind sehr weise, Sir", sagte Mrs Gable.

„Der Spruch geht nicht auf mein Konto. Ich habe ihn von meiner Schwägerin gestohlen. Sie benutzt ihn gerne, um meinen Neffen zu trösten."

„Warum braucht er denn Trost, Sir?"

„Er hat das doppelte Pech, der jüngste von drei Knaben *und* mein Namensvetter zu sein."

Während seine reumütigen Worte die anderen zum Lachen brachten, versuchte Bea sich einzureden, dass sie sich nicht für Murrays Familie und Herkunft interessierte. Ganz und gar nicht. Dennoch konnte sie das Bild nicht aus ihrem Kopf verbannen, das sich ihr aufdrängte: wie er mit seinen Neffen spielte, die, wenn sie das Murray-Blut in sich trugen, einfach hinreißend sein mussten.

Familie, Kinder ... Ihre schnürte sich die Kehle zu. *Dinge, die niemals mein sein können.*

In diesem Augenblick erkannte sie die größte Gefahr, die von Murray ausging: Er ließ ihre alten Träume wiederauferstehen.

Sie musste dringend mit ihm reden. Ihn mit Billy und ihren Freunden zu sehen, überzeugte sie am Ende nur davon, dass er kein schlechter Mensch war, sicher nicht der kaltherzige Eisenbahnmagnat, als den ihn die Zeitungen darstellten. Sie würde ihm eine endgültige Absage auf seine beiden Angebote – Eheschließung und Erwerb ihrer Ländereien – erteilen, und damit hätte sich beides hoffentlich erledigt.

„Das Heu erntet sich nicht von selbst, Männer", verkündete Mr Ellerby. „Machen wir uns wieder an die Arbeit, solange die Sonne noch scheint."

„Je früher wir fertig sind, desto eher können wir feiern", fügte einer der anderen Bauern hinzu.

Mr Gable gesellte sich mit einem Sandwich in der Hand zu seiner Gemahlin und Murray und klopfte diesem freundschaftlich auf den Rücken.

„Und, sind Sie bereit für eine weitere Wette, Smith?", fragte er mit vollem Mund.

„Warum nicht?", erwiderte Murray und stellte seinen Becher auf einem der Tische ab. „Ich nehme mir eines der Brote mit."

„Das ist die richtige Einstellung! Sei so gut und bring dem Mann ein Sandwich, Liebling", sagte Gable, an seine Frau gewandt. „Und mir auch noch eines, bitte."

Mrs Gable verdrehte die Augen und zog los, um den beiden ihren Proviant zu holen. Da alle anderen gegenwärtig mit essen und plaudern beschäftigt waren, wollte Bea die Gelegenheit beim Schopf packen.

„Mr Smith", begann sie in dringlichem Tonfall. „Ich würde gerne mit Ihnen ...“

„Na, na, Miss Brown, Sie haben Mr Ellerby doch gehört: Das Heu erntet sich nicht von allein", unterbrach er sie mit einem amüsierten Funkeln in den Augen. „Gewiss haben wir morgen Abend auf dem Erntefest alle Zeit der Welt, um uns zu unterhalten."

„Auf dem *Fest*?", wiederholte sie scharf. „Sie haben doch wohl nicht vor, sich dort blicken zu lassen?"

„Wer bitte würde sich die beste Feier im ganzen Land entgehen lassen?", fragte Mr Ellerby, der zu ihnen herübergekommen war.

„Mich brauchst du nicht zu fragen", erwiderte Mr Gable

schulterzuckend. „Ich mit Sicherheit nicht. Aber es sieht ganz so aus, als würde der gute Smith hier vielleicht nicht kommen."

„Wie bitte?" Ellerbys schroffe Gesichtszüge verhärteten sich, als käme der Gedanke, nicht an Beas Fest teilzunehmen, einem Sakrileg gleich. „Smith, Miss Browns Ernteball darf man nicht verpassen. Es wird gegessen, getrunken, getanzt ... Und ich bringe Ellens Apfelwein mit. Den leckersten, den Sie je probieren werden."

„Ist er denn so gut wie ihre Haferkekse?", erkundigte sich Murray.

„Besser."

„Dann würde ich ihn um nichts in der Welt missen wollen."

„Guter Mann", sagte Ellerby anerkennend. „So, jetzt aber zurück an die Arbeit. Das Heu ..."

„Erntet sich nicht von allein", vollendeten Murray und Gable seinen Satz und klopften einander kichernd auf die Schultern, wie zwei Schuljungen, die sich zu einem gelungenen Streich beglückwünschten, bevor sie zurück auf die Felder gingen.

Verblüfft sah Bea ihnen hinterher.

Gut, dann werde ich eben auf dem Ball mit ihm reden, sagte sie sich. *Und diese Sache ein für alle Mal klären.*

Kapitel Neun

Am Abend des Erntefests machte Wick sich in seinen Gemächern im Gasthaus fertig. Er war gerade in die Kupferwanne gestiegen, als er ein Klopfen hörte. In der Annahme, es sei sein Kammerdiener Barton, rief er: „Herein", während er in das heiße, schaumige Wasser sank.

Gütiger Himmel, war das ein herrliches Gefühl! Er war zwar ein leistungsfähiger Mann, der sich beim Boxen und anderen Gentleman-Sportarten auszeichnete, aber zwei Tage Landarbeit hatten ihn fast umgebracht.

Die Schritte hinter der spanischen Wand klangen nicht wie die von Barton. Bevor er jedoch nach der Identität der Person fragen konnte, kam eine Frau um die Holzverkleidung herum ... das Dienstmädchen, das ihm das Wasser für sein Bad gebracht hatte. Sie hatte das Schultertuch abgelegt, das sie zuvor trug, und ihre vollen Brüste quollen buchstäblich aus ihrem Dekolleté hervor.

„Äh ... Kann ich etwas für Sie tun?", fragte er.

Sie hielt einen Zinnkrug hoch. „Ich wollte nur schauen, ob Sie noch mehr Wasser brauchen, Sir", erwiderte sie und ließ den Blick über seinen nassen Oberkörper hinunter zu seiner

Leiste wandern. „Und ob ich Ihnen bei Ihrem Bad behilflich sein soll."

Das Pig & Whistle brüstete sich zwar damit, mit „allen Annehmlichkeiten" ausgestattet zu sein, aber mit diesem speziellen Service hatte Wick nicht gerechnet. Und er hatte auch kein Interesse daran. Er lehnte die Dienste der jungen Frau ab und beschwichtigte ihre Enttäuschung, indem er ihr sagte, sie solle sich auf dem Weg nach draußen eine Münze von seinem Kammerdiener abholen. Nachdem sich die Tür hinter ihr geschlossen hatte, lehnte er den Kopf gegen den Wannenrand und ließ seine beanspruchten Muskeln entspannen.

Es hatte eine Zeit in seinem Leben gegeben, da hätte er das Angebot des Dienstmädchens ohne zu zögern angenommen. In seinen frühen Zwanzigern war er ein oberflächlicher, arroganter Mistkerl gewesen, der nur an sich selbst und sein eigenes Vergnügen dachte. Er hatte unglaublich verantwortungslos gehandelt ... Und nicht nur er, sondern auch andere hatten den Preis dafür bezahlen müssen.

Sein Siegelring schimmerte feucht an seiner rechten Hand, eine Erinnerung an die Opfer, die seine Ausschweifungen einst forderten. An die Frau, die er zwar nicht geliebt, deren Herz er jedoch rücksichtslos gebrochen hatte. Monique war vor einem Jahrzehnt gestorben, und obwohl er sie nicht umgebracht hatte, trug er die Verantwortung für ihren Tod.

Wie immer, wenn er an diesen schändlichen Abschnitt seines Lebens zurückdachte, kamen ihm die Menschen in den Sinn, die er verletzt hatte. Damals pflegte er stets allen anderen die Schuld für die Folgen seines rücksichtslosen Verhaltens zu geben ... insbesondere seinem älteren Bruder Richard. Nach wie vor war es ihm schleierhaft, wie dieser ihm je verzeihen konnte, dass er solch ein egoistischer Schuft gewesen war. Und dass er beinahe dessen Werbeversuche um Violet vereitelt hätte. Zum Glück hatte sich alles zum Guten gewendet, aber Wick wusste, dass er die Liebe und Unterstützung, die das Paar ihm so bedingungslos entgegenbrachte, nicht verdiente.

Seufzend griff er nach einem Stück Seife, das eigens für ihn von einem Apotheker in der St. James's Street angefertigt worden war. Die Vergangenheit ließ sich nicht mehr ändern. Während der letzten Jahre hatte er versucht, seine finanziellen Angelegenheiten zu regeln und so viel wie möglich wiedergutzumachen. Er war einem strengen Verhaltenskodex gefolgt ... bis zu jener als Maskenball getarnten Orgie. Beim Einseifen seiner Brust musste er einmal mehr den Kopf darüber schütteln, dass ausgerechnet er einer keuschen Jungfrau auf den Leim gegangen war.

Und zwar nicht irgendeiner beliebigen Jungfrau, sondern Beatrice Brown.

Die sowohl bezauberndste als auch nervtötendste Frau, die ihm je begegnet war.

Es zeugte von einer gewissen Ironie, dass er, der als einer der begehrtesten Junggesellen Londons galt, keine geeignete Partie für sie darzustellen schien. Sie hatte sein Angebot zurückgewiesen, als wäre er ein zu kleiner Fisch, obwohl manch eine heiratswillige Dame alles dafür gegeben hätte, ihn zu bekommen. Zugegebenermaßen hatte ihre Ablehnung ihn nicht im Geringsten abgeschreckt. Er genoss nicht nur die Herausforderung, die sie darstellte – obwohl er ihre Wortgefechte liebte –, sondern auch die komplexe Summe dessen, was sie war: eine sinnliche, maskierte Geliebte. Eine verletzliche Jungfrau. Eine fürsorgliche und fähige Herrin ihres Anwesens.

Er hatte das Gefühl, dass er gerade erst an der Oberfläche von Beatrice Brown kratzte. Es würde ein ganzes Leben brauchen, sie kennenzulernen ... und sie würde ihn niemals langweilen, so viel stand fest. Obwohl er aufgrund seiner Ehre als Gentleman dazu verpflichtet war, um ihre Hand anzuhalten, musste er überrascht feststellen, dass er dem Gedanken gegenüber alles andere als abgeneigt war. Wann immer das Thema Ehe früher zur Sprache kam, hatte er sich das Zuknallen einer Kerkertür vorgestellt – oder schlimmer noch: die angespannte, unausweichliche Stille, durch die sich die Beziehung seiner Eltern auszeichnete.

Der Gedanke an eine Heirat mit Beatrice brachte jedoch ein seltsames Gefühl der Ruhe mit sich. In ihrer Gegenwart schien sich die Leere in ihm zu verringern. Neugierde hatte ihn einmal dazu gebracht, Richard zu fragen, woher er wusste, dass Violet „die Richtige" für ihn war.

Ich wusste es einfach, hatte sein stoischer Bruder mit einem Schulterzucken erwidert, das Wick stets an ihren verstorbenen Vater erinnerte. Dann jedoch hatte er mit einem Zwinkern hinzugefügt: *Meine Herzensdame hinterlässt einfach einen bleibenden Eindruck, nicht wahr?*

Da Violet Richard bei ihrer ersten Begegnung in einen Brunnen gestoßen hatte, konnte Wick nicht widersprechen. Er mochte seine Schwägerin sehr und sah Ähnlichkeiten zwischen ihr und Beatrice. Beide waren unkonventionelle Frauen, temperamentvoll und stark, und den Menschen gegenüber, die ihnen etwas bedeuteten, äußerst loyal.

Die Arbeit Seite an Seite mit den Bauern, die mehr tratschten als Hausfrauen, hatte Wick die Möglichkeit gegeben, mehr über seine zukünftige Braut zu erfahren. Den Männern zufolge war Beatrice großzügig und freundlich und gab jedem eine gerechte Chance, selbst denen, die von der Gesellschaft gemieden wurden. Sie stand stets zu ihrem Wort und erwartete dasselbe von anderen. Niemand wusste etwas über ihre Vergangenheit oder die Familie, in die sie hineingeboren worden war, aber sie behandelte die Sheridans – Miss Fancy und den Rest des fahrenden Clans –, als wären sie Blutsverwandte.

Gleichzeitig ließ sie sich nicht zum Narren halten. Ellerby hatte ihm erzählt, dass sie einen Bastard namens Randall

Perkins des Grundstücks verwiesen hatte, nachdem er dabei erwischt worden war, wie er ihre Kammerzofe belästigte. Perkins war offenbar nicht sehr glücklich darüber gewesen, seine Bleibe zu verlieren, doch sie war standhaft geblieben.

Ihre Willensstärke überraschte Wick nicht im Geringsten, vielmehr bewunderte er sie dafür.

Miss Brown liebt ihre Unabhängigkeit, das steht außer Frage, hatte Ellerby mit ernstem Blick gesagt. *Aber in diesem großen, leeren Herrenhaus muss es einsam sein. Meine Ellen ist der Ansicht, eine starke Frau wie Miss Brown brauche einen noch stärkeren Mann, um sie glücklich zu machen.*

War Wick der Richtige für diese Aufgabe? Während er sich die Haare einseifte, überkamen ihn Selbstzweifel. Zwar hatte er in den letzten Jahren hart an sich gearbeitet, aber für das Glück einer anderen Person verantwortlich zu sein, bereitete ihm Unbehagen. Die meisten Frauen wollten ihn wegen seines Aussehens oder seines Geldes, nicht wegen seines Charakters, eine Tatsache, die ihm eigentlich immer recht gewesen war ... bis er Beatrice kennenlernte.

Aus irgendeinem Grund hatte ihn ihre Bemerkung, dass sie sich nur von seinen körperlichen Qualitäten und seinen vermeintlichen Fähigkeiten im Bett angezogen fühlte, verletzt. Ihre Vermutung, dass er versuchen würde, sie zu erpressen, war noch schlimmer. Für welche Art von Mann hielt sie ihn bitte? Und was war in ihrer Vergangenheit geschehen, dass sie eine so zynische Sicht auf die menschliche Natur hatte?

Nichtsdestotrotz boten körperliche Anziehungskraft und Kompatibilität im Bett eine gemeinsame Basis, zumindest am Anfang. Beides waren unaussprechliche, aber notwendige Voraussetzungen, die er bei einer Partnerin suchte.

Zu seinem Glück war bei Beatrice beides in Hülle und Fülle vorhanden.

Erinnerungen an den Maskenball überkamen ihn, während

er sein Haar ausspülte. Gott, sie war so unglaublich heiß gewesen, hatte sich ebenso nach ihm verzehrt wie er sich nach ihr. Die Laute, die sie von sich gegeben hatte, die Art und Weise, wie sie ihre feuchte, jungfräuliche Pussy erst an seiner Zunge und dann an seinem Schwanz rieb, darum flehend, genommen zu werden. Wie sie sich ihm völlig hingab, wie ihre Scheidenmuskeln sich um ihn zusammenzogen, als wollte sie ihn nie wieder gehen lassen ...

Er lehnte den Kopf wieder an den Rand der Wanne und umschloss seinen harten, pulsierenden Schaft. Langsam ließ er seine Faust daran auf und ab gleiten, nicht mit der Absicht, zum Höhepunkt zu kommen, sondern einfach nur, um die prickelnde Erregung zu genießen, die die Erinnerungen an Beatrice mit sich brachten.

Seine Lust wurde durch ein besitzergreifendes Gefühl noch verstärkt. Nie zuvor hatte er einer Frau die Jungfräulichkeit genommen, hatte es nie gewollt. Doch zu wissen, dass Beatrice nur mit ihm intim gewesen war, dass er allein Zeuge ihrer sinnlichen, großzügigen Leidenschaft hatte sein dürfen, weckte in ihm den Wunsch, nicht nur ihr erster, sondern auch ihr letzter Liebhaber zu sein.

Je mehr er darüber nachdachte, desto besser schienen sie zusammenzupassen – nicht nur körperlich, sondern auch hinsichtlich ihrer Persönlichkeiten. Er fand ihre Standhaftigkeit bewundernswert und beruhigend zugleich. Im Bett mochte sie sich ihm willentlich hingeben, aber im alltäglichen Leben war sie eine unabhängige, selbstbeherrschte Frau, die keine unrealistischen Erwartungen an die Ehe stellen würde. Er wollte sein Möglichstes tun, um ihr ein guter Gefährte zu sein, aber sie würde ihr Glück nicht von ihm abhängig machen, was bedeutete, dass er sie nicht enttäuschen konnte.

Wasser schwappte über den Rand der Wanne und rann an seinem Körper entlang, als er sich erhob und hinausstieg.

Während er sich abtrocknete und nach seinem Kammerdiener rief, wurde ihm einmal mehr klar, dass es nicht einfach werden würde, Beatrice Brown zu umwerben. Andererseits waren Verhandlungen sein Spezialgebiet. Das größte Hindernis schien in ihrer Weigerung zu liegen, ihre eigene Schönheit zu erkennen. Er beschloss, auf dem Ernteball daran zu arbeiten. Und dann war da natürlich noch die Sache mit dem Eisenbahnbau und ihrem Anwesen ...

Eine Katastrophe nach der anderen, sagte er sich und schlüpfte in seinen Morgenmantel.

Kapitel Zehn

„O h, Fancy", hauchte Bea. „Es ist wunderschön!"

„Gefällt es dir wirklich?", fragte ihre Freundin eifrig.

Obwohl das Erntefest in vollem Gange war, hatten die beiden Frauen sich davongeschlichen, um Beas fünfundzwanzigsten Geburtstag ganz privat zu feiern. Sie hatten es sich an einem ihrer Lieblingsorte gemütlich gemacht, unter einer riesigen Eiche auf der anderen Seite des Teiches die laut ihrem Gärtner über hundert Jahre alt war. Die mächtigen, schweren Äste des Baumes hingen fast bis zum Boden und bildeten einen von der Außenwelt abgeschirmten Kokon.

Da es bereits dunkel war, hatten sie ihre Laternen an den Zweigen aufgehangen, wodurch die kleine Laubhöhle in ein sanftes, goldenes Licht getaucht wurde. Sie saßen auf einer natürlichen Vertiefung zwischen den ausladenden Wurzeln, die sich perfekt als Bank eignete. Die laue Brise trug Musik und Gelächter der Ballgäste zu ihnen herüber.

Murray war zu Beginn der Festlichkeiten nirgends zu sehen gewesen ... Nicht, dass sie nach ihm gesucht hätte. Oder wenn doch, dann nur, um mit ihm zu reden und ihm zu sagen, er solle sie in Ruhe lassen. Dann hatte Fancy sie von der Feier weggeholt. Da Bea kein großes Aufheben mochte, wusste niemand außer ihrer besten Freundin, dass sie Geburtstag hatte. Und da Fancy nun einmal Fancy war, hatte sie ihr ein Geschenk mitgebracht.

Die Organdy-Haube, verpackt in einer alten Bonbondose, war mit zwei Reihen hochwertiger Spitze und winzigen Rosetten aus Schleifenband verziert. Die Nähte waren sauber, die Verarbeitung tadellos. Auch an den seidigen Bändern waren Rosetten angebracht.

„Ich liebe sie!" Bea hielt die Haube in die Luft, um die Handarbeit ihrer Freundin zu bewundern. „Die würde in jedem Hutgeschäft auf der Bond Street ein hübsches Sümmchen einbringen. Wie bist du auf das Muster gekommen?"

„Eine Dame aus dem Dorf hat eine ähnliche getragen. Als ich sie fragte, wo sie sie her habe, hat sie mich nur von oben herab angeschaut", sagte Fancy und fügte in aufgesetztem, aristokratischen Akzent hinzu: *„Die könntest du dir niemals leisten, Fräulein. Sie stammt aus London und zählt zur Haute Couture."* Sie hielt inne und verdrehte die Augen. „Ich weiß zwar nicht, was das heißt, aber ein paar Lagen Stoff und Spitze kann ich allemal zusammennähen."

In der Tat war ihr Talent so groß, dass sie sich ein Kleidungsstück nur ansehen musste, um es perfekt imitieren zu können. Und nicht nur das, sie war auch in der Lage, aus ein paar Fetzen – ein bisschen Spitze hier, ein Band dort – ein Meisterwerk zu erschaffen.

„Was für ein grauenvolles Weibsstück. Ich wünschte, ich wäre dabei gewesen, dann hätte ich ihr ordentlich die Meinung gegeigt." Während Fancy derartige Vorkommnisse unbekümmert abtat, kochte Bea vor Wut. „Das macht dein Geschenk nur noch wertvoller für mich ..."

Sie brach ab, als sie das Rascheln von Blättern vernahm. Im nächsten Augenblick duckte Murray sich unter den hängenden Zweigen hindurch und betrat ihr Versteck.

Bea sprang auf, und auch Fancy erhob sich.

„Guten Abend, die Damen. Was für ein gemütliches Plätzchen." Er verneigte sich und fuhr lächelnd fort: „Verzeihen Sie die Störung. Ich bin gerade erst angekommen und hörte, dass Miss Brown sich am Teich aufhielte ... Und ist mir da gerade etwas von einem Geschenk zu Ohren gekommen? Was ist denn der Anlass?"

Bea zögerte, die Haube in Händen haltend. Als sie aufgestanden war, war die Schachtel mitsamt der dazugehörigen Notiz zu Boden gefallen, und Murray bückte sich, um sie aufzuheben. Die großen, sorgfältig geformten Buchstaben konnte er unmöglich übersehen.

„Alles Gute zum Geburtstag, Beatrice. Von Deiner Freundin Fancy." Er hielt inne und musterte sie. „Heute ist Ihr Geburtstag?"

Da sie keinen Grund sah zu lügen, nickte sie knapp.

„Herzlichen Glückwunsch", murmelte er. „Leider habe ich kein Geschenk für Sie."

Sie waren mein Geschenk. Eine Welle der Sehnsucht übermannte sie, als sie in seine warmen Augen blickte, in denen sich das goldene Licht der Laternen spiegelte. *Die Nacht mit Ihnen war der einzige Luxus, den ich mir erlaubt habe ... Und womöglich auch mein größter Fehler.*

„Warum sollten Sie eines mitgebracht haben?", erwiderte sie forsch. „Sie wussten es nicht. Und selbst wenn, hätte es keinen Grund gegeben, dass Sie sich die Mühe machen."

Er runzelte die Stirn und sah aus, als würde er etwas darauf erwidern wollen.

Sie beschloss, die Gelegenheit zu nutzen und der Stier bei

den Hörnern zu packen. „Fancy, würdest du mich kurz mit Mr Murray unter vier Augen sprechen lassen?"

„Hältst du das für 'ne gute Idee?", fragte ihre Freundin skeptisch.

„Geh ruhig und genieß die Feier, meine Liebe", erwiderte Bea mit gefasster Miene. „Es gibt da etwas, das ich mit ihm klären muss."

Widerwillig machte Fancy sich auf den Weg, jedoch nicht, ohne Murray vorher noch einen warnenden Blick zuzuwerfen.

„Was für ein hübsches Fleckchen", merkte er an, als sie allein waren.

Im sanften Schein der Laternen wirkte er noch attraktiver als sonst. Seine Garderobe passte perfekt zum Anlass, der blaue Cutaway und die graue Weste und Hose waren elegant, aber nicht zu förmlich, das silberne Krawattentuch war zu einem lässigen Knoten gebunden. Es sagte viel über ihn aus, dass er es vorgezogen hatte, vor den anderen Gästen nicht mit übertriebenem Prunk zu prahlen, und bestärkte sie in ihrer Überzeugung, dass er ein guter Mensch war.

Sie wusste, dass sie bisher eher defensiv reagiert hatte, und beschloss daher, es mit einer anderen Taktik zu versuchen. Wenn sie ihm auf vernünftige Weise die Gründe darlegte, weshalb sie ihn weder heiraten noch ihr Land verkaufen konnte, würde er es sicher verstehen. Dann würde er wieder aus ihrem Leben verschwinden ... und mit ihm die törichten Sehnsüchte, die er in ihr weckte.

Sie holte tief Luft. „Ich möchte mich bei Ihnen entschuldigen, Sir."

Er musterte sie forschend. „Wofür denn?"

„Ich war Ihnen gegenüber sehr taktlos", gab sie zu. „Unsere Begegnung auf dem Maskenball sollte eine einmalige, anonyme Angelegenheit sein. Sie danach wiederzusehen, war eine Überraschung. Eine unangenehme Überraschung. Trotzdem entschuldigt das nicht mein unhöfliches Verhalten, und das tut mir leid.“

Die Verwunderung und aufkeimende Anerkennung in seinem Blick jagten ihr einen seltsam wohligen Schauer über den Rücken.

„Ich nehme Ihre Entschuldigung an“, sagte er. „Obwohl sie nicht nötig gewesen wäre. Ich bin derjenige, der unangemeldet hier aufgetaucht ist und Sie erschreckt hat.“

„Tut es Ihnen im Nachhinein etwa leid, dass Sie unbefugt mein Anwesen betreten haben?“

„Das habe ich nicht gesagt. Nur, dass es mein Fehler war.“

Angesichts seines reuelosen Grinsens musste sie sich ein Lächeln verkneifen. „Jedenfalls haben wir uns nicht gerade wie vernünftige Erwachsene verhalten, nicht wahr?“

„Es sei denn, Ihre Definition von ‚vernünftig‘ bedeutet, zwei Tage lang Heu zu machen“, erwiderte er mit kläglichem Blick. „Das viele Schaufeln hat mich fast umgebracht. Mein Rücken wird sich vielleicht nie wieder erholen.“

Seine Ehrlichkeit entlockte ihr ein Lachen. „Warum haben Sie sich überhaupt freiwillig dafür gemeldet?‘

„Weil ich Sie mit meiner Ausdauer und meinem Geschick beeindrucken wollte“, sagte er seufzend.

Sie genoss die humorvollen Wortgefechte und Neckereien mit ihm sehr. Beinahe hätte sie erwidert, dass sie mit seiner Ausdauer und seinem Geschick bereits bestens vertraut war, hielt sich jedoch in letzter Sekunde zurück. Gütiger Himmel, der kokette Charme dieses Mannes war ebenso subtil wie unwiderstehlich und brachte eine Frau allzu leicht dazu, den Kopf zu verlieren ... Und auch das Ziel vor Augen

Entschlossen straffte Bea die Schultern. „Da wir das nun geklärt hätten, sollten wir unsere gegenseitigen Anliegen doch hoffentlich mit Respekt und Höflichkeit lösen können.“

„Der Meinung bin ich auch.“

„Sehr schön", fuhr sie fort. „Offensichtlich gibt es zwei Probleme, die der Aufklärung bedürfen. Beginnen wir mit meinem Anwesen. Ich werde es Ihnen nicht verkaufen, Sir. Für keine Summe der Welt."

Statt ein Gegenargument vorzubringen, fragte er ganz sachlich: „Warum nicht?"

„Weil Camden Manor mehr als nur ein Stück Land für mich ist. Es ist mein Zufluchtsort."

„Nicht nur Ihrer, sondern auch der Ihrer Pächter", stellte er fest.

Sein Scharfsinn überraschte sie. Unbehaglich trat sie von einem Fuß auf den anderen, bevor sie zugab: „Meine Beweggründe sind nicht komplett uneigennützig. Ich brauche Pächter, um das Land zu bewirtschaften. Aber ich weise niemanden ab, der ehrlich, fleißig und bereit ist, hart zu arbeiten."

„Ihre Bauern schätzen Sie sehr, Miss Brown. Ebenso wie ich."

Sein sanfter, aufrichtiger Tonfall ließ ihr Herz höherschlagen.

Sie räusperte sich nervös. „Dann verstehen Sie sicher, warum ich Ihnen mein Anwesen nicht überlassen kann."

„Das tue ich. Allerdings ist ein Kompromiss damit noch nicht vom Tisch."

„Welche Art von Kompromiss?", fragte sie stirnrunzelnd.

„Bevor wir dazu kommen, möchte ich Ihre Antwort auf meinen Heiratsantrag hören. Das ist doch das zweite Thema, welches Sie ansprechen wollten, oder nicht?"

Einerseits wollte sie bezüglich des Kompromisses nachhaken, da es ihrer Ansicht nach keinen gemeinsamen Nenner gab, auf den sie kommen könnten. Andererseits flatterte ihr Magen jedes Mal nervös, wenn sein anderes Angebot zur Sprache kam, und sie wollte die Angelegenheit so schnell wie möglich hinter sich bringen.

„So schmeichelhaft Ihr Antrag auch ist, kann ich ihn leider nicht annehmen."

„Nun, zumindest sind Sie konsequent." Er hob eine Braue, schien jedoch nicht im Geringsten beleidigt zu sein. „Würden Sie mir verraten, warum?"

„Wie ich bereits sagte, passen wir körperlich gesehen einfach nicht zueinander."

„Da hatte ich auf dem Maskenball aber einen anderen Eindruck", erwiderte er und bedachte sie mit einem glühenden Blick.

„Weil ich eine *Maske* trug", betonte sie genervt. Stellte er sich absichtlich dumm?

„Selbst wenn Sie keine getragen hätten, hätte es keinen Unterschied gemacht." Bevor sie wusste, wie ihr geschah, war er auf sie zugetreten, umschloss ihr Kinn mit seinen kräftigen Fingern und zwang sie, ihm in die Augen zu sehen. „Glauben Sie wirklich, eine Narbe könnte Ihre Schönheit schmälern? Sie für einen Mann weniger anziehend machen?"

Ja. Ihre Brust schnürte sich zusammen. *Denn genau das ist passiert.*

Diese Narbe ... Sie hat alles verändert.

„Was ist Ihnen zugestoßen, mein Engel?", fragte er sanft, als könnte er ihre Gedanken lesen. „Hat Sie jemand verletzt?"

Sie schluckte schwer. Er war wie ein Licht, das die dunkelsten Abgründe ihrer Seele zu beleuchten drohte, den Teil von ihr, den sie verbarg, weil der Schmerz zu groß war, um ihn zu ertragen. Sie klammerte sich an ihrer kühlen Beherrschung fest, dem Schutzschild, der ihr geholfen hatte, sämtliche Schicksalsschläge zu überstehen. Sie sperrte ihr Herz wieder in sein Gefängnis und schob die Erinnerungen dorthin zurück, wo sie hingehörten.

Betont gleichmütig erwiderte sie seinen Blick. „Weder

meine Narbe noch meine Vergangenheit stehen zur Diskussion.“

Er musterte sie forschend. „Sie haben recht. Diskussionen bringen uns nicht weiter.“

Überrascht, aber erleichtert über seine Kapitulation, nickte sie. „Es wäre produktiver, wenn Sie einfach akzeptieren würden ...“ Ihre Worte gingen in einem erstickten Schrei unter, als er sie blitzschnell in seine Arme hob.

„Was um Himmels willen tun Sie da?“, fragte sie atemlos.

„Produktiver sein“, erwiderte er.

~

Ursprünglich hatte Wick vorgehabt, an diesem Abend alternative Strategien auszuprobieren und sich auf Diskussionen und Verhandlungen einzulassen, um einen gemeinsamen Nenner zu finden. Es war nicht geplant gewesen, auf ihrem eigenen Ball mit Beatrice zu schlafen. Aber bei einer Gegnerin wie ihr musste ein Mann schnell denken und sie aus dem Konzept bringen, wenn er Erfolg haben wollte. In dem Moment, als er sie mit einem Kuss zum Schweigen brachte, damit sie nicht noch mehr Unsinn von sich geben konnte, wusste er, dass er sich richtig entschieden hatte.

Wimmernd vergrub sie die Finger in seinem Haar und zog ihn näher an sich. Ihre Gesten verrieten ihm eine Wahrheit, die ihre Worte zu verbergen versuchten: Sie wollte ihn beinahe ebenso sehr wie er sie.

Ohne seine Lippen von den ihren zu lösen, ließ er sich auf der bankähnlichen Vertiefung zwischen den Wurzeln nieder und setzte sie auf seinem Schoß ab. Dann vergrub auch er eine Hand in ihren seidigen Locken und vertiefte den Kuss, ließ seine Zunge herausfordernd über die ihre gleiten und stöhnte leise, als sie die sinnliche Berührung erwiderte. Sie war so voller

Leben, voller Leidenschaft. Wie konnte sie auch nur einen Moment lang denken, dass es eine gute Idee sei, den Rest ihrer Tage eingesperrt auf diesem Anwesen zu verbringen?

„Gott, du bist so unglaublich süß", murmelte er. „Wie sehr ich mich danach gesehnt habe, dich erneut zu küssen."

Sie warf den Kopf in den Nacken, als er an ihrem empfindlichen Ohrläppchen zu knabbern begann, und presste sich gegen seine pulsierende Erektion.

„Murray?", flüsterte sie eindringlich.

Es wäre ein Leichtes, in den Tiefen ihrer leuchtenden Augen zu ertrinken. „Nenn mich Wick, mein Engel."

„Wick", wiederholte sie zögernd. „Selbst wenn wir heute Abend miteinander schlafen, ändert das nichts zwischen uns."

Es gab kein *wenn*. Er hatte vor, sie so hart zu nehmen, dass sie sich nicht einmal mehr an ihre eigenen Namen würden erinnern können, geschweige denn an ihre Konflikte.

„Sei einfach mit mir zusammen, Beatrice. Hier und jetzt." Er ließ einen Finger unter das Mieder ihres schulterlosen, elfenbeinfarbenen Abendkleids gleiten und streichelte eine ihrer Brustwarzen, bis sie zu keuchen begann.

Dennoch schien sie nicht bereit zu sein, sich geschlagen zu geben. „Das hier hat nichts zu bedeuten, verstehst du? Ich verspreche dir dadurch nichts, und du darfst hinterher nicht behaupten, du hättest mich kompromittiert ... Hörst du mir überhaupt zu? Was hast du ... Oh, gütiger Himmel!"

Da er durchaus in der Lage war, mehrere Aufgaben gleichzeitig zu bewältigen, hatte er ihr tatsächlich zugehört, während er ihr die Röcke hochschob. Was er darunter vorfand, ließ seinen Schaft noch mehr anschwellen. Gott, sie war *klatschnass* für ihn. Als er sie durch den Schlitz in ihrer Unterhose streichelte, benetzte ihr Nektar seine Finger.

„Das hier ist nicht bedeutungslos", sagte er mit belegter Stimme. „Leidenschaft wie diese ist etwas Besonderes ... *Du* bist etwas Besonderes. Ich werde alles Nötige tun, um dich davon zu überzeugen, dass du die schönste Frau bist, die ich je gesehen habe. Und mir ist klar, dass du mir keine Versprechungen machst. Heute Abend geht es nur ums Vergnügen – deines und meines. Kannst du alles andere loslassen, nur für einen Moment? Kannst du dich mir hingeben und die Magie des Augenblicks genießen?"

Um seinen Worten Nachdruck zu verleihen, fuhr er mit dem Finger über ihre feuchte Spalte, bis er ihre Perle fand und sie zu liebkosen begann, während er ihr ausdrucksstarkes Gesicht beobachtete. Ihre Wangen waren gerötet und ihre Augen funkelten vor Verlangen.

Sie fuhr sich mit der Zunge über die vom Küssen geschwollenen Lippen. „Ich kann nicht klar denken ...“

„Das musst du auch nicht. Vertrau deinen Gefühlen, Beatrice. Lass dich einfach fallen.“

Als er spürte, wie ihr Körper sich entspannte, wusste er, dass er gewonnen hatte. Triumphierend ließ er seinen Daumen immer schneller und härter über ihre Perle kreisen, während er sie tief und fordernd küsste, bis sie die Schenkel gegen seine Hüften presste und mit einem leisen Aufschrei in seine Hand kam.

Sobald sie sich von ihrer Ekstase erholt hatte, zog er sie auf die Füße, führte sie zu einem dicken Ast hinüber, der etwa hüfthoch über dem Boden hing, drehte sie um und legte ihr eine Hand auf den Rücken.

„Bück dich für mich, mein Engel.“

Tief in ihrem Unterbewusstsein wusste Bea, dass das hier keine gute Idee war. Aber sie sollte doch den Moment genießen, nicht wahr? Und immerhin hatte sie Geburtstag ...

Ihr Körper schien einen eigenen Willen entwickelt zu haben und folgte Wicks sündhafter Anweisung wie von selbst. Der breite Ast stützte ihren Oberkörper, war aber ein wenig zu hoch, weshalb ihre Zehen gerade so den Boden berührten. Sie umklammerte das raue Holz, als sie spürte, wie er ihre Röcke und Unterröcke hochschob und die kühle Nachtluft ihre Beine streifte. Sie drehte den Kopf, um ihn anzusehen, und das unverhohlene Begehren in seinem Blick raubte ihr den Atem.

„Ich wünschte, du könntest dich so sehen", flüsterte er mit heiserer Stimme. „Deinen prallen Hintern, der sich mir entgegenreckt und deine lieblichen Beine in ihren zarten Seidenstrümpfen. Und natürlich deine süße, kleine Pussy, die aus deiner Unterwäsche hervorspitzt. Dieser göttliche Anblick würde jeden Mann hart werden lassen."

Sie zitterte und spürte, wie sie erneut von einer Welle der Erregung erfasst wurde.

„Nicht, dass ich je einem anderen gestatten würde, das zu betrachten, was mir gehört", fügte er hinzu.

Obwohl sein tiefer, besitzergreifender Tonfall ihr einen wohligen Schauer über den Rücken jagte, erwiderte sie: „Ich gehöre dir nicht."

„Heute Nacht schon, und ich werde dir auf jede nur erdenkliche Weise Vergnügen bereiten. Es gibt so vieles, was ich mit deinem traumhaften Körper anzustellen gedenke."

Mit diesen Worten hakte er zwei Finger in ihre Unterhose und riss den Schlitz weiter auf. Bevor sie protestieren konnte, senkte er den Kopf und ließ seine Zunge an ihrer entblößten Spalte entlanggleiten.

In dieser Position von ihm geleckt zu werden, war so unglaublich *verrucht*. Sie fühlte sich wild und verwegen und ließ ergeben den Kopf hängen, während er sie geschickt und methodisch jeglicher Vernunft beraubte. Irgendwie war es eine Erleichterung, ihre Gedanken und Sorgen aufzugeben, sich einfach gehen zu lassen. Schon bald nahm sie nichts mehr um sich herum wahr außer seiner glühenden Leidenschaft und seinen sündhaften Liebkosungen, die sie dazu verführten, sich seinem Mund hilflos keuchend entgegenzupressen.

„Gott, ich liebe es, dich auf diese Weise zu verwöhnen", flüsterte er mit tiefer, samtiger Stimme. „Und du liebst es, von mir geleckt zu werden, nicht wahr, mein Engel?"

„Ja", hauchte sie atemlos.

„Willst du mir mehr von deiner süßen Pussy geben?"

„Was immer du willst", erwiderte sie stöhnend.

„Braves Mädchen."

Sie spürte zwei seiner Finger in sich gleiten, und er stieß ein genüssliches Brummen aus, als ihre Scheidenmuskeln sich instinktiv um ihn zusammenzogen. Er dehnte und streckte sie, bis sie vor Verlangen bebte.

„Kannst du noch einen dritten Finger in dir aufnehmen, mein Engel?"

„Ja", seufzte sie.

Der Druck war nur von kurzer Dauer, und schon bald war ihr auch das nicht mehr genug.

Sie presste sich den Bewegungen seiner Hand entgegen. „Bitte, ich brauche ..."

„Sag meinen Namen."

„Wick", keuchte sie.

„Du bist so wunderschön, meine Beatrice."

Als er seine Finger herauszog, wollte sie protestieren, doch dann spürte sie, wie seine Zunge in ihre feuchte Hitze glitt, und stöhnte laut auf. Während er sie mit seinem geschickten Mund verwöhnte, begann er, ihre Perle zu reizen, bis sie abermals von einer Welle der Verzückung überrollt wurde und ihren Nektar auf seinen Lippen und seinem Kinn verteilte.

„Verdammt, du bringst mich noch um", fluchte er.

Schwer atmend drehte sie den Kopf und sah, wie er sich

erhob und seine riesige Erektion aus seiner Hose befreite. Lusttropfen quollen aus der Spitze hervor, als er seinen sehnigen Schaft packte und zu pumpen begann, ohne den Blick von ihrer entblößten Scham abzuwenden.

„Reck deinen hübschen Hintern noch ein wenig heraus", befahl er ihr mit heiserer Stimme. „Lass mich deine Pussy sehen."

Seine Worte jagten ihr einen elektrisierenden Schock durch den Körper. Ihn dabei zu beobachten, wie er sich befriedigte, während er sich an ihrem Anblick ergötzte, war auf beschämende Weise erregend. Gleichzeitig verlieh ihr das Wissen, dass sie diese Wirkung auf ihn hatte, ein Gefühl von Macht. Unwillkürlich zogen ihre Scheidenmuskeln sich zusammen.

„Gott, ist das herrlich", flüsterte er, als ihre Blicke sich trafen. „Willst du, dass ich für dich komme, mein Engel?"

„Ja", erwiderte sie mit rauer Stimme. „Bitte komm für mich."

Er presste die Zähne zusammen, während seine Faust immer schneller an seinem Schaft auf und ab fuhr. Schließlich stieß er ein kehliges Stöhnen aus und ergoss sich in heißen Spritzern über ihren Hintern und ihre Schenkel. Als ihr der salzige Duft seiner Ekstase in die Nase stieg, überkam sie ein tiefes Gefühl der Befriedigung. Sie erschauderte vor Lust, als er seine Finger genüsslich durch die Tropfen gleiten ließ und seine milchige Essenz auf ihrer Haut verteilte.

„Meine Güte, Beatrice, das war einfach ...", begann er, wurde jedoch von einem panischen Schrei unterbrochen.

„Bea, bist du noch hier? Komm schnell!"

Sie erstarrte, als sie Fancys Stimme vernahm. Glücklicherweise war Murray ein Mann der Tat. Blitzschnell zog er ihre Röcke herunter und half ihr, sich aufzurichten. Er hatte sich gerade die Hose zugeknöpft und war einen respektvollen

Schritt beiseitegetreten, als ihre Freundin durch den Blättervorhang stürmte.

Der Ausdruck in ihren Augen jagte Bea einen eisigen Schauer über den Rücken.

„Was ist los?", fragte sie angespannt.

„Feuer!", japste Fancy. „Die Scheune brennt!"

Kapitel Elf

Der Morgenhimmel war von Rauchschwaden durchzogen. Wie betäubt starrte Bea auf die schwelenden Überreste der Scheune, kaum in der Lage zu begreifen, was innerhalb der letzten Stunden geschehen war. Um sie herum durchsuchten ihre Pächter die Trümmer nach allem, was gerettet werden konnte ... Nicht, dass sie sich allzu große Hoffnungen machte. Dennoch konnte sie sich glücklich schätzen.

Das Heu und das Gebäude konnten ersetzt werden. Menschenleben nicht.

Dankbarkeit durchflutete sie, als sie Wick auf sich zukommen sah. Er war verschwitzt und rußverschmiert, aber in diesem Augenblick war er für sie attraktiver denn je. Während sie damit beschäftigt gewesen war, Wasser für die Löschaktion zu organisieren, hatte er das Kommando vor Ort übernommen. Die Leute waren seiner natürlichen Autorität gefolgt und hatten Reihen gebildet, um die Eimer voll Wasser so schnell wie möglich von einer Person zur anderen weiterreichen zu können. Andere hatte er angewiesen, die kleineren Flammen mit Decken zu ersticken.

Er selbst war das größte Risiko eingegangen. Gemeinsam mit einer Gruppe Männer, die sich feuchte Tücher ums Gesicht gebunden hatten, war er in das brennende Gebäude vorgedrungen, um so viel Heu wie möglich herauszuholen. Dank ihres Einsatzes konnte gut die Hälfte der Ernte gerettet werden. Sein Mut und seine Stärke waren ihr in dieser schweren Stunde ein Licht in der Dunkelheit gewesen.

Nun trat er an ihre Seite und musterte sie besorgt. „Du solltest dich ein wenig ausruhen, mein Engel, immerhin hast du die ganze Nacht kein Auge zugetan. Ich bleibe hier und sehe nach dem Rechten."

„Ich bewege mich hier nicht weg. Außerdem hast du auch nicht geschlafen." Sie zog ein Taschentuch hervor und wischte ihm einen Aschefleck von der Wange, wobei ihr der überraschte Ausdruck in seinen Augen nicht entging. „Ich kann nicht glauben, dass ein so schöner Abend auf diese Weise enden musste. Aber wir sollten wohl dankbar sein, dass dieser Unfall keinen noch größeren Schaden angerichtet hat."

„Ich glaube nicht, dass es ein Unfall war."

Bei seinen Worten lief ihr ein eisiger Schauer den Rücken hinunter.

„Wie kommst du darauf?", fragte sie.

Er schaute um sich, um sicherzustellen, dass niemand in der Nähe war, bevor er mit gedämpfter Stimme erwiderte: „Während ich das Heu hinausschaffte, sah ich eine zerbrochene Laterne in der Scheune liegen. Und es roch extrem stark nach Leinöl."

Leinöl ... Eine hochentzündliche Substanz, die absolut nichts in ihrer Scheune zu suchen hatte.

Sie erschauderte. „Du glaubst also, das Feuer wurde absichtlich gelegt?"

Er nickte grimmig. „Ich habe noch etwas anderes gefunden ..."

„Da sind Sie ja, Miss Beatrice!“, wurde er von Milton Sheridan unterbrochen, der sich ihnen energischen Schrittes näherte. Wick warf ihr einen flüchtigen Blick zu und sie nickte in stillem Einvernehmen. Diese beunruhigende Unterhaltung würden sie später fortsetzen. Sie versuchte, die wachsende Besorgnis beiseitezuschieben und bemerkte, dass Sheridan in Begleitung eines Fremden war. Fancy folgte den beiden Männern und musterte den Unbekannten mit unverhohlener Bewunderung.

Bea konnte es ihr nicht verdenken: Der dunkelhaarige Gentleman wirkte außergewöhnlich elegant und kultiviert. Seine Kleidung war von höchster Qualität und schmiegte sich wie eine zweite Haut an seinen großen, schlanken Körper. Er war auf ruppige, markante Weise attraktiv. Seine grauen Augen strahlten eine Intensität aus, die manch andere Dame verunsichert hätte.

Bea hingegen war es gewohnt, angestarrt zu werden. Da sie keinen Schleier trug, war ihre Narbe deutlich sichtbar. Sie hob das Kinn und erwiderte seinen Blick ungeniert, woraufhin ein kaum merkliches Lächeln seine Mundwinkel umspielte. Sofort wirkte er wesentlich sympathischer und zugänglicher.

„Miss Beatrice, dieser Herr hat nach Ihnen gesucht“, sagte Sheridan. Der Kesselflicker hatte einen langen, grauen Bart, hellblaue Augen und trug, wie es sich für seinen Beruf gehörte, nur Kleidung, die entweder geflickt oder wild zusammengewürfelt war.

Zu Beas Überraschung trat Wickham vor und sagte: „Teufel noch eins ... Sind Sie das, Knight?“

„Murray?“ Der Unbekannte – Mr Knight, wie es schien – wirkte nicht weniger verblüfft. Allerdings ergriff er Wicks ausgestreckte Hand und schüttelte sie fest. „Ich habe Sie seit dem Ball der Garritys nicht mehr gesehen.“

„In der Tat", erwiderte dieser und musterte den Neuankömmling abwägend. „Was führt Sie nach Staffordshire?"

„Dasselbe könnte ich Sie auch fragen."

Bea blinzelte überrumpelt, als die beiden ihre Blicke auf sie richteten, bevor sie sich wieder einander zuwandten, wie zwei Raubtiere, die einen Eindringling in ihrem Revier entdeckt hatten.

„Was wollen Sie von Miss Brown?", fragte Wick und verschränkte die Arme vor der Brust.

„Gar nichts", erwiderte Knight in ebenso ruhigem, bedrohlichem Tonfall. „Ich bin auf der Suche nach Lady Beatrice Wodehouse. Ihr Bruder, der Herzog von Hadleigh, schickte mich zu dieser Adresse."

Seine Worte versetzten Bea einen Schock. *Benedict? Was will er nach all dieser Zeit von mir?*

„Dann sind Sie bei dieser Dame falsch", sagte Wick.

Von einer unguten Vorahnung beschlichen, räusperte sie sich. „Ich fürchte, das ist er nicht."

Nach viel harter Arbeit und einem kurzen Schläfchen war Bea um acht Uhr abends mit Wick, Fancy, Mr Sheridan und Severin Knight zum Dinner verabredet. Lisette hatte ihr rasch in ein Abendkleid aus blauem Taft geholfen und ihre Haare auf die übliche Weise frisiert, sodass ihr Gesicht von winzigen Löckchen umrahmt wurde, die ihre Wange verdeckten. Da Gäste anwesend waren, hatte Bea auch ihre Gesellschafterin, Lady Tottenham, rufen lassen.

Tottie – oder Torkelinchen –, wie sie gemeinhin genannt wurde, hatte sich vor zwei Jahren um eine Stelle in Camden Manor beworben. Obwohl Bea nicht auf der Suche nach einer Gesellschafterin war, hatte sie Mitleid mit der älteren Frau gehabt, die weder Freunde noch Familie besaß, die sie bei sich hätten aufnehmen können. Also hatte Bea ihr die Anstellung gegeben und schnell herausgefunden, wie die Dame zu ihrem Spitznamen gekommen war. Tottie hatte eine Vorliebe für ihre „Medizin", die sie stets in einem filigranen Flachmann bei sich trug, und die sie mitunter ein wenig wackelig auf den Beinen machte.

Nichtsdestotrotz war sie eine freundliche, harmlose Zeitgenossin, die die meisten Tage damit verbrachte, friedlich in der Sonne zu dösen. Und bei Gelegenheiten wie diesem Abendendessen, wenn eine Anstandsdame gebraucht wurde, erwies sie sich durchaus als nützlich. Bea bemerkte jedoch, dass der Stuhl ihrer Begleiterin neben Mr Sheridan derzeit leer war.

Wohin war Tottie verschwunden?

Gerade wurde der erste Gang serviert. Obwohl es eine würzige Mulligatawny-Suppe gab, die Bea besonders gern mochte, hatte sie keinen Appetit. Abermals machte sich ein ungutes Gefühl in ihrem Magen breit.

Wer hatte den Brand in ihrer Scheune gelegt? In Gedanken ging sie mögliche Verdächtige durch. Sie hatte den Sheridans von dem Leinöl erzählt und sie gebeten, diskret zu sein, aber nun wünschte sie, offen darüber diskutieren zu können. Doch sie wollte das Thema nicht vor Severin Knight ansprechen. Er war ein Fremder mit einer schwammigen Verbindung zu der Vergangenheit, die sie hinter sich gelassen hatte. Sie hatte ihn nur deswegen zum Essen eingeladen, um seine Absichten und die ihres Bruders zu erfahren.

Gegenwärtig saß er zu ihrer Rechten und Wick zu ihrer Linken. Die unverhohlene Feindseligkeit zwischen den beiden verstärkte ihr Unbehagen nur noch. Oberflächlich betrachtet, waren die zwei so unterschiedlich wie Tag und Nacht: Mr Knight war der Inbegriff von Zurückhaltung und Präzision. Sein dunkles Haar war kurz geschnitten, sein graues Krawattentuch – passend zum Farbton seiner Augen – zu einem perfekten Knoten gebunden. Er war ganz und gar zugeknöpft, und seine breiten Schultern zeichneten sich steif unter dem hochwertigen, anthrazitfarbenen Jackett ab.

Wick hingegen sah aus wie ein heidnischer Gott der Sinnlichkeit. Sein dichtes, welliges Haar war auf kunstvolle Weise zerzaust. Den betont lässigen Knoten seines Krawattentuchs hatte sein Kammerdiener vermutlich in jahrelanger Übung perfektioniert. Seine schlichte Abendgarderobe saß wie eine zweite Haut an ihm und unterstrich sein elegantes, raubtierhaftes Aussehen.

Gegenwärtig unterhielt er sich mit Fancy, die zu seiner anderen Seite saß und aufgrund einer seiner Bemerkungen errötete. Statt ihrer üblichen Zöpfe trug sie das Haar zu einem Knoten aufgesteckt, und ihr hübsches, rosafarbenes Kleid war eine ihrer eigenen Kreationen. Plötzlich richtete Wick den Blick auf Bea, und ein besitzergreifendes Funkeln trat in seine goldenen Augen. Als sie sich an ihr stürmisches Liebesspiel unter dem Baum erinnerte, an die Hitze seines Samens auf ihrer Haut, spürte sie ein Flattern in ihrem Inneren, begleitet von einem unerklärlichen Gefühl der Panik.

Die letzte Nacht kam ihr vor wie ein magisches, weit entferntes Märchen, als ob sie einer anderen Welt angehörte. In der Dunkelheit war es ihr leichtgefallen, sich ihm hinzugeben, das Vergnügen und die Glückseligkeit dieser kostbaren Momente in Wicks Armen zu genießen.

Doch wie immer bereitete die Realität ihren Träumen ein jähes Ende.

Während sie sich mit Wick vergnügte, hatte irgendein Mistkerl Feuer auf ihrem Grundstück gelegt. Gott sei Dank war niemand zu Schaden gekommen. Und nun holte sie auch noch ihre Vergangenheit in Form von Severin Knight ein, der von ihrem Bruder geschickt worden war, den sie seit fünf Jahren nicht mehr gesehen hatte. Die Abfolge der Ereignisse – unbeschreibliche Freude, gefolgt von einer Katastrophe – kam ihr unheimlich bekannt vor.

Damals traf ihr Unfall sie völlig unvorbereitet. Sie hatte ihr Vertrauen in andere gesetzt, überzeugt, dass sie ihr aus dem Sumpf der Verzweiflung helfen würden. Stattdessen hatten sie sie im Stich gelassen, jeder aus seinen eigenen Gründen.

Ihr Vater, weil er es nicht ertragen konnte, sie anzusehen, da sie nicht länger seine hübsche Prinzessin war, und Croydon ebenso. Benedict, weil ihr Anblick seinen Stolz kränkte und ihn mit dem Bedürfnis erfüllte, sie zu rächen, auch wenn sie ihn angefleht hatte, die Sache auf sich beruhen zu lassen. Arabella und ihre anderen vermeintlichen Freunde hatten sich von ihr abgewendet, weil sie Bea ohnehin nie wirklich leiden konnten. Und sogar von ihrer Mama war sie verlassen worden: Die Folgen des Unfalls hatten der Ärmsten das Herz gebrochen.

Ja, Bea wusste, was passierte, wenn man sich blindlings auf andere verließ.

So verführerisch ihr Liebesspiel mit Wick auch gewesen sein mochte, war es doch eine ganz andere Sache, jemandem die Kontrolle im wahren Leben zu überlassen. Als sie die Sehnsucht spürte, die sein dominantes Verhalten in ihr weckte, wusste sie, dass es zu gefährlich war, sich auf dieses Spiel einzulassen. Sie fürchtete, dass es ihr irgendwann nicht mehr gelänge, Gefühle und Lust voneinander zu trennen. Während der Löschaktion hatte sie begonnen, sich auf seine Stärke zu verlassen, zu glauben, dass er an ihrer Seite stehen würde ... ihm zu vertrauen.

Und das, obwohl er vorhatte, eine Eisenbahnstrecke durch ihre Ländereien zu bauen. Obwohl er ein Schönling war, während die Gesellschaft in ihr nur ein entstelltes Biest sah. Obwohl sie wusste, dass es für sie kein glückliches Ende geben konnte.

Ich muss die Kontrolle wiedererlangen – über mich selbst und über die Lage. Nach dem Essen würde sie ein für alle Mal mit ihm abrechnen ... Aber erst musste sie herausfinden, was Benedicts Laufbursche von ihr wollte.

„Woher kennen Sie meinen Bruder, Mr Knight?", fragte sie mit einem entschlossenen Lächeln.

Ihr Gast wartete, bis die Suppenschüsseln abgeräumt worden waren und der nächste Gang, bestehend aus gedünsteter Makrele mit Fenchel und Minze, serviert wurde, bevor er erwiderte: „Seine Gnaden und ich haben des Öfteren geschäftlich miteinander zu tun, Mylady. Ich besitze Seidenfabriken in Spitalfields sowie andere Manufakturen in London und darüber hinaus."

Das erklärte seinen Aufzug. Seine blaue Weste hatte den Schimmer von erstklassiger Seide.

„Kennen Sie beide sich aus denselben Gründen?" Sie blickte von Knight zu Wick.

„Wir hatten ein paar gemeinsame Interessen", erwiderte letzterer in unverbindlichem Tonfall. „Was ist der Zweck Ihres Besuchs hier, Knight?"

Auch wenn Bea die Antwort ebenso gerne erfahren wollte, gefiel es ihr nicht, dass er einfach die Zügel in die Hand nahm. Dies war *ihr* Zuhause, und Knight war *ihr* Gast. Sie hatte doch deutlich gemacht, dass ihr Liebesspiel nichts an ihrer Beziehung ändern würde, warum also glaubte Wick, für sie sprechen zu dürfen?

Nur ein Grund mehr, die Sache mit ihm zu beenden, dachte sie grimmig und warf ihm einen mahnenden Blick zu, bevor sie sagte: „Freunde meines Bruders sind hier immer willkommen."

„Das ist sehr zuvorkommend von Ihnen, Mylady. Ich habe in der Tat einen besonderen Grund für diesen Besuch, der sich vielleicht besser hiermit erklären lässt." Knight holte einen Brief

aus seiner Tasche und überreichte ihn ihr. „Ein Empfehlungsschreiben von Seiner Gnaden."

Als Bea mit dem Daumen über das Siegel ihres Bruders
fuhr, zog sich ihre Brust vor Unbehagen zusammen. Gleichzeitig überkam sie ein Anflug von Nostalgie. Sie atmete tief
durch, öffnete den Brief und überflog die in Benedicts Handschrift verfassten Zeilen:

Beatrice,

*Ich hoffe, inzwischen ist genug Zeit vergangen, sodass wir beide
die Worte, die während unseres letzten Treffens fielen, vergeben, wenn nicht gar vergessen können. Ungeachtet unserer
Differenzen müssen wir verbleibenden Wodehouses zusam-
menhalten.*

*Als Zeichen des Entgegenkommens schicke ich Dir ein
Geschenk. Obwohl es in meinen Augen nur wenige Männer
gibt, die Deiner würdig sind, hat Severin Knight meine volle
Wertschätzung. Nicht nur wegen seines beachtlichen Reich-
tums und Einflusses, sondern auch, weil er ein anständiger
Mensch ist und jeder von euch etwas besitzt, das der andere
braucht.*

*Hör Dir an, was er zu sagen hat, teure Schwester. Um
Deines eigenen Glücks willen und für die Zukunft unseres
Geschlechts.*

Dein Bruder,
Benedict

Bea hob den Kopf und starrte Knight an.

„Benedict wünscht, dass ich Sie anhöre", sagte sie langsam.
„Worum geht es?"

„Vielleicht dürfte ich Sie nach dem Abendessen unter vier Augen sprechen ...“

„Nur über meine Leiche lasse ich sie mit Ihnen allein“, unterbrach Wick ihn schroff.

Knight hob die Brauen und warf ihm einen Blick zu, der eindeutig sagte: *Das ließe sich arrangieren.*

„Was auch immer Sie zu sagen haben, können Sie hier zur Sprache bringen“, mischte Bea sich ein.

„Wie Sie wollen.“ Knight richtete sich die Manschettenknöpfe, bevor er fortfuhr: „Ich bin kürzlich in den Besitz einer Erbschaft gekommen. Ein unerwartetes Erbe, das mit gewissen Verpflichtungen verbunden ist, die ich allein nicht erfüllen kann. Daher bin ich auf der Suche nach einer Partnerin.“

Bea runzelte die Stirn. „Was genau meinen Sie mit Partnerin?“

„Eine Gemahlin – eine Herzogin, um genau zu sein.“ Sein Lächeln wirkte gequält. „Es stellte sich heraus, dass mein Erbe eine Reihe von Titeln umfasst: der fünfte Herzog von Knighton, Marquis von Wroxley, Graf Wroxley und so weiter.“

Bevor Bea reagieren konnte, hatte Wick sich von seinem Platz erhoben. Sie hatte ihn noch nie so bedrohlich erlebt. Sein Kiefer war angespannt, seine haselnussbraunen Augen sprühten Funken.

„Auf ein Wort, Knight“, sagte er kurz angebunden und nickte in Richtung Tür. „*Sofort.*“

Kapitel Zwölf

Wick stapfte hinaus in den vom Mond erleuchteten Garten. Er machte sich nicht die Mühe, einen Blick über die Schulter zu werfen, wusste er doch, dass Knight für gewöhnlich nicht vor einer Herausforderung zurückschreckte. Sie waren sich in der Londoner Unterwelt, wo sie sich beide einen Namen gemacht hatten, schon oft über den Weg gelaufen, und die Vergangenheit hatte gezeigt, dass Knight ein würdiger Gegner war, ob es nun um Geschäfte, Frauen oder Glücksspiel ging.

Meistens respektierte er den Mistkerl. Manchmal konnte er ihn sogar ganz gut leiden.

Aber nicht an diesem Abend.

Knight schloss zu ihm auf, dicht gefolgt von Beatrice.

„Was um alles in der Welt haben Sie vor, Mr Murray?", fragte sie stirnrunzelnd.

„Bitte gehen Sie wieder hinein", erwiderte er ruhig. „Das hier ist eine Sache zwischen ihm und mir."

Ihre Augen blitzten auf. „Und das hier ist *mein* Anwesen. Mr Knight ist mein Gast."

Sie zwängte sich zwischen ihn und seinen Widersacher, der das Wortgefecht teilnahmslos verfolgte.

Aber Wick wusste, welch gerissenes Wesen sich hinter dieser neutralen Maske verbarg. Knight gehörte zu einer elitären Gruppe von Männern, die in der Unterwelt als „Herzöge" bekannt waren ... und nun schien der Bastard auch noch einen echten Titel geerbt zu haben. Sein Beiname, „der seidene Herzog", spielte darauf an, dass er das Londoner Viertel Spitalfields kontrollierte, ein Zentrum der Seidenweberei und Herstellung von Kleidung.

Es gab jedoch noch einen weiteren Grund, warum er diesen Namen trug: Sein Verhalten war in der Regel aalglatter als der teure Stoff, den seine Weberinnen herstellten. Er war für seine unzähligen Eroberungen unter den Damen der Gesellschaft berüchtigt. Wick wollte ihn nicht einmal ansatzweise in Beas Nähe wissen.

Und schon gar nicht wollte er, dass der Bastard um ihre Hand anhielt.

„Nicht mehr lange", erwiderte er grimmig. „Seine Gnaden wird schon bald wieder abreisen."

„Ach, werde ich das?", fragte Knight und hob eine Braue.

„Suchen Sie sich eine andere Herzogin", presste Wick hervor. „Beatrice ist vergeben."

„Seit wann?", wollte diese wissen.

„Seit ..."

Zu spät erkannte Wick, dass sie zwar in seinem Kopf vergeben war, in Wirklichkeit jedoch noch nicht eingewilligt hatte. Aber an einer Vermählung führte nun einmal kein Weg vorbei. Er hatte sie entjungfert, und sie war eine Dame von blauem Geblüt ... die Schwester eines Herzogs, wie es schien. Sie hatten sich nicht nur einmal, sondern zweimal miteinander vergnügt, und ihr Liebesspiel hatte selbst ihn, einen erfahrenen Wüstling, neue Dinge über Lust und Leidenschaft gelehrt.

Knight beobachtete ihn mit undurchdringlicher Miene. So gern Wick dem Bastard in allen Einzelheiten darlegen wollte, warum Beatrice ihm gehörte, wusste er, dass es unmöglich war. Er würde sie niemals auf so schändliche Weise entehren.

„Ganz genau. Kein Mann hat einen Anspruch auf mich", kommentierte sie sein Schweigen.

Das konnte er unmöglich so stehen lassen. „Unsere Verhandlungen mögen noch nicht abgeschlossen sein, aber unser Gespräch gestern Abend war doch ziemlich ... *produktiv*, oder nicht?"

Die drei Höhepunkte, die er ihr beschert hatte, waren nun wirklich nicht zu verachten. Und ihren prallen Hintern mit seinem Samen zu markieren, war eine der erotischsten Erfahrungen seines Lebens gewesen. Allein der Gedanke daran ließ seinen Schwanz pulsieren.

Sie errötete heftig, gab jedoch nicht klein bei. „Es wurden keine Versprechungen gemacht. Ich weigere mich, eine Verpflichtung zu sein."

Gütiger Himmel, fing sie schon wieder damit an? „Warum zum Teufel bestehen Sie darauf ..."

„Ähäm."

Gleichzeitig wandten sie sich Knight zu, der sie mit einem demonstrativen Räuspern unterbrochen hatte. „Vielleicht sollte ich Sie beide allein lassen, damit Sie gewisse Dinge klären können?"

„Gute Idee", knurrte Wick.

„Für heute Abend werde ich mich in mein Gasthaus zurückziehen", fügte der Herzog hinzu und verneigte sich. „Darf ich mich auf eine zukünftige Unterredung mit Ihnen freuen, Mylady?"

„Unbedingt", erwiderte Beatrice entschlossen. „Und da Sie ein Freund der Familie sind, bestehe ich darauf, dass Sie hier im Herrenhaus übernachten."

„Moment mal ...“, donnerte Wick los.

„Sie werden sich hier viel wohler fühlen als im Pig & Whistle“, unterbrach sie ihn. „Da Lady Tottenham ebenfalls hier wohnt, wird auch der Anstand gewahrt.“

Von wegen, dachte Wick grimmig. Tottie hatte sich während des Dinners buchstäblich unter den Tisch gesoffen. Er war sich sicher, dass sie noch immer im Speisesaal lag und friedlich auf dem Aubusson döste.

„In der Tat.“ Knight hob die Brauen. „Ich danke Ihnen für die Einladung, Mylady. Wenn Sie mich jetzt entschuldigen würden, möchte ich mich für heute von Ihnen verabschieden und werde morgen früh mit meinen Sachen zurückkehren.“

„Gute Nacht, Euer Gnaden“, sagte Beatrice.

Er verbeugte sich und warf Wick einen selbstgefälligen Blick zu, bevor er sich entfernte.

Um Beherrschung ringend, presste dieser hervor: „Was zum Teufel sollte das?“

Sie wandte sich ihm zu. „Ich erweise dem Freund meines Bruders Gastfreundschaft.“

„Versuchst du, mich eifersüchtig zu machen?“ *Wenn ja, hat es bestens funktioniert.*

„Ich versuche gar nichts“, erwiderte sie nüchtern. „Eigentlich wollte ich dieses Gespräch später mit dir führen, aber wir können es ebenso gut gleich hinter uns bringen.“

Ihr Tonfall, gepaart mit dem Ausdruck in ihren Augen, reichte aus, um den Mantel seiner Wut zu durchdringen. Sie war nicht länger die Beatrice der vergangenen Nacht, die sich ihm voller Verzückung hingegeben hatte, noch war sie die Beatrice von diesem Morgen, die sich von ihm hatte helfen lassen und ihm zärtlich die Asche von der Wange wischte. Spurlos verschwunden war auch die Frau, die sich leidenschaftliche, verheißungsvolle Wortgefechte mit ihm lieferte.

Eingehüllt in kaltes, silbernes Mondlicht, hätte sie ebenso

gut eine Fremde sein können. Die Erkenntnis ließ seinen Zorn verfliegen. Endlich konnte er wieder klar denken.

Er war nicht länger der hitzköpfige Wüstling von damals, sondern ein Geschäftsmann, der dafür bekannt war, die Beweggründe und Schwächen seiner Gegner aufzudecken und seine eigene Strategie dahingehend anzupassen, um als Sieger aus der Verhandlung hervorgehen zu können. Warum also stürzte er sich wie ein wilder Stier auf Beatrice, obwohl diese sich dadurch noch sturer stellte? Er kannte doch bereits bessere Wege, um sie von sich zu überzeugen.

In den letzten Tagen hatte er mitbekommen, dass sie eine gerechte, praktisch veranlagte Frau war. Bisher war er erfolgreich damit gefahren, ihre Bedingungen zu respektieren. Vergangene Nacht hatte sie sich ihm hingegeben und schien ihm für seine Hilfe im Kampf gegen das Feuer aufrichtig dankbar gewesen zu sein. Es war nicht unmöglich, ihr Vertrauen zu gewinnen ... Er musste es nur richtig anstellen.

Bei ihr ging es um Geben und Nehmen, darum, zu wissen, wann er dominant und wann zurückhaltend sein musste.

Dieser Herausforderung war Wick nicht nur gewachsen, er *sehnte* sich geradezu nach ihr.

„Nur, weil wir miteinander geschlafen haben, hast du nicht das Recht, Entscheidungen für mich zu treffen", fuhr sie in kühlem, distanziertem Tonfall fort. „Dieser Abend hat einmal mehr bewiesen, dass eine Beziehung zwischen uns aussichtslos ist. Ich werde meine Unabhängigkeit nicht aufgeben. Ich werde nicht zulassen, dass ein anderer Mann jemals wieder über meine Zukunft oder mein Glück bestimmt. Eine Heirat kommt nicht in Frage, und was immer das zwischen uns war ... Es endet jetzt."

Jeder andere Kerl hätte sich nach dieser vernichtenden Rede vermutlich aus dem Staub gemacht, doch jetzt, wo Wick seine Eifersucht gebändigt hatte, arbeitete sein Gehirn auf

Hochtouren. Was die meisten Menschen nicht verstanden, war, dass der Schlüssel zum Verhandeln nicht im Reden lag, sondern im *Zuhören*.

Und was er in Beatrices Stimme hörte, war Schmerz.

„Welcher andere Mann?", fragte er leise.

Sie blinzelte verwirrt. „Wie bitte?"

„Du sagtest, du würdest dich nie mehr von einem *anderen* Mann kontrollieren lassen. Wer hat es vorher getan?"

Sie schluckte schwer. „Das ... das geht dich nichts ..."

„Letzte Nacht warst du voll leidenschaftlichem Feuer in meinen Armen. Jetzt bist du kälter als Eis. Ich hatte dich nicht für eine Frau gehalten, die Spielchen spielt", sagte er und wusste, dass seine Strategie, an ihren Sinn für Gerechtigkeit zu appellieren, erfolgreich war, als er sah, wie sich ihre Schultern versteiften.

„Ich spiele nicht mit dir. Es ist nur so, dass ich die Gelegenheit hatte, über uns nachzudenken ..."

„Und nun vergleichst du mich mit einem Mann aus deiner Vergangenheit. Sei wenigstens so höflich und verrate mir, wer mein Rivale ist."

„Er ist nicht dein Rivale", erwiderte sie, mied jedoch seinen Blick. Auf einmal hatte sie etwas Verletzliches an sich.

Sein Instinkt ermahnte ihn, standhaft zu bleiben. „Wer ist er?"

„Wenn du es unbedingt wissen willst ... Ich war einmal verlobt. Doch nach meinem Unfall ..." Sie hielt inne. Obwohl ihre Stimme zitterte, reckte sie stolz das Kinn vor. „Nach meinem Unfall wurde die Verlobung aufgelöst."

Wick erinnerte sich an den gestrigen Abend, als er sie gefragt hatte, ob sie tatsächlich glaubte, dass ihre Narbe sie in den Augen eines Mannes weniger anziehend mache. Sie *hatte* es geglaubt ... wegen eines verdammten Narren.

„Wer hat sie aufgelöst?", fragte er.

„Ich. Aber erst, nachdem ..." Abermals hielt sie inne und biss sich auf die Lippe. „Nachdem ich ihn und meine damals beste Freundin belauscht hatte. Die beiden unterhielten sich im Garten darüber, dass ich zu ... Lady Beastly geworden war."

Bislang hatte Bea nur einer weiteren Person von dem Vorfall mit Croydon und Arabella erzählt, und die Reaktion ihres Bruders hatte sie gelehrt, diesen Fehler nicht noch einmal zu begehen. Nicht einmal Fancy wusste davon. Die Erinnerung war einfach zu demütigend.

Aber Wickham verstand sich darauf, hinter ihre Fassade zu blicken, sie zu demaskieren.

Als sie seine harten Züge im Mondlicht studierte, verspürte sie den Schmerz einer alten Wunde, die erneut aufriss. Sah er sie endlich so wie alle anderen? Wurde ihm nun klar, dass ein charmanter Märchenprinz wie er nicht zu Lady Beastly passte?

Sie machte sich auf seine Zurückweisung gefasst.

„Liebst du ihn?", presste er hervor.

Es dauerte einen Moment, bis sie die Bedeutung seiner Worte begriff. War das der Grund, warum er so wütend aussah? Weil er dachte, sie schmachtete Croydon hinterher?

„Nein!", platzte sie heraus. „Das heißt, ich habe mir einmal eingebildet, ihn zu lieben. Aber als ich hörte, was er und Ara... meine Freundin im Garten über mich sagten, wurde ich eines Besseren belehrt."

„Gut so", erwiderte er schroff. „Der rückgratlose Schuft hat deine Liebe nicht verdient. Ich würde ihn zum Duell fordern ... Wenn du es wolltest."

Er würde Croydon für mich herausfordern? Und was noch wichtiger ist: Er würde mir die Wahl lassen?

Ein warmes Gefühl durchflutete sie und ließ die eisige Angst in ihr schmelzen.

„Aber vielleicht hatte dein Vater bereits die Genugtuung, deine Ehre zu verteidigen?", fragte er.

„Nein." Als sie seinen finsteren Blick bemerkte, fügte sie hastig hinzu: „Ich ließ Papa glauben, die Auflösung der Verlobung sei meine Entscheidung gewesen. Damals erzählte ich niemandem die Wahrheit ... Sie war einfach zu demütigend."

Ihrem Bruder hatte sie sich erst einige Jahre danach anvertraut, als es zu spät war, irgendetwas zu unternehmen. Ihr Geständnis hatte nichts als Verärgerung und Bitterkeit mit sich gebracht und den Keil zwischen sie getrieben, der sie bis zu diesem Tag trennte.

„Es gibt nichts, wofür *du* dich schämen müsstest. Dein ehemaliger Verlobter und deine angebliche Freundin sind diejenigen, die für ihr schändliches Verhalten angeprangert werden sollten." Sanft legte Wick einen Finger unter ihr Kinn und zwang sie, ihm in die Augen zu sehen. „Ich wünschte, du hättest dich nicht dazu verpflichtet gefühlt, ihr niederträchtiges Geheimnis bewahren zu müssen, aber es ehrt mich, dass du dich mir anvertraut hast."

Seine Worte schnürten ihr die Kehle zu. Noch nie hatte jemand sie so klar gesehen. Kein Mann hatte ihr je einfach nur zugehört, ohne zu versuchen, sie zu „heilen" oder zu verändern. Sie wusste nicht, wie sie auf dieses neuartige Gefühl, entblößt und gleichzeitig beschützt zu sein, reagieren sollte.

Dann ließ er ihr Kinn los und legte seine Hand an ihre rechte Wange. Als sein Daumen über ihre Narbe streifte, erstarrte sie. Einerseits wollte sie zurückweichen und mit der nächtlichen Dunkelheit verschmelzen, andererseits zwang ihre Sehnsucht sie dazu, abzuwarten, was als Nächstes geschehen mochte.

„Wie ist es passiert?", fragte er leise.

Die Berührung seiner Finger war so zärtlich und federleicht, dass ihr die Tränen kamen. Und endlich ließ sie die längst begrabene Vergangenheit wiederaufleben.

„Ich ... bin durch den Hyde Park geritten", begann sie stockend. „Dort traf ich auf einen Mann, der einen Gassenjungen verprügelte. Er beschuldigte den Knaben, seine Geldbörse gestohlen zu haben. Als der Junge sich losriss und davonlief, verfolgte er ihn mit hoch erhobener Peitsche. Ich versuchte einzuschreiten, aber er jagte meiner Stute Angst ein und sie warf mich aus dem Sattel. Als sie sich erneut aufbäumte, traf ihr Huf ..."

Sie brach ab, überwältigt von den schrecklichen Erinnerungen an diesen Augenblick, den sie für ihren letzten gehalten hatte.

„Der Arzt sagte, ich hätte Glück gehabt. Ich hätte zu Tode getrampelt werden können", schloss sie tonlos.

In den Monaten nach dem Unfall hatte sie sich immer wieder gefragt, ob man in ihrem Fall wirklich von *Glück* reden konnte. Ob die Alternative nicht besser gewesen wäre als der langsame, schmerzhafte Zerfall ihres Lebens, ihrer Familie ... ihrer selbst.

„Mein tapferer Engel, sieh mich an." Er wartete, bis ihr Blick den seinen fand. „Du *hattest* Glück."

„Das Glück, zu Lady Beastly zu mutieren?", konterte sie, unfähig, die Bitterkeit in ihrer Stimme zu verbergen.

„Das Glück, am Leben zu sein. Zu überleben und die Frau zu werden, die du heute bist." Die Wärme in seinen Augen war ebenso anziehend wie seine sanften Berührungen. „Diese Narbe ist ein Teil von dir. Und deshalb ist sie schön. Denn schön, Lady Beatrice, warst du immer und wirst du auch immer sein."

Nun konnte sie die Tränen nicht länger zurückhalten. Als

er ein Taschentuch hervorholte und ihr behutsam die Wangen abtupfte, füllte sich ihr törichtes Herz mit Hoffnung.

„Vorhin habe ich mich wie ein Höhlenmensch aufgeführt", sagte er. „Und dafür werde ich mich nicht entschuldigen."

„Warum nicht?", fragte sie schniefend.

„Weil du jede Seite des Mannes kennen solltest, der dir den Hof macht." Er faltete das Leinentuch zusammen und steckte es zurück in seine Tasche. „Was die meisten Dinge anbelangt, bin ich ein Gentleman, aber ich werde nicht dulden, dass ein anderer Mann versucht, mir das wegzunehmen, was mir gehört."

Sein besitzergreifendes Verhalten hätte sie verärgern müssen. Sie versuchte, Empörung zu empfinden, gab jedoch auf, als sie die Wahrheit erkannte: Tatsächlich fühlte sie sich ... *begehrt*.

„Du machst mir den Hof?", platzte sie heraus.

„Da du meinen Heiratsantrag nicht annehmen willst, scheint das die naheliegendste Lösung zu sein", erklärte er. „Vielleicht ist es so am besten. Auf diese Weise können wir uns näher kennenlernen, und du kannst in deinem eigenen Tempo zu der unweigerlichen Einsicht gelangen."

„Zu welcher Einsicht?", fragte sie stirnrunzelnd.

„Dass wir füreinander bestimmt sind, mein Engel."

Sie konnte die Augen nicht von der felsenfesten Überzeugung in seinem Blick abwenden. Wenn ein Mann eine Frau auf diese Weise ansah, raubte er ihr damit für gewöhnlich den Verstand. Aber Bea war aus härterem Holz geschnitzt.

„Was ist mit deiner Eisenbahn und meinen Ländereien?"

„Diesbezüglich werden wir einen Kompromiss finden."

„Und wenn das nicht möglich ist?"

„Es wird einen geben", erwiderte er nachdrücklich. „Mit deiner Erlaubnis würde ich gerne meinen Landvermesser, Mr Norton, herbestellen. Er wird dein Grundstück begutachten und einen Weg finden, wie die Bahnlinie verlaufen kann, ohne die Bauernhöfe zu stören."

„Und wenn er keinen Weg findet?", beharrte sie.

„Dann behältst du dein Anwesen und ich werde mir einen anderen Plan ausdenken." Er wickelte sich eine ihrer Locken um den Finger und fügte mit ernster Miene hinzu: „Es gibt rechtliche Vorkehrungen, die du treffen kannst, um zu verhindern, dass dein Besitz auf mich übergeht, wenn wir heiraten. Ich bin bereit, alles zu unterschreiben, was du willst. Ich werde dir dein Eigentum nicht wegnehmen, Beatrice. Die Entscheidung, ob du an dem Eisenbahnprojekt beteiligt sein möchtest oder nicht, liegt ganz bei dir."

Er ließ seine Lippen sanft über die ihren streifen. In seinem Kuss lagen Zärtlichkeit und Überzeugung.

„Erweisen Sie mir die Ehre, Ihnen den Hof machen zu dürfen, Mylady?", fragte er mit heiserer Stimme.

Wie konnte sie ihn abweisen ... oder die Sehnsucht in ihrem Herzen länger ignorieren? Er bot ihr das Unmögliche an: ihren alten Träumen zu neuem Leben zu verhelfen. Einem Leben voller Leidenschaft, Möglichkeiten und Entscheidungsfreiheit. Und nur, weil sie ihm gestattete, sie zu umwerben, hieß das noch lange nicht, dass sie einwilligte, ihn zu heiraten. Sollten sie feststellen, dass sie nicht zueinanderpassten, oder sollten die Umstände sich ändern, konnten sie die ganze Sache immer noch beenden.

Die Aussicht auf eine gemeinsame Zukunft mit ihm – und auf das, was er ihr anzubieten gedachte –, war zu verlockend.

„Ja", flüsterte sie.

„Sehr gut." Er küsste sie sanft auf die Stirn. „Dann lade mich ein, bei dir zu bleiben."

Sie blinzelte verwirrt. „Du willst hier auf dem Anwesen übernachten?"

„Auf keinen Fall wird Knight unter deinem Dach wohnen,

wenn ich es nicht tue", sagte er schroff. „Du hast doch eine Anstandsdame. Eine, die sich zwar buchstäblich unter den Tisch trinkt, aber trotzdem irgendwie ihren Zweck erfüllt."

Dort ist Tottie also abgeblieben.

„Viel wichtiger ist, dass ich in deiner Nähe sein möchte, solange Gefahr im Verzug ist."

Bei der Erinnerung an den Brand in der Scheune musste sie schlucken. „Du glaubst also wirklich, dass das Feuer absichtlich gelegt wurde?"

Er nickte grimmig. „Ich konnte es dir vorhin nicht zeigen, aber zusätzlich zu der zerbrochenen Lampe und dem Leinöl habe ich noch das hier gefunden", sagte er, während er etwas aus seiner Tasche zog und es ihr reichte.

„Eine Taschenuhr?", fragte sie stirnrunzelnd.

Das Schmuckstück war aus Gold und lag ihr schwer in der Hand. Auf dem Deckel war ein kunstvolles, verschnörkeltes Muster eingraviert, das an züngelnde Flammen erinnerte. In der Mitte befand sich ein Wappen mit den Buchstaben *H. C.*

„Das könnten Initialen sein. Fällt dir jemand ein, dessen Name damit beginnt?", fragte Wick.

„Gütiger Himmel." Ihre Augen weiteten sich vor Schock. „Der Gutsbesitzer, dem das Nachbargrundstück gehört ... Er heißt Horace Crombie."

Sie öffnete den perlenbesetzten Deckel und untersuchte das Ziffernblatt. Die Zeiger waren auf Viertel vor zwölf stehen geblieben. Die Zeit, zu der die Uhr heruntergefallen war? Auf dem Ziffernblatt stand nicht die übliche Inschrift mit dem Namen und der Adresse des Uhrmachers, sondern nur „London, England". Links davon befand sich ein winziges Symbol, das aussah wie ein U, in das ein kleineres U eingebettet war. Als sie das Schmuckstück umdrehte, stellte sie fest, dass die Rückseite das gleiche Muster wie die Vorderseite aufwies, ohne

Stempel oder Herstellermarke, die auf die Herkunft des Objekts hinwiesen.

„Hat dieser Crombie etwa ein Hühnchen mit dir zu rupfen?", fragte Wick.

„Allerdings", mischte Mr Sheridan sich ein, der in Begleitung seiner Tochter den Garten betreten hatte. „Und da ist der alte Mistkerl nicht der Einzige."

„Ich hoffe, wir, äh, stören nicht", sagte Fancy verhalten. „Mr Knight ist gegangen, und da wollten wir mal nach dem Rechten sehen."

„Es ist alles in Ordnung", versicherte Bea ihrer Freundin. „Mr Murray und ich sprachen gerade über den Brand in der Scheune. Er hat einen Hinweis gefunden, der uns zum Brandstifter führen könnte."

Stirnrunzelnd wandte Wick sich an Sheridan. „Wer sonst würde Lady Beatrice etwas antun wollen?"

Der alte Kesselflicker hob die Brauen. „Wo soll ich da nur anfangen, Sir?"

Kapitel Dreizehn

Am darauffolgenden Nachmittag begleitete Wick Beatrice zum Anwesen von Junker Crombie.

„Lass mich heute die Führung übernehmen, mein Engel", bat er sie, als sie einander in der Kutsche gegenübersaßen.

„Horace Crombie ist mein Problem", erwiderte sie. „Ich habe meine Methoden, mit Männern wie ihm umzugehen."

„Genau darüber mache ich mir ja Sorgen."

Zweifellos wollte sie in ihrem marineblauen Kleid, der von einem Gürtel zusammengehaltenen Pelisse und den ausladenden Röcken, die mit goldenen Borten im Militärstil verziert waren, geschäftsmäßig aussehen. Ihre Haube hatte blaue Bänder, der dunkle Schleier war gerade hochgesteckt. Ihr blassblondes Haar war in der Mitte gescheitelt, ein paar Locken hingen ihr über die Wangen, und als Accessoires trug sie schlichte Perlohrringe sowie Handschuhe aus cremefarbenem Ziegenleder.

Vermutlich hatte sie keine Ahnung, dass ihr strenges, biederes Ensemble ihre sinnliche Anmut und ihre zarte Stärke nur noch mehr hervorhoben. Ein Mann würde nicht daran denken, sich geschäftlich mit ihr zusammenzusetzen, sondern davon träumen, sie über den Schreibtisch zu beugen und das leidenschaftliche Feuer hinter dieser verlockend kühlen Fassade zu entdecken ...

Sie runzelte die Stirn. „Du glaubst nicht, dass ich mit Crombie fertig werde?"

„O doch. Aber ob du dabei diplomatisch bleiben kannst ...?" Er warf ihr einen vielsagenden Blick zu.

Während des Desserts am Abend zuvor hatte Beatrice ihm den anonymen Drohbrief gezeigt, den sie erhalten hatte, und mithilfe der Sheridans eine Liste von Verdächtigen erstellt. Je länger diese Liste der vermeintlichen Brandstifter wurde, desto unwohler wurde Wick zumute.

Gütiger Himmel, die Frau schien Ärger magisch anzuziehen.

Sie war bereits des Öfteren mit Crombie aneinandergeraten, der ihr offenbar übel nahm, dass sie ihn beim Kauf von Camden Manor überboten hatte. Allem Anschein nach hatte der Gutsherr das Anwesen an seinem eigenen angliedern wollen. Der jüngste Streit hatte sich vorigen Monat ereignet. Laut Bea war ein Zaun zwischen ihren Grundstücken umgefallen, und als sie ihn reparieren lassen wollte, stellte sie fest, dass Crombie ihr zuvorgekommen war. Seine Arbeiter hätten die Zaunpfähle einen halben Meter hinter ihrer Grundstücksgrenze eingeschlagen. Da sie sich weigerten, damit aufzuhören, habe sie bis zur Nacht gewartet, um ihre eigenen Männer loszuschicken.

Am nächsten Morgen hatte Crombie einen Haufen Holzlatten vor seiner Haustür gefunden. Sie hatte ihren eigenen Zaun errichten lassen und eine Karte mit den Grenzen ihres Grundstücks daran festgenagelt. Ihr Butler, Gentleman

Henderson, war mit einer Schrotflinte in der Hand dort postiert worden, um den Junker an einem Vergeltungsschlag zu hindern.

Crombie war jedoch bei Weitem nicht Beas einziger Feind. Mr Henry Wright, der Dorfpfarrer, hegte Vorurteile gegen die Pächter, denen sie Unterschlupf gewährte, und drohte ihr bei seinen wöchentlichen Predigten, die sie mittlerweile nicht mehr besuchte, mit dem ewigen Fegefeuer. Auch Randall Perkins, ein ehemaliger Bewohner des Anwesens, der dabei erwischt worden war, wie er ihr Dienstmädchen Lisette belästigte, kam als Täter in Frage. Perkins hatte sich seitdem bedeckt gehalten, obwohl er in den umliegenden Dörfern gesichtet worden war. Offenbar hatte er ein ziemlich auffälliges, dunkelrotes Muttermal auf der linken Gesichtshälfte, an dem er leicht zu erkennen war.

Und dann waren da noch die Fabrikbesitzer im Norden.

Als Wick zu Ohren kam, dass der Verbund der Töpfermanufakturen Beatrice belästigt hatte, wäre er beinahe an die Decke gegangen. Ihr Anführer, Thomas McGillivray, und die anderen Bastarde waren die Hauptinvestoren des aktuellen GLNR-Projekts und einer der Gründe, warum er inkognito nach Staffordshire gekommen war. Die Koalition war ungeduldig geworden, weil sich der Bau der Strecke verzögerte, und Wick wollte nicht, dass sie ihm im Nacken saßen, während er seine Arbeit verrichtete.

Er würde jedoch nicht dulden, dass sich die verdammten Mistkerle gegen Beatrice verbündeten. Trotz ihres Protestes bestand er darauf, sich um die Fabrikbesitzer zu kümmern, da er eine Geschäftsbeziehung zu ihnen hatte. An diesem Morgen hatte er McGillivray, dessen Büro in Stoke-Upon-Trent lag, eine Nachricht geschickt, um ein Treffen zu vereinbaren.

Wie aufs Stichwort erinnerte Beatrice ihn daran: „Ich überlasse dir bereits die Führung bei den Fabrikbesitzern."

Konnte sie etwa Gedanken lesen? Andererseits hatte sie

sich dieses Argument wahrscheinlich aufgespart, um es als Druckmittel einzusetzen. An ihrer Stelle hätte er dasselbe getan.

Verdammt, er genoss die Art und Weise, wie sie ihn auf Trab hielt und bewunderte sowohl ihre Hartnäckigkeit als auch ihre Willensstärke und ihren brennenden Wunsch, stets das Richtige zu tun. Zu erfahren, dass sie sich ihre Narbe eingehandelt hatte, als sie einen Jungen vor einem gewalttätigen Mistkerl zu retten versuchte, machte sie in seinen Augen nur noch schöner. Die Tatsache, dass sie ihm die schmerzhafte Erinnerung anvertraut hatte, erachtete er als ein Geschenk, ein Zeichen dafür, dass sie Fortschritte erzielten, was ihre Beziehung anbelangte.

Das bedeutete jedoch nicht, dass er sich zurückziehen würde. Er glaubte auch nicht, dass sie das wollte. Ihre Wortgefechte waren ihre ganz eigene Art des Vorspiels.

„Da ich dieses Problem gewissermaßen verursacht habe, ist es nur gerecht, dass ich mich darum kümmere", gab er zu bedenken.

„Und da Crombie *mich* hasst, weil ich ihm das Anwesen unter der Nase weggeschnappt habe, werde ich mich um ihn kümmern", konterte sie. „Geben und Nehmen, Murray. So und nicht anders wird diese Beziehung funktionieren."

Sie sah so hinreißend selbstzufrieden aus, dass er einfach nicht widerstehen konnte. Er zog die Vorhänge zu, zerrte sie auf seinen Schoß und erstickte ihren Protestschrei mit einem Kuss. Natürlich durfte er nicht zu weit gehen – die Fahrt zu Crombie dauerte nicht lang –, aber er ließ es sich nicht nehmen, ihre Zunge mit der seinen zu liebkosen, und ehe er sich versah, hatte er eine Hand unter ihrem Rock, und sie stöhnte gegen seine Lippen.

„Verdammt, du bist schon so feucht für mich", sagte er heiser.

„Ich kann nicht anders." Sie errötete und zuckte zusammen, als er begann, ihre samtigen Schamlippen zu massieren. „Vor allem, wenn du das tust. Ein bisschen weiter oben wäre es noch besser ..."

Ihre freche Forderung brachte ihn zum Grinsen und seinen Schwanz zum Pulsieren.

„Ich würde nichts lieber tun, als deine Perle zu streicheln, bis du für mich kommst", murmelte er. „Aber wir sind fast da."

„Warum hast du damit angefangen, wenn wir es nicht beenden können?"

Sie schmollte beinahe ein wenig, was ihn nur noch mehr erregte.

Er gab ihr einen Klaps auf den Hintern, bevor er ihr von seinem Schoß auf ihren Platz half. „Weil ich dir nicht widerstehen konnte, mein Engel. Und weil ich wollte, dass du einen Vorgeschmack auf das bekommst, was dich heute Abend erwartet."

„Heute Abend?" Blitzschnell hatte sie sich von der selbstbewussten Gutsherrin in eine reizvoll unerfahrene Liebhaberin verwandelt. Mit sanftem Blick und noch sanfterer Stimme fragte sie: „Hast du etwa vor, mich in ... meinem Schlafgemach zu besuchen?"

Er wusste, dass ein Rendezvous dieser Art nicht angemessen war. Aber sie würde früher oder später seine Frau werden, daran bestand für ihn kein Zweifel. Mit ihr zu schlafen, könnte die ganze Sache beschleunigen, und er war nicht abgeneigt, durch Lust und Vergnügen ans Ziel zu kommen.

Die Entscheidung lag jedoch bei ihr.

„Wenn du lieber den Anstand wahren möchtest ..."

„Es gibt einen Durchgang für die Dienerschaft, der unsere Gemächer miteinander verbindet. Geh am besten dort hindurch, damit dich niemand sieht."

Das wäre also geklärt. Seine Mundwinkel zuckten amüsiert.

„Ein ausgezeichneter Plan." Zu wissen, dass sie ihm Zugang zu ihren Privatgemächern gewährte, erregte ihn nur noch mehr. Er musste sich unter Kontrolle halten, sonst würde er platzen, bevor sie das Haus des Junkers erreichten. Um sich abzulenken, fragte er: „Da wir gerade von Plänen sprechen ... Was genau hast du mit Crombie vor?"

Ihre sanften Züge verhärteten sich. „Ganz einfach: Ich werde ihn dazu bringen zuzugeben, dass er eine rückgratlose, rachsüchtige falsche Schlange ist."

„Ah", sagte Wick. „Das wird bestimmt hervorragend laufen."

Beatrice hatte ihren Besuch auf das Ende des Mittagessens gelegt und sich nicht vorher angekündigt, da sie das Überraschungsmoment ausnutzen wollte. Crombie wäre vollgefressen und träge ... Es war der perfekte Zeitpunkt, um ihn in die Enge zu treiben.

Gemeinsam mit Wick hatte sie den Plan gefasst, die Verdächtigen einen nach dem anderen aufzusuchen – mit Ausnahme von Randall Perkins, den sie zuerst finden mussten – und sie zu verhören. Sie überließ Wick die Töpfermanufakturen, da sie vermutete, dass er mehr Druckmittel gegen sie in der Hand haben würde. Die Tatsache, dass er bereit war, ihr ungeachtet seiner eigenen Ziele zu helfen, erstaunte sie. Doch es lag nicht in ihrer Natur, sich auf andere zu verlassen, und sie war entschlossen, ihren Teil zu den verbleibenden Verdächtigen beizutragen.

Allerdings hatte sie nicht damit gerechnet, den Junker in Gesellschaft vorzufinden oder gar zwei Fliegen mit einer Klappe schlagen zu können. Als sie und Wick in Crombies

Arbeitszimmer geführt wurden, war kein Geringerer als Pastor Henry Wright bei ihm.

Welche schändlichen Taten hecken die beiden wohl gerade aus?, dachte sie grimmig.

Vom Äußerlichen her könnten die beiden Männer nicht unterschiedlicher sein. Der Gutsherr war korpulent und kahlköpfig, der Pfarrer hingegen groß und hager, und seine langen, dünnen Gliedmaßen erinnerten Bea an die einer Spinne. Er hatte dichtes, schneeweißes Haar, das ihm in Verbindung mit seinen scharfen Zügen und eisblauen Augen eine kühle Ausstrahlung verlieh. Als sein Blick auf Beas vernarbte Wange fiel, kräuselten sich seine Lippen vor Verachtung. Trotz der Wut und Demütigung, die in ihrer Brust aufloderten, behielt sie die Fassung.

Er hasst mich. Aber reicht das als Motiv für Brandstiftung aus?

Plötzlich veränderte sich Wrights Miene, und sie realisierte, dass Wick neben sie getreten war. Der charmante Adonis war verschwunden, an seiner Stelle stand ein grimmiger Schotte, dessen kampflustiger Blick und angespannte Muskeln signalisierten, dass der Feind sich besser in Acht nehmen sollte.

So sehr sie ihre Unabhängigkeit auch schätzte, konnte sie nicht leugnen, dass ihr sein Beschützerinstinkt gefiel. Noch nie hatte ein Mann so bedingungslos zu ihr gehalten. Ihr war nicht klar gewesen, wie besonders sich eine Frau dabei fühlen konnte, auch wenn sie durchaus in der Lage war, auf sich selbst aufzupassen.

Crombie watschelte schwerfällig auf sie zu. Seine Lippen verzogen sich zu einem einschmeichelnden Lächeln, das den berechnenden Blick in seinen Augen jedoch nicht zu verbergen vermochte. „Welch eine Überraschung, Sie zu sehen, Miss Brown. Und Ihren Gast ... Mr Murray, nicht wahr?"

Wick und sie waren zu der Einsicht gelangt, dass es keinen

Sinn mehr hatte, seine wahre Identität zu verschleiern. Sobald er sich mit den Fabrikbesitzern traf, würde sich der Klatsch über den geplanten Eisenbahnbau wie ein Lauffeuer verbreiten. Es war besser zu versuchen, die Informationen zu kontrollieren, die ohnehin an die Öffentlichkeit gelangen würden. Bea plante, ihren Pächtern mitzuteilen, dass Wick ein Vertreter der GLNR sei, der überprüfen wolle, ob eine Koexistenz zwischen der Eisenbahnstrecke und den Bauernhöfen möglich wäre. Zudem würde sie ihnen versichern, dass sie den Gehöften Vorrang vor allen anderen Belangen einräumen werde.

Vorerst jedoch stellte sie Wick ihren beiden Widersachern vor.

„Ihr Ruf eilt Ihnen voraus, Sir", sagte Crombie. „Sie sind Teilhaber dieser Eisenbahngesellschaft, nicht wahr? Die, über die in allen Zeitungen berichtet wird, und bei der sich alle um Anteile reißen."

„Die Great London National Railway hat einige Erfolge zu verzeichnen", erwiderte Wick leichthin.

„Was führt Sie nach Staffordshire?", fragte der Gutsherr. „Das Geschäft?"

„Zum Teil", lautete die knappe Antwort.

Crombie brummte und winkte sie zu seinem Schreibtisch. „Warum setzen wir uns nicht und Sie erzählen mir mehr über den Grund Ihres Besuchs?"

Sämtliche Anwesenden begaben sich zum Tisch hinüber, mit Ausnahme von Pastor Wright.

„Da ich mich nicht mit materiellen, sondern mit geistlichen Angelegenheiten befasse, wird meine Anwesenheit nichts zu dieser Diskussion beitragen", sagte er mit kühlem Hochmut. „Ich finde selbst hinaus. Guten Tag."

Nachdem er gegangen war, herrschte unbehagliche Stille.

„Ich wusste nicht, dass Sie und der Pastor befreundet sind", sagte Beatrice, während sie und Wick dem Junker gegenüber Platz nahmen.

„Befreundet ist vielleicht nicht das richtige Wort. Der gute Mr Wright wollte mich lediglich in einer Angelegenheit konsultieren ... aufgrund meiner Position als Magister."

Crombie wischte sich mit einem Taschentuch über das Gesicht. Würde sie den Mann nicht so gut kennen, hätte sie seine Schweißausbrüche für ein Zeichen von Nervosität gehalten, aber in Wahrheit war er meist puterrot und verschwitzt und sah aus, als stünde er kurz vor einem Schlaganfall.

„Welche Art von Angelegenheit?", fragte sie.

„Das, äh, ist vertraulich und geht Sie nichts an."

Crombie fuhr sich mit der Zunge über die Lippen und sah zwischen ihnen hin und her. Wie versprochen überließ Wick ihr die Führung. Er saß mit übereinandergeschlagenen Beinen da und beobachtete das Geschehen mit dem Anflug eines Lächelns auf den Lippen.

„Also, weswegen wollten Sie mich sprechen, Miss Brown?", fragte der Junker. „Wenn es um den Zaun geht ..."

„Eigentlich geht es um meine Scheune", unterbrach sie ihn. „Sie ist vorletzte Nacht niedergebrannt."

„Ah, ja, davon habe ich gehört." Hatte sie sich die Selbstgefälligkeit in Crombies Tonfall nur eingebildet? „Eine bedauerliche Angelegenheit, aber Unfälle passieren nun mal. Ich verstehe nicht, warum Sie deswegen zu mir gekommen sind."

„Weil es kein Unfall war."

Seine Wangen wurden noch röter. „Wenn Sie mich beschuldigen wollen ..."

„Ich komme nicht mit Anschuldigungen zu Ihnen, sondern mit Beweisen." Sie öffnete ihren Pompadour, zog die Taschenuhr heraus und legte sie auf seine Schreibunterlage.

Crombie runzelte die Stirn. „Warum zeigen Sie mir das?"

Er wirkte aufrichtig verblüfft. *Verflixt.*

„Ist das nicht Ihre?", hakte sie nach. „Ihre Initialen stehen auf dem Deckel."

Er nahm die Uhr an sich und begutachtete sie. „Donnerwetter, tatsächlich! Aber sie gehört mir nicht. Falls Sie jedoch wissen, wo man ein solches Schmuckstück herbekommt, würde ich gerne eines in Auftrag geben. Die Uhr, die mir mein alter Herr schenkte, hat schon bessere Tage gesehen."

Er kramte in seiner Weste herum und holte eine Taschenuhr hervor. Das zerkratzte, verbeulte Erbstück war in der Tat eine armselige Imitation derjenigen, die Wick gefunden hatte.

„Leider kenne ich den Uhrmacher nicht", erwiderte Bea knapp.

„Schade. Die Verarbeitung ist wirklich erstklassig." Crombie begutachtete das Beweisstück immer noch mit begehrlichem Blick.

Bea streckte die Hand aus. „Ich hätte sie gerne wieder."

„Ich verstehe immer noch nicht, was die Uhr mit der Sache zu tun haben soll." Widerwillig reichte er sie ihr. „Aber zurück zu Ihrer verleumderischen Bemerkung ..."

„Verzeihung, Crombie. Haben Sie sich kürzlich am Arm verletzt?", mischte Wick sich ein, dessen Blick auf dem Handgelenk des Junkers ruhte.

Als dieser die Uhr zurückgab, war der Ärmel seines Jacketts nach hinten gerutscht und hatte den Verband freigelegt, der darunter hervorlugte.

Eine Verletzung. Bea wurde misstrauisch. *Hat er sich die beim Legen des Feuers zugezogen?*

Hastig schob Crombie seinen Ärmel wieder nach vorne.

„Es ist nur ein Kratzer. Ich habe mich in den Zwingern geschnitten, als ich nach den Hunden schaute." Angestrengt schnaufend erhob er sich. „Wenn es sonst nichts gibt ... Ich habe zu tun."

Da Bea weder Beweise für seine Straftat noch weitere Fragen hatte, stand sie ebenfalls auf.

„Ich weiß Ihre Zeit zu schätzen, Crombie", sagte sie mit einem knappen Nicken.

„Dann vergeuden Sie sie das nächste Mal nicht", brummte er.

Kapitel Vierzehn

„**S**oll ich Ihr Haar auf die übliche Weise frisieren, Mylady?", fragte Lisette später am selben Abend.

Nach ihrer Rückkehr von Crombies Anwesen wollte Bea umgehend die nächsten Schritte für die Suche nach dem Brandstifter planen, aber Wick hatte darauf bestanden, dass sie sich zuerst ein wenig hinlegte. Auf ihren Protest hin, dass sie nicht müde sei, hatte er ihr einen Klaps auf den Hintern gegeben und behauptet, *er* jedenfalls brauche eine Pause.

Also zog sich jeder von ihnen in seine Gemächer zurück, und offenbar hatten die Ereignisse der letzten zwei Tage Bea mehr zugesetzt, als ihr bewusst gewesen war. Sie hatte so fest geschlafen, dass Lisette sie wachrütteln musste, damit sie sich für das Dinner fertig machen konnte, das sie für ihre beiden Gäste und die Sheridans, die in Kürze eintreffen würden, ausrichtete.

Nun saß sie an ihrem Frisiertisch aus Palisanderholz und ließ sich von ihrer Zofe beim Zurechtmachen helfen. Normalerweise hätte sie der jungen Frau gesagt, sie solle ihr Haar zu dem üblichen Knoten aufstecken und ein paar Locken herauslassen, die ihre Wangen verdeckten. Doch an diesem Abend verspürte sie den Wunsch nach ... Veränderung. Aus offensichtlichen Gründen hatte sie keine Spiegel an den Wänden ihrer privaten Räumlichkeiten angebracht, denn warum sollte sie sich unnötig quälen?

„Lisette, hast du einen Handspiegel?", fragte sie.

Die blauen Augen ihrer Zofe weiteten sich vor Überraschung. „*Mais oui.*"

„Würdest du ihn mir bitte bringen?"

Das dunkelhaarige Dienstmädchen entfernte sich und kehrte kurze Zeit später mit dem gewünschten Gegenstand zurück. Bea holte tief Luft, bevor sie den ovalen Spiegel anhob und sich darin betrachtete. Das hatte sie schon lange nicht mehr getan.

Nach ihrem Unfall war ihr Vater fest entschlossen gewesen, den Schaden zu „reparieren". Er hatte nicht geduldet, dass sie sich auf dem Land versteckte, sondern darauf bestanden, dass sie in London blieb, um sich von den besten Ärzten helfen zu lassen. Einige „Behandlungen" der unzähligen Quacksalber – sie erschauderte bei der Erinnerung an die ätzenden Cremes und Salben, an die Wickel, die aus allem Möglichen bestanden, von Entenfett über Sand bis hin zu zermahlenen Teilen exotischer Tiere – hatten erfordert, dass sie sich täglich im Spiegel betrachtete und jede Veränderung des roten Narbengewebes festhielt.

Sie hatte lange vor ihrem Vater gewusst, dass ihre Wange für immer entstellt bleiben würde und sich über jede neue Enttäuschung gegrämt, die sie durchmachen musste. Noch schlimmer waren die Schuldgefühle gewesen, weil sie wusste, dass ihre Hässlichkeit letztlich die Ehe ihrer Eltern zerstört hatte. Nachdem er monatelang vergeblich versuchte, seine verunstaltete Tochter zu heilen, hatte Papa schließlich aufgegeben. Er war dem Haus der Familie immer öfter ferngeblieben, und etwa ein Jahr nach ihrem Unfall war er tot aufgefunden worden – im Bett seiner Geliebten.

Ihre Mutter war ihm nur kurze Zeit später nachgefolgt, da sie den Schmerz ihres gebrochenen Herzens nicht länger ertrug. Zuletzt hatte sie Bea noch zugeflüstert: *Sei nicht so töricht wie ich, mein Kind. Lege dein Glück nicht in die Hände eines anderen.*

Nach dem Verlust ihrer Eltern hatte Bea einen Teil ihres Erbes für den Kauf von Camden Manor verwendet. Sie wollte nichts mehr mit ihrem alten Leben zu tun haben ... und schon gar nicht mit ihrem vernarbten Gesicht, das so viel Unglück über andere gebracht hatte. Stattdessen beabsichtigte sie, sich auf das zu konzentrieren, was wirklich zählte: all das, was sie erreichen und kontrollieren konnte.

Jetzt, da sie ihr Spiegelbild betrachtete, versuchte sie, sich unvoreingenommen zu sehen, so wie ein Fremder es tun würde. Das war nicht weiter schwer, denn nach all der Zeit *war* sie sich selbst ein wenig fremd. Der Anblick ihres eigenen Gesichts weckte ein seltsames Gefühl in ihr, gleich dem ersten Strahl der Morgendämmerung, der die Dunkelheit durchbrach und einen Gedanken erhellte, der zur Offenbarung wurde.

Ich ... bin gar kein hässliches Biest.

Die Narbe war da, eine fleischige Erhöhung, die oben an ihrem rechten Wangenknochen begann und in einem Bogen bis nach unten zu ihrem Mundwinkel verlief. Sie war sichtbar genug, um Aufmerksamkeit zu erregen, und dennoch ... war sie irgendwie weniger auffällig, als sie sie in Erinnerung hatte.

Weniger rot. Weniger erhaben. Weniger markant.

Das Gewebe war mit der Zeit flacher und blasser geworden, das konnte sie ganz objektiv zugeben. Ihre Wange würde nie wieder perfekt sein ... Aber vielleicht *war* Schönheit nicht ausschließlich von Perfektion abhängig.

Plötzlich kamen ihr Wicks lebensverändernde Worte in den

Sinn: *Diese Narbe ist ein Teil von dir. Und deshalb ist sie schön. Denn schön, Lady Beatrice, warst du immer und wirst du auch immer sein.*

Durch seine Augen sah sie sich selbst als begehrenswert und besonders ... Und *das* war es, was wahre Schönheit ausmachte.

Die Narbe hatte sie ein Leben lang definiert, jedoch nicht dominiert. Zwar hatte sie das immer gewusst, aber erst Wick hatte ihr geholfen, es auch zu *spüren*. Und nun wollte sie, dass ihr Äußeres zu dem passte, was sie im Inneren fühlte. War es falsch, sich von ihrer besten Seite zeigen zu wollen, jetzt, da sie von dem attraktivsten Mann umworben wurde, dem sie je begegnet war?

Aus ihren Gedanken erwachend, bemerkte sie, dass Lisette neben ihr stand und auf Anweisungen wartete. Als das Dienstmädchen sich vor einigen Monaten um eine Stelle bewarb, hatte Bea sie sofort in ihren Haushalt aufgenommen, ohne Fragen zu stellen. Nicht nur, weil ihr die Frisur der Französin gefallen hatte, sondern auch wegen des frischen Blutergusses auf deren Wange und der Angst, die ihr ins Gesicht geschrieben stand. Im Laufe der Wochen schien Lisette aufzublühen ... bis dieser Bastard Randall Perkins versucht hatte, sich in den Stallungen an ihr zu vergreifen.

Bea dankte dem Himmel, dass Gentleman Henderson zur rechten Zeit am rechten Ort gewesen war. Unter Tränen hatte Lisette ihr erzählt, dass der Butler Perkins unschädlich machen konnte, bevor etwas Schlimmes passierte. Glücklicherweise war die junge Frau nicht zu Schaden gekommen und hatte sich nach dem Vorfall auch nicht wieder in ihr Schneckenhaus zurückgezogen.

Mut zeigte sich auf verschiedenste Arten, unter anderem in der Fähigkeit, trotz einer dunklen Vergangenheit weiterzumachen, nicht zuzulassen, dass alte Ängste zu einem

Gefängnis wurden ... und offen zu bleiben für neue Möglichkeiten.

Bea atmete tief durch. „Vielleicht könnten wir etwas anderes ausprobieren? Eine Frisur, die mehr *au courant* ist und meine Vorzüge betonen würde?"

„*Oui*, Mylady", sagte Lisette. „Ich kenne eine Frisur, die von der Königin selbst in Mode gebracht wurde. Wie klingt das?"

Bea lächelte. „Versuchen wir es."

Das Abendessen verlief reibungslos.

Beatrice war wegen Wick und Severin Knight – dem Herzog von Knighton, wie sich herausstellte – besorgt gewesen, aber die zwei hatten sich von ihrer besten Seite gezeigt. Beide besaßen eine ganz eigene Art von Charme, und sie konnte kaum glauben, dass sie nach Jahren der gesellschaftlichen Isolation nicht nur einen, sondern gleich zwei so charismatische Herren an ihrem Tisch hatte. Sie unterhielten sich angeregt mit Mr Sheridan und Fancy und stellten ihnen unzählige Fragen über das Leben der Kesselflicker.

Da sie Mr Sheridans ausschweifende Geschichten bereits kannte, nippte Bea schweigend an ihrem Wein und genoss die Kameradschaft. Sie bemerkte, dass auch Fancy sich zu amüsieren schien. Die junge Frau hatte ihre Schüchternheit sogar so weit überwunden, dass sie ein Gespräch mit Knighton zu führen vermochte.

Nach dem Essen beschloss Bea, auf die förmliche Trennung der Geschlechter zu verzichten, und kündigte an, dass die Herren ihre Zigarren und ihren Brandy ruhig im Salon einnehmen sollten. Mr Sheridan holte seine Geige hervor, und Fancy begleitete ihn auf dem Klavier. Die beiden gaben eine mitreißende Vorstellung zum Besten, die von Kontratänzen bis zu einer gefühlvollen irischen Ballade reichte.

Anschließend bat Knighton Bea um ein privates Gespräch in einer abgeschiedenen Ecke des Raumes. Da sie ohnehin vorhatte, mit ihrem Gast unter vier Augen zu sprechen, willigte sie ein.

„Darf ich Ihnen sagen, wie zauberhaft Sie heute Abend aussehen, Lady Beatrice?", setzte der Herzog an.

Sie lächelte. „Danke, Euer Gnaden. Mir war danach, eine neue Frisur auszuprobieren."

Lisette hatte ihr Haar so frisiert, dass es ihr Gesicht nicht mehr verdeckte. Es war in der Mitte gescheitelt, vorne geflochten und dann über die Ohren geschlungen. Der hintere Teil war zu einem Kranz hochgesteckt und mit frischen Blumen aus dem Garten verziert worden. Dazu trug sie ein lilafarbenes Kleid, das Fancy für sie genäht hatte und welches schon seit Längerem in ihrem Schrank hing und auf den passenden Anlass wartete. Es war schulterfrei und lief an der Taille eng zusammen, bevor es in einen üppigen, mit heller Spitze besetzten Rock überging.

Bea war mit dem Ergebnis recht zufrieden, insbesondere, da Wick sie buchstäblich mit seinem Blick verschlungen hatte, als er sie die Treppe herunterkommen sah.

„Du siehst unwiderstehlich aus, mein Engel", hatte er gemurmelt. „Bereite dich auf eine heiße Liebesnacht vor."

Sie wünschte, sie könnte schon jetzt mit ihm allein sein. Obwohl er neben Fancy saß und ein Duett spielte, behielt er sie und Knighton genau im Auge. Um des lieben Friedens willen sollte sie die Angelegenheit mit Seiner Gnaden besser schnellstens regeln.

Es hatte einen Grund gegeben, weshalb sie Knighton auf das Anwesen einlud, und der war nicht, wie Wick vermutet hatte, ihren Liebhaber eifersüchtig zu machen. Oder besser gesagt, nicht nur. Sie wollte mehr über die Verbindung des Herzogs zu Benedict erfahren. Da sie ihren Bruder kannte, hatte sie das ungute Gefühl, dass etwas im Argen lag.

„Ich hoffe, Sie genießen Ihren Aufenthalt hier, Euer Gnaden", sagte sie.

„In der Tat. Sie sind die Gastfreundlichkeit in Person, Mylady."

„Jeder Freund meines Bruders ist auch ein Freund von mir. Woher genau kennen Sie ihn denn nun?"

„Wie ich bereits erwähnte, hatten Hadleigh und ich geschäftlich miteinander zu tun."

„Bedeutet das, dass Sie meinem Bruder Geld schulden?", fragte sie unverblümt.

Knighton runzelte die Stirn. „Nein. Wie kommen Sie darauf?"

„Weil ich es ihm zutrauen würde, mir einen Ehemann zu erkaufen."

Ihr Bruder war schon immer unberechenbar gewesen. Beas Unfall und der frühe Tod ihres Vaters hatten ihm Macht und Reichtum beschert, bevor er für eine solche Verantwortung bereit gewesen war. Benedicts Vermählung kurz darauf hatte seine schlimmsten Charakterzüge zum Vorschein gebracht und die Flammen seiner Arroganz und seines Stolzes geschürt. Er war wild entschlossen gewesen, Beatrices Ehre zu rächen, obwohl sie ihn angefleht hatte, es nicht zu tun.

Als sie versuchte, ihn aufzuhalten, hatten sie sich so heftig gestritten, dass sie nun, fünf Jahre später, Informationen über ihn von einem Fremden beziehen musste.

„Das ist eine Beleidigung für ihn und für mich", erwiderte Knighton kühl.

„In welcher Beziehung stehen Sie dann zu Benedict?", hakte sie erneut nach.

„Ich habe ihm einmal einen Gefallen erwiesen. Im

Gegenzug bat ich ihn um ein Empfehlungsschreiben für Sie", erklärte er ruhig. „Weitere Versprechungen wurden nicht gemacht."

„Warum wollten Sie ausgerechnet mich kennenlernen, Euer Gnaden? Sie könnten doch sicher eine passende Herzogin in London finden, oder nicht? Eine, die nicht mit einer solch ungewöhnlichen Vergangenheit belastet ist wie ich."

„Sie sind nicht die Einzige mit einer ungewöhnlichen Vergangenheit, Mylady."

„Oh?"

„Die Erbschaft dieses Herzogtums kam für mich und den Rest der Gesellschaft überraschend. Obwohl ich der legitime Nachkomme des früheren Herzogs bin, hielt meine Mutter dies aus persönlichen Gründen vor mir geheim. Ich wusste nie um meine adelige Herkunft, bis mein Vater mich an sein Sterbebett rief." Ein Schatten huschte über sein Gesicht. „Jedenfalls gehört der Titel nun mir, und er bringt gewisse Pflichten mit sich, für die ich nicht gerüstet bin."

Er wirkte nicht wie jemand auf sie, der jemals unvorbereitet war. „Und die wären?"

„Ich habe vier jüngere Halbgeschwister, allesamt unehelich."

Ihre Augen weiteten sich. „Ich verstehe."

„Mein Vater hat zwar materiell für sie gesorgt, ihnen aber nichts über angemessenes Verhalten beigebracht. Sie sind ... widerspenstig", fuhr er in nüchternem Tonfall fort. „Wie dem auch sei, nun trage ich die Verantwortung für sie, und ich habe vor, sie in die Gesellschaft einzuführen. Dafür brauche ich allerdings Hilfe."

Was er brauchte, war ein Wunder. „Wie kommen Sie darauf, dass *ich* Ihnen helfen könnte?"

„Sie sind die Tochter eines Herzogs und besitzen einen tadellosen Stammbaum. Zudem sind Sie vernünftig, erfahren und haben die Abgründe der Gesellschaft überlebt." Er zählte ihre Vorzüge auf, wie man es bei der Auswahl einer Zuchtstute tun würde. „Sie persönlich kennenzulernen, bestätigt meine Einschätzung von Ihnen."

„Und wie genau lautet Ihre Einschätzung?"

„Sie haben die Stärke und Willenskraft, die ich mir von meiner Herzogin wünsche, Lady Beatrice. Ich glaube, dass Sie der Missbilligung standhalten können, die der *ton* meinen Halbgeschwister entgegenbringen wird. Außerdem werden Sie nicht vor der Herausforderung zurückschrecken, sie in Schach zu halten. Ich denke, Sie sind reif genug, um zu verstehen, welche Art von Ehe mir vorschwebt."

Sie hob die Brauen.

„Eine Partnerschaft", stellte Knighton klar. „Eine, die nicht von Gefühlen diktiert wird, sondern auf Respekt und gemeinsamen Zielen beruht."

Vor nicht allzu langer Zeit hätte sie an einem derartigen Arrangement womöglich Gefallen gefunden. Aber jetzt nicht mehr. Nicht nach allem, was sie mit Wick erlebt hatte.

Dieser saß, wie sie feststellte, nicht länger mit Fancy am Klavier, sondern stand mit einem Arm auf den Kaminsims gestützt da, ein Glas Whisky in der Hand haltend. Seine lässige Haltung strafte seine angespannte Miene Lügen. Sie konnte es ihm nicht verübeln, immerhin hätte sie sich genauso gefühlt, wenn er ein persönliches Gespräch mit einer Frau führen würde, die offensichtlich an ihm interessiert war.

Zu Knighton sagte sie: „Ihr Antrag ehrt mich, Euer Gnaden, aber ich kann ihn nicht annehmen."

„Darf ich fragen, warum?"

Weil Wick der einzige Mann ist, den ich zu heiraten gedenke.

„Was die Ehe betrifft, erwarte ich mehr als gegenseitigen Respekt", sagte sie.

Zu ihrer Überraschung ergriff der Herzog ihre Hand. „Ich biete Ihnen nicht nur Respekt, Mylady", sagte er und ließ seine warmen Lippen über ihre Knöchel streifen. „Ich bin durchaus offen für andere Freuden der Ehe, die, das versichere ich Ihnen, ohne komplizierte Gefühle genossen werden können."

War es nicht seltsam, dass genau dieser Gedanke des zwanglosen Vergnügens sie auf den Maskenball geführt hatte? Und dass das Schicksal es für richtig gehalten hatte, sie mit Wick zusammenzubringen, dem einzigen Mann, der ihr die Wahrheit vor Augen zu führen vermochte?

Verkehr ohne Gefühle konnte in der Tat vergnüglich sein, aber eine intime Verbindung war weitaus besser.

„Lady Beatrice, ich glaube, ich bin nun an der Reihe, ein wenig Ihrer wertvollen Zeit in Anspruch zu nehmen."

Wicks tiefe Stimme riss sie aus ihren Gedanken. Er hatte sich ihnen genähert, ohne dass sie es merkte, und sah nicht gerade erfreut aus.

Hastig zog sie ihre Hand aus Knightons Griff.

„Ja, natürlich", sagte sie verlegen. „Wenn Sie mich bitte entschuldigen würden, Euer Gnaden."

Der Herzog neigte den Kopf. Unverhohlene Belustigung flackerte in seinen grauen Augen auf. „Ich freue mich darauf, unser Gespräch zu einem späteren Zeitpunkt fortzusetzen, Mylady."

Kapitel Fünfzehn

Kurz vor Mitternacht betrat Wick durch den Bedienstetenkorridor Beatrices Schlafgemach. Offensichtlich war das private Reich seiner Geliebten ebenso geschmackvoll eingerichtet wie der Rest des Hauses. Mit seinen hohen Decken, himmelblauen Wänden und weißen Zierleisten untermalte das luftige Zimmer die engelsgleiche Schönheit seiner Bewohnerin ... die, wie sich herausstellte, eine teuflische Ader besaß.

Beatrice erwartete ihn in ihrem opulenten Himmelbett, das ihn an ein Meer aus Wolken erinnerte. Normalerweise hätte ihn der Anblick ihres wallenden, weißgoldenen Haars und schlichten, weißen Nachtgewands auf der Stelle erregt.

Na schön, er *war* bereits erregt. Aber vor allem war er verärgert.

Er stapfte zum Bett hinüber und baute sich vor ihr auf. „Was zur Hölle wollte Knighton von dir?"

Sie sah ihn mit großen Augen an. Augen, die den ganzen Abend lang auf den Herzog gerichtet gewesen waren anstatt auf ihn, Wick, ihren Liebhaber und zukünftigen Ehemann. Es hatte ihn Unmengen an Selbstbeherrschung gekostet, Knighton nicht zum Duell zu fordern.

Er hatte nicht wie ein eifersüchtiger Narr wirken wollen, auch wenn er sich wie einer fühlte. Was ihn nur noch mehr verärgerte. Wie schaffte sie es bloß, diese Gefühle in ihm auszulösen, was noch keiner anderen Frau zuvor gelungen war?

Sie legte das Buch beiseite, das sie gelesen hatte. „Dir auch einen guten Abend."

„Du wolltest vorhin im Salon nicht darüber reden und hast mich auf später vertröstet", sagte er und verschränkte die Arme vor der Brust. „Jetzt ist später."

Sie seufzte tief. „Es ging darum, dass Knighton neben seinem Titel auch die Verantwortung für vier uneheliche Halbgeschwister geerbt hat. Er braucht eine Herzogin, die über den entsprechenden Stammbaum und das nötige Vermögen verfügt, um sie in die Gesellschaft einzuführen."

Wick kniff die Augen zusammen. „Und er hat dich gebeten, diese Rolle zu übernehmen?"

Sie zupfte an der Bettdecke herum. „Ich erfülle die Anforderungen."

„Ich werde ihn umbringen."

„Nicht nötig." Sie schenkte ihm ein Lächeln, das zweifellos beschwichtigend wirken sollte. „Ich habe seinen Antrag abgelehnt und ihm gesagt, dass ich von einer Ehe mehr erwarte als gemeinsame Ziele und gegenseitigen Respekt."

„Und damit hat er die Sache auf sich beruhen lassen?"

„Eigentlich sagte er, dass er mir mehr bieten könne", gab sie zu.

„Was genau hat er dir angeboten?"

Sie biss sich auf die Lippe.

„Raus damit, Beatrice."

„Äh ... Gewisse Freuden des Ehelebens", murmelte sie. „Ohne komplizierte Gefühle."

Er ballte die Hände zu Fäusten. „Knighton ist ein toter Mann!"

„Wick, ich habe abgelehnt!"

„Das ist mir egal", presste er hervor und begann, vor dem Bett auf und ab zu schreiten. „Der Bastard weiß, dass du mir gehörst, und trotzdem hat er sich an dich herangemacht. Ich werde ihm den Hals umdrehen!"

„Wirst du diesbezüglich immer so ein Höhlenmensch sein?", fragte sie irritiert.

„Wirst du immer so viel männliche Aufmerksamkeit auf dich ziehen?", konterte er. Als er ihren verwirrten Blick sah, hätte er beinahe laut aufgestöhnt. „Verflucht, du hast nicht die leiseste Ahnung, was?"

„Wovon?"

„Davon, wie atemberaubend schön du bist."

Sie runzelte die Stirn und nagte an ihrer Unterlippe. Nein, sie hatte wirklich keine Ahnung, und es war genau diese Verletzlichkeit, gepaart mit ihren körperlichen Reizen und ihrem leidenschaftlichen Temperament, das sie für die Herren der Schöpfung unwiderstehlich machte. Wahrscheinlich würde sie nie begreifen, wie begehrenswert sie war.

Dann würde er den Rest seines Lebens eben damit zubringen müssen, es ihr zu zeigen.

„Bei dir fühle ich mich schön", gab sie leise zu.

„Du solltest dich immer so fühlen, weil du wunderschön *bist*." Das leuchtende Staunen in ihren Augen ließ seinen Ärger dahinschmelzen. Er trat auf sie zu und hob ihr Kinn an. „Beatrice Wodehouse, du bist sowohl innerlich als auch äußerlich die bezauberndste Frau, der ich je begegnet bin."

„Ich empfinde dasselbe für dich", flüsterte sie.

„Du hältst mich für eine bezaubernde Frau?"

Sie blinzelte und verdrehte dann die Augen. „Nein, du Dummkopf. Ich finde dich nur ebenfalls unwiderstehlich."

„Also bin ich ein unwiderstehlicher Dummkopf?" Verschmitzt lächelnd strich er ihr eine seidige Haarsträhne hinters Ohr. „Pass besser auf, mein Engel, sonst steigen mir die ganzen Schmeicheleien noch zu Kopf."

„Ich würde sagen, sie zeigen bereits Wirkung", erwiderte sie und warf einen demonstrativen Blick auf die Beule, die sich unter seinem Morgenmantel abzeichnete.

„Freches Luder", sagte er grinsend. „Darum wirst du dich noch früh genug kümmern. Jetzt sei brav und mach Platz für mich."

Sie rutschte beiseite, woraufhin er zu ihr unter die Decke schlüpfte und sie in seine Arme zog. Mit ihrem Kopf auf seiner Brust und dem frischen, blumigen Duft ihres Haares in der Nase fühlte er sich seltsam zufrieden ... obwohl er steinhart war.

„Wick?"

„Hmm?"

„Es gibt da etwas, das ich dir sagen muss ... Ich hätte es dir gleich sagen sollen, als du hereinkamst."

Ihr nervöser Tonfall alarmierte ihn. „Wenn Knighton noch etwas von dir wollte, schwöre ich ..."

„Es geht nicht um ihn, sondern um uns und unsere, äh, Pläne für heute Abend."

Als er spürte, wie ihr Körper sich anspannte, rollte er sie auf den Rücken, beugte sich über sie und musterte forschend ihr hochrotes Gesicht. „Was ist los, mein Engel?"

„Ich kann heute Nacht nicht mit dir schlafen", platzte sie heraus.

Er runzelte die Stirn, nicht wegen dem, was sie gesagt hatte, sondern wegen ihrer offensichtlichen Verzweiflung.

„Das ist völlig in Ordnung", erwiderte er sanft. „Du kannst mir immer sagen, wenn du keine Lust auf Intimität hast."

„Das ist es nicht."

Der Kummer in ihrem Blick versetzte ihm einen Stich ins

Herz. „Was ist es dann? Du kannst mit mir über alles reden, Beatrice."

„Ich ... ich ... Ach, verflucht. Es ist meine gewisse Zeit des Monats."

Aaah, *das* war es also, was seinen kleinen Hitzkopf aus der Fassung gebracht hatte. Mit seinem Wissen über die weibliche Biologie hätte er es ahnen müssen, aber in Wahrheit war das Thema bei früheren Liebhaberinnen nie aufgetaucht. Er hatte sich nur mit erfahrenen Frauen eingelassen, die ihren Zyklus vermutlich stets im Auge behielten und einfach keine Verabredungen zu diesen Zeiten einplanten. Jedenfalls hatten sie nie mit ihm über solch intime Angelegenheiten gesprochen.

Die Tatsache, dass Beatrice es tat, erfüllte ihn mit Wärme und Belustigung zugleich.

„Du hast also unerwünschten Besuch, hm?"

„Ich habe es bemerkt, als ich mich fürs Bett fertig machte", sagte sie mit leiser Stimme. „Es hält normalerweise nicht länger als drei Tage an."

Er drückte sie fest an sich und küsste sie auf die Stirn. „Dann tun wir einfach etwas anderes."

„Du gehst nicht zurück in dein Zimmer?", fragte sie überrascht.

Er hob die Brauen. „Es sei denn, du wirfst mich raus."

„Nein, ich würde mich freuen, wenn du bleibst." Sie schenkte ihm ein unerträglich süßes, schüchternes Lächeln. „Ich bin gern mit dir zusammen."

Himmel, ihm gefiel es auch. Er war noch nie mit einer Frau im Bett gelegen, ohne mit ihr zu schlafen, hatte noch nie das Bedürfnis gehabt, einfach nur zu reden und zu kuscheln ... bis jetzt.

„Ich finde es auch schön", gab er zu.

„Auch wenn wir uns nur unterhalten?"

„Vor allem deswegen. Ich möchte dich kennenlernen, mein Engel, mehr als nur körperlich."

Mit geröteten Wangen fragte sie: „Was möchtest du denn wissen?"

„Du hast bisher noch nicht viel über deine Familie erzählt."

Wieder versteifte sie sich, aber das überraschte ihn nicht. Er hatte bereits vermutet, dass im familiären Bereich nicht alles in Ordnung war. Warum sonst sollten ihre Verwandten zulassen, dass sie, eine so lebensfrohe, temperamentvolle Frau, wie eine Einsiedlerin lebte? Als sie neulich kurz ihren Vater erwähnte, hatte sich ihre Miene verhärtet, als würde sie sich vor schmerzhaften Erinnerungen abschotten wollen. Derselbe Ausdruck war in ihre Augen getreten, als Knighton auf ihren Bruder zu sprechen kam.

„Da gibt es nicht viel zu sagen", erwiderte sie mit kühler, distanzierter Stimme. „Mein Vater starb etwa ein Jahr nach meinem Unfall, meine Mutter kurz danach."

„Was ist mit deinem Bruder?"

„Wir ... stehen uns nicht sehr nahe."

Als er merkte, dass sie sich weiter in sich zurückzog, versuchte er es mit einer anderen Taktik.

„Seid ihr altersmäßig weit auseinander?", fragte er zwanglos. „Mein Bruder Richard ist sieben Jahre älter als ich, und ich glaube, dieser Altersunterschied war eine Zeit lang verantwortlich für die Kluft zwischen uns."

„Benedict ist ein Jahr jünger." Sie runzelte die Stirn. „Welche Art von Kluft?"

Er zögerte, denn er war es nicht gewohnt, über seine Vergangenheit zu sprechen. Eines der wichtigsten Verhandlungsprinzipien war jedoch das Prinzip der Gegenleistung – *quid pro quo*. Sie hatte ihm vom Ursprung ihrer Narbe erzählt, da war es nur gerecht, dass er ebenfalls etwas von sich preisgab, so unangenehm es auch sein mochte. Der Unterschied war natürlich, dass sie ihr grausames Schicksal nicht verdient hatte, während er für seinen Untergang selbst verantwortlich gewesen war.

„Um ehrlich zu sein, habe ich sie durch meine Gedankenlosigkeit heraufbeschworen", sagte er unverblümt. „Früher war ich ein arroganter, rücksichtsloser Narr. Man konnte mir nichts vorschreiben, weil ich alles besser wusste. Irgendwann habe ich mich bei einem Geldverleiher verschuldet und bin in noch größere Schwierigkeiten geraten. Als Richard mir helfen wollte, habe ich meine Wut und Frustration an ihm ausgelassen."

„Warum hast du das getan?" In ihrem Tonfall lag kein Urteil, nur Neugierde. „Wusstest du nicht, dass er dir helfen wollte?"

„Doch, wusste ich." Selbst nach einem Jahrzehnt schämte er sich noch für diese Zeit in seinem Leben und für die Person, die er gewesen war. „Ich war einfach zu stolz, um zuzugeben, dass ich ein Versager war. Ich hatte immer zu Richard aufgeschaut, weißt du? Er war der pflichtbewusste Sohn, derjenige, auf den unser Vater zu Recht stolz war. Als ich schließlich meine Schulden bei Garrity, dem Geldverleiher, abbezahlte, indem ich für ihn arbeitete, verurteilte Richard meine Entscheidung nicht. Stattdessen sagte er mir, dass ein ehrbarer Mann immer seine Schulden begleichen würde, und er hat zu mir gestanden, durch dick und dünn. Er hat es sogar geschafft, höflich zu Garrity zu sein, der übrigens die GLNR gründete und mich sowie unseren anderen Partner, Harry Kent, einlud, dem Unternehmen beizutreten."

Besorgnis machte sich in ihm breit, als sie nichts erwiderte. Hatte er zu viel verraten? Dabei war er nicht einmal auf die schlimmsten seiner Sünden eingegangen. Ein kluger Verhandlungsführer begann immer damit, das Terrain zu sondieren. Für einen Wucherer zu arbeiten, war nicht gerade ein nobler Zeitvertreib, doch er hatte die Erfahrungen, die er in der Unterschicht sammeln konnte, nie bereut. Sie hatten ihn von seinem Stolz und seiner Arroganz geheilt und ihm die Fähigkeit vermittelt, seinen eigenen Weg zu gehen.

Aber Beatrice, mit ihrem vornehmen Stammbaum, sah das vielleicht anders. Obwohl seine Herkunft und sein Geld ihm Zugang zum *ton* ermöglichten, gab es doch immer wieder Leute, die ihn wegen seines früheren Berufs – oder weil er überhaupt einen Beruf hatte – verurteilten. Er hatte gelernt, sich nicht um deren Meinung zu scheren, aber was Bea dachte, war ihm wichtig.

„Dein Bruder scheint ein weiser und anständiger Kerl zu sein", sagte sie mit einem wehmütigen Lächeln. „Steht ihr euch mittlerweile nahe?"

Ihre Akzeptanz dessen, was sie gehört hatte, gab ihm die Hoffnung, dass sie auch seine weitaus größeren Verfehlungen hinnehmen würde, wenn es an der Zeit war, sie mit ihr zu teilen.

„Sehr nahe. Er, meine Schwägerin Violet und ihre drei Racker wohnen den Sommer über bei mir in London. Sie werden schon bald eintreffen."

„Solltest du nicht dort sein, um sie zu empfangen?", fragte sie besorgt.

„Ich habe ihnen bereits mitgeteilt, dass ich mich verspäte. Sie werden auch ohne mich zurechtkommen." Er strich ihr über die Wange und genoss das Privileg, sie berühren zu dürfen. „Nachdem wir uns um unsere Anliegen gekümmert haben, möchte ich, dass du sie kennenlernst. Ich glaube, besonders du und Violet würdet euch prächtig verstehen."

„Denkst du nicht ...?"

„Was denn, mein Engel?"

„Denkst du nicht, dass deine Familie mich ... seltsam finden wird?", murmelte sie.

Er brach in schallendes Gelächter aus.

„Ich meine es ernst!", protestierte sie. „Ich bin nicht gerade eine konventionelle Dame."

„Ich lache nicht über dich, sondern über die Vorstellung, dass Vi jemanden unkonventionell finden könnte", erklärte er grinsend. „Verglichen mit ihr bist du richtig sittsam."

„Wie kannst du mich für sittsam halten, wenn man bedenkt, wie wir uns kennengelernt haben?"

„Du solltest Violet nach ihrem ersten Treffen mit Richard fragen. Es hat im wahrsten Sinne des Wortes ziemliche Wellen geschlagen."

Sie hob die Brauen. „Dann freue ich mich darauf, sie und den Rest deiner Familie kennenzulernen."

Der Gedanke, Beatrice seiner Verwandtschaft vorzustellen, erfüllte ihn mit Stolz. Dann fragte er sich, ob sie das Gleiche über ihn denken würde. Obwohl er aus edlem Hause stammte, war er der jüngere Sohn eines schottischen Vicomte, während ihr Bruder den Titel eines Herzogs trug.

Obwohl er Hadleigh nie vorgestellt worden war, kannte er ihn vom Hörensagen. Seine Gnaden galt als arroganter Hitzkopf, der eine rachsüchtige Ader besaß. Während Wicks Zeit als Geldverleiher hatte einer seiner Kunden die Herzogin von Hadleigh offenbar mit einer unbedachten Bemerkung beleidigt. Ihr Gemahl hatte sich im Namen seiner Frau gerächt, indem er den Mann zum Duell forderte und ihm ein Loch in den Arm schoss.

Wick räusperte sich. „Was ist mit deinem Bruder? Glaubst du, er und ich würden miteinander auskommen?"

Ihr Lächeln erlosch.

„So ein schlechter Fang bin ich doch auch nicht, oder?", fragte er leichthin.

„Es liegt nicht an dir", erwiderte sie seufzend. „Benedict ist kein Mann, mit dem man leicht auskommt. Allerdings war er nicht immer so. Ich meine, er war schon als Kind aufbrausend, aber er hatte auch eine freundliche, sanfte Seite."

„Warum hat er sich so stark verändert?" *Zweite Regel der Verhandlungskunst: Stelle die richtigen Fragen.*

„Das ist eine lange Geschichte."

„Da unsere Pläne für heute Nacht nicht länger stehen, haben wir alle Zeit der Welt."

Wie beabsichtigt brachte seine Bemerkung sie dazu, sich zu entspannen. Sie verdrehte die Augen und fuhr fort: „Vor meinem Unfall war meine Familie glücklich. Papa und Mama waren einander treu ergeben. Benedict und ich wuchsen auf unserem Landsitz auf und verbrachten die Tage dort mit Reiten, Schwimmen und Spielen, oft auch mit anderen Kindern. Es war eine sorglose Zeit." Sie hielt inne, und ihr Blick verfinsterte sich. „Als ich siebzehn war, sollte ich wegen meines gesellschaftlichen Debüts zum ersten Mal nach London. Da Mama die Stadt nie mochte, fuhr Papa stets allein hin, während wir auf dem Landgut blieben. Benedict und ich waren beide überwältigt von unserer ersten Erfahrung mit dem Stadtleben, denke ich. Ich wurde in die Ballsäle des *ton* geschleift, und er geriet an eine Bande von Taugenichtsen, junge Lords, die lächerlich viel Geld darauf verwetteten, wessen Kutsche ein Rennen gewinnen würde."

Das konnte Wick gut nachvollziehen, denn ihm war das Gleiche passiert. „London ist ein gefährlicher Ort für einen vermögenden jungen Mann, der sich für erfahrener hält, als er ist."

„Ganz genau. Die ersten Monate in London haben Benedicts Rücksichtslosigkeit und sein Temperament genährt. Dann geschah mein Unfall ..." Sie hielt inne und schluckte schwer. „Das war wie ein Blitzableiter für seine Wut. Er bestand darauf, dass meine Ehre gerächt werden müsse, selbst als ich ihn anflehte, die Sache auf sich beruhen zu lassen."

Wick erinnerte sich an das, was sie ihm darüber erzählt hatte. „Dein Bruder wollte, dass der Mann im Park, der den Knaben misshandelte, sich für den Vorfall verantwortet?"

„Ja. Der Gentleman hieß T. Edgar Grigg."

Irgendwie kam ihm der Name bekannt vor. „War Grigg nicht ein Kohlenhändler?"

„Du kennst ihn?"

„Mein Geschäftspartner, Harry Kent, der für die technischen Aspekte der GLNR zuständig ist, war sehr an einer von Griggs Innovationen interessiert. Grigg hat den Prototyp für ein Kohlelager entworfen, im Wesentlichen ein Lagerhaus, über das eine Eisenbahnstrecke führt, sodass der Zug die Kohle direkt in das Gebäude kippen kann. Eigentlich ziemlich clever. Ein erstes Lager dieser Art wurde kürzlich in der Nähe des Regent's Canal in Betrieb genommen. Leider starb Grigg, bevor er Zeuge seines Vermächtnisses werden konnte ..."

Wick brach ab, als er sich an das tragische Ende des Kohlenhändlers erinnerte. Der Mann war ein aufstrebender Stern der Industrie gewesen, ein mittelständischer Geschäftsmann auf dem Weg zu großem Erfolg. Dann jedoch hatte sich sein Schicksal radikal gewendet.

„Nach Papas Tod übernahm Benedict den Titel", setzte Beatrice ihre Erzählung mit hohler Stimme fort. „Er war damals kaum achtzehn Jahre alt, unreif und voller Stolz. Er nutzte seinen Einfluss, um Griggs Geschäft zu ruinieren. Wie sich herausstellte, hatten seine wohlhabenden Freunde gute Verbindungen. Alles, was es brauchte, waren ein paar gezielte Gerüchte in den richtigen Kreisen. Griggs Investoren flohen, Banken kündigten ihm seine Kredite, sogar einige seiner Patente wurden annulliert. Es wurde so schlimm, dass ..." Sie hielt inne und räusperte sich. „Es wurde so schlimm, dass Grigg sich erhängt hat."

„Grundgütiger." Die genauen Einzelheiten waren ihm nicht bewusst gewesen.

„Da ich nicht länger in Benedicts Nähe sein konnte, habe ich Camden Manor erworben. Kurz nachdem er den Titel übernommen hatte, heiratete er Arabella, die Frau, die ich für eine Freundin gehalten hatte, die mich jedoch hinter meinem Rücken Lady Beastly nannte. Sie hat das Schlimmste in ihm zum Vorschein gebracht. Vor fünf Jahren gerieten Benedict und ich in einen Streit, und ich erzählte ihm, was sie zu meinem ehemaligen Verlobten über mich sagte. Er beschuldigte mich, alles nur erfunden zu haben, weil ich eifersüchtig auf sie sei. Und er nannte mich ..."

Wick streichelte ihr sanft übers Haar. „Was hat er gesagt, mein Engel?"

„Er nannte mich ... die Zerstörerin des Glücks", flüsterte sie mit erstickter Stimme.

Als er den Schmerz in ihren ausdrucksstarken Augen sah, überkam ihn das Bedürfnis, ihren törichten Bruder zu verprügeln. Es kostete ihn all seine Willenskraft, ruhig zu bleiben. „Du hast niemandes Glück zerstört. Das hat der Narr sich selbst zuzuschreiben. Du trägst an all dem keine Schuld."

Sie sah aus, als ob sie etwas hinzufügen wollte, biss sich jedoch auf die Lippe.

Da er wusste, wie zartherzig sie war, fragte er: „Vermisst du ihn?"

„Ja. Er ist mein Bruder, der einzige Verwandte, den ich noch habe." Sie atmete tief durch. „Gleichzeitig möchte ich ihm den Hals umdrehen. Das klingt absurd, nicht wahr?"

„Das klingt nach Familie. Aber er ist nicht dein einziger Verwandter."

Sie runzelte die Stirn. „Ist er nicht?"

„Es gibt die Familie, in die man hineingeboren wird, und die Familie, die man sich aussucht. Und letztere, mein Engel, hast du hier auf Camden Manor gefunden. Die Sheridans, die Ellerbys, der Rest deiner Pächter ... Sie alle wissen, wie außergewöhnlich du bist, und deshalb steht ihnen einen Platz in deinem Leben zu. Hadleigh, so scheint es mir, muss sich dieses Privileg erst noch verdienen."

Sie starrte ihn an, als hätte er ihr den Mond vom Himmel geholt. Und, Teufel noch eins, das würde er auch mit der Sonne und den Sternen tun, nur um diesen Blick für sich zu beanspruchen. Ein Blick, der die Leere in ihm füllte und die Einsamkeit durch etwas Schönes, Seltenes ersetzte.

„Wie bist du so weise geworden, Wick?", fragte sie leise.

Er beschloss, ehrlich zu sein. „Indem ich Fehler mache und mir meine Privilegien verdiene."

Kapitel Sechzehn

Als Bea die Augen öffnete, sah sie Wick neben sich liegen. Sie mussten auf diese Weise eingeschlafen sein, einander zugewandt wie zwei gekrümmte Fragezeichen oder Kinder, die nachts unter der Decke Geheimnisse austauschten. Das graue Licht, das durch einen Spalt in den Vorhängen hereinfiel, ließ vermuten, dass es noch früh war, von daher beschloss sie, ihn schlafen zu lassen.

Leise und vorsichtig erhob sie sich, um die Toilette aufzusuchen.

Anschließend ließ sie sich seitlich neben ihrem Liebhaber nieder, um ihn ungestört betrachten zu können. Selbst in tiefstem Schlummer sah er unverschämt gut aus. Eine Locke seines Haars hing ihm in die Stirn, und seine dichten Wimpern lagen wie Fächer auf seinen Wangen. Auf seinem Kiefer zeichnete sich ein Bartschatten ab, der ihre Aufmerksamkeit auf seine sinnlich vollen Lippen lenkte. Unter dem V-förmigen Ausschnitt seines Nachthemds lugte sein krauses Brusthaar hervor.

Er war jedoch nicht nur äußerlich ein höchst attraktiver Mann. Vergangene Nacht hatte sie ihm Dinge anvertraut, die sonst keine Menschenseele wusste. Sie erwähnte sogar ihren monatlichen Zyklus! Aber bei ihm fiel es ihr einfach leicht, sich zu öffnen. Er hörte ihr stets aufmerksam zu, stellte interessierte Fragen oder neckte sie, doch sie hatte nie das Gefühl, verurteilt zu werden.

Sie wusste, dass ihre Geheimnisse bei ihm sicher waren. Dass *sie* bei ihm sicher war.

Und dieses Vertrauen beruhte auf Gegenseitigkeit, denn er trug seine eigenen Verletzungen aus der Vergangenheit mit sich herum, denen er sich gemeinsam mit ihr stellte, einer nach der anderen. Es schien unmöglich, dass ein Mann mit seinem Aussehen und seinen Erfolgen über irgendetwas verunsichert sein könnte, aber als er ihr von seinem Bruder und den Gefühlen seines jüngeren Ichs erzählt hatte, waren seine Selbstzweifel deutlich zu spüren gewesen. Da sie nun wusste, dass auch er Schwächen hatte, fühlte sie sich ihm noch näher.

Er ist mir wichtig. Sehr sogar.

Die Erkenntnis war sowohl aufregend als auch erschreckend und ließ ihr Herz höherschlagen. In nur anderthalb Wochen hatte Wick es geschafft, die Mauern zu durchbrechen, die sie jahrelang um sich herum errichtet hatte. Und die Gefühle, die er in ihr weckte, waren nicht die zarten Schwärmereien eines jungen Mädchens – wie damals bei Croydon –, sondern etwas weitaus Tiefgründigeres. Etwas, das sie niemals zu empfinden geglaubt hätte.

Wick hatte sie davon überzeugt, dass er sich zu ihr hingezogen fühlte, dass er nicht nur aus Pflichtgefühl um sie warb. Aber gingen seine Gefühle über körperliches Verlangen hinaus? Könnte er ihre Zuneigung eines Tages erwidern?

Von Sehnsucht getrieben, streckte sie die Hand aus und legte sie an seine Wange. Seine Bartstoppeln prickelten angenehm auf ihrer Haut. Sanft, um ihn nicht zu wecken, fuhr sie mit der Fingerspitze über seine Lippen und sein markantes

Kinn. Er murmelte etwas im Schlaf, doch da er nicht aufwachte, wurde sie kühner und ließ ihre Hand in den Ausschnitt seines Nachthemds gleiten.

Seine Brust war hart und warm, und sie spürte seinen kräftigen Herzschlag unter ihrer Handfläche. Sie genoss es, die gegensätzlichen Texturen seiner straffen Haut und seines weichen Brusthaars zu erforschen. Behutsam ließ sie einen Finger um seine Brustwarze kreisen, bis sie sich aufrichtete. Ob er an dieser Stelle ebenso empfindlich war wie sie? Gerade jetzt, während ihres Zyklus, waren ihre Knospen besonders empfindlich, und selbst der dünne Stoff ihres Nachtgewands reizte sie. Als ihr Blick auf die beachtliche Beule seiner Erektion fiel, die sich unter der Leinendecke abzeichnete, stockte ihr der Atem.

Kann er selbst im Schlaf erregt sein?

Fasziniert ließ sie einen Finger über sein geschwollenes Glied gleiten, zog jedoch erschrocken die Hand weg, als er scharf einatmete. Ein Blick nach oben zeigte ihr, dass er aufgewacht war und sie verschlafen anblinzelte.

„Verzeihung, dass ich dich geweckt habe", sagte sie und errötete.

„Auf diese Weise geweckt zu werden, macht mir nichts aus, mein Engel", erwiderte er mit einem trägen Grinsen, das ihren Puls in die Höhe schnellen ließ. „Soll ich mich ausziehen, damit du sehen kannst, was du berührst?"

Sie nickte eifrig und beobachtete gebannt, wie er aus dem Bett stieg und sich das Nachthemd über den Kopf zog. Beim Anblick seiner geschmeidigen Muskeln, die sich mit jeder Bewegung anspannten, lief ihr buchstäblich das Wasser im Mund zusammen. Jetzt, da sie ihn zum ersten Mal nackt sah, kam sie nicht umhin, seine stattliche Schönheit zu bewundern.

Sie rutschte näher an den Rand der Matratze, um sich besser sattsehen zu können. Jeder Muskel, von seinen breiten

Schultern bis zu seinem flachen Bauch, wirkte wie aus Marmor gemeißelt. Seine Hüften waren schmal und sehnig, seine Beine lang und kräftig wie die eines Athleten. Und zwischen seinen Schenkeln …

Gütiger Himmel, sein Schwanz war *riesig*. Stolz ragte der mächtige Schaft in ihre Richtung, und sie konnte sehen, wie ein milchiger Tropfen aus der Spitze quoll. Seine schweren Hoden waren eingebettet in ein Nest aus dunklem Haar.

Ein elektrisierender Schock durchfuhr sie und sie spürte, wie ihre Pussy feucht wurde.

„Fass ihn ruhig an", murmelte Wick. „Tu, was immer du willst."

Erinnerungen an alles, was er bereits mit ihr angestellt hatte, durchfluteten sie … Verruchte Dinge, die sie nur zu gerne erwidern würde. Seine ermutigenden Worte schürten ihre Neugier. Sie legte die Hände auf seinen Bauch und spürte, wie seine Muskeln unter der Berührung zuckten, bevor sie sie langsam nach oben gleiten ließ und mit den Daumen um seine Brustwarzen kreiste.

„Hier hast du mich geküsst", sagte sie und sah ihm tief in die Augen. „Würde es sich gut anfühlen, wenn ich dasselbe bei dir tue?"

„Warum versuchst du es nicht und findest es heraus?", fragte er herausfordernd. Entschlossen richtete sie sich auf und ließ ihre Lippen über eine seiner Brustwarzen streifen. Seinem Grinsen nach zu urteilen, schien es ihm zu gefallen. Sich ins Gedächtnis rufend, wie er sie verwöhnt hatte, wollte sie den Gefallen erwidern und nahm diesmal die Zunge zu Hilfe.

Als sie spürte, wie er zu zittern begann, wusste sie, dass sie auf dem richtigen Weg war. Sie leckte und saugte an seinen Nippeln, bis sie hart waren und er mit jeder Berührung genussvolle Laute ausstieß.

Sein Geruch und sein Aroma raubten ihr völlig die Sinne.

Sie kam sich vor wie eine Messdienerin, die einer Gottheit huldigte und einfach nicht genug bekam. Unermüdlich erforschte sie jeden Zentimeter seines Körpers mit Händen und Lippen.

Bei seiner Erektion angekommen, hielt sie inne und sah zu ihm auf.

„Zeig mir, wie du berührt werden willst", flüsterte sie mit heiserer Stimme.

Sein glühender Blick ließ ihre Pussy pulsieren. Es war interessant zu erfahren, wie lustvoll sie zu dieser Zeit des Monats war. Wäre da nicht ihr „ungebetener Besuch", würde sie sich danach verzehren, von ihm berührt und befriedigt zu werden, bis sie sich vor Ekstase wand.

Aber das musste warten. Vorerst würde sie es genießen, ihn zu verwöhnen.

„Leg die Finger um meinen Schwanz", wies er sie an.

Bebend vor Erregung folgte sie seiner Aufforderung. Er war so groß, dass sie ihn kaum mit einer Hand umschließen konnte. Langsam ließ sie ihre Faust an seinem sehnigen Schaft auf und ab gleiten und spürte zu ihrer Verwunderung, wie die samtige Haut sich mit ihr bewegte.

„Verdammt, das fühlt sich himmlisch an", stöhnte er. „Aber du kannst ruhig schneller werden. Warte, ich zeige es dir."

Atemlos sah sie zu, wie er eine Hand um die ihre schloss und den Druck verstärkte, sie immer schneller und härter auf und ab führte. Die Röte auf seinen Wangen schien ein Anzeichen dafür zu sein, dass er ihre Berührungen genoss. Nach einer Weile ließ er sie los und strich ihr sanft eine Locke aus dem Gesicht. Weitere Tropfen perlten aus der Spitze seines Schwanzes und wurden durch ihre pumpenden Bewegungen auf seinem Schaft verteilt, was ihm noch besser zu gefallen schien.

„Massiere mit der anderen Hand meine Hoden", forderte er sie auf. „Du kannst sie richtig fest reiben ... Ah, ja, genau so!"

Keuchend knetete sie seinen schweren Hodensack, während sie ihn mit der anderen Hand weiter befriedigte.

Es erregte sie ungemein, die intimen Anweisungen ihres Liebhabers zu befolgen und ihre Wirkung auf ihn zu beobachten. An seinem Hals traten dicke Sehnen hervor, seine Schultern und sein Bizeps waren angespannt. Sie pumpte und massierte ihn immer fester, bis er ein genüssliches Knurren ausstieß. Halb von Sinnen vor Lust presste sie die Schenkel zusammen, um ihrer vernachlässigten Pussy ein wenig Reibung zu verschaffen.

„Ich will auf deine Hände kommen, mein Engel", keuchte er. „Will, dass du meinen heißen Samen auf deiner Haut spürst ..."

Mit einem lauten Stöhnen drückte er sich ihr entgegen und ergoss sich in pulsierenden Spritzern über ihre Finger und die Vorderseite ihres Nachthemds.

Ihr blieb kaum Zeit zu verarbeiten, was geschehen war, denn schon im nächsten Augenblick hob er sie hoch und presste sie mit dem Rücken gegen das Kopfende des Bettes. Dann schob er seinen muskulösen Schenkel zwischen ihre Beine und begann, ihn gegen ihre vom Stoff des Nachtgewands und einer diskreten Einlage verdeckte Scham zu reiben.

„Reite mich", wies er sie mit kehliger Stimme an.

Sie errötete heftig. „Das geht nicht. Du weißt doch, ich ..."

„Die Zeit des Monats spielt keine Rolle", knurrte er und zerschlug mit seinem glühenden Blick ihre Hemmungen. „Wir entscheiden, was richtig für uns ist. Und jetzt küss mich."

Schamlos wimmernd folgte sie seinem Befehl. Sein Kuss schürte das Feuer in ihr, und schon bald rieb sie sich wollüstig an ihm, bis sie mit einem lauten Schrei den Gipfel ihrer Ekstase erreichte.

Erschöpft sackte sie gegen die Wand und wäre sicher zur Seite weggerutscht, wenn er sie nicht in seinen kräftigen Armen aufgefangen hätte.

Er drückte sie an sich und knabberte an ihrem Ohr. „Es gefällt mir wirklich sehr, mit dir aufzuwachen, mein Engel."

„Mir gefällt es auch", flüsterte sie.

Kapitel Siebzehn

„Überlass mir das Reden", sagte Bea, während Wick ihr vor der Dorfkirche aus der Kutsche half.

„Wie du willst", erwiderte er.

Misstrauisch musterte sie ihn durch den dunklen Schleier, den sie für den Ausflug ins Dorf trug. Seine Miene war verdächtig ausdruckslos, ebenso, wie seine Antwort es gewesen war.

„Du überlässt mir also einfach so die Führung?", hakte sie nach.

„Ich lerne langsam, wie ich mich dir gegenüber zu verhalten habe, mein Engel. Wenn ich mich dir beuge, werde ich reichlich dafür belohnt. Wie beispielsweise heute Morgen."

Das sündhafte Glühen in seinen Augen schürte ihre eigene Erregung. Besorgt schaute sie sich um, doch glücklicherweise war niemand außer ihrer Anstandsdame in Hörweite. Allerdings hatte sie Tottie nur des Scheins wegen mitgenommen, und ihre Anwesenheit machte sich lediglich durch ein leises Schnarchen bemerkbar, das aus der Kutsche drang.

„So etwas solltest du in der Öffentlichkeit nicht sagen", flüsterte Bea.

„Niemand weiß, wovon wir sprechen. Es sei denn, dein Geflüster macht sie misstrauisch.“

Sie verdrehte die Augen. „Halten wir uns einfach an den Plan: Wir werden Pastor Wright fragen, wo er in der Nacht des Brandes war. Dann zeige ich ihm die Taschenuhr und beobachte seine Reaktion. ‚H. C.‘ sind zwar nicht seine Initialen, aber immerhin lautet sein Vorname Henry. Vielleicht hat er noch einen Zweitnamen, der mit ‚C‘ beginnt.“

„Dann mal los. Ich werde deinem Kommando folgen“, erwiderte Wick und hielt ihr den Arm hin.

Sie ergriff ihn, und gemeinsam gingen sie durch das Eingangstor auf das steinerne Gebäude mit den Kuppelfenstern und dem quadratischen Turm zu. Bevor sie das Kirchenschiff betraten, lüftete sie ihren Schleier. Der Raum war klein und spartanisch eingerichtet, mit weißen Wänden und mehreren Reihen dunkler Bänke.

Vor dem Altar stand Frank Varnum, der Hilfsprediger, und schien etwas anzurichten.

Er war der Kirche wenige Monate vor Pastor Wright zugeteilt worden. Der junge Pfarrer mit dem sandfarbenen Haar und der Brille war in seinen Zwanzigern und hatte eine leicht unbeholfene, aber freundliche Art. Bevor Bea aufgehört hatte, die Gottesdienste im Dorf zu besuchen, war Mr Varnum immer nett zu ihr gewesen. Und auch zu ihren Pächtern, die stets mit Wohlwollen über ihn sprachen.

Er schien ihre Anwesenheit nicht zu bemerken, als sie sich dem Altarraum näherten.

Bea räusperte sich. „Guten Morgen, Mr Varnum.“

Obwohl sie sich bemüht hatte, ihn nicht zu erschrecken, wirbelte er so abrupt herum, dass er einen Armleuchter vom Altar fegte, dessen Kerzen in alle Himmelsrichtungen davonflogen.

„Oh, Verzeihung! Sie sind es, Miss Brown." Er errötete bis zu den Haarwurzeln. „Bitte entschuldigen Sie mich für einen Moment ..."

Er bückte sich, um die Kerzen aufzusammeln, die unter einen in der Nähe stehenden Tisch gerollt waren. Bevor Bea ihm ihre Hilfe anbieten konnte, sagte Wick: „Lassen Sie mich das machen", und ging, um die übrigen aufzuheben, die er anschließend dem dankbaren jungen Mann überreichte.

Als sich alle Kerzen wieder an ihrem Platz befanden, stellte Beatrice sie einander vor.

„Es freut mich, Sie kennenzulernen, Mr Murray", sagte der Pfarrer mit einer tiefen Verbeugung, bevor er seinen Blick auf Bea richtete. „Es tat mir leid, von dem Feuer zu hören, Miss Brown. Ich bin dankbar, dass der himmlische Vater über Sie und Ihre Pächter gewacht und dafür gesorgt hat, dass niemand zu Schaden gekommen ist."

„Vielen Dank. Könnten Mr Murray und ich vielleicht kurz mit Pastor Wright sprechen?"

„Oh, äh, haben Sie einen Termin?" Der Pfarrer blinzelte verwirrt. „Ich bin für seine Terminplanung zuständig, wissen Sie, und es tut mir leid, falls ich vergessen habe ..."

„Nein, wir haben keinen Termin, Mr Varnum." Bea schenkte dem betretenen Mann ein beruhigendes Lächeln. „Wäre er trotzdem verfügbar, um uns kurz zu empfangen?"

„Leider ist er nach London gereist. Anscheinend hat sich der ohnehin prekäre Gesundheitszustand seiner Mutter plötzlich verschlechtert."

„Tut mir leid, das zu hören", murmelte sie.

Innerlich war sie enttäuscht, dass der Ausflug umsonst gewesen war. Als sie jedoch zu Wick sah, bemerkte sie, dass sein Interesse einer offenen Tür hinter Mr Varnum galt, die zur Sakristei führte. Sie erinnerte sich daran, dass Wright sie als sein Büro nutzte, was durch den Schreibtisch und die Bücherregale, die durch den Eingang sichtbar waren, bestätigt wurde.

Ob sie im persönlichen Bereich des Pastors irgendwelche Hinweise finden würden? Wick nickte ihr unauffällig zu, als wollte er andeuten, dass er ähnliche Gedanken hatte.

„Wie schade, dass wir Seine Hochwürden verpasst haben", sagte er freundlich. „Würden Sie mich stattdessen vielleicht herumführen, Mr Varnum? Ich gestehe, dass ich ein großes Interesse an altehrwürdigen Kirchengebäuden wie diesem habe."

„Es wäre mir ein Vergnügen", erwiderte der junge Hilfsprediger strahlend. „Sollen wir auf dem Kirchhof beginnen?"

„Bitte entschuldigen Sie mich bei diesem Rundgang, meine Herren, ich fühle mich plötzlich recht unwohl", sagte Bea. „Ich werde mich besser bei meiner Anstandsdame in der Kutsche ausruhen."

Wick begleitete den Pfarrer durch das Kirchenschiff zum Ausgang und lenkte ihn dabei mit Fragen ab, während sie langsam hinterherschlenderte. Kaum hatten die Männer das Gebäude verlassen, drehte sie sich um und eilte zurück zur Sakristei, die sie nach einem verstohlenen Blick über die Schulter betrat.

Zunächst suchte sie den massiven Eichenschreibtisch nach Hinweisen ab. Auf der aufgeräumten Oberfläche lagen eine Bibel, ein in Leder gebundener Terminkalender und ein Tablett mit Schreibutensilien. Sie schlug den Kalender auf, und ihr Puls beschleunigte sich, als sie den Namen des Besitzers auf der ersten Seite las:

Pastor Henry Cartwell Wright.

Henry Cartwell – H. C.

Könnte die Taschenuhr Wright gehören?

Sie blätterte weiter durch die Seiten. Seine zahlreichen

Termine mit Crombie stachen ihr ins Auge. Besprachen die beiden tatsächlich das Dorfleben betreffende Angelegenheiten, wie der Junker behauptet hatte? Oder war der Grund für ihre Treffen eher zwielichtiger Natur?

Mehrere Aufenthalte in London bestätigten zudem das, was Varnum ihnen erzählt hatte. In den letzten Monaten hatte Wright offenbar drei Reisen in die Stadt unternommen und war jedes Mal etwa eine Woche oder länger dort geblieben.

Da sie wusste, dass Wick den Hilfspfarrer nicht ewig würde ablenken können, durchsuchte sie als Nächstes die Schränke, die entlang einer der Wände standen. Hinter den Türen befanden sich zeremonielle Ausrüstung, gefaltete Gewänder und ... Abermals schnellte ihr Puls in die Höhe.

Auf einem Regal standen drei Dosen mit der Aufschrift „Leinöl“.

„... und das Dach des Kirchenschiffs wurde im frühen achtzehnten Jahrhundert wiederhergestellt“, drang plötzlich Mr Varnums gedämpfte Stimme in das Büro.

Sie schloss den Schrank und presste sich an die Wand neben der offenen Tür, sodass niemand sie im Vorbeigehen sehen konnte. Mit angehaltenem Atem lauschte sie, wie die Schritte näherkamen, während der Hilfspfarrer weiter über die Architektur des Altarraums schwadronierte. Ihre Gedanken kreisten bereits um mögliche Ausreden – sie hatte die Toilette gesucht und sich verlaufen –, als Wicks tiefe Stimme ertönte.

„Könnten wir uns das steinerne Maßwerk im Querschiff genauer ansehen?“

Die Schritte entfernten sich. Als Bea durch die Tür spähte und sah, dass die Luft rein war, verließ sie die Sakristei und durchquerte den Altarraum so unauffällig wie möglich. Sie entdeckte Wick und Mr Varnum am anderen Ende des Querschiffs. Der Pfarrer stand mit dem Rücken zu ihr und wies auf ein Detail im Fenster hin, aber Wick bemerkte ihren Blick, und sie nickte ihm aufgeregt zu.

Sie konnte es kaum erwarten, ihm zu erzählen, was sie entdeckt hatte.

Kapitel Achtzehn

Zwei Tage später verließ Wick das Gasthaus in Stoke-Upon-Trent, in dem er übernachtet hatte, und wies seinen Fahrer an, ihn zum Büro von Thomas McGillivray zu bringen. Aus dem Fenster der Kutsche konnte er die Stadt mit ihrem idyllischen, von Geschäften und Tavernen umsäumten Marktplatz bewundern. Im Hintergrund waren sanfte Hügel und weitläufige Steingutfabriken zu sehen, die sich hier und in den umliegenden Städten angesiedelt hatten. Obwohl es ein klarer Sommertag war, wurde der Himmel durch den Kohlenrauch, der aus den großen Flaschenöfen aufstieg, verdunkelt.

Während Wick darüber nachdachte, wie er am besten mit McGillivray und den anderen Fabrikbesitzern verfahren sollte, wanderten seine Gedanken immer wieder zu Beatrice. Es war nicht leicht gewesen, sie am Tag zuvor zu verlassen. Die Entdeckungen, die sie in Wrights Büro gemacht hatte, waren zwar beunruhigend, aber nicht ausreichend, um die Schuld des Pastors zu belegen. Leinöl war schließlich ein gewöhnliches Mittel, das für alltägliche Arbeiten wie das Lackieren von Holz verwendet wurde, wovon es in der Kirche reichlich gab. Und die Tatsache, dass Wright die Initialen „H. C." in seinem Namen trug, war vielleicht ein Hinweis, aber kaum ein *Beweis* dafür, dass er der Besitzer der Taschenuhr sein könnte.

Somit blieben sowohl Crombie als auch Wright auf der Liste der Verdächtigen. Bea in der Nähe dieser beiden allein zu lassen, hatte ihm gar nicht behagt, obwohl er wusste, dass seine Reise nach Stoke notwendig war, um sie zu beschützen. Seine Besorgnis hatte ihn sogar dazu veranlasst, nach dem Abendessen ein privates Gespräch mit Knighton zu führen. Sie mochten Rivalen sein, aber sie waren auch beide Männer der Unterwelt, deshalb wusste er, dass der Herzog das Zeug dazu hatte, für ihren Schutz zu sorgen.

Er hatte Knighton nicht alle Einzelheiten erzählt, nur, dass Beatrice von gefährlichen Feinden bedroht wurde. Der Herzog begriff sofort, worauf Wick hinauswollte, und hatte ihm sein Wort gegeben, ein Auge auf sie zu haben. Vermutlich plante der Bastard weitaus mehr als das, und Wick war darauf vorbereitet, ihn bei seiner Rückkehr umbringen zu müssen. Doch in der Zwischenzeit ging Beas Sicherheit vor.

Außerdem vertraute er seiner Geliebten. Sie war keine Frau, die Spielchen spielte, und sie hatte ihm gesagt, dass sie sich nicht für Knighton interessierte. In der Nacht vor seiner Abreise hatte Wick noch einmal ihr Schlafgemach aufgesucht, um sie daran zu erinnern, zu wem sie gehörte. Zwar war ihr Zyklus noch nicht vorüber gewesen, aber er hatte ihr dennoch das Nachtgewand ausgezogen, ihre vollen Brüste liebkost und sie durch den Stoff ihrer Unterwäsche gereizt, bis sie schreiend zum Höhepunkt kam.

Er wäre zufrieden gewesen, es dabei zu belassen, aber Beatrice hatte darauf bestanden, sich zu revanchieren. Sie hatte sich zwischen seine Schenkel gekniet und ihn mit ihren sanften, aber festen Berührungen bis an den Rand der Ekstase gebracht. Bevor er kommen konnte, hatte sie ihn schüchtern gefragt, ob sie seinen Schwanz küssen dürfe, so wie er ihre intimste Stelle zu küssen pflegte. Da wusste Wick mit Sicherheit, dass er der größte Glückspilz auf Erden war.

Die Erinnerung an ihre rosigen Lippen, die sich um seinen Schwanz legten, und an das glühende Verlangen in ihren Augen, als er sie in der Kunst der Fellatio unterwies, reichte aus, um seine Hoden anschwellen zu lassen und ein seltsam besitzergreifendes Gefühl in ihm zu wecken. Er zweifelte nicht länger daran, ob er Beatrice wirklich heiraten wollte, er *wusste* es. Nicht nur, weil sie sich zu seiner freudigen Überraschung als Naturtalent in Sachen oraler Befriedigung herausstellte, sondern weil sie in jeder erdenklichen Hinsicht die Richtige für ihn war.

Er bewunderte ihren Scharfsinn und ihre Hartnäckigkeit, genoss es, mit ihr zu arbeiten, mit ihr zu diskutieren, einfach mit ihr zusammen zu sein. Bei ihr konnte er sich fallen lassen und ganz er selbst sein, denn weder verurteilte sie ihn noch beschönigte sie seine Taten. Stattdessen hörte sie zu, stellte Fragen und teilte ihm ihre ehrliche Meinung mit. Sie linderte seine innere Unruhe und weckte in ihm den Wunsch, ein Mann zu sein, der ihrer würdig war.

Er sah auf den Siegelring an seiner rechten Hand hinunter, das Symbol seiner vergangenen Fehler, und erkannte, dass Beatrice anders war als alle Frauen, die er bisher kennengelernt hatte.

Insbesondere Monique.

Verlass mich nicht, Wickham. Ohne dich sterbe ich.

Sein Kiefer verspannte sich, als er an Moniques erdrückende Leidenschaft dachte, an ihre Beziehung, die ihn wie Treibsand in die Tiefe gezogen hatte. Seit ihrem Tod vor einem Jahrzehnt war er vorsichtig geworden, was den emotionalen Umgang mit Frauen betraf, und hatte stets deutlich gemacht, dass er nicht mehr bieten konnte als körperliches Vergnügen.

Wenn eine seiner Partnerinnen den Anschein erweckte, dass sie mehr von ihm erwartete oder wollte, beendete er die Sache.

Doch bei Beatrice war *er* derjenige, der Erwartungen hatte. Er wollte eine Zukunft mit ihr und würde alles in seiner Macht Stehende tun, um sie glücklich zu machen. Gleichzeitig wusste er, dass ihr Selbstwertgefühl nicht von ihm abhing. Sein Versagen würde sie nicht zerstören. Dieses Wissen stellte eine enorme Erleichterung für ihn dar und gab ihm die Freiheit, den Sehnsüchten nachzugeben, die er lange ignoriert hatte.

Endlich hatte er die Antwort auf die Frage erhalten, ob er jemals diese besondere Verbindung mit einer Frau haben würde, ob er dazu überhaupt in der Lage wäre. Um es mit den Worten seines Bruders Richard auszudrücken: Er „wusste es einfach". Wick hatte seine Herzensdame gefunden, diejenige, mit der er den Rest seines Lebens verbringen wollte, und er glaubte, dass er eine ziemlich gute Chance hatte, sie davon zu überzeugen, das Risiko mit ihm einzugehen.

Aber zuerst musste er sie beschützen und sich als ihrer würdig erweisen.

Die Kutsche kam vor McGillivrays rotem Backsteinbüro zum Stehen, und es überraschte Wick nicht, dass der Fabrikbesitzer am Eingang wartete, um ihn zu begrüßen. McGillivray war ein stämmiger, kahlköpfiger Mann von mittlerer Größe, dessen auffällige Messingknöpfe zu seiner energischen Persönlichkeit passten. Von seinem wippenden Fuß bis zu seinem zuckenden Schnurrbart strahlte er Ungeduld aus.

Hinter ihm standen fünf weitere Fabrikbesitzer, die aussahen wie dunkel gekleidete Nachbildungen seiner selbst. Sie waren wie ein Wolfsrudel, das von ihrem aggressivsten Mitglied angeführt wurde. So vereint sie auch wirkten, hatte man das Gefühl, dass sie sich beim ersten Anzeichen von Schwäche gegeneinander wenden würden.

Nachdem Wick ausgestiegen war, trat McGillivray vor und räusperte sich.

„Wir haben Sie bereits erwartet, Mr Murray." Er streckte eine Hand aus, und Wick schüttelte sie

Der Händedruck des Fabrikbesitzers glich eher dem Versuch, seinem Gegenüber die Knochen zu brechen, als einer Begrüßung, aber er ließ sich nicht einschüchtern.

„Danke, dass Sie mich so kurzfristig empfangen konnten", sagte er.

„Ganz im Gegenteil, die Koalition und ich waren geehrt, Ihr Schreiben zu erhalten." McGillivrays harter Blick spiegelte glühenden Ehrgeiz wider ... Hatte dieser ihn zu dem Versuch verleitet, Bea von ihrem Anwesen zu vertreiben? „Wir hoffen, Sie kommen mit guten Nachrichten zu uns."

Entschlossen, für die Sicherheit seiner Zukünftigen zu garantieren, erwiderte Wick: „Lassen Sie uns in Ihrem Büro darüber sprechen."

Kapitel Neunzehn

„Ihre Anwesenheit war wirklich nicht notwendig, Euer Gnaden", sagte Bea. „In meinem eigenen Heim wird mir schon nichts zustoßen."

Gemeinsam mit dem Herzog von Knighton stand sie in ihrem Salon, in dem sie kurz zuvor eine zwanglose Versammlung für ihre Pächter abgehalten hatte, um diverse Angelegenheiten zu besprechen.

Zunächst hatte sie sich bei allen für ihren unermüdlichen Einsatz im Kampf gegen das Feuer bedankt. Sie bestätigte das Gerücht, dass der Brand absichtlich gelegt worden sein könnte, erklärte aber, dass es bisher noch kein eindeutiges Motiv gebe. Anschließend bat sie die Bauern, auf verdächtige Personen oder Aktivitäten zu achten, vor allen Dingen jedoch auf ihre eigene Sicherheit.

Außerdem versprach sie ihnen, dass sie die Kosten für den Wiederaufbau der Scheune tragen würde, ebenso wie für das Heu, das sie zu kaufen gedachte, damit das Vieh den Winter überstehen konnte.

Zu guter Letzt hatte sie tief Luft geholt und ihnen Wicks wahre Identität offenbart.

Auf ihr Geständnis hin war die Hölle losgebrochen.

Hätte sie über die Jahre nicht solch eine tiefe Bindung zu ihren Pächtern aufgebaut, wäre die Reaktion wahrscheinlich weitaus schlimmer ausgefallen. Nichtsdestotrotz musste sie sich mit Mr Ellerbys Ärger und der Angst seiner Frau auseinandersetzen, ebenso wie mit Sarah Hallers Tränenausbruch. Bea gab ihnen die Gelegenheit, ihren Gefühlen und ihrem Unmut Luft zu machen, bevor sie selbst ein paar Worte aus tiefstem Herzen an ihre treue Gemeinschaft richtete.

Camden Manor ist nicht nur für Sie, sondern auch für mich ein Ort der Zuflucht. Mir liegt mehr an diesem Land und an Ihrem Wohlwollen, als Sie sich vorstellen können. Ich verspreche Ihnen, dass hier keine Eisenbahnstrecke gebaut wird, solange ich lebe ... Es sei denn, Ihre Heimstätten und meine können unbeschadet bewahrt werden.

„Sie haben die Situation mit Finesse gemeistert, Mylady", sagte Knighton. „Ich kenne nicht viele Frauen, die so geschickt mit einem wütenden Mob umgehen könnten."

„Sie sind kein Mob, sondern meine Pächter und Freunde", erwiderte sie.

Allerdings wusste Bea, dass ihre Rede die Bauern nicht lange besänftigen würde. Sie wünschte, Wick wäre anwesend gewesen, denn er verstand sich darauf, die Wogen zu glätten und die Leute für sich zu gewinnen. Vor seiner Abreise hatte er seinem Hauptvermesser und Ingenieur, Mr Norton, geschrieben, und sie wartete sehnsüchtig auf die Antwort. Um der Moral ihrer Pächter willen – ganz zu schweigen von ihrer Beziehung zu Wick –, betete sie, dass Norton eine zufriedenstellende Lösung für alle finden würde.

„Wenn Geld und Überleben auf dem Spiel stehen, ist Freundschaft oftmals ein Luxus, den sich nur wenige leisten können", sagte Knighton.

Sie hob die Brauen. „Das klingt äußerst zynisch, Euer Gnaden."

Knighton zuckte mit den Schultern. „Wo ich herkomme, ist das einfach eine Tatsache des Lebens."

Seine Worte weckten ihre Neugier, denn sie war noch nie einem Herzog begegnet, der in der Unterwelt Londons aufgewachsen war. Da sie noch weitere Fragen an ihn hatte, ging sie zum Teewagen hinüber und schenkte ihnen beiden eine Tasse ein.

„Wie trinken Sie Ihren Tee, Euer Gnaden?", erkundigte sie sich.

„Mit Milch, bitte."

Sie reichte ihm seine Tasse und führte ihn zu einem Sofa vor dem Kamin. Knighton ließ sich neben ihr nieder.

„Verzeihen Sie, dass wir noch keine Gelegenheit hatten, unser letztes Gespräch fortzuführen", sagte sie.

„Sie hatten alle Hände voll zu tun", erwiderte er und trank einen Schluck. „Es wäre mir eine Ehre, Ihnen auf jede erdenkliche Weise behilflich zu sein."

„Ich würde nicht im Traum daran denken, einen Gast in solch unangenehme Angelegenheiten zu verwickeln."

Außerdem wollte sie niemals in der Schuld eines Mannes wie Severin Knight stehen. Sie mochte ihn zwar, traute ihm aber nicht, zumal sie seine Verbindung zu ihrem Bruder immer noch nicht ganz durchschaute.

„Murray hat dann wohl eine andere Sichtweise der Dinge", sagte Knighton.

Sie runzelte die Stirn. „Wie meinen Sie das?"

„Er hat mich gebeten, in seiner Abwesenheit auf Sie aufzupassen. Da er und ich bestimmte Angelegenheiten betreffend nicht unbedingt einer Meinung sind, muss er ernsthaft um Ihre Sicherheit besorgt sein", erklärte der Herzog trocken.

Zu wissen, dass Wick seinen Rivalen zu ihrem Schutz

angeheuert hatte, erfüllte sie mit einer wohligen Wärme. Sie war gerührt von seiner Sorge um sie, von der Tatsache, dass er Eifersucht und Konkurrenzdenken um ihres Wohlbefindens willen beiseiteschob. Gleichzeitig ärgerte sie sich ein wenig über seine Eigenmächtigkeit, denn wie sie ihm bereits unzählige Male versichert hatte, bevor er nach Stoke aufgebrochen war, konnte sie auf sich selbst aufpassen. Darin hatte sie reichlich Übung, immerhin war sie eine unabhängige Frau von fünfundzwanzig Jahren und kein einfältiges Ding frisch von der Schulbank.

„Mich würde interessieren, welcher Art Ihre Differenzen sind", sagte sie.

„Hat Murray es Ihnen nicht erzählt?", fragte der Herzog mit neutraler Miene.

Wick war bislang eher ausweichend gewesen, was seine Beziehung zu Knighton betraf. Er hatte nur erwähnt, dass die beiden bei diversen Verhandlungen aneinandergeraten waren, was zu bösem Blut führte, nachdem er seinen Konkurrenten wiederholt besiegt hatte. Im Grunde hatte er Seine Gnaden als einen schlechten Verlierer dargestellt.

„Ich würde gerne Ihre Sichtweise hören", sagte sie.

„Wir sind des Öfteren als Rivalen gegeneinander angetreten", erwiderte Knighton mit einem knappen Lächeln. „Murray verliert nicht gerne."

„So wie er es erzählt hat, war nicht er derjenige, der verloren hat."

„Nun, er besaß schon immer eine rege Fantasie." Der Herzog hob die Brauen. „Sind Sie sicher, dass Sie sich mit einem Mann wie ihm abgeben wollen?"

„Das bin ich." Da sie keine Frau war, die ihre Spielchen mit anderen trieb, wollte sie diesen Punkt klarstellen. „Mr Murray und ich haben eine Abmachung, Euer Gnaden", sagte sie und stellte ihre Tasse auf dem Kaffeetisch ab.

Sein Blick fiel auf ihren schmucklosen Ringfinger. „Wie verbindlich ist diese Abmachung?"

„Sie werden sich eine andere Herzogin suchen müssen."

„Das ist bedauerlich, denn zufällig sind Sie diejenige, die ich will."

Der intensive Ausdruck in seinen Augen jagte ihr einen seltsamen Schauer über den Rücken, den sie darauf zurückführte, dass es ungewohnt war, nicht nur von einem, sondern gleich von zwei Männern umworben zu werden, obwohl sie geglaubt hatte, dass sie nach ihrem Unfall niemand mehr haben wollte.

„Je mehr ich über Sie erfahre", fuhr er fort, „desto überzeugter bin ich, dass Sie das Zeug dazu haben, mir bei der Bewältigung meiner außergewöhnlichen Lage zu helfen."

„So reizvoll es auch klingen mag, Ihre unehelichen Halbgeschwister unter meine Fittiche zu nehmen, bin ich nicht die richtige Frau für diese Aufgabe. Ich habe kein Interesse daran, in den *ton* oder gar nach London zurückzukehren."

„Was genau wünschen Sie sich eigentlich von der Ehe?"

Die Frage machte sie stutzig, war aber leicht zu beantworten: all jene Dinge, die sie nie zu finden erwartet hätte, die sich ihr nun jedoch eröffneten ... dank Wick.

„Ehrlichkeit, Respekt und Leidenschaft", erwiderte sie ein wenig herausfordernd, denn während er sie als fürsorgliche Glucke benutzen wollte, begehrte Wick sie so, wie sie war.

„Und Sie glauben, all das bei Murray zu finden?"

Sein skeptischer Tonfall gefiel ihr nicht. „Was wollen Sie damit andeuten?"

Knighton stellte seine Tasse neben der ihren ab. „Es gibt Dinge, die Sie vielleicht nicht über Ihren Verehrer wissen. Murray ist bekannt dafür, seine Ziele mit allen Mitteln zu erreichen, insbesondere bei den Damen der Schöpfung. Ich möchte nur, dass Sie sämtliche Fakten kennen, bevor Sie eine endgültige Entscheidung treffen."

„Er ist stets ehrlich zu mir gewesen", sagte sie steif.

„War er das? Er hat Ihnen also gesagt, dass er Ihr Land will, nein, sogar unbedingt braucht, um seine Eisenbahnstrecke zu bauen, ja? Seine Firma hat viel Geld in dieses Projekt investiert, und die Aktionäre werden nicht ewig warten."

„Wir haben dieses Thema ausführlich besprochen und sind zu einer Einigung gekommen. Wie Sie sehen, kenne ich die Fakten."

„Hat er Ihnen auch erzählt, was mit seiner Geliebten geschehen ist?"

Ein Anflug von Verunsicherung überkam sie. „Er hat eine Geliebte?"

„Derzeit nicht, soweit ich weiß", sagte Knighton mit Bedacht. „Die Frau, von der ich spreche, war eine berühmte französische Akrobatin im Astley's Amphitheater, und die Sache liegt schon einige Jahre zurück. Aber ihr Tod gibt einem doch zu denken."

„Sie ist tot?" Bea starrte ihn schockiert an. „Was ist passiert?"

„Gerüchten zufolge hatten sie und Murray eine heiße Affäre, die damals bereits mehrere Monate andauerte. Wie so viele Frauen verliebte sie sich unsterblich in ihn, obwohl er dafür berüchtigt war, eine Spur von gebrochenen Herzen zu hinterlassen. Als er die Beziehung beendete, war sie so verzweifelt, dass sie damit drohte, sich umzubringen. Wenig später trafen sie sich auf einer privaten Feier wieder, auf der sie schließlich tot aufgefunden wurde."

„Hatte Wick ... etwas mit ihrem Tod zu tun?", fragte Bea mit hämmerndem Herzen.

„Er hat sie nicht umgebracht, soweit ich weiß. Aber ob er

die Verantwortung für ihr tragisches Ende trägt ... Diese Frage sollte man ihm am besten selbst stellen."

Sie würde auf jeden Fall mit Wick sprechen, sobald er am folgenden Tag zurück war. So wie sie ihn kannte, konnte sie sich nicht vorstellen, dass er für den Tod seiner Geliebten verantwortlich war. Es musste einen Grund geben, warum er ihr nichts von dieser Frau erzählt hatte ... So wie Knighton einen Grund hatte, die schaurige Begebenheit zur Sprache zu bringen.

„Warum haben Sie mir das erzählt?", fragte sie und musterte ihn forschend. „Um Ihre eigenen Interessen voranzutreiben?"

„Ich möchte nur, dass Sie über sämtliche Ihrer Optionen im Bilde sind, Mylady."

Sie erhob sich, und er tat es ihr gleich.

„Ich danke Ihnen für die Informationen, Euer Gnaden", sagte sie. „Aber Sie werden mich bezüglich Ihres Antrags nicht umstimmen."

Etwas blitzte in seinen Augen auf ... War es womöglich Enttäuschung?

„Dann sehe ich keinen Grund, Ihre Gastfreundschaft noch länger zu beanspruchen", sagte er mit einer knappen Verbeugung. „Ich werde morgen früh abreisen."

Kapitel Zwanzig

Nach dem Treffen mit McGillivray und den anderen Fabrikbesitzern beschloss Wick, die Rückreise nach Camden Manor direkt anzutreten, anstatt wie geplant eine weitere Nacht in Stoke zu bleiben. Er war den ganzen Nachmittag unterwegs und kam erst nach Einbruch der Dunkelheit an. Nach einem kurzen Bad, um sich vom Reisestaub zu befreien, schlüpfte er in seinen Morgenmantel und machte sich auf den Weg zu Beatrice.

Obwohl sie nur eine Nacht getrennt gewesen waren, kam es ihm länger vor, und er eilte zu ihr wie ein übereifriger Bräutigam. Es ging jedoch nicht nur um die Befriedigung seiner Lust, er hatte *alles* an ihr vermisst: ihre Gespräche, ihren Scharfsinn, den Duft ihres Haares. In ihrer Gegenwart fühlte er sich wohl und ... angekommen.

Er klopfte an, bevor er eintrat. Zeus begrüßte ihn mit einem fröhlichen Schwanzwedeln, und er kraulte den gestromten Bullterrier hinter den Ohren, bevor er ihn hinausließ. Bea, die gerade an ihrem Schminktisch saß und sich das Haar kämmte, legte die Bürste ab und drehte sich zu ihm um. Er ging zu ihr, umschloss ihr Kinn mit Daumen und Zeigefinger und drehte sanft ihren Kopf hin und her.

„Kann es sein, dass du in meiner Abwesenheit noch schöner geworden bist?", murmelte er.

„Oder du noch redegewandter?", erwiderte sie mit dem Anflug eines Lächelns.

Sie war wie ein Glas Limonade, eine perfekte Mischung aus säuerlich und süß. Er beugte sich zu ihr hinunter und küsste sie fordernd. Sie öffnete so bereitwillig die Lippen, dass sein Herz höherschlug und sein Schwanz vor Verlangen pulsierte. Ohne den Griff um ihr Kinn zu lösen, genoss er die honigsüße Verlockung ihrer Hingabe ... Die Art von Hingabe, die nur von einer Frau ihrer Stärke und ihres unerschütterlichen Willens kommen konnte.

Als er sich von ihr löste, waren ihre Lippen geschwollen, ihre Augen glasig vor Erregung, und ein primitiver Teil von ihm wollte sie ohne Umschweife hinüber zum Bett tragen und sie auf jede nur erdenkliche Weise nehmen. Aber er war kein Höhlenmensch ... oder zumindest nicht nur. Aus Erfahrung wusste er, dass Reden für sie als Vorspiel galt. Und er genoss es einfach zu sehr, sie in Atem zu halten.

Er griff nach ihrer Bürste. „Dreh dich um, mein Engel. Ich übernehme das für dich."

Sie musterte ihn überrascht. Offensichtlich hatte sie erwartet, dass er sofort mit dem Liebesspiel beginnen würde. Er musste ein Lächeln unterdrücken, als sie sich widerwillig seinem Befehl fügte, und trat hinter sie, um ihre seidigen Locken zu kämmen. Sie erzitterte unter seiner Berührung, und die zarten Vibrationen ließen ihn noch härter werden. Es erregte ihn, ihr diesen intimen Dienst zu erweisen, zu wissen, dass kein anderer Mann sie je mit offenem Haar sehen würde. Voller Genugtuung ließ er seine Finger durch die goldenen Tressen gleiten.

„Wieso bist du so früh schon wieder da?", fragte sie ihn.

„Nach der Besprechung machte ich mich sofort auf den Rückweg, weil ich meine Liebste so sehr vermisst habe."

Sie lachte verlegen. „Wie ist es gelaufen?"

„Zum Teil so, wie ich es erwartet hatte. Ich fragte McGillivray und die übrigen Mitglieder der Koalition, ob sie für den Brand in der Scheune verantwortlich seien, und sie verneinten es. Ich glaube ihnen", sagte er freimütig. „Das sind aggressive, skrupellose Geschäftsleute, die direkte Angriffe bevorzugen. Ihre Gegner sollen wissen, dass sie für einen gezielten Schlag verantwortlich sind. Ein Gebäude in Brand zu setzen, ohne die Verantwortung dafür zu übernehmen, ist nicht ihr Stil." Er hielt inne. „Tatsächlich hatte McGillivray etwas Interessantes zu berichten."

Neugierig wandte sie sich zu ihm um und legte den Kopf schief.

„Ein paar Tage vor dem Brand bekam er Besuch von einem Mann, der behauptete, einer deiner ehemaligen Pächter zu sein. Er stellte sich als Randall Perkins vor. McGillivray beschrieb ihn als rüpelhaft, mit einer markanten Stirn und einem roten Muttermal auf der linken Gesichtshälfte."

„Diese Beschreibung passt auf Perkins", bestätigte sie mit großen Augen. „Was wollte der Schuft?"

„Laut McGillivray hat er angeboten, dich gegen Bezahlung zum Verkauf deines Anwesens zu ‚überreden'."

„Dieser elende Mistkerl! Wenn ich daran denke, dass ich ihn aufgenommen habe ... *Pah!*" Ihr entrüsteter Ausruf war so liebreizend, dass Wick sich ein Lächeln verkneifen musste. „Wie hat McGillivray auf Perkins' abscheuliches Angebot reagiert?"

„Er sagte ihm, dass er ihm keinen Cent geben würde und warf den Taugenichts aus seinem Büro."

„Weiß er, wohin er gegangen ist?"

„Nachdem McGillivray die ‚Partnerschaft' abgelehnt hatte, verlegte Perkins sich aufs Betteln. Er sagte, er bräuchte dringend ein paar Pfund, um zurück nach London zu kommen, wo er bei seiner Familie wohnen könne."

„Als der Schuft auf der Suche nach Arbeit das erste Mal zu mir kam, behauptete er ebenfalls, er habe London und die beengte Behausung seiner Eltern in Seven Dials verlassen", berichtete sie. „Wenn er der Brandstifter war, frage ich mich, ob er dort untergetaucht ist. Seit dem Feuer scheint ihn niemand mehr gesehen zu haben."

„Das ist eine mögliche Spur, der wir nachgehen sollten", stimmte Wick zu.

„Was ist bei dem Treffen sonst noch passiert?", fragte sie und musterte ihn. „Du erwähntest, dass nur ein Teil so gelaufen ist, wie du erwartet hast."

Natürlich war ihr dieses Detail seines Berichts nicht entgangen.

„Ich sagte ihnen recht unverblümt, wir von der GLNR würden es nicht dulden, dass sie dich wegen des Eisenbahnbaus belästigen, und daraufhin haben sie ihrerseits eine Drohung ausgesprochen." Er drehte sie wieder um, sodass er mit dem Bürsten fortfahren konnte. Die gleichmäßigen Bewegungen halfen ihm, seine Wut zu unterdrücken. „Sie sagten, sie würden ihre Anteile verkaufen und der Öffentlichkeit mitteilen, dass sie das Vertrauen in unser Unternehmen verloren hätten."

„Wie würde sich das auf euer Geschäft auswirken?", fragte sie besorgt.

„Die Fabrikeigentümer sind zwar wichtige Investoren, aber nicht die Einzigen. Finanziell gesehen kämen wir auch ohne sie zurecht. Das größere Problem ist ihre Drohung, an die Öffentlichkeit zu gehen", sagte er wahrheitsgemäß. „Wenn die Koalition anfängt, unser Projekt in Frage zu stellen, könnten die anderen Geldgeber in Panik geraten und ihre Anteile ebenfalls verkaufen. Das wiederum könnte das gesamte Unternehmen zum Einsturz bringen."

„Wick, wenn es keinen Weg gibt, die Eisenbahn zu bauen und gleichzeitig die Bauernhöfe zu erhalten ..." Abermals wandte sie sich zu ihm um und schluckte schwer. „Dann bin ich schuld am Untergang deiner Firma."

„Nein, mein Engel. Es wäre meine Schuld, weil ich keine Lösung finden konnte. Aber das wird nicht passieren."

Sie runzelte die Stirn. „Wie kannst du dir da so sicher sein?"

„Weil das hier das wichtigste Geschäft meines Lebens ist." Er legte die Bürste beiseite und begann, ihre schmalen Schultern zu massieren. „Ich habe eine Antwort von Mr Norton erhalten. Er kümmert sich gerade noch um ein Viadukt in Sussex, verspricht aber, in etwa einer Woche hier zu sein. Dann wird er uns eine realisierbare Alternative vorschlagen. Vertrau mir."

Er weigerte sich, seinen eigenen Zweifeln nachzugeben. Es würde sich schon irgendeine Lösung finden lassen. Auf keinen Fall wollte er Beatrice, seine zukünftige Frau, kampflos aufgeben, und er musste sich vergewissern, dass sie an ihn glaubte.

„Wick ... Ich muss dich etwas fragen."

Das ungewohnte Zögern in ihrer Stimme ließ ihn aufhorchen. „Was denn, mein Herz?"

„Es geht um deine Geliebte. Die Frau, die ... gestorben ist."

Ein eisiger Schauer durchfuhr ihn. Von allen Dingen, die sie hätte fragen können, hatte er das am allerwenigsten erwartet. Woher wusste sie über Monique Bescheid? Die Erkenntnis traf ihn wie der rechte Haken eines Gegners – was sie in gewisser Weise auch war.

Severin Knight, du elender Bastard! Ich werde dich zu Brei schlagen!

„Knighton hat dir von ihr erzählt, nehme ich an?", presste er hervor. „Was genau hat er gesagt?"

„Dass sie als Akrobatin arbeitete und in dich verliebt war. Als du die Affäre beendet hast, drohte sie damit, sich ... wehzutun. Und dann seid ihr euch auf einer Privatfeier über den Weg gelaufen, auf der sie letztendlich gestorben ist. Er sagte, du hättest sie nicht umgebracht, seist aber nicht ganz unschuldig an ihrem Tod gewesen?"

Sie musterte ihn forschend. Viele Frauen hätten derartige Enthüllungen in Anschuldigungen umgewandelt oder sie erst gar nicht zur Sprache gebracht, sondern sich in stillem Misstrauen den Kopf darüber zerbrochen. Aber nicht seine Beatrice. Ihre unverblümte Art ließ nichts anderes als die Wahrheit zwischen ihnen zu, und angesichts ihres unerschütterlichen Ehrgefühls schämte er sich noch mehr.

Er atmete tief durch. „Es ist alles wahr."

„Aber an der Geschichte ist noch mehr dran, oder? Ich möchte sie hören."

Er nickte knapp. „Wollen wir uns vor den Kamin setzen?"

Nachdem sie sich gemeinsam auf dem Sofa niedergelassen hatten, holte er abermals tief Luft und begann mit der Geschichte, die er bislang nur zweimal erzählt hatte: einmal vor seinem Bruder und seiner Schwägerin, und ein weiteres Mal vor der Gerichtsbarkeit, als er in Untersuchungshaft gekommen war.

„Vor zehn Jahren hatte ich eine Affäre mit einer Frau namens Monique. Sie war eine der erfolgreichsten Akrobatinnen im Astley's. Wir lernten uns nach einer ihrer Aufführungen kennen, und sie wurde meine Geliebte." Sein Magen verkrampfte sich, als er sich daran erinnerte, wie stolz er damals auf seinen berühmten Fang gewesen war. „Die Beziehung war rein körperlicher Natur, zumindest von meiner Seite aus. Ich dachte, ich hätte meine Erwartungen deutlich gemacht, aber anscheinend irrte ich mich. Nach ein paar Monaten musste ich die Affäre beenden. Ich glaube, ich erzählte dir bereits, dass ich bei Garrity Schulden anhäufte. Meine einzige Möglichkeit, sie zu begleichen, war die Vermählung mit einer reichen Erbin. Aus diesem Grund konnte ich die Beziehung mit Monique nicht weiterführen."

„Das hat ihr nicht gefallen", vermutete Bea.

Er lächelte grimmig über diese Untertreibung. „So hatte ich sie noch nie zuvor erlebt. Sie wütete, weinte und drohte mir, sich umzubringen, sollte ich sie verlassen."

Die Erinnerung an ihre wüsten Drohungen, ihre verzweifelten Tränen und seine eigene, hilflose Panik durchfuhr ihn wie eine Klinge. Er hatte nicht gewusst, wie er sie beruhigen sollte. Als sie ihn schluchzend um seinen Siegelring als Andenken bat, hatte er ihn ihr nur zu bereitwillig gegeben. Wenig später erhielt er ihn zurück ... nachdem er ihr vom leblosen Finger gezogen wurde.

„Letztendlich schien sie zu akzeptieren, dass es zu Ende war", fuhr er mit trockener Kehle fort. „Aber kurz darauf begegneten wir uns auf einer Privatfeier. Ich hatte keine Ahnung, dass sie dort sein würde. Sie geriet in Schwierigkeiten – ich will nicht auf die ganze schmutzige Geschichte eingehen – und wurde deswegen getötet. Aufgrund unserer gemeinsamen Vergangenheit wurde ich als Verdächtiger für ihren Mord in Gewahrsam genommen."

Er schluckte schwer, als er sich daran erinnerte, wie die Gendarmen ihn vom Pferd gezerrt und ihm eiserne Handschellen angelegt hatten. Ein ganzes Haus voller Gäste war Zeuge seiner Schande gewesen, und jetzt, da er alles wieder ausgraben musste, fühlte er sich vor der Frau, die er zu seiner Gemahlin machen wollte, wie der schlimmste Schurke.

„Oh, Wick", war alles, was Bea sagte. Was hätte sie auch sonst sagen sollen?

Er war zu weit gegangen, um jetzt aufzuhören, also konnte er ihr ebenso gut den Rest beichten. „Diesen Schlamassel hatte ich mir selbst eingebrockt. Und auch wenn ich Monique nicht getötet habe, so habe ich mich ihr gegenüber doch unehrenhaft verhalten und sie im Stich gelassen."

„Inwiefern?"

Er fuhr sich mit der Hand durchs Haar. „Ich war egoistisch und habe ihre Gefühle mit Füßen getreten. Wenn ich nicht mit ihr Schluss gemacht hätte, hätte sie vielleicht nicht den Verstand verloren. Vielleicht wäre sie auf der Feier nicht in den Ärger geraten, der zu ihrem Tod führte. Hätte ich mich erst gar nicht auf die Affäre eingelassen, wäre sie heute wahrscheinlich noch am Leben."

„Das ist doch völliger Blödsinn", verkündete Beatrice mit einer Schärfe, die seine Selbstverurteilung zerschlug.

„Wie bitte?", fragte er blinzelnd.

„Deine Argumentation entbehrt jeder Logik. Was hatte eure Affäre mit Moniques Mord zu tun?"

Da er für gewöhnlich mit niemandem über dieses schmerzhafte Thema sprach, hatte er sich noch nie für seine Überzeugung rechtfertigen müssen. „So ist es einfach. Sie war meine Geliebte, und ich habe sie nicht beschützen können."

„Erstens war sie das zum Zeitpunkt ihrer Ermordung nicht mehr. Zweitens hatte eure Beziehung, egal wie erbittert sie endete, nichts mit ihrem Tod zu tun. Wusstest du denn, dass sie vorhatte, auf der Feier Ärger zu machen?"

„Nein."

„Oder dass jemand die Absicht hatte, sie zu ermorden?"

„Natürlich nicht", sagte er langsam.

„Wie um alles in der Welt hättest du es dann verhindern sollen?"

Verblüfft stellte er fest, dass er die Frage nicht beantworten konnte. Dennoch *musste* ein Teil der Verantwortung bei ihm liegen.

„Selbst, wenn ich ihren Mord nicht hätte verhindern können, hätte ich mich besser um sie kümmern müssen", erwiderte er schwermütig. „Ich hätte mehr Rücksicht auf ihre Gefühle nehmen sollen. Vielleicht wäre sie dann nicht so durchgedreht, hätte wohlüberlegter gehandelt und sich gegen die Intrigen entschieden, die sie letztendlich umgebracht haben."

„Du bist nicht für die Taten anderer verantwortlich", sagte Beatrice leise. „Womöglich hättest du es besser machen können. Womöglich würdest du anders handeln, wenn du erneut die Gelegenheit dazu hättest. Dennoch wärst du nicht in der Lage, Moniques Entscheidungen zu kontrollieren."

Er runzelte die Stirn und versuchte, ihre Worte zu verarbeiten.

„War Griggs Tod meine Schuld?", fuhr sie fort. „Hätte mein Bruder ihn in Ruhe gelassen, wenn ich mich nicht eingemischt hätte und verletzt worden wäre, als er den Jungen verprügelte? Wäre Grigg dann heute noch am Leben?" Sie schüttelte den Kopf. „Diese Fragen habe ich mir unzählige Male gestellt, mich deswegen regelrecht verrückt gemacht. Letzten Endes habe ich keine Antwort, außer dass Benedict tat, was *er* tun wollte ... Wie auch Monique nach ihrem eigenen Ermessen handelte."

Ihre Erkenntnisse durchdrangen sein Bewusstsein, erhellten die dunkelsten Ecken seiner Seele und drängten die Schatten seiner Scham zurück. So wie sie es darstellte, klang alles ganz einfach.

„Selbst wenn ihr Tod nicht meine Schuld war, wünschte ich, ich hätte ehrenhafter gehandelt", beharrte er.

„Du hast Fehler gemacht." Sie sah ihm tief in die Augen, offensichtlich nicht bereit, ihn vom Haken zu lassen. „Aber du warst damals ein junger Mann, und das Wichtigste ist, dass du dich verändert hast, dass du erwachsen geworden bist. So, wie ich dich jetzt kenne, kann ich bezeugen, dass du ein wahrer Gentleman bist, einer mit einem ausgeprägten Ehrgefühl."

„Du hältst mich für ehrenhaft?"

Kaum zu glauben, nachdem er ihr seine tiefsten Abgründe offenbart hatte.

„Ich *weiß*, dass du es bist." Zärtlich streichelte sie seine Wange, und ihre Berührung war wie ein Segen. „Wick, du bist der Erste, der Hilfe leistet, wenn jemand in Not ist. Du bist eingeschritten, als dieser Mann mich auf dem Maskenball angegriffen hat, und du bist in eine brennende Scheune gestürmt. Du tust dein Möglichstes, um mich und mein Eigentum zu schützen, auch wenn es gegen die Interessen deiner Firma geht."

„Ich würde nie zulassen, dass dir etwas zustößt", sagte er mit Nachdruck.

„Das weiß ich, denn du bist die Art von Mann, der seine Mitmenschen nicht nur beschützt, sondern auch Mitgefühl für solche zeigt, die anders sind ... Für diejenigen, die in der Tat am meisten Mitgefühl brauchen."

Ihre Worte hallten wie Kirchenglocken in ihm wider und erfüllten ihn mit Staunen. Und mit der Gewissheit, dass sie trotz seines Versagens immer noch das Beste in ihm sah.

„Vergessen wir außerdem nicht, dass deine Ehre dich dazu veranlasst hat, mir einen Heiratsantrag zu machen, und dass du mich seitdem mit Anträgen bedrängst", fügte sie mit einem verschmitzten Lächeln hinzu.

„Würde es dir etwas ausmachen, wenn ich dich jetzt bedränge?", murmelte er.

Sanft fuhr er mit dem Daumen über ihre Narbe in der Form eines halben Herzens und spürte, wie sie unter der Berührung erbebte. Als er unten ankam, setzte er die Linie auf der anderen Seite nach oben fort, bis das Herz vollständig war.

Vollständig ... So, wie er sich mit ihr fühlte.

„Ich möchte dich heiraten, Beatrice", sagte er mit vor Emotionen rauer Stimme. „Nicht nur wegen meiner Ehre, sondern weil ... du mir wichtig bist."

Kapitel Einundzwanzig

eil du mir wichtig bist.

Wie warme Regentropfen durchdrangen seine Worte die ausgedörrten Schichten aus Schmerz und Enttäuschung in ihr, bis sie ihr durstiges Herz erreichten. Er hatte ihr nicht seine ewige Liebe gestanden, worüber sie froh war, denn sie wusste nicht, ob sie ihm geglaubt hätte. Aber das Staunen in seiner Stimme und die Art, wie er ihre Narbe vervollständigte und in etwas Schönes verwandelte, erfüllten sie mit Hoffnung.

„Beatrice?" Er ließ die Hand sinken und musterte sie stirnrunzelnd. „Was ... empfindest du für mich?"

Nun, da sie um seine Vergangenheit wusste, konnte sie seine Selbstzweifel nachvollziehen. Sein Problem war nicht, dass er kein Ehrgefühl besaß, sondern *zu viel* davon. Sein Edelmut hinderte ihn daran, sich selbst für die Fehler seiner Jugend zu vergeben, obwohl er sich eindeutig verändert hatte und seit Jahren um Wiedergutmachung bemüht war.

Er ist so ein guter Mensch, dachte sie voll Zärtlichkeit.

„Du bist mir auch wichtig", flüsterte sie. „Mehr, als du dir vorstellen kannst, Wick."

Er atmete erleichtert aus. „Wirklich?"

Sie nickte und spürte, wie ihr Tränen in die Augen stiegen.

„Wichtig genug, um mich heiraten zu wollen, mein Engel?" Wie immer versuchte er, den Moment zu seinem Vorteil zu nutzen, aber eben diese Hartnäckigkeit, die ihrer eigenen ebenbürtig war, gefiel ihr ja so an ihm. „Nun kennst du meine Schwächen und die Fehler, die ich begangen habe. Aber sei dir einer Sache gewiss: Wenn du mich annimmst, werde ich stets mein Bestes tun, um der Mann zu sein, der deiner würdig ist."

Er bot ihr mehr, als sie sich je erhofft hatte: das Versprechen auf etwas Dauerhaftes und Wahres. Auch wenn sie sich des Risikos bewusst war und der Gefahr, auf das Glück zu vertrauen ... Wie konnte sie diesem wundervollen Mann widerstehen?

„Ja, ich will", sagte sie. „Ich werde dich heiraten."

Kaum hatte sie die Worte ausgesprochen, zog er sie in seine Arme und küsste sie. Überwältigt von Freude und Verlangen erwiderte sie den Kuss. Ohne seine Lippen von den ihren zu lösen, hob er sie hoch und trug sie hinüber zum Bett.

Ungeduldig setzte er sie auf der Matratze ab, und der glühende, beinahe animalische Ausdruck in seinen Augen entlockte ihr ein Kichern. Kurzerhand öffnete er das Band seines Morgenmantels. Nun, nachdem sie einander ihre Seelen offenbart hatten, war es wohl Zeit, auch andere Teile ihrer selbst zu entblößen. Sie begriff, dass es nicht leicht für ihn war, offen über seine Gefühle zu sprechen, und so versuchte er scheinbar, seine Männlichkeit auf andere Weise wieder geltend zu machen.

Hinter dem zivilisierten Äußeren ihres zukünftigen Mannes lagen die rauen, dominanten Instinkte seiner schottischen Vorfahren verborgen. Während er sich entkleidete und immer mehr seines harten, muskulösen Körpers zum Vorschein kam, konnte sie sich ihn durchaus als Hochlandkrieger vorstellen ... und sich selbst als die Beute seines nächtlichen Raubzugs. Die Fantasie, gepaart mit seinem Anblick, so stark und stolz, jagte ihr einen prickelnden Schauer über den Rücken.

Er legte eine Hand um seine riesige Erektion, und ihre Pussy pulsierte vor Verlangen, als sie die gemächlichen Auf- und Abbewegungen seiner Faust beobachtete.

„Du durftest einen Blick auf das erhaschen, was dich erwartet", sagte er mit kehliger Stimme. „Jetzt bist du an der Reihe. Zieh dich für mich aus, mein Engel."

Seinem Befehl folgend, kniete sie sich auf die Matratze und öffnete die Perlenknöpfe ihres Kragens, gerade so weit, dass sie sich das Nachtgewand über den Kopf ziehen konnte. Da sie nichts darunter trug, ließ er den Blick mit derselben Begierde über ihre nackten Kurven wandern, die sie für ihn empfand.

„Der unerwünschte Besuch hat sich verflüchtigt, nehme ich an?", fragte er mit samtig tiefer Stimme.

Das Funkeln in seinen Augen verriet ihr, dass es für ihn keine Rolle spielte, und dieser verruchte Gedanke erregte sie noch mehr.

„Ja", hauchte sie.

„Gut. Dann zeig mir, wie feucht deine Pussy für meinen großen, harten Schwanz ist."

Gütiger Himmel. Halb von Sinnen vor Lust ließ sie eine Hand zwischen ihre Schenkel gleiten und wimmerte leise, als sie spürte, dass sie bereits vor Verlangen triefte.

„Mir gefallen die Laute, die du von dir gibst, mein Engel. Fühlt es sich gut an, wenn du dich selbst berührst?" Als sie errötete, verzogen sich seine Lippen zu einem sündhaften Grinsen. „Nur keine falsche Schüchternheit vor deinem zukünftigen Gemahl. Ich will, dass du deinen anbetungswürdigen Körper genießt. Leg dich hin und lass mich dir dabei zusehen, wie du es dir besorgst."

Ihre Wangen glühten vor Verlegenheit. Sie wusste nicht, ob sie in der Lage war, etwas so Verruchtes zu tun. Er trat neben sie ans Bett, ohne die Hand von seinem mächtigen Schwanz zu nehmen. Jede kontrollierte Bewegung seiner Faust schürte das Feuer ihrer Leidenschaft, bis sie die Hitze kaum noch ertragen konnte. Plötzlich waren ihre Hemmungen wie weggeschmolzen, und sie ließ sich in die Kissen sinken, während ihre Finger den Weg zurück zu ihrer intimsten Stelle fanden.

„So ist es gut, mein Engel. Reib deine hübsche, rosafarbene Spalte", spornte er sie an. „Und vergiss deine süße Perle nicht."

Sie ließ sich von seinen sinnlichen Anweisungen leiten und gab sich dem sündhaften Vergnügen hin, das sie sich selbst bescherte.

„Hast du mich vermisst, als ich fort war, Beatrice?" Seine Stimme legte sich wie eine samtige Decke um sie und ließ sie alles um sich herum vergessen ... außer ihm. „Warst du ebenso abgelenkt von mir wie ich von dir?"

„Ja", hauchte sie. „Ich habe ununterbrochen an dich gedacht, Wick."

„Auch, als du nachts allein im Bett lagst?"

Sie spürte, wie ihr Nektar ihr über die Finger lief, und errötete noch heftiger. „Ja."

„Hast du dich selbst berührt?"

Ihre Pussy pulsierte vor Scham und Verlangen. *Gütiger Himmel ...*

„Antworte mir, mein Engel. Hast du es dir besorgt, während du an mich dachtest? So wie ich es mit dir tat?"

„Ja", keuchte sie.

„Hast du an deinen Titten und deiner Pussy herumgespielt, bis du gekommen bist?"

Sie nickte eifrig und nahm sich seinen Vorschlag zu Herzen. Mit ihrer freien Hand begann sie, ihre Brüste zu massieren, während sie mit der anderen das Zentrum ihrer Lust umkreiste. Gott, sie war so nah dran ...

„Mein ungezogener Engel.“ Die lüsterne Anerkennung in seiner Stimme brachte sie an den Rand der Ekstase. „Bist du bereit, für mich zu kommen?“

Sein glühender Blick ruhte auf ihr, während seine Hand in rhythmischen Bewegungen über seinen emporragenden Schaft glitt.

„*Ja!*“ Mit einem lauten Stöhnen gab sie sich den Wogen ihrer Verzückung hin.

Kaum war sie wieder einigermaßen zu Atem gekommen, vergrub er eine Hand in ihrem Haar und zog sie zu sich heran, während er mit der anderen seine von Lusttropfen benetzte Erektion an ihre Lippen führte.

„Mach mich nass, damit ich leichter in deine enge, kleine Pussy hineinkomme.“

Gehorsam öffnete sie den Mund und nahm ihn in sich auf. Das war das zweite Mal, dass sie ihn oral befriedigte. Beim ersten Mal hatte er ihr auf ihren Wunsch hin beigebracht, wie sie seinen Schwanz lutschen sollte. Sie war überzeugt gewesen, es gut hinbekommen zu haben, aber nun realisierte sie, wie sehr er sich zurückgehalten und ihr die Führung überlassen hatte, damit sie ihn nach Herzenslust erforschen konnte. Sie hatte an seiner geschwollenen Eichel gesaugt, ihre Zunge an den Venen seines Schafts entlangfahren lassen und seine schweren, samtigen Hoden geküsst.

Diesmal übernahm *er* die Kontrolle, gab Geschwindigkeit und Rhythmus vor, während er seinen Schwanz in ihren Mund stieß, als wäre er ihre Pussy ... Und sie genoss jede Sekunde.

Als er besonders tief nach hinten rutschte, krampften sich ihre Halsmuskeln reflexartig um ihn zusammen. Mit einem wilden Stöhnen zog er sich aus ihr zurück, kletterte aufs Bett und positionierte sich über ihr, sodass sein krauses Brusthaar ihre empfindlichen Nippel streifte und die Spitze seiner Erektion gegen ihre Spalte rieb.

„Ich will dich um mich spüren, ohne dass uns etwas voneinander trennt", sagte er und sah ihr tief in die Augen. „Keine Sorge, ich werde nicht in dir kommen, sondern ihn vorher herausziehen."

Statt einer Antwort hob sie die Hüften an und presste ihre feuchte Pussy gegen seine glänzende Eichel.

Seine Pupillen weiteten sich vor Lust, und er beugte sich zu ihr hinunter, um sie zu küssen. Gleichzeitig schob er seinen Schwanz Zentimeter um Zentimeter in sie hinein. Er passte so perfekt in sie, dass sie beide vor Verzückung aufstöhnten. Sein breiter Schaft dehnte sie, massierte sie, füllte die quälende Leere in ihr. Nach wenigen Minuten war er so tief in sie gesunken, dass seine Hoden gegen ihre Schamlippen pressten.

Zärtlich knabberte er an ihrem Ohr und fragte: „Ist es gut so, mein Engel?"

„Unglaublich gut", seufzte sie. „Hör bloß nicht auf."

Er begann, sich zu bewegen, ließ seine Hüften kreisen, langsam und sinnlich, bis sie vor Wonne stöhnte. Erst jetzt wurde ihr der himmelweite Unterschied zwischen Selbstbefriedigung und geteilter Leidenschaft bewusst. Genüsslich ließ sie die Hände über seinen breiten Rücken wandern, bevor sie seinen Hintern erreichte und ihre Finger in den zuckenden Muskeln vergrub. Ihre Kühnheit wurde mit einem lauten, knurrenden Stöhnen belohnt.

„Willst du es härter, mein Engel? Soll ich meinen Schwanz noch tiefer in deiner engen Pussy vergraben?"

Sie erwiderte seinen lustvollen Blick und sagte aufrichtig: „Ich will alles, was du zu geben hast, Wick."

„Was für ein braves, unersättliches Mädchen du doch bist."

Er erhöhte das Tempo und ließ seine Hüften mit ungezügelter Kraft nach vorne schnellen, sodass seine Hoden bei jeder

Bewegung gegen ihre geschwollenen Schamlippen klatschten. Es dauerte nicht lange, bis der Druck in ihr ins Unermessliche wuchs und sie sich mit einem erstickten Laut der Verzückung ihrer Ekstase hingab, während ihre Scheidenmuskeln sich pulsierend um ihn zusammenzogen.

„Ich liebe es, wie du meinen Schwanz massierst, wenn du kommst", knurrte er, immer noch in sie stoßend. „Mach es noch einmal für mich."

Mit dem Daumen drückte er ihre Perle nach unten, sodass sie bei jeder Bewegung gegen seinen Schaft rieb. Sie spürte, wie ihre Erregung erneut entfacht wurde, wie ihre Hüften sich den seinen instinktiv entgegenhoben, wie sie sich mit rasender Geschwindigkeit ihrem zweiten Höhepunkt näherte. Als er seinen Mund um eine ihrer Brustwarzen schloss und daran zu saugen begann, kam sie zuckend und schreiend ein weiteres Mal.

„Und jetzt komme ich für dich", flüsterte er mit heiserer Stimme, bevor er sich aus ihr zurückzog.

Trotz ihrer Erschöpfung pulsierte ihre Pussy, als sie den glorreichen Anblick genoss, der sich ihr bot: Wick kniete wie ein stolzer Krieger zwischen ihren gespreizten Beinen und pumpte seinen glänzenden, tiefroten Schaft. An den hervortretenden Venen seines Halses und den angespannten Muskeln seines Arms konnte sie genau erkennen, dass er kurz vor dem Orgasmus war. Und tatsächlich, wenige Augenblicke später ergoss er sich mit einem kehligen Knurren über ihren Bauch und ihre Brüste. Sie fuhr mit den Fingern durch seinen heißen Samen und verteilte die milchige Essenz auf ihrer Haut, während er schwer atmend zusah.

Anschließend reinigte er sie sanft mit einem Handtuch, bevor er zu ihr unter die Decke schlüpfte, sie in seine Arme zog und ihr einen Kuss auf die Stirn gab. Zufrieden schmiegte sie sich an seine warme Brust und war innerhalb weniger Minuten eingeschlafen.

❧

Es war stockdunkel, als sie von einem lauten Klopfen geweckt wurde.

Sie spürte, wie Wick sich unter ihr regte. „Ist da jemand an der Tür? Wie spät ist es?"

Hastig entzündete sie die Gaslampe, die auf dem Nachttisch stand. „Ich sehe besser mal nach, was los ist", sagte sie und schlüpfte aus dem warmen Bett, um sich ihr Nachtgewand überzuziehen. Anschließend lief sie zur Tür und öffnete sie. Beim Anblick von Lisettes verstörtem Gesicht durchfuhr sie ein eisiger Schauer.

„Was ist passiert?", fragte sie alarmiert.

„Mr Sheridan ist hier, Mylady", platzte ihre Zofe heraus. „Er sucht nach seiner Tochter. Sie ist gestern Abend nach der Arbeit im Dorf nicht nach Hause gekommen."

Kapitel Zweiundzwanzig

Gegen Mittag fehlte immer noch jede Spur von Fancy Sheridan.

Wick kehrte mit finsterer Miene auf das Anwesen zurück. Er hatte Suchtrupps organisiert, um die junge Frau aufzuspüren, und seine eigene Gruppe hatte jeden Winkel des Dorfes durchkämmt. Alles, was er herausfinden konnte, war, dass Fancy das Gasthaus, in dem sie als Küchenhilfe eingestellt worden war, gegen acht Uhr verlassen hatte. Ihr Bruder Godfrey, der ebenfalls dort arbeitete, sollte sie nach Hause begleiten, hatte sich jedoch lieber mit einer Bardame vergnügt.

Anstatt zu warten, war Fancy allein losgezogen.

Mehrere Leute behaupteten, gesehen zu haben, wie sie auf die Hauptstraße einbog, die zurück nach Camden Manor führte. Sie hatte es jedoch nicht bis zum Häuschen ihrer Familie am Rande des Landgutes geschafft. Sein Bauchgefühl sagte ihm, dass ihr etwas Schlimmes zugestoßen sein musste.

Wicks Hoffnung, dass jemand anderes die vermisste Frau gefunden haben könnte, schwand, als er den Salon betrat und Beatrice erblickte. Sie war gerade mit ihrem Trupp, bestehend aus ihren Pächtern George und Sarah Haller sowie dem Hilfsprediger Frank Varnum, von der Suche auf den nahe gelegenen Feldern zurückgekehrt. Alle vier blickten finster und verzweifelt drein. Mr Haller tröstete seine Frau, deren gerötete Augen verrieten, dass sie geweint hatte.

Als Wick sich Bea näherte, entfernten die anderen sich respektvoll.

„Keine Neuigkeiten?", fragte er leise.

„Alle sind zurück, bis auf Mr Sheridans Gruppe und die von Knighton", erwiderte sie mit zitternder Stimme.

Der Herzog hatte seine Abreise verschoben, um bei der Suche nach Fancy zu helfen, wofür Wick ihm äußerst dankbar war. Sie brauchten jede Hilfe, die sie bekommen konnten. Mit jedem Augenblick, der verstrich, verringerten sich Miss Sheridans Überlebenschancen.

„Ich weiß nicht, was ich tun soll, wo ich noch suchen könnte." Bea hielt inne und schluckte schwer. „Der Gedanke, dass sie allein und verängstigt irgendwo festgehalten wird, ist unerträglich. Oder dass ihr etwas noch Schlimmeres zugestoßen sein könnte ..."

Ihre Stimme brach, und er legte einen Arm um ihre Taille und zog sie an sich.

„Du musst stark sein. Fancy zuliebe", sagte er.

„Ich versuche es ja, aber ich habe Angst, Wick", flüsterte sie. „Was, wenn ihr Verschwinden mit dem Feuer und dem Drohbrief zusammenhängt? Sie könnte in schrecklicher Gefahr sein ... und ich bin schuld."

„Selbst, wenn es zwischen all diesen Vorfällen einen Zusammenhang gäbe, hättest du nichts tun können", erinnerte er sie. „Du bist nicht verantwortlich für die Gräueltaten anderer."

„Aber für das Wohlergehen aller, die auf Camden Manor leben. Und wenn jemand versucht, mich zu verletzen, indem er denen, die mir etwas bedeuten, Schaden zufügt, dann ist das meine Schuld. Fancy ist meine beste Freundin. Ich hätte dafür sorgen müssen, dass sie sich der Gefahr bewusst ist, dass sie eine Begleitung hat, aber stattdessen war ich abgelenkt von ..."

Sie biss sich auf die Lippe, aber er wusste genau, worauf sie anspielte.

„Von mir. Ist es das, was du sagen wolltest?"

„So habe ich es nicht gemeint", flüsterte sie mit erstickter Stimme.

Er hob ihr Kinn an. „Selbst, wenn, wäre es in Ordnung. Aber du irrst dich, mein Engel. Dein Glück hat nichts mit Fancys Verschwinden zu tun."

„Du hast ja recht. Es ist nur ... Der Gedanke, dass ihr etwas zugestoßen sein könnte ..." Ihr Blick wanderte an ihm vorbei zum Fenster. Als sie die Augen aufriss, drehte er sich um und schaute ebenfalls hinaus.

Knightons Kutsche war vor dem Haus vorgefahren, und der Herzog stieg soeben aus.

Mit Miss Sheridan in seinen Armen.

„Fancy", hauchte Beatrice. „Oh, Gott sei Dank!"

Sie rannte zur Tür, und Wick folgte ihr.

„Es geht mir gut, Bea", murmelte Fancy schläfrig. „Bitte beruhige dich doch. Ich brauche nur ein wenig Ruhe ..."

Das Laudanum, das der Arzt ihr gegeben hatte, zeigte seine Wirkung, und ihr fielen die Augen zu. Behutsam strich Bea ihrer Freundin eine Haarsträhne aus der Stirn. Als ihre Finger über den angeschwollenen Bluterguss an Fancys Schläfe fuhren, wurde sie wütend.

Wer hat ihr das angetan und warum?

Sie zog die Decke über ihre schlafende Freundin, verließ

das Gästezimmer und ging in den Salon, wo Wick, der Herzog von Knighton und Mr Sheridan auf sie warteten. Wick und Seine Gnaden saßen in den Ohrensesseln vor dem Kamin, während Fancys Vater auf dem Diwan Platz genommen hatte. Sie alle erhoben sich, als Bea hereinkam.

„Fancy schläft jetzt", verkündete sie, bevor sie sich neben Mr Sheridan niederließ. Als sie die tiefen Sorgenfalten und aschfahlen Wangen des Kesselflickers bemerkte, nahm sie seine Hand und drückte sie.

„Der Arzt hat gesagt, dass sie nur ein wenig Ruhe braucht", versicherte sie ihm. „Er hat sie gründlich untersucht, konnte aber keine weiteren Verletzungen finden außer der Prellung an der Schläfe und den Schürfwunden an den Handgelenken. Er meinte, es seien keine bleibenden Schäden entstanden und dass sie in ein paar Tagen wieder auf den Beinen sein dürfte."

Sie spürte, wie alle erleichtert ausatmeten. Keiner sprach es aus, aber alle dachten es: Trotz allem, was ihr zugestoßen war, hatte Fancy Glück gehabt. Die Sache hätte weitaus schlimmer enden können.

„Wer würde meiner Tochter so etwas antun?", fragte Mr Sheridan fassungslos. „Sie ist ein gutes Mädchen und bei jedermann beliebt."

„Fancy hat nichts getan, um das zu verdienen", sagte Bea schroff. „Es ist meine Schuld."

Knighton hatte ihr kurz geschildert, in welchem Zustand er die junge Frau schließlich fand. Er und sein Team hatten den Wald durchkämmt, der an Beas und Crombies Grundstücke anschloss, als er plötzlich gedämpfte Geräusche hörte. Er war ihnen bis zu Fancy gefolgt, die geknebelt und an einen Baum gefesselt worden war.

Die verängstigte Frau wusste nicht, wie viele Stunden sie dort verbracht hatte, nur, dass sie am Abend zuvor auf dem Heimweg gewesen war, als sie hinter sich ein Geräusch hörte.

Bevor sie reagieren konnte, hatte sie etwas seitlich am Kopf getroffen, und alles war dunkel geworden. Als sie aufwachte, befand sie sich im Wald, an einen Baum gebunden.

Sie war unterkühlt und verwirrt und hatte keine Ahnung, wie sie dorthin gekommen war. Auch konnte sie sich nicht an die Person erinnern, die ihr das angetan hatte. Allerdings war ein Zettel an ihre Röcke geheftet worden:

Freunde des Miststücks, seht Euch vor!

Man musste kein Genie sein, um zu erraten, wer das „Miststück" war. Und als ob der Zettel nicht schon Hinweis genug wäre, bestätigte das, was Knighton ihr erzählte, den Verdacht: Als er Fancy gefunden hatte, war ihr ein roter Strich auf die rechte Wange gemalt worden – eine grobe Nachbildung von Beas Narbe. Aus Angst, Fancy noch mehr Kummer zu bereiten, hatte der Herzog den Strich abgewischt, unter dem Vorwand, Schmutz zu entfernen.

Die Botschaft war klar: Wer auch immer Fancy verletzt und eingeschüchtert hatte, wollte mit dieser Aktion Bea Angst einjagen.

Aber warum? Wer würde so etwas Abscheuliches tun, nur, um mich zu bestrafen?

„Niemand hier hat Schuld."

Wick und Knighton hatten beide zur gleichen Zeit gesprochen und starrten einander nun feindselig an.

„Natürlich ist es nicht Ihre Schuld, Miss Bea", sagte Mr Sheridan. „Sie waren immer gut zu uns, besonders zu Fancy. Wie ich meine Tochter kenne – und das tue ich, denn ich habe sie großgezogen, seit sie ein winziges Ding war –, würde sie nicht wollen, dass Sie sich für die Taten des elenden Bastards – verzeihen Sie mir meine Ausdrucksweise –, der das getan hat, verantwortlich fühlen. Sie würde Ihnen raten, sich darauf zu konzentrieren, wie Sie sich vor diesem hinterhältigen Feigling schützen können."

„Mr Sheridan hat recht." Der Herzog lehnte sich in seinem Stuhl vor. „Wir müssen für Ihre Sicherheit sorgen, Lady Beatrice, und für die Sicherheit von Miss Sheridan."

Als er mit Fancy in den Armen zurückgekommen war, war sein dunkles Haar zerzaust gewesen, sein Jackett zerrissen, seine Stiefel mit Schlamm bedeckt. Nun war er wieder so elegant wie eh und je, obwohl nach wie vor ein gefährliches Funkeln in seinen grauen Augen aufflackerte. Beatrice war über alle Maßen dankbar, dass er geblieben war, um bei der Suche nach ihrer Freundin zu helfen.

„Knighton und ich haben einen Plan", sagte Wick knapp.

„Der da lautet?", fragte sie neugierig.

Er erhob sich und schritt vor dem Kamin auf und ab. „Hier auf Camden Manor ist es für Sie und Miss Sheridan nicht sicher. In London habe ich die Mittel und die Männer, um für Ihren angemessenen Schutz zu sorgen. Lassen Sie mich ausreden ...", sagte er, als sie den Mund öffnete, um zu widersprechen.

Sein strenger Tonfall veranlasste sie zu schweigen, und er fuhr fort.

„Wenn Sie hierbleiben, gefährden Sie Ihre Sicherheit und die Sicherheit der Menschen in Ihrem Umfeld. Wer auch immer versucht, Sie zu verletzen, wird mit Sicherheit wieder zuschlagen ... Und beim nächsten Mal könnten die Folgen weitaus schlimmer ausfallen als der Brand in der Scheune und die Entführung von Miss Sheridan." Er hob eine Hand, als sie ihn erneut zu unterbrechen versuchte. „Es ist an der Zeit, diesem heimtückischen Schurken Einhalt zu gebieten. Alle Hinweise, die wir bis jetzt gefunden haben, führen nach London. Wir wissen, dass die Taschenuhr dort hergestellt wurde. Wir können sie von Uhrmachern begutachten lassen und versuchen, ihre Herkunft und ihren Besitzer ausfindig zu machen. Außerdem können wir Randall Perkins unter die Lupe nehmen und schauen, was sich über seine Vergangenheit herausfinden lässt. Möglicherweise hält er sich sogar in der Stadt auf, ebenso wie Pastor Wright, ein weiterer Verdächtiger, den es zu überprüfen gilt. Nach London zu gehen, ist der nächste logische Schritt."

Nachdem er seinen Vortrag beendet hatte, wandte er sich ihr mit gestrafften Schultern und entschlossenem Blick zu. Er glich einem Krieger, der bereit war, für das zu kämpfen, was er für richtig hielt. Offensichtlich wartete er nur darauf, dass sie seinen Plan anzweifelte. Das war auch ihr erster Impuls gewesen: zu sagen, dass sie weder ihr Anwesen noch die Menschen unter ihrer Obhut verlassen könne, dass sie nicht vor einem feigen Angreifer weglaufen werde.

Doch sie musste zugeben, dass seine Argumente stimmig waren. In diesem Moment war sie eine Belastung. Wenn ihr Feind sie einschüchtern wollte, dann gefährdete ihre bloße Anwesenheit das Wohlergehen ihrer Pächter, die ebenso wie Fancy ins Kreuzfeuer geraten könnten. Je schneller Bea den Bösewicht identifizierte und für seine Ergreifung sorgte, desto eher waren alle um sie herum wieder in Sicherheit. Und ihr Instinkt sagte ihr, dass Wick recht hatte: Die Antworten lagen in London.

London, wo er die Mittel hatte, um Fancy und sie zu beschützen.

London, wo sie sich den Geistern ihrer Vergangenheit würde stellen müssen.

„Was hältst du von dem Plan?", wollte er wissen.

Sein Kiefer und seine Haltung waren angespannt, alles an ihm wirkte kampfbereit.

Sie hob die Brauen.

Nach einer kurzen Pause fragte sie: „Wann brechen wir auf?"

Kapitel Dreiundzwanzig

Beatrice brauchte zwei Tage, um sich für die Reise nach London vorzubereiten. Da Wick mit wesentlich mehr Widerstand gerechnet hatte, drängte er sie nicht, sich zu beeilen. Ihre Entscheidung, ihm zu vertrauen, war ein Geschenk, und er wollte, dass sie sich gut dabei fühlte. Wo er konnte, half er ihr, Aufgaben von ihrer langen Liste an Vorbereitungen zu streichen.

Ihre größte Sorge galt dem Wohlergehen ihrer Pächter während ihrer Abwesenheit, deshalb ging er ins Dorf, um Wachmänner für ihr Anwesen anzuheuern. Er informierte auch die Bauern über die Situation und richtete ein Patrouillensystem ein, bei dem die Pächter selbst abwechselnd Wache hielten. Obwohl seine ehemaligen Erntekameraden weniger freundlich zu ihm waren, seit sie erfahren hatten, dass er die Great London National Railway vertrat, waren sie aufgrund ihrer Sorge um Beatrice, Fancy und die unmittelbare Bedrohung ihres Zufluchtsortes für seine Vorschläge empfänglich.

Außerdem musste er seine eigenen Vorkehrungen treffen. Er hatte einen diskreten Brief an seine Kollegen Garrity und Kent geschickt, in dem er sie über seine bevorstehende Rückkehr informierte und versprach, sie über die Lage in Staffordshire aufzuklären. Ebenfalls hatte er an Richard und Violet geschrieben, die inzwischen in seinem Haus in London eingetroffen waren, und ihnen mitgeteilt, dass er Gäste mitbringen würde. Da er wusste, wie sehr Beatrice sich darüber sorgte, ob seine Familie sie akzeptieren würde, hatte er mehrere Absätze damit verbracht, ihre Vorzüge anzupreisen.

Zu guter Letzt schickte er noch einen Eilauftrag an seinen bevorzugten Juwelier, Rundell, Bridge & Co.

Am Tag vor ihrer Abreise stattete Mr Sheridan Beatrice einen Besuch ab, während Wick und Knighton sich ebenfalls im Salon befanden.

„Wir werden nicht mit Ihnen nach London kommen, Miss Bea", verkündete der graubärtige Kesselflicker.

„Warum nicht?", fragte sie überrascht.

„Die Sheridans sind keine Stadtmenschen", sagte er. „Wir leben auf offenen Feldern und unter freiem Himmel."

„Aber hier ist es nicht sicher. Nach dem, was Fancy zugestoßen ist ..."

„Genau das hat mich ja umgestimmt. Wir werden weiterziehen, Miss. Die Straße ist unser wahres Zuhause, und dort sind wir am sichersten. Wir Reisenden kennen Orte, die andere nicht kennen, und außerdem passen wir aufeinander auf."

Bea biss sich auf die Lippe. „Aber Fancy hat sich noch nicht vollständig erholt. Sie braucht Ruhe und Zuwendung."

„Erlauben Sie mir, Ihnen meine Begleitung anzubieten", mischte Knighton sich ein.

Alle starrten ihn an.

„Wie bitte?", fragte sie verblüfft.

„Meine Kutsche wird Miss Sheridan den Komfort bieten, den sie während ihrer Genesung benötigt. Ich werde bei ihr und ihrer Familie bleiben, bis sie außer Gefahr sind. Darauf gebe ich Ihnen mein Wort."

Der Kesselflicker beäugte den Herzog skeptisch. „Das fahrende Leben ist nichts für feine Herrschaften."

„Ich komme schon zurecht", erwiderte Knighton kühl. „Miss Sheridans Sicherheit muss an erster Stelle stehen."

Und damit hatte sich die Diskussion erledigt.

Am dritten Tag waren die beiden Gruppen bereit, in unterschiedliche Richtungen aufzubrechen. Während des Abschieds umarmte Beatrice Fancy fest, sichtlich besorgt um ihre Freundin. Wick konnte ihre Bedenken gut nachvollziehen. Sie war seit der Entführung jede Nacht bei Fancy geblieben, denn die junge Frau wurde von Albträumen geplagt und wachte oft schreiend auf. Obwohl die Schwellung an ihrer Schläfe zurückging, blieb die Angst in ihren braunen Augen bestehen. Sie schreckte leicht auf, wie ein verängstigtes Reh.

„Pass auf dich auf, meine Liebe", sagte Bea bekümmert. „Ich werde dich vermissen."

„Sei du auch vorsichtig", erwiderte ihre Freundin mit einem tapferen Lächeln. „Bis wir uns wiedersehen."

Dann brachen sie auf, die Sheridans und Knighton in Richtung eines unbekannten Ziels, Wick und Beatrice nach London.

In Anbetracht der chaotischen Wirrungen und Wendungen der Woche hatte Wick nicht viel Zeit allein mit seiner Verlobten gehabt. Auch auf der Reise nach London fehlte es an Privatsphäre, denn sie hatte ihre Zofe mitgenommen und er seinen Kammerdiener. Natürlich hätte er Barton mit der Postkutsche zurückreisen lassen können, aber der Mann war seit seiner Zeit in der Unterwelt bei ihm und konnte mit einer Pistole ebenso gut umgehen wie mit einem Krawattentuch oder einem Rasierer. Wick machte sich keine Illusionen darüber, dass sie außer Gefahr waren. Während der gesamten Fahrt hielten er und Barton abwechselnd Ausschau nach Anzeichen für einen möglichen Hinterhalt.

Glücklicherweise verging die Zeit ereignislos. Auf der

letzten Etappe war Wick sogar allein mit Beatrice, da Lisette und Barton es vorzogen, draußen beim Kutscher zu sitzen. Sobald das Gefährt losrollte, schob Wick die Vorhänge zu und zog Bea auf seinen Schoß. Dann küsste er sie ausgiebig und leidenschaftlich, bis sie sich wimmernd in seinen Armen wand.

„Wofür war das denn?", fragte sie atemlos.

„Du bist eben unwiderstehlich", erwiderte er. „Ich habe dich vermisst, mein Engel."

Sie errötete. In ihrem primelroten Kutschenkleid und dem dazu passenden Strohhut sah sie einfach bezaubernd aus.

„Es war eine turbulente Woche, nicht wahr?", murmelte sie und spielte an seiner Krawattennadel herum. „Es tut mir leid, dass wir keine Zeit für uns hatten."

„Und mir erst", sagte er mit Nachdruck.

Leider konnte er es nicht riskieren, die Vorhänge geschlossen zu halten, für den Fall, dass jemand misstrauisch wurde und ihr Ruf zu Schaden kam. Also küsste er sie auf die Nase, half ihr zurück auf ihren Platz ihm gegenüber und zog die Vorhänge wieder auseinander. Als er sich anschließend Bea zuwandte, sah er, wie ihr Blick auf der markanten Ausbeulung seines Schritts verweilte und sie sich mit der Zunge über die Lippen fuhr.

„Sag irgendetwas, mein Engel. Wenn du mich nicht ablenkst, werde ich ohne Rücksicht auf deinen Leumund über dich herfallen", warnte er sie.

„Das würde mir nichts ausmachen."

„Beatrice! Ich meine es ernst."

Sie lachte. „Na schön. Dann erzähl mir mehr über deine Familie, denn immerhin werde ich sie bald kennenlernen."

„Was möchtest du über sie wissen?"

„Nun ..." Sie hielt inne und nagte an ihrer Unterlippe. „Wie werden dein Bruder und seine Frau darauf reagieren, mich kennenzulernen?"

Ihr Zögern verriet ihm, dass sie sich davor fürchtete, von Richard und Violet abgelehnt zu werden. Angesichts der Ausgrenzung, die sie in ihrer Vergangenheit erfahren hatte, verstand er das Risiko, das sie einging. Sie hatte die Sicherheit des von ihr geschaffenen Zufluchtsortes verlassen, um nach London zurückzukehren, an den Ort, an dem sie viel Schmerz erleiden musste. Die Tatsache, dass sie sich dazu bereit erklärte, weil sie ihm vertraute – auf seinen Plan und seine Fähigkeit, sie zu beschützen –, erfüllte ihn mit einem warmen Gefühl der Zärtlichkeit.

Er war fest entschlossen, sie nicht zu enttäuschen.

„Richard und Violet werden dich genauso vergöttern wie ich", sagte er. „Mein Bruder wird die Tatsache bewundern, dass du dein eigenes Landgut führst, und uns mit seinen Fragen über die Landbewirtschaftung zu Tode langweilen. Vi hingegen ist trotz ihrer Rolle als Vicomtesse und Mutter ein Wildfang. Zweifellos wird sie dich in zahllose Abenteuer verwickeln, und Richard und ich werden alle Hände voll zu tun haben, euch beide aus Schwierigkeiten herauszuhalten."

„Das klingt herrlich", sagte sie mit einem Anflug von Wehmut. „Aber werden sie sich nicht wundern ... über unsere Beziehung?"

Beatrice hatte seinem Vorschlag, nach London zu reisen, nur unter einer Bedingung zugestimmt: Sie wollte ihre Verlobung noch nicht bekannt geben, sondern sich erst darauf konzentrieren, ihren Feind zu überführen, bevor sie ihr zukünftiges Glück planten. Auf sein Argument hin, dass doch beides möglich sei, hatte sie mit zitternder Stimme gesagt: „Der Bastard hatte es auf Fancy abgesehen, weil sie meine Freundin ist. Ich werde dich nicht in Gefahr bringen, indem ich unsere Beziehung öffentlich mache, Wick. Ich könnte nicht damit leben, wenn dir etwas zustoßen würde."

Er hatte erwidert, dass er vor niemandem Angst habe, schon

gar nicht vor verdammten Feiglingen, die unschuldige junge Frauen terrorisierten. Aber Beatrice ließ sich nicht beirren, und so ungern er es auch zugab, konnte er ihre Beweggründe nachvollziehen. Ihr Ehrgefühl war so unerschütterlich wie das eines jeden Mannes, und sie würde alles tun, um die zu schützen, die ihr etwas bedeuteten. Aus diesem Grund hatte er letztendlich zugestimmt, ihre Verlobung geheim zu halten ... Vorerst.

„Auch wenn ich bereit bin, kein Wort über unsere Beziehung zu verlieren, werde ich mein Interesse an dir nicht verbergen", sagte er unverblümt. „Selbst, wenn ich es könnte, würde Richard mich durchschauen. Ich habe ihm noch nie eine Frau vorgestellt."

„Noch nie?", fragte sie mit unverhohlener Genugtuung.

„Noch nie", bestätigte er. „Meine früheren Partnerinnen gehörten nicht zu der Sorte Frau, mit der man seine Familie bekannt macht. Du bist die Einzige, die ich je heiraten wollte."

Bei der Erwähnung seiner Affären rümpfte sie die Nase, aber er wollte ehrlich zu ihr sein. Er war kein Heiliger gewesen, entdeckte jedoch, dass er bei der Richtigen durchaus zu Ergebenheit und Treue fähig war. Seit Beatrice in sein Leben getreten war, spielten seine früheren Liebschaften keine Rolle mehr. Er hatte keinerlei Verlangen, mit jemand anderem zusammen zu sein. Sie füllte die Leere in ihm, die keine andere je zu lindern vermochte.

„Was ist mit deiner Mutter? Wird sie mich gutheißen?", fragte Bea. „Du hast zwar den Tod deines Vaters erwähnt, jedoch nicht viel von ihr erzählt."

Dafür gab es einen guten Grund. Der Gedanke an die verwitwete Vicomtesse rief eine Mischung aus Liebe, Zuneigung und Verlegenheit in ihm hervor. Er hatte Jahre gebraucht, um sich mit der Tatsache abzufinden, dass seine Mutter zwar *ihn* anbetete, aber nicht immer gut zu anderen war. Es beschämte ihn zuzugeben, dass sie vielleicht die einzige Person in seiner Familie sein könnte, die Beatrice als unwürdig erachtete.

„Mama zieht den Familiensitz in Schottland vor, und das ist auch gut so. Sie ist ... kein einfacher Mensch.“

„Heißt das, sie wird mich nicht mögen?“, fragte Bea prompt.

Er seufzte. „Sie mag die meisten Menschen nicht besonders ... nicht einmal Richard oder meinen verstorbenen Vater.“

Sie runzelte die Stirn. „Warum das?“

„Weil sie dazu neigt, sich auf das Oberflächliche zu konzentrieren.“ Es schmerzte ihn, die Wahrheit über seine Mutter zuzugeben, obwohl er sie trotz ihrer Fehler liebte. „Früher war sie eine gefeierte Schönheit, und Äußerlichkeiten bedeuteten ihr sehr viel. Ihre Eltern arrangierten ihre Vermählung mit meinem Vater, einem Schotten, der sie zwar anbetete, aber nicht gerade ein geschliffener Gentleman war. Richard kommt ganz nach ihm, ich hingegen nach ihr und ... Nun, sie hat mich immer bevorzugt und nach Strich und Faden verhätschelt. Sie lehrte mich zu glauben, dass mir aufgrund meines Aussehens die Welt zu Füßen liegen würde – eine Lektion, die ich mir zu sehr zu Herzen nahm. Meine Arroganz und Eitelkeit haben mich in Ungnade fallen lassen.“

„Und deine Ehre hat dich gerettet“, erinnerte sie ihn. „Du hast zwar Fehler gemacht, aber auch hart daran gearbeitet, dich von deinen Schulden zu befreien, dir deinen jetzigen Erfolg zu verdienen. Ich hoffe, deine Mutter versteht das?“

„Im Gegenteil, sie weigert sich zu akzeptieren, dass ich in irgendeiner Weise für irgendetwas verantwortlich war“, erwiderte er trocken. „In ihren Augen bin ich über jeden Fehler erhaben und war lediglich das Opfer misslicher Umstände. Richard, der arme Kerl, hat alles richtig gemacht und sich mächtig ins Zeug gelegt, um den Familiensitz zu retten und die Haushaltskassen zu füllen. Sie jedoch hat ihm nicht ein einziges Mal für seine Bemühungen gedankt.“

Bea runzelte die Stirn. „Das erscheint mir nicht gerecht."

„Ist es auch nicht. *Sie* ist nicht gerecht", sagte er unverblümt. „Sie ist meine Mutter, und ich liebe sie, aber ich würde nicht viel auf ihre Meinung geben, verstehst du?"

„Ja. Das Gleiche könnte ich über meinen Bruder sagen. Benedict ist mir zwar wichtig, aber ich vertraue nicht auf sein Urteilsvermögen."

„Wirst du ihn kontaktieren, wenn wir in London sind?"

„Ich glaube nicht", sagte sie leise. „Fünf Jahre sind eine lange Zeit, und ich würde nur ungern die Vergangenheit heraufbeschwören. Schlafende Hunde soll man nicht wecken."

Da Wick nun die Umstände ihrer Entfremdung kannte, konnte er ihre Zwiespältigkeit nachvollziehen. Sie war von Natur aus loyal und sorgte sich um ihren einzigen noch lebenden Verwandten. Gleichzeitig war Hadleigh wie ein Hurrikan: Da man seine Zerstörungswut nicht aufhalten konnte, war es das Klügste, ihm aus dem Weg zu gehen.

„Ich werde deine Entscheidung unterstützen, ganz gleich, wie sie ausfallen mag", sagte er. „Du bist jetzt nicht mehr allein, mein Engel."

Ihr süßes, dankbares Lächeln versetzte ihm einen Stich ins Herz. „Was würde ich nur ohne dich tun, Wick?"

„Das wirst du nie herausfinden müssen."

Unfähig, der Versuchung zu widerstehen, griff er nach ihr und zog sie erneut auf seinen Schoß. Sie kicherte, als ihre gelben Röcke sich um sie aufbauschten.

„Wir stehen das gemeinsam durch, Beatrice", sagte er und küsste sie sanft. „Du und ich, durch dick und dünn."

Sie bedachte ihn mit einem glühenden Blick. „Wo wir gerade von dick sprechen ...", murmelte sie und rieb sich aufreizend an seiner Erektion.

Hastig schob er die Vorhänge zu und machte sich am Verschluss seiner Hose zu schaffen.

„Was ist mit meinem Ruf?", fragte sie neckisch.

Er ließ einen Finger durch den Schlitz in ihrer Unterwäsche gleiten und stellte fest, dass sie bereits feucht vor Verlangen war. Wortlos packte er seinen Schwanz und rieb seine geschwollene Eichel gegen ihre samtigen Schamlippen. Sie zuckte überrascht zusammen, schien von dieser neuen Position jedoch äußerst angetan zu sein – ganz, wie er es erwartet hatte. Während er seinen Schaft mit einer Hand festhielt, brachte er sie über sich in Stellung und ließ sie langsam auf sich herabsinken.

Sie stöhnte genüsslich auf, als ihre Pussy seine pulsierende Härte in sich aufnahm.

„Wir werden schnell machen, keine Sorge. Reite mich, mein Engel", befahl er ihr.

Wie vermutet, war sie der Aufgabe mehr als gewachsen.

Kapitel Vierundzwanzig

Wicks Stadthaus befand sich in einer hübschen Allee in der Nähe des Russell Square. Die gewölbten Fenster des stattlichen Gebäudes glänzten im Sonnenlicht, und der Säulengang vor dem Eingangsbereich verlieh ihm zusätzliche Pracht. Als Bea eintrat, sah sie, dass die Einrichtung nicht weniger opulent war. Die Eingangshalle wurde von einem mehrstufigen Kronleuchter und einer geschwungenen Mahagonitreppe dominiert, die ins Obergeschoss führte. Der italienische Marmorboden unter ihren Füßen war auf Hochglanz poliert. An einer der Wände hing ein geschmackvolles Landschaftsgemälde, während ein beeindruckendes Blumenarrangement auf einem Beistelltisch aus Palisanderholz stand.

Wick beobachtete sie aufmerksam. Seine gerunzelte Stirn verriet ihr, dass ihm ihre Meinung über sein Heim wichtig war. Als sie ihm ein bewunderndes Lächeln schenkte, entspannten sich seine Züge. Er nahm ihre Hand und hauchte einen Kuss auf ihre Knöchel. Die Wärme seiner Lippen durchdrang das weiche Ziegenleder ihrer Handschuhe und brachte ihr Blut in Wallung.

Gütiger Himmel, es war unglaublich, welche Wirkung dieser Mann auf sie hatte. Obwohl er sie in der Kutsche bereits zweimal zum Höhepunkt gebracht hatte, reichte ein einfacher Handkuss aus, um sie erneut in Erregung zu versetzen. Als hätte er ihre Gedanken erraten, verklärte sich sein Blick auf eine Weise, die in ihr das Verlangen weckte, es mitten auf den glänzenden Marmorfliesen mit ihm zu treiben.

Sie rang sich ein höfliches Lächeln ab, während er ihr sein Personal vorstellte, das zur Begrüßung in Reih und Glied angetreten war. Jedoch wurde er von trampelnden Schritten unterbrochen, und im nächsten Augenblick erschienen drei Jungen am oberen Ende der Treppe, die unter lautem Freudengebrüll und Geschubse zu ihnen herunterstürmten.

„Onkel Wick, du bist wieder da!"

„Aus dem Weg! Ich will Onkel Wick Hallo sagen."

„Geh du doch aus dem Weg, Dummkopf. Ich war zuerst hier!"

Bea konnte nicht ausmachen, wer von ihnen was sagte, da die dunkelhaarigen Knaben in ihrem Versuch, ihren Onkel als Erster zu erreichen, zu einem Knäuel aus fuchtelnden Armen und Beinen verschmolzen zu sein schienen.

„Also wirklich, Jungs, benehmt euch!", setzte Wick an.

Seine Ermahnung diente nur dazu, die Lautstärke zu erhöhen, da seine Neffen nun auch noch versuchten, mit ihm zu reden, während sie gleichzeitig miteinander stritten.

„Das reicht jetzt!"

Beim Klang der dröhnenden Männerstimme, die vom oberen Treppenabsatz ertönte, verstummten die Jungen schlagartig. Ein stattlicher, dunkelhaariger Gentleman kam die Stufen herunter, begleitet von einer schlanken Brünetten in einem strahlend gelben Kleid. Obwohl sie einander nicht sehr ähnlich sahen, wusste Bea, dass es sich um Wicks Bruder handeln musste. Richard Murrays Gesichtszüge waren wesentlich schroffer, und in seinen Augen lag ein eher düsterer, grüblerischer Ausdruck. Im Gegensatz zu Wick, der ein natürliches Charisma ausstrahlte, das die Leute magisch anzog, wirkte sein Bruder wie ein Mann, der sich beim Sport im Freien wohler fühlte als auf dem gesellschaftlichen Parkett.

Tatsächlich hatte Wick mehr mit Richards auffällig hübscher Gemahlin gemein. Sie bewegte sich mit einer natürlichen Energie und Anmut, die ihr in einem Ballsaal gute Dienste leisten würde. Ihre lebhafte, verschmitzte Ausstrahlung bildete einen reizvollen Kontrast zu der stoischen Ernsthaftigkeit ihres Mannes.

Trotz Wicks Beschwichtigungen erwartete Bea beinahe, dass sie sich auf eine unschöne Reaktion hinsichtlich ihrer Narbe gefasst machen musste. Ihr letzter Vorstoß in die höfliche Gesellschaft hatte sie gelehrt, wie sehr innerhalb des *ton* nach dem Äußeren geurteilt wurde. Siedend heiß wurde ihr klar, dass sie sich vor dem Treffen mit seiner Familie hätte frisch machen sollen. Zusätzlich zu ihrer vernarbten Wange hatte sie sich in der Kutsche wild mit ihrem Verlobten vergnügt. Was, wenn man es ihr ansah?

Es ist zu spät, jetzt noch in Panik zu geraten. Atme einfach tief durch ...

Nervös machte sie sich auf die Begrüßung der Vicomtesse gefasst.

„Sie müssen Lady Beatrice sein!", rief die junge Frau aufgeregt aus. „Es ist wirklich fabelhaft, Sie kennenzulernen. Wick bringt sonst nie jemanden mit, und Sie sind sogar noch schöner, als er es in seinem Brief beschrieben hat. Er erwähnte außerdem, dass Sie eine hervorragende Schützin sind. Ist das wahr? Ich selbst habe Unterricht im Bogenschießen genommen, also können wir gerne zusammen üben, aber seien Sie gewarnt ... Auch ich genieße den Ruf einer ausgezeichneten Schützin", beendete sie ihren Redeschwall und grinste verschmitzt.

Bea blinzelte verwirrt, nicht sicher, was sie darauf antworten sollte.

„Bevor Lady Beatrice entscheidet, ob sie an deinen Wettkämpfen teilnehmen möchte, sollten wir uns ihr vielleicht erst einmal ordentlich vorstellen, meine Liebe."

Trotz seines tadelnden Tonfalls betrachtete Wicks Bruder seine Gemahlin voll Wärme und Zärtlichkeit. Als er sich Bea zuwandte, neigte er leicht den Kopf, und in der ungekünstelten Eleganz dieser Geste entdeckte sie doch eine gewisse Ähnlichkeit zwischen den beiden Männern.

„Richard Murray, Vicomte Carlisle, zu Ihren Diensten", sagte er. „Diese bescheidene, zurückhaltende Dame ist meine Frau Violet, und das hier sind unsere Söhne: Ewan, Duncan und Wickham."

Bei der Erwähnung ihrer Namen verbeugten sich die Burschen hastig. Ihre vortrefflichen Manieren trugen die Handschrift ihres Vaters. Als sie jedoch einen von ihnen – Duncan – dabei erwischte, wie er seinem jüngsten Bruder heimlich die Zunge herausstreckte, musste Bea ein Lächeln unterdrücken. Offensichtlich hatte ihre Mutter ebenfalls einen gewissen Einfluss auf die drei Wildfänge.

Wesentlich entspannter als vorher knickste sie und sagte: „Es ist mir ein Vergnügen, Sie alle kennenzulernen. Und ich würde sehr gerne mit Ihnen Bogenschießen üben, Lady Carlisle."

„Nur, wenn Sie mich Violet nennen", erwiderte die Dame fröhlich. „Auf alles andere reagiere ich nicht."

„Manchmal hört sie nicht einmal auf ihren Vornamen", fügte ihr Mann hinzu.

Violet kräuselte schmollend die Nase, woraufhin er ihr liebevoll die Wange tätschelte.

„Vielleicht solltest du ein wenig warten, bevor du meinem Gast Pfeil und Bogen in die Hand drückst, Vi", sagte Wick.

„Wir haben eine lange Reise hinter uns. Ich bin sicher, Beatrice möchte erst einmal in Ruhe ankommen."

„Aber natürlich. Ich bringe sie höchstpersönlich zu ihren Gemächern. Bei der Gelegenheit können wir gleich ein wenig über euch Männer tratschen", verkündete Violet und zwinkerte Bea verschwörerisch zu.

Lächelnd folgte sie der Vicomtesse die Treppe hinauf.

„Das bedeutet wohl, dass wir uns selbst überlassen sind", hörte sie Carlisle zu Wick sagen. „Wie sollen wir nur zurechtkommen, ohne dass Violet den Ton vorgibt?"

Seine Frau hielt auf dem Treppenabsatz inne und drehte sich mit einem schelmischen Blick um.

„Jungs?", rief sie.

„Ja, Mama?", erwiderten ihre Söhne im Chor.

„Darf ich euch daran erinnern, dass es nur eine Regel gibt, an die ihr euch halten müsst, während ihr bei eurem Vater und Onkel Wick bleibt?"

„Welche Regel, Mama?", fragte Ewan, der Älteste, mit ernster Miene.

„Tut nichts, was ich nicht auch tun würde."

Die drei Knaben wechselten begeisterte Blicke.

Die Murray-Brüder stöhnten auf.

Violet setzte sich wieder in Bewegung, und Bea folgte ihr kichernd.

Da Beatrice von der Reise erschöpft war, wies Wick den Koch an, ihr ein Tablett hinaufzuschicken, während er mit Richard, Violet und ihren Söhnen speiste. Obwohl die Sprösslinge der feinen Gesellschaft normalerweise im Kinderzimmer zu Abend aßen, war Violet aufgrund ihrer bürgerlichen Herkunft eine engagiertere Mutter als die meisten anderen, und Wick konnte sehen, dass sein Bruder in der familiären Nähe, die seine Vicomtesse förderte, regelrecht aufblühte.

Unterschiedlicher hätte ihre eigene Erziehung im Gegensatz dazu nicht sein können.

Im Beisein der Jungen konnte Wick zwar nicht über die Einzelheiten der Angriffe auf Beatrice und den Zweck ihrer Rückkehr nach London sprechen, aber es gefiel ihm. Neuigkeiten von Violets Familie, den Kents, zu erfahren, denen sie sehr nahestand. Da ihr Bruder, Harry, einer von Wicks Geschäftspartnern war, hatten sie in gewisser Weise ebenfalls eine verwandtschaftliche Verbindung. Nach dem Abendessen trommelte Violet die Jungs zusammen, damit die beiden Brüder sich auf eine Zigarre und einen Drink zurückziehen konnten.

Wick führte Richard hinüber in sein Arbeitszimmer. Er hatte keine Kosten gescheut, um diesen privaten Rückzugsort genau nach seinen Vorstellungen einrichten zu lassen. Mahagoniholz, tabakbraunes Leder und bordeauxrote Teppiche verliehen dem Raum eine einladende Atmosphäre. Als Richard sich in einem der großen, gepolsterten Ohrensessel vor dem Kamin niederließ und seine Füße mit einem zufriedenen Seufzer auf der Fußbank ablegte, empfand Wick Stolz darüber, dass er seinem Bruder diese Gastfreundschaft bieten konnte.

Jahrelang hatte er von Richard nur genommen. Es war schön, endlich etwas zurückgeben zu können, wenn auch nur auf diese bescheidene Art und Weise.

Er ging zur Getränkevitrine hinüber und fragte unschuldig: „Portwein oder Brandy?"

Richard warf ihm einen Blick zu. „Whisky. Und es sollte besser der Tobermary sein."

Natürlich hatte Wick nur diesen in seiner Sammlung, denn er wusste, dass sein Bruder nie etwas anderes als den edlen schottischen Tropfen anrühren würde. Aber nur, weil er in mancher Hinsicht reifer geworden war, hieß das nicht, dass er es nicht genießen konnte, ihn ab und zu auf den Arm zu nehmen. Das war schließlich das Recht des jüngeren Bruders.

Er goss etwas von der bernsteinfarbenen Flüssigkeit in zwei geschliffene Kristallgläser, brachte eines zu seinem Bruder und ließ sich dann in dem Sessel neben ihm nieder. Eine Weile lang saßen sie in geselligem Schweigen da, lauschten dem Knistern des Feuers und genossen das sanfte Brennen des Whiskys in ihren Kehlen.

„Lady Beatrice gefällt mir", sagte Richard schließlich. „Und Violet mag sie auch."

Gesellschaftliche Nettigkeiten und Geplauder waren nie die Stärke seines Bruders gewesen. In dieser Hinsicht kam er ganz nach ihrem Vater, einem stoischen, ernsten Mann, der nie einen anderen Weg als den direktesten für sinnvoll hielt.

„Ich bin froh, dass sie deine Zustimmung hat", sagte Wick.

Richard runzelte die Stirn. „Damit wollte ich nicht andeuten, dass sie sie braucht. Du bist dein eigener Herr, und das schon seit geraumer Zeit."

„Ich meine es ernst", beeilte Wick sich zu versichern, als er merkte, dass Richard seine Bemerkung fälschlicherweise für sarkastisch gehalten hatte. „Es ist mir wichtig, dass du und Violet mit ihr auskommt. Auch Beatrice bedeutet es sehr viel, denn sie hat nach ihrem Unfall häufig Ablehnung erfahren. Das war auch der Grund, warum sie London vor fünf Jahren verlassen hat."

„Dieser verdammte *ton*", sagte sein Bruder angewidert. „Nun, ich hoffe, du konntest sie davon überzeugen, sich nicht um deren kleinkarierte Ansichten zu kümmern. Sie ist gerecht und freundlich, und kompetent obendrein. Ich würde gerne mehr über ihre Landbewirtschaftungstechniken erfahren, da ich darüber nachdenke, meinen eigenen Besitz zu vergrößern."

Wicks Mundwinkel zuckten amüsiert. „Ich bin sicher, dass Beatrice mit Freuden über die Fruchtfolge sprechen würde."

„Es ist schön zu sehen, dass du dich niedergelassen hast und mit einer vernünftigen Frau zusammen bist. Hast du sie schon gefragt, ob sie dich heiraten will?"

Wie immer kam sein Bruder direkt auf den Punkt.

„Habe ich, aber wir warten noch, bevor wir unsere Verlobung öffentlich machen."

„Warum das?"

„Wenn es nach mir ginge, würde ich bereits morgen mit ihr vor den Altar treten. Aber Beatrice ist noch nicht so weit."

Richard runzelte die Stirn. „Warum nicht?"

Wick erzählte ihm von den Gefahren, denen Bea ausgesetzt war, und von dem Grund ihres Besuchs in London.

„Du hast also vor, den Besitzer der Taschenuhr ausfindig zu machen und mehr über diesen Randall Perkins in Erfahrung zu bringen? Und vielleicht auch noch den Pastor aufzuspüren?", fasste Richard zusammen und nippte nachdenklich an seinem Whisky. „Dabei wirst du Unterstützung brauchen, und ich helfe dir natürlich gerne. Außerdem werde ich versuchen, Violet im Zaum zu halten, aber du kennst sie ja."

Da Wick schon mit Vi befreundet war, bevor sie Richard kennenlernte, wusste er genau, dass seine Schwägerin es nicht dulden würde, bei einem Abenteuer außen vor gelassen zu werden. Richard wiederum verwöhnte seine Vicomtesse zwar ziemlich schamlos, würde jedoch niemals zulassen, dass sie sich in Gefahr begäbe. Und Wick wäre auch niemals bereit, die Frau, die er wie eine Schwester liebte, einem Risiko auszusetzen.

„Da ihr beide damals den Mord an Monique aufgeklärt habt, wäre ich euch für jede Hilfe dankbar", sagte er.

Bei der Erwähnung ihres Namens hob sein Bruder die Brauen, und Wick wusste, warum. Er sprach nur selten über Monique oder diese schändliche Zeit in seinem Leben. Doch seine Gespräche mit Beatrice hatten seine Dämonen zu dem werden lassen, was sie waren: Erinnerungen, die ihn zwar immer begleiten, aber nicht länger heimsuchen würden.

„Hast du deiner Verlobten erzählt, was passiert ist?", fragte Richard leise.

„Ja. Und sie hält mich trotz meiner Fehler für ehrenhaft."

„Eine vernünftige Frau, wie ich schon sagte." Sein Bruder nickte zustimmend. „Dein Problem war nie, dass es dir an Ehre mangelte, Wick, sondern dass du zu viel davon hattest."

„Ich kann dir nicht folgen."

Richard stellte sein Glas ab und beugte sich vor. „Schon als kleiner Junge war es dir wichtig, das Richtige zu tun, aber wenn du deinen eigenen hohen Ansprüchen nicht gerecht wurdest oder einen Fehler gemacht hast, warst du immer übertrieben hart zu dir selbst. Das ging so weit, dass dir niemand etwas sagen konnte, ohne dass du wütend wurdest. Aber diese Wut richtete sich in Wahrheit gegen dich selbst, nicht wahr? So warst du schon immer."

Fassungslos starrte Wick seinen Bruder an. „Seit wann bist du so einsichtig?"

„Seit ich eine Frau habe, die mir eröffnet hat, dass mein Problem nicht ein Mangel, sondern ein Übermaß an Gefühlen ist", sagte dieser und rieb sich den Nacken. „Violet meint, je mehr ich mich zurückziehe, desto stärker kämpfe ich gegen meine Emotionen an. In solchen Momenten gibt sie keine Ruhe, bis ich mit ihr rede."

„Ich frage mich, woher wir diese Anwandlungen haben", sagte Wick verwirrt.

„Ist das nicht offensichtlich? Unsere Eltern hatten jeweils einen Liebling, und der andere von uns wusste genau, wer es war", erwiderte Richard trocken. „In Mamas Augen bin ich der langweilige, behäbige Sohn, dem dein Charme, dein gutes Aussehen und dein Talent im Umgang mit Menschen fehlt. Was mich nicht weiter stört, denn Violet schätzt meine anderen

Vorzüge." Er klang beinahe ein wenig stolz, wie ein Mann, der wahre Erfüllung in seiner Ehe gefunden hatte. „Was Papa betrifft, so war er strenger und härter zu dir und hat stets seine Enttäuschung über jede noch so kleine Sache zum Ausdruck gebracht."

„Verglichen mit dir, dem pflichtbewussten Erben, kam ich immer zu kurz."

„Wir sind einfach grundverschieden, Wick, aber das bedeutet nicht, dass einer besser oder schlechter ist als der andere." Richard hielt inne. „Das lerne ich gerade bei meinen eigenen Jungs: Ewan ist der Gescheite, Duncan der Unruhestifter, und Wickham ... Nun ja, er kommt ganz nach seinem Namensvetter. Der Bursche hat alle Bediensteten um den kleinen Finger gewickelt, und selbst seine Großmutter kann seinem Lächeln nicht widerstehen. Doch so unterschiedlich die Racker auch sind, liebe ich sie gleichermaßen."

„Etwas, das unsere Eltern nie geschafft haben." Nach einer kurzen Pause fügte Wick hinzu: „Wie geht es Mama überhaupt?"

„Sie ist stinksauer, weil du es versäumt hast, sie wie üblich im Frühjahr zu besuchen. Ihrer Meinung nach halten Violet und ich dich von ihr fern, dabei haben wir ihr mehr als einmal angeboten, den Familiensitz zu verlassen und zu uns nach London zu kommen. Leider hat sie das Angebot bisher nicht angenommen", berichtete Richard trocken.

„Mir tut es nicht leid", schnaubte Wick.

Der Blick seines Bruders wurde mitfühlend. „Du solltest wissen, dass sie verkündet hat, ihren ‚Goldjungen' schon bald besuchen zu wollen ... Und damit hat sie ganz sicher nicht mich gemeint."

Wick schnitt eine Grimasse. Das Letzte, was er jetzt gebrauchen konnte, war, dass seine Mutter auftauchte.

„Dann finde ich besser schnell heraus, wer hinter den

Anschlägen steckt, und heirate Beatrice, bevor es dazu kommt", murmelte er. „Wenn sie Mama trifft, bevor sie meinen Ring am Finger hat, könnte sie es sich noch einmal anders überlegen."

„Wie gedenkst du bei deinen Nachforschungen vorzugehen?"

„Gleich morgen früh werde ich Wachen für Beatrice anheuern." Während seiner Zeit in der Unterwelt hatte er in dieser Hinsicht nützliche Beziehungen geknüpft. „Ich kenne einen Kerl namens Wilcox, der sich auf diese Art von Arbeit spezialisiert hat. Dann werde ich mich mit Garrity und Kent treffen, um sie über die Situation zu informieren. Ich hoffe, dass auch sie mir helfen werden, Beatrices Feind aufzuspüren."

Richard brummte missmutig. Als fürsorglicher älterer Bruder hatte er Adam Garrity nie gemocht, und es war Wick auch nach Jahren nicht gelungen, ihn davon zu überzeugen, dass der Geldverleiher zwar ein skrupelloses Produkt der Unterwelt war, gleichzeitig aber auch ein gerechter Mann, der zu seinem Wort stand. Er hatte Wick nicht nur erlaubt, seine Schulden abzuarbeiten, sondern auch dessen Potenzial erkannt und gefördert.

Jahrelang war Wick Garritys rechte Hand gewesen und hatte sich auf Kredite innerhalb des *ton* spezialisiert. Als der Geldverleiher vor ein paar Jahren die Kontrolle über eine scheiternde Eisenbahngesellschaft erlangte, hatte er Wick eingeladen, einer seiner Partner zu werden. Gemeinsam mit Harry Kent hatten sie die GLNR zu dem gemacht, was sie heute war.

Kurz gesagt, Wick verdankte dem älteren Mann sehr viel. Aus diesem Grund betrachtete er ihn als Mentor und Freund.

Insofern Adam Garrity Freunde hatte.

„Bist du dir sicher, dass dieser Wucherer bereit wäre, der Frau zu helfen, die seiner Eisenbahnstrecke im Wege steht?", fragte Richard mit hochgezogenen Brauen.

„Es ist ja auch meine Eisenbahn. Und er ist gar nicht so

schlecht, wie du immer tust. Er hat durchaus auch seine guten Seiten."

„Das einzig Gute an ihm ist seine Gemahlin", murmelte sein Bruder. „Die Frau ist eine Heilige."

Wenn Garrity eine Schwäche hatte, dann für seine geliebte Gabriella, welche wiederum jeden ins Herz schloss, der ihr begegnete. Sie war eng mit Violet und dem Rest der Familie Kent befreundet, die sie vor einigen Jahren kennengelernt hatte, als sie ihr Dasein noch als schüchternes Mauerblümchen fristete. Sie war es damals auch gewesen, die sich für Wick eingesetzt und Garrity davon überzeugt hatte, ihm eine Chance zu geben, seine Schulden abzuarbeiten. Wenn Gabby also Gefallen an Beatrice fände – und das würde sie, da sie jeden mochte –, könnte sie ihren Mann zweifellos dazu überreden, ihnen seine Hilfe anzubieten.

Wick glaubte jedoch nicht, dass es so weit kommen würde. Er kannte seinen Partner: So hart Garrity auch sein mochte, handelte selbst er nach einem Ehrenkodex. Auch wenn er Beatrices Ländereien wollte, würde er nicht dulden, dass sie deswegen terrorisiert wurde.

„Zumindest auf Harry kann man sich verlassen", sagte Richard. „Er ist ein zuvorkommender Kerl. Und auch Tessas Unterstützung wäre dir sicher, was sich als nützlich erweisen könnte."

Tessa, Harrys Frau, stammte aus einer der führenden Familien der Londoner Unterschicht. Ihr Großvater, Bartholomew Black, war als König der Unterwelt bekannt, was seinem weitreichenden Einfluss und seiner Fähigkeit zuzuschreiben war, Gerechtigkeit an den Orten walten zu lassen, die sich dem Arm des Gesetzes entzogen. In den letzten Jahren hatte Tessa einige seiner Aufgaben übernommen und pflegte selbst in den gefährlichsten Kreisen der Stadt Beziehungen.

„Wir sollten uns morgen noch einmal kurzschließen,

nachdem ich mit meinen Kollegen gesprochen habe", sagte Wick entschlossen.

„Was immer du brauchst, lass es mich wissen." Richard stand auf und streckte sich. „So, jetzt gehe ich besser nach oben. Violet wird darauf brennen zu erfahren, was wir besprochen haben."

„Wirst du es ihr sagen?"

„Gewiss doch." Das wölfische Funkeln in seinen Augen ließ vermuten, dass er doch nicht immer der biedere, respektable Mann war, für den alle ihn hielten. „Aber sie wird es sich wohl verdienen müssen."

Kapitel Fünfundzwanzig

„**D**u bist diejenige, die darauf bestanden hat mitzukommen", murmelte Wick, als die Kutsche zum Stehen kam. „Hör auf herumzuzappeln, es wird schon alles gut gehen."

„Ich zappele nicht herum", informierte Bea ihn. „Ich packe nur meine Sachen zusammen."

Also gut, vielleicht hatte sie ein *wenig* herumgezappelt, aber das würde sie Wick nicht auf die Nase binden. Vorhin am Frühstückstisch war es zu einer Meinungsverschiedenheit gekommen, als er ihr eröffnete, dass er seine Geschäftspartner bitten werde, ihnen bei der Suche nach ihrem Feind zu helfen. Sie hatte ihm gesagt, in dem Fall würde sie ihn begleiten, da sie nicht wolle, dass jemand in ihrem Namen spreche. Daraufhin entgegnete er, dass er auch noch andere Angelegenheiten mit seinen Kollegen zu klären habe, die privater Natur seien. Sie hatte zu wissen verlangt, ob es Geheimnisse gab, die er vor ihr zu verbergen versuche ...

So war es eine Zeit lang hin und her gegangen, bis Carlisle seufzend die Gabel niederlegte und sagte: „Ihr beide seid ja noch schlimmer als die Jungs. Um Himmels willen, Wickham, du bist doch Verhandlungsführer, oder? Finde endlich einen Kompromiss mit Lady Beatrice, bevor du uns noch alle in den Wahnsinn treibst."

Daraufhin wurde beschlossen, dass Bea, Violet und Carlisle Wick zu seinem Büro in der Stadt begleiteten. Wick hatte vor, Beatrice seinen Partnern vorzustellen, während sie beabsichtigte, ihnen ihre Ansichten darzulegen. Selbst, wenn sie sich bereit erklärten, ihr zu helfen, würde sie sich nicht von ihrem Land trennen, es sei denn, man fände gemeinsam eine Lösung, bei der die Bauernhöfe verschont blieben. Zwar vertraute sie Wick, aber sie kannte die Männer nicht, mit denen er zusammenarbeitete, und wollte nicht, dass es zu Missverständnissen kam.

Es war das Beste, so zu beginnen, wie sie fortzufahren gedachte, auch wenn das bedeutete, sich bei Wicks Kollegen unbeliebt zu machen. Nach London zu kommen, war ein großer Schritt für sie gewesen, und sie hatte ihre Befürchtungen. Denn selbst während ihre Zuneigung zu Wick stärker wurde, konnte sie ein unterschwelliges Gefühl der Angst nicht abschütteln.

Angst davor, dass ihr Glück vergänglich war. Angst, sich erneut dem Schmerz zu öffnen. Angst davor, dass Wick zu verlieren sie weitaus härter treffen würde als all ihre bisherigen Verluste.

Sie versuchte, sich einzureden, dass diese Ängste irrational waren. Immerhin sorgte sich Wick um sie und tat alles in seiner Macht Stehende, um ihr zu helfen, selbst auf Kosten seiner eigenen Interessen. Er war ganz und gar nicht wie Croydon. Doch sie wusste genau, dass die Dinge von einer Sekunde zur nächsten auseinanderfallen konnten, ungeachtet dessen, wie perfekt sie erschienen.

So verführerisch es auch war, in Wicks Armen Zuflucht zu finden und in den Schoß seiner Familie aufgenommen zu werden, durfte sie sich nicht in dieser Beziehung verlieren.

Beim letzten Mal hatte ihre Unabhängigkeit sie gerettet. Als ihre Welt, wie sie sie kannte, zusammengebrochen war, hatte sie nur auf sich selbst zählen können. Und das durfte sie nicht vergessen.

Die Tür öffnete sich, und Wick stieg aus, bevor er ihr heraushalf. Auf dem Bürgersteig wandte sie sich noch einmal an die Carlisles, die einstweilen in der Kutsche bleiben würden.

„Es wird nicht lange dauern", sagte sie.

„Lassen Sie sich ruhig Zeit, meine Liebe", erwiderte Violet fröhlich. „Wir werden hier auf Sie warten."

Der „Kompromiss", den Bea mit Wick geschlossen hatte, sah vor, dass sie sich mit seinen Partnern treffen würde, um ihnen das zu sagen, was ihr auf dem Herzen lag. Anschließend wollte er im Büro bleiben, um weitere Angelegenheiten mit Garrity und Kent zu besprechen, während Bea und die Carlisles einigen Uhrmachern einen Besuch abzustatten gedachten, um zu sehen, ob sie die Herkunft der Taschenuhr zurückverfolgen konnten.

Als sie Wick zu seinem Bürogebäude folgte, bemerkte sie einen kleinen Jungen, der auf der anderen Straßenseite stand. Sie wusste nicht, warum er ihr aufgefallen war. Wie alle Straßenkinder trug er eintönige, braune Kleidung und eine abgewetzte Kappe. Sein dunkelbraunes Haar war zerzaust, sein pausbäckiges Gesicht verschmutzt. Vielleicht war es seine Stille, die ihre Aufmerksamkeit erregte, die Art und Weise, wie er unbeweglich neben einem Laternenpfahl inmitten des geschäftigen Treibens stand.

Beobachtet er etwa … mich?, schoss es ihr durch den Kopf

Eine Droschke hielt in der Durchgangsstraße an und schnitt ihr die Sicht auf ihn ab. Als sie weiterfuhr, war der Junge verschwunden.

Bea tat den Vorfall als Einbildung ab und folgte Wick in ein stattliches, weitläufiges Backsteingebäude. Die Büros der

Great London National Railway befanden sich im Finanzzentrum Londons, in der Nähe der Bank of England, und zeichneten sich durch schlichte Eleganz aus. Die Eingangshalle war ein Meisterwerk aus dunkler Holzvertäfelung, gepolsterten Möbeln und Messingbeschlägen. Alles, von den makellosen grauen Marmorfliesen bis zu den schweren Samtvorhängen, welche die hohen Fenster umrahmten, wies dezent darauf hin, dass es sich hier um ein wohlhabendes Unternehmen handelte.

Ein Angestellter, der hinter einem imposanten Empfangstisch aus geschnitztem Mahagoni saß, sprang bei ihrem Anblick auf.

„Willkommen zurück, Mr Murray! Es ist schön, Sie zu sehen", sagte er und verbeugte sich anschließend vor Beatrice. „Willkommen, Miss."

„Es ist schön, wieder hier zu sein, Mr Lyall", erwiderte Wick. „Wo sind Mr Garrity und Mr Kent?"

„Sie erwarten Sie im Hauptsitzungsraum."

„Vielen Dank." Wick wies Bea den Weg zur Treppe.

Während sie die Stufen hinaufstiegen, sagte sie: „Euer Büro ist beeindruckend."

„Wir haben es letztes Jahr erweitert. Das ursprüngliche Gebäude gehörte Garrity, und wir haben auch das Gebäude nebenan gekauft und beide zusammengelegt. Außerdem haben wir ein separates Lagerhaus für Kent erworben."

Da Wick ihr zuvor die Rollen seiner Partner erklärt hatte, wusste sie, dass Harry Kent der Wissenschaftler der Gruppe war. Seiner stolzen Schwester Violet zufolge war er ein regelrechtes Genie, dessen neueste Innovationen im Bereich der Dampfkraft die Industrie revolutionieren würden.

„Braucht er denn so viel Platz für seine Experimente?", fragte Bea neugierig.

„Vielmehr brauchen wir den Sicherheitsabstand", sagte

Wick reumütig. „Es lässt sich nicht leugnen, dass der Mann ein Genie ist, nur leider neigt er dazu, Dinge in die Luft zu jagen."

Im oberen Stockwerk angekommen, führte er sie einen Korridor entlang, der von Büros flankiert war, und nahm sich die Zeit, jeden einzelnen seiner Schar an Mitarbeitern zu begrüßen. Am Ende des Flurs traten sie durch eine Doppeltür in einen großen Sitzungssaal, und zwei Männer erhoben sich von ihren Plätzen an einem langen Tisch.

Dank Wicks Beschreibungen war es für Bea ein Leichtes zu erraten, wer von ihnen wer war. Bei dem Mann am Kopfende des Tisches musste es sich um Adam Garrity handeln. Er schien in seinen Vierzigern zu sein, hatte kohlschwarzes, streng zurückgekämmtes Haar und ebenso dunkle, unergründliche Augen. Obwohl seine scharfen Züge attraktiv waren, hatten sie etwas Kaltes, Unbarmherziges an sich. Seine düstere Kleidung war tadellos auf seine schlanke Gestalt zugeschnitten. Eingerahmt von den Fenstern hinter ihm, die einen weitläufigen Blick auf das Finanzzentrum der Stadt boten, strahlte er eine Aura der Macht aus.

„Guten Morgen, Murray", sagte er in kühlem Tonfall. „Sie hatten nicht erwähnt, dass Sie in Begleitung kommen würden."

„Es gab eine Planänderung in letzter Minute", erwiderte Wick mit einem schiefen Blick auf Bea, bevor er, an sie gewandt, hinzufügte: „Darf ich Ihnen meine Partner vorstellen, Mr Adam Garrity und Mr Harry Kent? Meine Herren, dies ist Lady Beatrice Wodehouse, auch bekannt als Miss Beatrice Brown."

„Es ist mir eine Freude, Sie kennenzulernen, Mylady", sagte Harry Kent mit einer Verbeugung.

Der junge Wissenschaftler sah seiner Schwester Violet bemerkenswert ähnlich. Er war groß und athletisch gebaut, hatte markante, ausdrucksstarke Gesichtszüge und trug eine Brille, hinter der seine warmen, intelligenten Augen voll

Neugier funkelten. Sein leicht zerzaustes Haar und die Flecken auf seinem Jackett verliehen ihm zusätzlich das Auftreten eines zerstreuten Professors.

Als er ihren Blick bemerkte, lächelte er verlegen und holte ein Taschentuch hervor – das ebenfalls fleckig war –, um den Schmutz von seiner Jacke zu reiben.

„Mein Versuch mit einer Zündvorrichtung ist nicht wie geplant verlaufen", sagte er.

Bea sah fragend zu Wick, der mit den Schultern zuckte, als wollte er sagen: *Wenigstens steht das Gebäude noch.*

„Ich bin ebenfalls erfreut, endlich Ihre Bekanntschaft zu machen, Mylady", sagte Garrity, der sie schweigend gemustert hatte. „Möchten Sie sich nicht setzen?"

„Danke, nein. Was ich zu sagen habe, wird nur wenige Augenblicke in Anspruch nehmen."

„Es geht um unser Angebot für Ihre Ländereien, nehme ich an?"

Sie nickte, woraufhin sein reptilienhafter Blick sich auf Wick fixierte, der sich davon jedoch nicht aus der Ruhe bringen ließ. „Da Murrays letzte Berichte eher spärlich ausfielen, darf ich aufgrund Ihrer heutigen Anwesenheit davon ausgehen, dass die Verhandlungen gut verlaufen sind?"

Wick räusperte sich, um etwas zu erwidern, aber Beatrice kam ihm zuvor.

„Ich hoffe, dass das, was ich zu sagen habe, das Vergnügen unserer Bekanntschaft nicht schmälert." Da sie keinen Grund sah, um den heißen Brei herumzureden, fuhr sie unbeirrt fort: „Mr Murray und ich haben noch keine Einigung über den Bau Ihrer Eisenbahnstrecke durch mein Land erzielt. Ich darf meine Bauernhöfe nicht außer Acht lassen, und während Mr Murray nach einer möglichen Lösung sucht, um die Gehöfte zu erhalten, muss das Wohl meiner Bauern Vorrang haben. Ich werde keinem Plan zustimmen, der ihren Lebensunterhalt gefährden würde."

Garritys Miene war undurchdringlich. „Sie sind nach London gekommen, um uns das mitzuteilen?'

„Nein." Sie hielt inne und holte tief Luft. „Ich bin hergekommen, weil jemand versucht, mich von meinem Grundstück zu vertreiben. Ich habe einen Drohbrief erhalten, und in den letzten zwei Wochen wurde auf meinem Anwesen ein Brandanschlag verübt und zudem meine beste Freundin entführt."

„Gütiger Himmel!", rief Mr Kent aus und starrte Wick an. „*Das* haben Sie in Ihren Briefen mit ‚unerwartete Komplikationen' gemeint?"

Er nickte grimmig. „Ich hielt es für das Beste, diskret zu sein."

„Haben Sie eine Ahnung, wer hinter diesen Verbrechen steckt?", fragte Kent.

„Es gibt mehrere Verdächtige", antwortete er. „Und auch diverse Hinweise, die uns nach London führten. Ich habe Lady Beatrice meinen Schutz und meine Hilfe angeboten, um den Bösewicht aufzuspüren."

„Was muss getan werden?", fragte der junge Wissenschaftler eifrig. „Leider ist mein Bruder Ambrose, der eine erfolgreiche Detektei leitet, gerade auf Reisen, und er und seine Partner haben beschlossen, die Agentur über den Sommer zu schließen. Allerdings dürfte sein Kollege, Mr Lugo, noch in der Stadt sein und in beratender Funktion zur Verfügung stehen. Ich bin natürlich ebenfalls gerne bereit, Ihnen zu helfen. Wir Kents kennen uns ziemlich gut in Sachen Mord und Totschlag aus. Das zählt bei uns praktisch zum alltäglichen Chaos."

Bea konnte nicht umhin, Harry Kent zu mögen, der eindeutig ein anständiger Kerl war.

„Lady Carlisle hat dasselbe angedeutet", sagte sie lächelnd.

„Violet ist nicht nur mit dem Chaos vertraut, sie *ist* das Chaos", erwiderte er.

Beas Lächeln wurde breiter. „Da wir gerade davon sprechen ... Sie wartet in der Kutsche auf mich, deshalb sollte ich mich jetzt besser verabschieden. Ich überlasse es Mr Murray, Sie über die restlichen Details ins Bild zu setzen." Sie knickste höflich. „Ich danke Ihnen für Ihre Zeit und Ihre Unterstützung, meine Herren."

„Eine Sache noch, bevor Sie gehen, Mylady", mischte Garrity sich ein und musterte sie mit einem berechnenden Funkeln in den Augen. „Es wäre uns natürlich eine Ehre, Ihnen zu helfen. Darf ich jedoch davon ausgehen, dass unsere Verhandlungen in einem günstigen Rahmen fortgesetzt werden, sobald wir den Schurken gefasst haben?"

„Garrity" sagte Wick in warnendem Tonfall. Seine Schultern waren sichtlich angespannt.

Bea wollte nicht zulassen, dass er ihre Kämpfe für sie austrug. Das war genau der Grund, warum sie darauf bestanden hatte, ihn zu begleiten. Denn ganz gleich, welche Gefahren ihr auch drohten, sie würde ihre Unabhängigkeit nicht aufgeben, würde niemandem verpflichtet sein, auch nicht Wicks Partnern.

„Lassen Sie mich eines klarstellen, Mr Garrity: Mein Anwesen ist keine Gegenleistung", erwiderte sie in ebenso gebieterischem Tonfall. „Wenn Sie mir helfen, ist Ihnen meine Dankbarkeit sicher ... Ebenso wie eine finanzielle Belohnung, wenn Sie dies wünschen."

Die Erwähnung einer Entschädigung schien ihn zu kränken, aber es war ihr wichtiger, ihm ihren Standpunkt klarzumachen, als seinen Stolz zu wahren. Wenn sie bei der Verwaltung ihres Grundstücks eines gelernt hatte, dann, dass sie als Frau keinen Rückzieher machen durfte. Das käme einer Einladung gleich, sie mit Füßen zu treten ... Was manche Männer ohnehin bei jeder Gelegenheit versuchten.

Also hielt sie Garritys unerschütterlichem Blick stand, während sie Wick ignorierte, der neben ihr stand und versuchte, seine Wut zu zügeln.

Es war Mr Kent, der die angespannte Stille durchbrach.

„Sie sind uns nichts schuldig", sagte er nachdrücklich. „Es wäre uns eine Ehre, Ihnen zu helfen. Jeder Freund von Murray ist auch unser Freund. Ist es nicht so, Garrity?"

Der dunkelhaarige Mann zögerte, nickte dann jedoch. „In der Tat."

„Ich werde Lady Beatrice hinausbegleiten. Wenn ich zurückkomme, besprechen wir die Einzelheiten unseres Plans", sagte Wick und warf seinem Partner einen harten Blick zu.

„Wie Sie meinen." Garrity wirkte unbeeindruckt. „Es war mir ein Vergnügen, Sie kennenzulernen, Mylady."

Nachdem er Beatrice zurück zur Kutsche gebracht hatte, stapfte Wick die Treppe zum Besprechungsraum hinauf. Garrity saß nach wie vor am Kopfende des Tisches, während Kent am Fenster stand.

Wick knallte die Tür zu und fragte: „Was zum Teufel sollte das, Garrity?"

„Was meinen Sie?", erwiderte sein Partner lakonisch.

„Sie wissen ganz genau, wovon ich spreche. Wie können Sie es wagen, sie so zu behandeln?", presste er hervor. „Sie ist eine wehrlose Frau, die von einem feigen Schurken bedroht wird, und Sie versuchen, ihre Probleme zu Ihrem Vorteil zu nutzen."

„Eine Frau ist sie zweifellos, aber wehrlos?" Garrity legte die Fingerspitzen aneinander und hob eine Braue. „Sie ist das einzige Hindernis für unsere Eisenbahnstrecke, und sie hat es geschafft, unseren Verhandlungsführer um den kleinen Finger zu wickeln. Ich würde sagen, Lady Beatrice Wodehouse hält alle Trümpfe in der Hand."

Wick umklammerte die Stuhllehne und versuchte, sein Temperament zu zügeln. „Sie wissen nicht, was sie durchgemacht hat, in welcher Gefahr sie schwebt. Sie hat niemanden ..."

„Außer Ihnen, meinen Sie? In welcher Beziehung stehen Sie eigentlich zu ihr?"

„Das geht Sie überhaupt nichts an."

„Wenn ich ihr helfen soll, schon. Immerhin geschieht das zum Nachteil unserer Firma."

„Gut, dann lassen Sie es bleiben. Ich kümmere mich selbst darum."

„Ich bin mir sicher, Garrity hat es nicht so gemein", sagte Kent, der an der Fensterscheibe lehnte und das Gespräch aufmerksam verfolgte. „Er ist nur immer noch wegen des Treffens angespannt, das Anfang der Woche stattfand."

„Was für ein Treffen?", fragte Wick.

„Das, bei dem mehrere wichtige Aktionäre unsere Fähigkeit in Frage stellten, die versprochene Trasse zu liefern", sagte Garrity knapp. „Das, bei dem Kent und ich diesen Männern persönlich versicherten, dass *Sie* die Sache im Griff haben."

Teufel noch eins. Schuldgefühle mischten sich unter seine ohnehin schon aufgewühlten Emotionen. Völlig eingenommen von den Problemen, mit denen Beatrice sich konfrontiert sah, hatte er seiner Arbeit nicht die nötige Aufmerksamkeit geschenkt, ebenso wenig dem Unternehmen und den Aktionären, die sich auf ihn verließen.

Frustriert fuhr er sich mit der Hand durchs Haar. „Ich arbeite daran."

„Das freut mich zu hören, denn für mich sieht es so aus, als hätten Sie die Zeit in Staffordshire damit verbracht, der Dame den Hof zu machen, anstatt sie zu überzeugen, ihr Land zu verkaufen."

„Verdammt, die Situation ist kompliziert!"

„Und sie wird nur noch komplizierter, wenn irgendjemand Wind davon bekommt, dass Sie eine romantische Beziehung zu der Frau unterhalten, die unser Projekt – nein, unser gesamtes Unternehmen – in Gefahr gebracht hat", schnauzte Garrity zurück. „Fragen Sie sich selbst, Murray: Ist eine Frau dieses Risiko wert?"

Wick wollte gerade etwas entgegnen, als es an der Tür klopfte und eine hübsche, rothaarige Dame mit himmelblauen Augen den Kopf hereinsteckte.

„Störe ich bei einer Besprechung?", flüsterte Gabriella Garrity Wick zu, der der Tür am nächsten stand. „Ich habe nach Mr Garrity gesucht und dachte, ich hätte seine Stimme hier drin gehört."

Sie sah auf so liebreizende Weise besorgt aus, dass Wick trotz seiner Frustration schmunzeln musste.

„Sie haben ihn gefunden, Madam", erwiderte er.

Garrity war bereits an der Tür und hielt sie für seine Frau auf. Wie immer zeigten sie sich in der Öffentlichkeit reserviert und höflich, obwohl es eindeutig zwischen ihnen knisterte. „Es gibt keinen Grund, draußen herumzuschleichen, meine Teure. Kommen Sie ruhig herein."

„Sind Sie sicher? Denn wenn Sie mit etwas Wichtigem beschäftigt sind ..."

„Nichts ist wichtiger als Sie, Gabriella", erwiderte ihr Gemahl.

Jeder, der Garrity kannte, wusste, dass er es aufrichtig meinte. Seiner Frau war er ebenso ergeben wie seinem Geschäft, weshalb gerade er die Komplexität von Wicks Beziehung zu Beatrice verstehen sollte. Der Geldverleiher wusste aus erster Hand, dass manche Frauen es wert waren, Opfer für sie zu bringen.

Manche Frauen waren *alles* wert.

Allerdings ignorierte er Wicks eindringlichen Blick und führte seine Gemahlin in den Raum. Während er ihre Haube richtete, die ein wenig schief auf ihren roten Locken saß, fragte er: „Was führt Sie hierher, meine Teure?"

Bevor sie ihm antwortete, winkte Gabriella zunächst Harry zu, der ihr ein freundliches Lächeln schenkte. Dann wandte sie sich wieder an ihren Mann. „Ursprünglich wollte ich fragen, ob Sie mit mir zu Mittag essen wollen. Aber jetzt habe ich eine höchst aufregende Neuigkeit. Sie werden nie erraten, wen ich gerade draußen getroffen habe!"

„Ich glaube, ich kann es mir denken", erwiderte Garrity trocken.

„Violet und Carlisle! Und sie waren in Begleitung einer ganz reizenden Dame namens Lady Beatrice Wodehouse. Sie sagten, sie sei eine Freundin von Ihnen, Mr Murray?"

„In der Tat, Ma'am", erwiderte Wick, der angesichts ihrer entwaffnenden Offenherzigkeit nicht lügen konnte.

„Sie machte einen wirklich netten Eindruck." Ein Schatten huschte über ihr hübsches, rundliches Gesicht. „Ich war ganz betroffen, als Violet erwähnte, dass sie aufgrund von persönlichen Schwierigkeiten nach London gekommen sei."

Und der Punkt geht an Violet. Wick machte sich in Gedanken eine Notiz, seiner Schwägerin für ihren cleveren Schachzug zu danken.

„Ich dachte, wir könnten ein kleines Abendessen veranstalten, um Lady Beatrice in der Stadt willkommen zu heißen und uns besser kennenzulernen. Ich würde mich auch gerne einmal wieder mit Violet austauschen ... Und mit Tessa natürlich." Ein wenig verlegen wandte sie sich an Kent und fügte in verschwörerischem Tonfall hinzu: „Es ist nur so, dass Ihre Frau und ich uns regelmäßig sehen, deshalb besteht weniger Redebedarf ... Obwohl wir sicher stundenlang plaudern könnten. Oder zumindest könnte ich das. Tessa ist ein wahrer Engel, weil sie mir stundenlang zuhört, während ich ihr ein Ohr abkaue."

„Sie genießt jeden einzelnen Besuch bei Ihnen, Ma'am", erwiderte Kent.

Gabriella errötete vor Freude. „Das ist sehr freundlich von Ihnen, Sir."

„Wann soll dieses Dinner stattfinden?", wollte ihr Gemahl in resigniertem Tonfall wissen.

„Oh, hatte ich das nicht erwähnt? Heute Abend um acht Uhr", verkündete sie strahlend. „Die Carlisles sagten, sie hätten keine anderen Verpflichtungen, und man solle das Eisen schmieden, solange es heiß ist. Ich hoffe, Sie und Tessa können ebenfalls kommen, Mr Kent?"

Kent sah aus, als müsse er sich ein Lachen verkneifen. „Wir werden selbstverständlich da sein."

„Wunderbar!" Erwartungsvoll wandte Gabby sich Wick zu. „Und Sie, Mr Murray?"

Voller Genugtuung über diese Wende der Ereignisse – und über Garritys verärgerten Blick – nahm er ihre Hand und hauchte einen galanten Kuss auf ihre Knöchel. „Ich würde dieses Dinner um nichts in der Welt verpassen."

Kapitel Sechsundzwanzig

Was für ein bizarrer Tag, dachte Bea an diesem Abend beim Dinner.

Nach der Konfrontation mit Garrity hatte Wick sie die Treppe hinunter zur Kutsche begleitet, wo die Carlisles auf sie warteten. Kaum war er wieder im Gebäude verschwunden, hatte hinter ihnen eine weitere Droschke angehalten, aus der eine hübsche Rothaarige ausstieg. „Gabby!", hatte Violet aus dem Fenster geschrien und war hinausgesprungen, um den Neuankömmling stürmisch zu begrüßen.

„Das ist Mrs Garrity", hatte Carlisle Bea erklärt, als er ihren verblüfften Blick bemerkte. „Sie und Violet sind alte Freunde."

Seine Gemahlin hatte sie umgehend miteinander bekannt gemacht, und Beatrice war mehr als nur ein wenig überrascht gewesen, dass diese reizende Dame – die Freundlichkeit in Person – die Frau des berechnenden Geschäftsmannes war, den sie nur wenige Augenblicke zuvor kennengelernt hatte. Ehe sie sich versah, hatte Mrs Garrity sie und die Carlisles für den Abend zu sich nach Hause eingeladen, mit einem fröhlichen: „Ich akzeptiere kein Nein als Antwort!"

Und so fand sich Bea nun in der Londoner Residenz der

Garritys wieder, einem Herrenhaus von schlichter Opulenz. Das Esszimmer war mit dunklem Holz getäfelt, und an den Wänden hingen goldgerahmte Porträts. Der Tisch war prunkvoll gedeckt: Auf der schneeweißen Leinentischdecke funkelten das Tafelsilber und die Kristallgläser, während elegante Blumenarrangements dem Ambiente Farbe und Duft verliehen.

Bea saß neben ihrer Gastgeberin auf dem Ehrenplatz, Wick auf Gabbys – wie sie von ihren Freunden genannt werden wollte – anderer Seite. Mr Garrity hatte am gegenüberliegenden Ende des Tisches Platz genommen, flankiert von den Carlisles, während die Kents die Plätze in der Mitte belegten.

Harry Kents Gemahlin stellte sich ebenfalls als Überraschung heraus. Von Wick hatte Bea erfahren, dass Tessa hohes Ansehen und Einfluss in der Londoner Unterwelt genoss und den Ehrentitel „Herzogin von Covent Garden" trug, in Anspielung auf das Gebiet, das sie kontrollierte. Das war, gelinde gesagt, ungewöhnlich. Anhand der Beschreibung hatte Bea sich Mrs Kent als Amazone vorgestellt, eine wilde Kriegerin mit überlebensgroßer Präsenz.

In Wirklichkeit jedoch war Tessa eine elfenhafte Schönheit mit großen, jadegrünen Augen und lockigem, rabenschwarzem Haar, das zu einer modischen Frisur hochgesteckt war. Ihr grünes Seidenkleid brachte ihre zierliche Figur vortrefflich zur Geltung, und ihre Taille wurde durch ein mit Diamanten besetztes Mieder betont. Sie besaß ein lebhaftes, schelmisches Temperament, das einen amüsanten Gegenpol zu der ernsthaften, gelehrten Manier ihres Mannes bildete.

Das Abendessen wurde *à la russe* serviert, und während die livrierten Lakaien den Gästen den Austerngang vorsetzten, beugte Gabby sich vor und sagte: „Darf ich fragen, von welchem Juwelier Sie Ihren Schmuck beziehen, Beatrice? Ihre Brosche ist einfach umwerfend schön!"

Bea strich über das Schmuckstück, das am Ausschnitt ihres

azurblauen Satinkleides befestigt war. Wick hatte es ihr überreicht, bevor sie zum Abendessen aufgebrochen waren, und gesagt, es sei ein verspätetes Geburtstagsgeschenk. Die aus Gold gefertigte Brosche hatte die Form eines Schmetterlings, dessen Körper aus großen, funkelnden Diamanten bestand und dessen mit Saphiren besetzte Flügel von Tiefblau bis zu seltenem Lavendel schimmerten.

Bea war völlig überwältigt gewesen. Es war das schönste Geschenk, das sie je erhalten hatte. Doch aus irgendeinem Grund hatte sie den Zwang verspürt, dagegen zu protestieren, zu behaupten, dass sie ein so extravagantes Präsent nicht annehmen könne. Die Diskussion wäre beinahe zu einem Streit ausgeartet, wenn Wick sie nicht mit einem Kuss zum Schweigen gebracht hätte. Natürlich war es nicht nur dabei geblieben, weshalb sie fast zu spät zum Abendessen gekommen wären. Als sie ihn jetzt ansah, verriet ihr sein glühender Blick, dass auch er sich an diese leidenschaftlichen Momente erinnerte.

Ihrer Gastgeberin antwortete sie leise: „Danke, sie war ein Geschenk. Und ich habe gerade auch Ihr Ensemble bewundert. Vor allem Ihre Armbänder sind atemberaubend."

Gabby sah hinreißend aus in einem karmesinroten Taftkleid, das ihre Schultern entblößte und ihre üppigen Kurven umschmeichelte. Dazu trug sie ein Paar ungewöhnliche Armbänder aus zartem Goldfiligran, besetzt mit Diamanten und Rubinen.

„Mr Garrity hat sie bei einem Goldschmied in Florenz in Auftrag gegeben", erwiderte sie, während sie liebevoll über den Schmuck strich.

Vom anderen Ende des Tisches aus beobachtete ihr Gemahl sie mit aufmerksamer, leicht raubtierhafter Miene, und der knisternde Blick, den sie wechselten, ließ Bea ein wenig erröten. So unterschiedlich die beiden auch sein mochten, war die starke

Bindung zwischen ihnen spürbar. Das Gleiche konnte man auch von den übrigen anwesenden Paaren sagen. Es schien, als hätten sie alle in Sachen Liebe das große Los gezogen.

Bea schaute Wick an und spürte, wie ihr Herz höherschlug. In seiner Abendgarderobe sah er einfach verboten gut aus. Er unterhielt sich gerade mit Kent über neue Techniken zur Steigerung der Effizienz von Dampfmaschinen. Andere Männer hätten vielleicht die Augen verdreht, während der Wissenschaftler voller Eifer von seinen Experimenten mit verschiedenen Brennstoffquellen erzählte, aber Wick hörte aufmerksam zu und stellte intelligente Fragen, die Kent dazu brachten, ein kleines Buch herauszuholen und sich Notizen zu machen.

„Die meisten Männer begeistern sich für Pferde und die Jagd", sagte Tessa, die zu ihrer Rechten saß. „Mein Gemahl hingegen ist fasziniert von Kohle."

Auch davon hatte Wick ihr bereits erzählt. „Es ist doch gut, Interesse an etwas zu zeigen, oder nicht?", erwiderte sie lächelnd.

„Glauben Sie mir, es ist mehr als das", sagte Tessa. „Er ist regelrecht besessen."

Kent warf seiner Frau einen glühenden Blick zu. „Kohle ist bei Weitem nicht meine größte Besessenheit, Liebling."

Sie errötete und fuhr mit einem schelmischen Zwinkern fort: „Harry liebt das Zeug so sehr, dass er sogar ein eigenes Sprichwort darüber erfunden hat. Na los, Darling, erzähl es ihnen."

Kent seufzte. „Muss ich wirklich?"

„Oh, das kenne ich", mischte Wick sich ein, sichtlich amüsiert über den gequälten Blick seines Kollegen. „Es steht an der Tafel in seinem Büro: *So beständig wie Kohle ...* So lautet es doch, oder?"

„Es soll als Inspiration dienen", sagte Kent würdevoll. „Der Kohletransport hat die Zuverlässigkeit und Innovation des

Eisenbahnbaus vorangetrieben. Wenn wir es schaffen, unsere Personenzüge mit demselben Maß an Beständigkeit und Genauigkeit fahren zu lassen, dann haben wir etwas erreicht."

„Ein ehrenhaftes Ziel." Garrity hob sein Glas. „Darauf stoße ich an."

„Apropos ehrenhafte Ziele", riss Tessa das Gespräch wieder an sich, „Harry hat mich über Ihre Situation informiert, Lady Beatrice. In meinen Augen gibt es nichts Feigeres als einen Schurken, der sich hinter anonymen Taten versteckt, um Frauen anzugreifen. Wir würden Ihnen gerne auf jede erdenkliche Weise helfen."

Zögernd schaute Bea zu Wick, der ihr diskret zunickte.

Bevor sie aufgebrochen waren, hatte er ihr zu verstehen gegeben, dass Tessa Kent eine unschätzbare Verbündete wäre und ihre Unterstützung der Schlüssel dazu, ihren Feind zu finden. Auf Beas Einwand hin, dass sie keiner Fremden verpflichtet sein wolle, hatte er geantwortet: „Was ist wichtiger, mein Engel: dein Stolz ... oder der Schutz deines Anwesens und derjenigen, die dir nahestehen?"

Es gab einen Grund, warum der Mann ein erstklassiger Verhandlungsführer war.

Außerdem versicherte er ihr, dass er den Leuten an diesem Tisch sein Leben anvertrauen würde, und nach ein paar Stunden in ihrer Gesellschaft wusste Bea, warum. Wicks Freunde waren ganz anders als die Menschen, mit denen sie vor ihrem Unfall zu tun gehabt hatte. Damals hatten ihre vermeintlichen Freunde – und sogar ihr Verlobter – sich wegen ihrer Narbe von ihr abgewandt, sie wie eine heiße Kartoffel fallen gelassen.

Nun sah sie sich einer echten Gefahr gegenüber, einem Feind, der jeden Moment zuschlagen und die Menschen um sie herum ernsthaft verletzten konnte. Doch obwohl sie einander gerade erst kennengelernt hatten, drückte Tessas

Blick nichts als Sorge und Mitgefühl aus, so als hätte sie ähnlich schwere Zeiten durchmachen müssen. Ihre Bereitschaft zu helfen wirkte aufrichtig ... und das war für Bea ausschlaggebend.

In ihrem Leben hatte sie nur wenige Angebote echter Freundschaft erhalten, von daher wollte sie dieses auf keinen Fall ausschlagen.

„Sie sind sehr großzügig, Ma'am", sagte sie. „Ich weiß nicht, wie ich mich revanchieren soll."

„Zunächst einmal können Sie mich Tessa nennen. Würden Sie bitte die wichtigsten Details für uns zusammenfassen?"

Bea ging den zeitlichen Ablauf der Angriffe durch und erläuterte im Anschluss die Hinweise, denen es zu folgen galt.

„Sie sind also nach London gekommen, um den Spuren eines verärgerten Pächters, einer mysteriösen Taschenuhr und eines zwielichtigen Pastors nachzugehen", fasste Tessa zusammen und legte den Kopf schief. „Wie genau wollen Sie das anstellen?"

„Ich habe Wachen zum Schutz von Lady Beatrice organisiert", sagte Wick. „Und ich habe einige meiner Männer ausgesandt, um die Familie Perkins ausfindig zu machen, die unseres Wissens irgendwo in Seven Dials lebt."

„Und die Taschenuhr?", fragte Tessa.

„Die Carlisles und ich haben den Tag damit verbracht, Uhrmacher aufzusuchen, in der Hoffnung, dass jemand ihre Herkunft oder die Initialen ‚H. C.' identifizieren könnte. Leider waren unsere Bemühungen vergeblich", gab Bea zu. „Ohne Stempelmarke oder Gütesiegel ist es nahezu unmöglich, sie einem Hersteller zuzuordnen."

„Wir haben mit Sicherheit *jeden* Uhrmacher in Clerkenwell und Soho befragt", pflichtete Violet ihr bei und wies auf ihren leeren Teller. „Kein Wunder, dass ich so hungrig bin."

„Wann bist du das nicht?", neckte Carlisle sie.

Sie antwortete mit einem Achselzucken und einem gutmütigen Grinsen.

„Haben Sie die Uhr dabei?", fragte Tessa.

Wick zog sie aus einer Innentasche seines Jacketts und reichte sie herum. Als Tessa das Schmuckstück entgegennahm, untersuchte sie es eingehend. Sie öffnete und schloss das Gehäuse und besah sich das Zifferblatt, den Deckel und auch die Rückseite.

„Sehr rätselhaft", stellte sie fest. „Die Uhr ist eindeutig von hoher Qualität, und ich würde mein Frettchen darauf verwetten, dass das Gold nicht weniger als achtzehn Karat hat. Warum sollte jemand es unterlassen, sie zu stempeln, wo das doch den Wert untermauern würde?"

„Weil der materielle Wert der Uhr für diese Person weniger wichtig ist als ihr symbolischer", sagte Garrity, bevor er von der Hummersuppe kostete, die soeben serviert worden war. „Es schmeckt wie immer ganz ausgezeichnet, Mrs Garrity."

„Nun, es ist Ihre Lieblingssuppe. Ich werde dem Koch Ihr Kompliment übermitteln", erwiderte seine Gemahlin und fügte stirnrunzelnd hinzu: „Könnten Sie Ihre Theorie bezüglich der Uhr näher erläutern? Ich kann Ihrem Argument nicht ganz folgen."

„Wenn der Besitzer nie vorhatte, sie zu verkaufen, sondern sie als persönliches Andenken behalten wollte, dann wäre es ihm egal, ob sie in der Goldsmith's Hall gestempelt wurde oder nicht."

„Ja, aber warum sollte man sie nicht trotzdem stempeln lassen?", beharrte Gabby.

Die Antwort traf Bea wie ein Blitz.

„Vielleicht möchte er nicht, dass jemand von der Existenz des Erinnerungsstücks erfährt", gab sie zu bedenken. „Er will nicht, dass es zu ihm zurückverfolgt werden kann."

„Ganz genau." Zum ersten Mal betrachtete Garrity sie mit

einem Anflug von Anerkennung. „Die Uhr könnte zum Beispiel von einer Geliebten stammen. Vielleicht ist der Besitzer verheiratet, und die Entdeckung dieser Verbindung könnte einen Skandal auslösen."

„Das Andenken einer heimlichen Liebhaberin – das würde Sinn ergeben. Oder vielleicht ..." Tessa hielt inne und trommelte mit den Fingern auf den Tisch, wobei der Opal an ihrem Ring im Kerzenlicht funkelte. „Vielleicht hat die Uhr eine andere mysteriöse Bedeutung. In den Zeitungen wird immer über diese Geheimbünde spekuliert, die London unterwandern. Sie wissen schon, diese Gruppen, die angeblich den Umsturz des Christentums planen oder sich mit dem Okkulten beschäftigen. Offenbar kommunizieren die Mitglieder untereinander über einen verschlüsselten Code und benutzen Gegenstände, um ihre Zugehörigkeit zu belegen. Möglicherweise ist die Uhr solch ein Gegenstand."

„Du hast wieder deine Sensationsromane gelesen, nicht wahr?" In Kents Blick lag die Skepsis eines Wissenschaftlers. „Diese Gruppen sind nichts weiter als ein Hirngespinst des Volkes, Liebling."

„Da wäre ich mir nicht so sicher", konterte seine Frau. „Nach dem, was ich von der Welt gesehen habe, ist alles möglich. Kannst du beweisen, dass es keine Geister der Vergangenheit gibt ... und dass sie nicht in die Gegenwart zurückgerufen werden können?"

Ein kalter Schauer jagte Bea über den Rücken.

„Es war kein Geist, der Beatrices Scheune in Brand gesetzt hat", mischte Wick sich als Stimme der Vernunft ein. „H. C. ist kein Gespenst, sondern ein Mensch aus Fleisch und Blut mit irdischen Absichten."

„Da stimme ich Ihnen zu", sagte Garrity. „Nur wissen wir nach wie vor nicht, wie wir diesen H. C. identifizieren sollen.

Natürlich könnte man weitere Uhrmacher befragen, obwohl sich diese Strategie bisher nicht bewährt hat."

„Ich habe es!", rief Tessa aus.

Kent legte den Kopf schief. „Ist dir ein neuer Ansatz eingefallen, Liebling?"

„Ich kenne jemanden, der sich mit Taschenuhren besser auskennt als jeder Uhrmacher auf der Welt", verkündete sie. „Wenn uns jemand helfen kann, sie zu identifizieren, dann er."

„Meine blitzgescheite Frau", brummte ihr Gemahl anerkennend. „Warum habe ich nicht gleich an Alfred gedacht?"

„Ist dieser Herr ein Uhrenexperte?", fragte Bea.

„In gewisser Weise. Ihm gehört ein Geschäft, das mit Taschenuhren handelt." Tessa ergriff ihre Gabel und wandte sich mit einem selbstzufriedenen Grinsen ihrem geschmorten Fasan zu. „Wir werden ihm gleich morgen früh einen Besuch abstatten."

Kapitel Siebenundzwanzig

Als Wick sich um kurz vor Mitternacht in seinem Ankleideraum umzog, hörte er, wie sich die Tür zu seinem angrenzenden Schlafgemach öffnete. Da er Barton den Abend freigegeben hatte, konnte er sich denken, wer sein heimlicher Besucher war. Lächelnd warf er sein Nachthemd beiseite und schlüpfte stattdessen in seinen Morgenmantel, bevor er ins Schlafzimmer hinüberging, wo Beatrice ihn mit einem schüchternen Lächeln und geröteten Wangen begrüßte. Mit ihrem wallenden, hüftlangen Haar und dem weißen Morgenmantel aus Satin, der mit zarten Pfingstrosen bestickt war, sah sie engelhafter aus als je zuvor.

„Ich hoffe, du hast nichts gegen ein wenig Gesellschaft", sagte sie.

„Da ich ohnehin gerade zu dir kommen wollte, hast du mir den Weg erspart", erwiderte er und küsste sie zärtlich. „Das ist auch gut so, denn ich fühle mich im Moment ziemlich träge."

„Nicht alles an dir ist in einem trägen Zustand", merkte sie an und warf einen vielsagenden Blick auf die Beule, die sich unter seinem Morgenmantel abzeichnete. „Dem Himmel sei Dank."

„Ach so, du bist also hergekommen, um mich schamlos auszunutzen, hm?" Er nahm ihre Hand und führte sie zu seinem Bett. „Nun, dann werde ich mich meinem Schicksal wohl fügen müssen."

„Du bist ein wahrer Märtyrer."

„Was ich nicht alles für dich tue", stimmte er ihr zu, während er ihren Morgenmantel öffnete und ihn ihr von den Schultern streifte. Sein Puls schnellte in die Höhe, als er die dünne, ärmellose Chemise betrachtete, die sie darunter trug. Im Licht der Gaslampe zeichneten sich ihre Brüste unter dem nahezu durchsichtigen Material ab, insbesondere ihre Brustwarzen, die wie feste, kleine Knospen hervorragten.

„Du machst es mir heute Nacht wirklich einfach", murmelte er. „Keine Maske, kein Mieder, keine endlosen Knopfleisten."

„Ich versuche nur, entgegenkommend zu sein." Obwohl sie lächelte, lag etwas Ernstes in ihrem Blick. „Ich weiß, dass ich in den letzten Tagen schwierig war, Wick, und das tut mir leid. Du sollst nicht glauben, dass ich nicht dankbar für alles bin, was du für mich tust."

„Du musst dich nicht entschuldigen." Er konnte gut nachvollziehen, warum sie seit ihrer Ankunft in London so gereizt war. Sie stand unter Stress, und die Rückkehr in die Stadt brachte gewiss schmerzhafte Erinnerungen mit sich.

„Auch wenn ich heute Morgen nicht gerade freundlich zu Mr Garrity war?"

„Er hat sich dir gegenüber ja auch wie ein Bastard benommen", erwiderte Wick und ließ einen Finger unter den dünnen Träger ihrer Chemise gleiten. „Nachdem du gegangen warst, sagte ich ihm, ich würde auf keinen Fall zulassen, dass er deine Notlage zu seinem Vorteil ausnutzt. Ich denke, er hat die Botschaft verstanden. Wenn nicht aus meinem Mund, dann aus dem seiner Frau."

„Gabby ist wirklich reizend, nicht wahr? Ebenso wie die Kents und die Carlisles", sagte Bea mit einem Anflug von Wehmut. „Deine Familie und Freunde sind wunderbare Menschen, Wick."

„Ich bin froh, dass du sie magst, denn sie sind jetzt auch deine Freunde." Er zog sie an sich und sah ihr tief in die Augen. „Du kannst ihnen vertrauen. Ja, selbst Garrity. Hunde, die bellen, beißen nicht, wie du weißt. Außerdem kenne ich ihn seit Jahren und kann bezeugen, dass er ein ehrbarer Mann ist, wenn auch auf seine Weise."

„Ich kann nicht glauben, wie großzügig sie alle gewesen sind. Wie bereitwillig sie ihre Hilfe angeboten haben", sagte Bea. „Sie sind ganz anders als die Menschen, mit denen ich früher zu tun hatte."

Als er sah, wie sich ihr Blick verfinsterte, hob er ihr Kinn an. „Du bist hier in Sicherheit, mein Engel. Ich werde nicht zulassen, dass dir irgendjemand wehtut."

„Manchmal erschreckt es mich, wie schnell ich Vertrauen zu dir gefasst habe", sagte sie mit zitternder Stimme. „Wieder in London zu sein, erinnert mich daran, dass ich mich schon lange auf niemanden mehr verlassen habe. Nicht seit meinem Unfall."

In ihrem Tonfall schwangen sowohl Schmerz als auch Hoffnung mit. In diesem Augenblick wusste Wick ohne jeden Zweifel, dass er den Rest seines Lebens damit verbringen wollte, ihr zu beweisen, dass er ihres Vertrauens würdig war. Dass er *ihrer* würdig war.

„Jemandem zu vertrauen und von jemandem abhängig zu sein, sind zwei verschiedene Dinge." Zärtlich fuhr er mit dem Daumen über ihre Wange und spürte, wie sie erschauderte, als er ihre Narbe streifte. „Du kannst dich auf jemanden verlassen, ohne deine Unabhängigkeit zu verlieren, Beatrice. Du kannst mir gestatten, dir zu helfen, und gleichzeitig die starke, furchtlose Gutsherrin von Camden Manor bleiben.“

Während er sprach, verspürte er ein Ziehen in seiner Brust, ein wachsendes Unbehagen angesichts der Schwierigkeit seiner Aufgabe. Obwohl er entschlossen war, Beatrice und ihr Land zu schützen, hatte er auch eine Verpflichtung der GLNR und seinen Partnern gegenüber. Garrity konnte ein halsabschneiderischer Bastard sein, aber er war kein Lügner. Unter vier Augen hatte Kent ihn darüber informiert, wie angespannt das Treffen mit den Aktionären verlaufen war, was Wicks Besorgnis und Schuldgefühle nur noch verstärkte.

Viele Menschen hatten ihre gesamten Ersparnisse in die Firma investiert. Seine Partner vertrauten auf seine Fähigkeit, das wichtigste Geschäft in der Geschichte ihres Unternehmens auszuhandeln. Insbesondere Garrity war das Risiko eingegangen, Wick ins Boot zu holen, deshalb konnte und wollte er das Vertrauen und die jahrelange Mentorschaft des älteren Mannes nicht durch Misserfolge enttäuschen.

„Dein Gutachter wird doch bald auf dem Anwesen eintreffen, oder?“, fragte Beatrice.

Wie immer stellte sie ihre unheimliche Fähigkeit, seine Gedanken lesen zu können, unter Beweis.

„In Nortons letztem Schreiben hieß es, dass er und sein Trupp morgen ankommen würden.“ Um sie nicht noch mehr zu beunruhigen, fügte er hinzu: „Der Mann ist ein Experte auf seinem Gebiet, er wird eine Lösung finden. Wir sollten uns einstweilen auf das konzentrieren, was wir hier in London erreichen können.“

„Wir haben morgen einen vollen Tag vor uns“, stimmte sie zu. „Lass uns den Rest des Abends genießen.“

„Woran hattest du denn gedacht?“

Sie spielte an dem Revers seines Morgenmantels herum.

„Ich hätte nichts gegen eine Wiederholung dessen, was du mir neulich in der Kutsche gezeigt hast."

„Ich wusste, dass dir diese Stellung gefallen würde. Und sie ist sogar noch besser, wenn man nichts anhat."

Lässig streifte er sich sein einziges Kleidungsstück ab, um ihr zu zeigen, welche Wirkung sie auf ihn hatte: seine Erektion ragte stolz empor, während seine Hoden schwer und pulsierend zwischen seinen Schenkeln hingen. Er hob eine Braue und sah sie herausfordernd an. Mit hochroten Wangen, aber sichtlich zu allem bereit, tat sie es ihm gleich und zog sich die Chemise über den Kopf. Der Anblick ihrer sinnlichen Kurven erregte ihn nur noch mehr.

Er packte sie um die zierliche Hüfte und setzte sie auf der Matratze ab. Dann stellte er sich zwischen ihre gespreizten Beine, legte die Hände um ihr Gesicht und küsste sie fordernd, ließ seine Zunge zwischen ihre Lippen gleiten und genoss die enthusiastische Art, auf die sie den Kuss erwiderte. Er konnte es kaum erwarten, die samtige Wärme ihres Mundes um seinen Schwanz zu spüren.

„Als du mich das letzte Mal geritten hast, konnte ich mich gar nicht am Anblick deiner prallen Titten erfreuen", murmelte er, während er mit den Daumen über ihre steifen Brustwarzen fuhr. „Diesmal will ich jede Sekunde genießen."

Sie bedachte ihn mit einem glühenden Blick. „Worauf warten wir dann noch?"

„Ruchloses Luder", knurrte er wohlgefällig. „Also gut, Zeit für deine nächste Reitstunde."

Er kletterte aufs Bett, drehte sich auf den Rücken und lehnte sich gegen die Kissen.

Dann bedeutete er ihr mit gekrümmtem Finger, sich auf ihn zu setzen.

Sie folgte seiner Aufforderung mit solch unverhohlenem Eifer, dass er ein Grinsen unterdrücken musste. Gott, wie er ihre aufrichtige, großzügige Leidenschaft liebte ... ebenso sehr wie das Privileg, ihr die vielfältigen Facetten der Begierde zeigen zu dürfen.

Er legte die Hände auf ihre Hüften, und als sie ihre feuchte Pussy gegen seinen stahlharten Schaft rieb, hätte er beinahe die Beherrschung verloren und sich mit einem schnellen, harten Stoß in ihrer samtigen Hitze vergraben. Stattdessen verstärkte er seinen Griff und zog sie nach oben, bis er sie in der Position hatte, in der er sie wollte: sein Kopf zwischen ihren Knien, ihre zartrosa Scham über seinem Mund.

„Was hast du ... *O mein Gott!*", unterbrach sie sich mit einem überraschten Keuchen, als er seine Zunge über ihre Spalte gleiten ließ. Verdammt, sie schmeckte einfach betörend.

„Halte dich am Kopfende fest und reite meinen Mund", wies er sie an.

Er drückte sie sanft nach unten, bis seine Lippen ihre weiche, erhitzte Haut berührten. Ohne Umschweife ließ er seine Zunge in sie gleiten und labte sich an ihrem süßen Aroma. Wie gewöhnlich dauerte es nur wenige Augenblicke, bis Beatrice ihre Scheu überwand und sich der neuen Erfahrung mit Feuereifer hingab. Schon bald presste sie sich ungehemmt gegen ihn und rieb ihre Perle an seiner rauen Zunge. Er verwöhnte sie auf diese Weise, bis sie ihren Höhepunkt erreichte und sein Mund sich mit ihrem berauschenden Nektar füllte.

Schwer atmend zog er sie von seinem Gesicht herunter und positionierte sie über seinem Schwanz. Dann sah er ihr tief in die lustverhangenen Augen und drang mit einem schnellen Stoß in sie ein. Ein kehliges Stöhnen entwich ihm, als er in ihre enge, heiße Umarmung sank.

„O Gott, Wick, du bist so ... groß", keuchte sie. Da ihre Scheidenmuskeln sich ungeduldig um ihn zusammenzogen, glaubte er kaum, dass sie sich beschwerte.

„Deine kleine Pussy kommt schon damit zurecht. Ich glaube, sie sehnt sich danach, mit meiner Essenz gefüllt zu werden."

„Das ist so verrucht", hauchte sie mit hochroten Wangen.

„O ja, und es scheint dir zu gefallen, so fest, wie du mich umklammerst", murmelte er und strich ihr eine Haarsträhne hinters Ohr. „Ich würde dich ja gerne bis zum Anschlag mit meinem Samen füllen, aber leider müssen wir an die Konsequenzen denken. Also genieße den Ritt, so lange du kannst, denn er wird vermutlich schneller vorbei sein, als dir lieb ist."

Sie nahm ihn beim Wort, stützte sich auf seinen Schultern ab, presste die Knie gegen seine Hüften und begann, sich zu bewegen. Auf und ab, immer schneller, und mit jedem Mal wurde sie forscher, selbstsicherer, veränderte die Stellung ein wenig nach hier und da, bis sie einen Winkel fand, der sie aufschreien ließ und ihm den Atem raubte.

Er beobachtete sie wie in Trance, fasziniert von dem Beben ihrer vollen Brüste, von der sinnlichen Art, auf der sie sich in die Lippe biss, wenn sie sich auf ihn sinken ließ. Ihre Pupillen weiteten sich, ihr Körper begann zu zittern, und es dauerte nicht lange, bis sie die Finger in seinem Brusthaar vergrub und sich voller Verzückung ihrer Ekstase hingab.

Wick ließ ihr keine Zeit, sich zu erholen. Er packte sie fester um die Hüfte und drückte sie auf sich hinunter, sodass ihre Perle bei jeder Bewegung gegen seinen Schaft rieb. Nach einer Weile ließ er seine Hände zu ihren prallen Pobacken wandern und begann, sie im Takt seiner Stöße zu kneten.

Sie wimmerte und seufzte vor Lust, während er sie immer härter und schneller nahm. Er umschloss eine ihrer Brüste, reizte ihre feste, kleine Knospe mit Daumen und Zeigefinger, und als er sanft hineinkniff, spürte er, wie ihre Scheidenmuskeln sich um ihn zusammenzogen. Beinahe wäre er gekommen, doch er wollte sich nicht seiner Ekstase ergeben, ohne sie vorher ein drittes Mal zum Höhepunkt gebracht zu haben. Also hob er den Kopf, umschloss ihre Brustwarze mit dem Mund und begann, fest daran zu saugen.

Zuckend und bebend schrie sie seinen Namen, während die Wogen der Verzückung über sie hereinbrachen.

Keuchend rollte er sie von sich herunter, packte seinen pulsierenden Schaft und ließ seine Faust in schnellen, harten Bewegungen daran auf und ab gleiten. Beatrice küsste ihn leidenschaftlich und begann, seine Hoden zu massieren, bis der Druck zu stark wurde und er sich mit einem lauten Stöhnen über ihre Hände ergoss.

Hinterher lagen sie verschwitzt und eng umschlungen nebeneinander. Er konnte gerade noch so viel Kraft aufbringen, um die Decke über sie beide zu ziehen, bevor er sich wieder in die Kissen fallen ließ und ihren Kopf an seine Schulter bettete.

Nach einer Weile, als sein Puls sich wieder normalisiert hatte, hörte er sie leise fragen: „Wick?"

„Hmm?"

„Danke für die Brosche. Es tut mir leid, dass ich vorhin nicht angemessen darauf reagiert habe. Ich habe wirklich noch nie ein so wunderschönes Geschenk erhalten."

Ihre Worte erfüllten ihn mit Wärme und Stolz. Er drehte den Kopf und küsste sie auf die Stirn.

„Gern geschehen, mein Engel", murmelte er.

„Und danke für die Reitstunde. Ich denke, ich werde langsam besser, nicht?", fügte sie verschmitzt hinzu. „Das sind jetzt schon zwei Positionen, die ich erfolgreich gemeistert habe."

„Du bist wahrlich ein Naturtalent. Jetzt sei brav und geh schlafen, dann lasse ich dich morgen früh vielleicht noch eine Runde drehen."

Er spürte den Hauch ihres leisen Lachens an seiner Schulter und schlief ebenfalls lächelnd ein.

Kapitel Achtundzwanzig

Am nächsten Tag wurden sie von den Kents in einer glänzenden Kutsche abgeholt. Gemeinsam wollten sie Tessas Freund Alfred besuchen, dessen Laden sich in einer zwielichtigen Gegend Londons befand. Da sowohl Tessa als auch Wick bewaffnete Wachen dabei hatten, machte Bea sich keine allzu großen Sorgen um ihre Sicherheit.

Nach einer Weile erreichten sie eine belebte Durchgangsstraße in Whitechapel, auf der sich zahlreiche Menschen tummelten und sich ein Geschäft an das andere reihte. Ihr Ziel war nicht zu übersehen: „Doolittles Wunderemporium" stand in großen, goldenen Lettern auf einem massiven Schild über dem Schaufenster. Dahinter konnte Bea eine Vielfalt unterschiedlichster Waren ausmachen.

„Ich dachte, Ihr Freund sei Uhrenexperte?", sagte sie zu Tessa, die ihr gegenübersaß.

„Ist er auch", versicherte diese ihr.

Bea warf einen Blick auf das Schaufenster. „Ich sehe aber keine Uhren in der Auslage."

„Alfred bewahrt die wertvollen Waren hinter dem Tresen auf. Kommen Sie", sagte Tessa, während ihr Gemahl ihr aus der

Kutsche half. „Wir müssen uns beeilen, wenn wir ihn noch vor seinem Mittagsschlaf erwischen wollen."

„Mittagsschlaf? Es ist erst zehn Uhr morgens", flüsterte Bea Wick zu. „Wer ist dieser Alfred?"

„Ich bin mir sicher, Mrs Kent weiß, was sie tut", flüsterte er zurück, bevor er ihr die Hand reichte.

Kaum war Bea ausgestiegen, erblickte sie eine kleine Gestalt am Ende der Straße und krallte die Fingernägel in Wicks Haut.

„Was ist denn los, mein Engel?", fragte er.

„Da ist ein Junge am Ende der Straße", platzte sie heraus. „Ich habe ihn bereits gestern vor deinem Büro gesehen."

Wick schaute sich stirnrunzelnd um. „Ich sehe keinen Jungen."

Sie folgte seinem Blick, und tatsächlich war der Knabe spurlos verschwunden.

„Keine Müdigkeit vortäuschen!", rief Tessa von der Ladentür aus.

Wick musterte Bea mit hochgezogenen Brauen.

„Das ... das habe ich mir wohl eingebildet." Sie zwang sich zu einem Lächeln. „Lass uns hineingehen."

Im Inneren war Doolittles Emporium ein Labyrinth aus überfüllten Regalen. Chaos schien die Organisation seiner Waren zu diktieren. Teekannen standen neben Tintenfässern, Taschentücher stapelten sich auf einem Silbertablett. Als Bea um eine Ecke bog, wich sie verblüfft zurück. Sie war auf einen ausgestopften Schimpansen gestoßen, der auf einem Regal lag und dessen gelangweilt dreinblickende Augen beunruhigend lebensecht wirkten. Auf dem Kopf trug er eine kunstvolle, graue Perücke, an der ein Schildchen mit der Aufschrift: „Antik, letztes Jahrhundert. 35 Schillinge" hing.

Ob sich das Etikett auf den Affen oder die Perücke bezog, war nicht ganz klar.

„Was ist das für ein Laden?", flüsterte sie Wick zu.

„Unser Experte ist scheinbar der Besitzer eines Pfandleihhauses", erwiderte er leicht amüsiert. „Das muss man Mrs Kent lassen: Wer handelt schon mit mehr Taschenuhren als ein Hehler?"

Beatrice musste ihre Überraschung unterdrücken, denn sie waren an einem langen, abgenutzten Tresen im hinteren Teil des Ladens angekommen, hinter dem eine vollbusige Blondine stand, die in ihren Vierzigern sein musste. Sie trug ihr Haar in Korkenzieherlocken und war auffällig stark geschminkt.

Tessa begrüßte sie mit Luftküssen, bevor sie, an Wick und Bea gewandt, sagte: „Lady Beatrice Wodehouse und Mr Murray, ich möchte Ihnen meine liebe Freundin Sally Doolittle vorstellen. Sie ist die Besitzerin dieses feinen Etablissements."

„Nennen Sie mich Sal", sagte die Blondine und zwinkerte Wick zu. „Das tut jeder."

„Sehr erfreut", erwiderte dieser leichthin. „Lady Beatrice und ich hatten gehofft, Sie könnten uns helfen."

„Was für 'ne Art von Hilfe brauchen Sie denn, Schätzchen?", säuselte Sal.

Sie stützte sich mit den Ellbogen auf dem Tresen ab, sodass ihr üppiger Busen fast aus dem knappen Dekolleté quoll, wie Bea mit wachsender Irritation feststellte.

„Wir möchten eine Taschenuhr identifizieren, Mrs Doolittle", mischte sie sich in scharfem Tonfall ein.

Sal hob die aufgemalten Brauen. „Da sind Sie bei uns genau richtig, Täubchen. Keiner weiß mehr über Uhren als mein Alfred."

„Ist er denn gerade zu sprechen?", fragte Tessa.

„Das werden wir gleich sehen", sagte Sal. Sie drehte sich um und rief durch die Vorhänge hinter sich: „Alfielein! Bist du wach?"

„Jetzt schon!", rief eine männliche Stimme zurück.

„Dann schwing deinen hübschen Hintern hier raus. Tessa ist da ... und sie hat Freunde mitgebracht."

Wenige Augenblicke später trat ein Mann durch den Vorhang und gesellte sich zu Sal. Er war groß und hager, und seine Sommersprossen, gepaart mit seinem braunen Wuschelhaar, verliehen ihm ein immerwährend jugendliches Aussehen, obwohl Bea vermutete, dass er in seinen Dreißigern sein musste. Seine großen, weit auseinanderstehenden Augen und die Lücke zwischen seinen Vorderzähnen verstärkten seine unschuldige, zuckersüße Ausstrahlung, was ihm in seiner Karriere als Hehler wahrscheinlich in vielerlei Hinsicht zugutekam.

„Euch beide hab ich ja seit 'ner Ewigkeit nicht mehr gesehen", begrüßte er die Kents. „Wie geht's dem Kleinen?"

„Bart ist ein richtiger Satansbraten", antwortete Tessa. „Natürlich hilft es nicht, dass sein Großpapa ihn schamlos verwöhnt."

„Du hättest seinen einzigen Urenkel nicht auch noch nach ihm benennen dürfen. Ich hab dir gleich gesagt, dass das 'ne schlechte Idee ist."

„Ich war für Newton", murmelte Kent.

„Mit dem Namen wäre dein Sohn die ersten zwanzig Jahre seines Lebens mit 'nem blauen Auge rumgelaufen", sagte Doolittle und schüttelte den Kopf. „Was war denn mit meinem Vorschlag?"

„Ein Alfred in meinem Leben genügt mir, danke", sagte Tessa.

„Von Alfred kann man nie genug haben ... Ist es nicht so, Sal?"

„Ich für meinen Teil hole mir gerne 'nen Nachschlag", erwiderte seine Frau mit einem Kichern.

„Unersättliches Weibsstück." Er gab ihr einen gutmütigen Klaps auf den Hintern.

Offensichtlich an die unzüchtigen Schäkereien der beiden

gewöhnt, verdrehte Tessa die Augen. „Könnten wir jetzt zum Geschäftlichen kommen? Meine Freunde hier haben eine Taschenuhr, die identifiziert werden muss. Es geht um Leben und Tod. Sie waren schon bei sämtlichen Uhrmachern von Clerkenwell bis Soho, jedoch ohne Erfolg. Ich habe ihnen gesagt, dass sie einen echten Experten wie dich zu Rate ziehen müssen."

Doolittle schaute zu Bea und Wick hinüber. „Leben und Tod, sagst du?"

Trotz seines jungenhaftem Auftretens verbarg sich etwas Gerissenes in seinem Blick.

„Ich bin gerne bereit, Sie für Ihre Zeit zu entschädigen, Sir", sagte sie mit fester Stimme. „Und ja, es geht um Leben und Tod. Wer auch immer der Besitzer dieser Uhr ist, hat Brandstiftung an meinem Eigentum begangen. Er könnte auch für die Entführung und Einschüchterung meiner besten Freundin verantwortlich sein."

„Meine Güte." Doolittle legte den Kopf schief. „Haben Sie die Uhr dabei?"

„Ja." Wick holte sie aus seiner Jackentasche und legte sie auf den Tresen. Das goldene Gehäuse bildete einen glänzenden Kontrast zu dem zerkratzten Holz. „Sie hat weder eine Herstellermarke noch einen Stempel der Goldsmith's Hall. Abgesehen von den Initialen auf dem Deckel und der Inschrift auf dem Zifferblatt, die besagt, dass sie in London hergestellt wurde, gibt es keine anderen Hinweise auf ihre Herkunft oder ihren Besitzer."

„Um Hinweise zu finden, sollte man wissen, wo man suchen muss." Doolittle nahm die Uhr, warf sie mehrmals hoch und fing sie wieder auf. Dann strich er mit dem Daumen einmal, zweimal, dreimal über die Initialen. Ohne den Deckel zu öffnen, sagte er: „Achtzehn Karat Gold, gute englische Qualität und nicht diese ausländischen Fälschungen, und ...

Hmm." Er runzelte konzentriert die Stirn und schloss die Finger fest um die Uhr, als könnte er dadurch spüren, was sich darin befand. „Da ist ein Symbol, das aussieht wie eine Art Hufeisen, neben dem Wort London, nicht wahr?"

„Woher wissen Sie das alles?", fragte Bea verblüfft.

Selbst Tessa sah beeindruckt aus. „Ich wusste ja, dass du ein Experte bist, Alfie, aber das hat den Nagel auf den Kopf getroffen. Wie konntest du das alles herausfinden, obwohl du nichts weiter getan hast, als sie in der Hand zu halten?"

„War nur Spaß. Irgendein Kerl hat vor ein paar Monaten 'ne identische Uhr hergebracht", erwiderte Doolittle mit einem schelmischen Grinsen. „Er wollte sie als Pfand benutzen. Dieselben Initialen auf dem Deckel, alles gleich."

„Haben Sie die Uhr noch?", fragte Wick.

„Nein, da der Schwachkopf sein Darlehen nicht zum vereinbarten Zeitpunkt zurückgezahlt hat, habe ich sie zum Verkauf angeboten. Hübsche Schmuckstücke dieser Art gehen hier weg wie warme Semmeln." Doolittle hielt inne. „Aber ich führe Buch über alle Kunden, die ihre Waren bei mir verpfänden. Sal kann für Sie nachsehen."

Während sie bei Doolittle waren, erhielten die Kents eine dringende Nachricht. Offenbar war ihr Sohn in die Speisekammer eingedrungen und hatte einen kompletten Nachtisch verzehrt, der postwendend wieder herausgekommen war. Die beiden eilten nach Hause, nachdem Wick das freundliche Angebot abgelehnt hatte, sie vor seiner Residenz abzusetzen. Stattdessen bestellte er für sich, Beatrice und ihre beiden Wächter eine Droschke und machte sich auf den Weg zu der Adresse, die Sally Doolittle für sie herausgesucht hatte.

Die Straße befand sich im Stadtviertel Cheapside und wies

eine Reihe bescheidener, baufälliger Häuser auf. Die Unterkunft, zu der sie wollten, lag auf mittiger Höhe. Während die Wachen die Umgebung sicherten, begleitete Wick Beatrice die Stufen hinauf und läutete an der Tür.

Ein schlampig gekleidetes Dienstmädchen öffnete ihnen. Sie sah nicht gerade erfreut aus, gestört zu werden ... offenbar beim Trinken, wie die Sherryflecken auf ihrer Schürze vermuten ließen. Als Wick ihr sagte, dass er nach einem gewissen Stuart Yard suche, verfinsterte sich ihre Miene.

„Er ist nicht zu Hause", sagte sie. „Sind Sie einer von den Wucherern?"

Ihre Frage verriet eine Menge über ihren Herrn. Stuart Yard war anscheinend so hoch verschuldet, dass er seine Bediensteten angewiesen hatte, über seinen Aufenthaltsort zu lügen.

„Wir sind nicht wegen seiner Finanzen hier." Wick reichte ihr seine Visitenkarte. „Ein gemeinsamer Freund empfahl uns, Mr Yard in einer geschäftlichen Angelegenheit zu konsultieren. Wir würden ihn natürlich für seine Zeit entschädigen."

Bei der Erwähnung einer Entschädigung öffnete das Hausmädchen die Tür und ließ sie hinein. „Dann machen Sie sich's ruhig im Salon bequem. Ich werde den Hausherrn informieren, dass Sie hier sind."

Wenige Augenblicke später gesellte ihr Gastgeber sich in der beengten, schmuddeligen Wohnstube zu ihnen. Stuart Yard war ein hagerer Mann mit verschlagenem Blick und nervösem Auftreten. Laut Doolittle war er einst ein wohlhabender Bankier gewesen, bevor er sein Vermögen durch unüberlegte Investitionen verloren hatte. Der schäbige Zustand seiner Behausung und Kleidung bestätigte, dass das Glück ihn verlassen zu haben schien.

„Guten Tag." In seinem forschen Tonfall schwang ein Anflug von Verzweiflung mit. „Wie ich hörte, brauchen Sie geschäftlichen Rat? Darf ich fragen, welchem meiner guten Freunde ich die Empfehlung zu verdanken habe?“

„Alfred Doolittle“, sagte Wick.

Yards Miene verfinsterte sich.

„Bedauerlicherweise kenne ich keinen Doolittle“, sagte er wenig überzeugend.

Wick nahm die Uhr heraus und ließ sie zwischen seinen Fingern baumeln. Es war nicht zu übersehen, dass Yard sie wiedererkannte.

„Wie haben Sie ... Ich dachte, er hätte sie verkauft ...“, stammelte er.

„Das ist nicht Ihre Uhr, Sir, aber Sie haben soeben bestätigt, dass Sie eine solche besaßen“, sagte Beatrice forsch. „Es gibt keinen Grund für weitere Ausflüchte. Wir wollen wissen, woher dieses Modell stammt, und werden Sie für diese Information bezahlen.“

Er fuhr sich mit der Zunge über die Lippen. „Wie viel?“

Wick zog einen Zwanzig-Pfund-Schein hervor. Als Yard danach griff, hielt er ihn außer Reichweite und sagte: „Der gehört Ihnen, wenn Ihre Informationen nützlich sind.“

„Wenn ich es Ihnen sage, müssen Sie schwören, niemandem zu verraten, dass Sie es von mir gehört haben.“ Yards Blick schweifte zur Tür. „Meine Frau ist gerade beim Einkaufen, aber wenn sie davon erfährt, wird mein Leben noch weniger wert sein als jetzt.“

„Wir werden die Angelegenheit vertraulich behandeln“, sagte Wick. „Sie können frei sprechen.“

„Früher war ich Mitglied eines Klubs“, sagte Yard nach kurzem Zögern. „Eines geheimen Klubs, dem nur Männer und Frauen mit Geld und Macht angehörten. Es war eine äußerst exklusive Angelegenheit.“

„Ein Geheimbund“, hauchte Beatrice.

Wick hob die Brauen. „Wofür stehen die Initialen H. C.?“

„Hellfire Club", antwortete Yard. „Allerdings war es nicht so, wie es in den Zeitungen beschrieben wird. Es gab weder satanische Rituale noch beschworen wir Geister herauf. Der Zweck unseres Klubs war das Streben nach irdischen Vergnügungen."

Er hielt inne und warf einen Blick zu Beatrice, die mit großen Augen lauschte.

„Reden Sie weiter, wenn Sie das Geld wollen", sagte Wick.

„Die Gründer lehnten sich gegen die puritanischen Zwänge der Gesellschaft auf. Warum sollten wir der Vergnügen entbehren, nach denen es uns von Natur aus verlangte? Solange wir niemandem schadeten und bereit waren, für die Unterhaltung zu bezahlen, war doch alles gut." Yards Blick schweifte in die Ferne, als ob er sich in Erinnerungen an seine besseren Tage verlieren würde. „Ich war zwei Jahre lang dabei, bis sich mein Schicksal wendete. Dann konnte ich mir die Mitgliedschaft nicht mehr leisten. Die Gründer hatten eine Art Stipendienprogramm für ausgewählte Männer und Frauen, die zum Prestige des Klubs beitrugen, sich die Beiträge jedoch nicht leisten konnten. Bedauerlicherweise kam ich dafür nicht in Frage."

„Wir müssen die Namen der Gründer und Mitglieder wissen", sagte Wick.

„Die kann ich Ihnen nicht nennen, denn der einzige unantastbare Grundsatz des Klubs war die Anonymität: Die Mitglieder trugen Masken und gaben sich jede erdenkliche Mühe, ihre Identität zu verbergen. Mein Aufnahmegespräch hatte ich mit einem Sekretär, der mich darauf hinwies, dass jede Indiskretion in Bezug auf den Klub und seine Mitglieder zum Ausschluss führen würde", sagte Yard und fügte nach einer kurzen Pause hinzu: „Wir wussten lediglich, dass sich unter uns Titanen der Industrie sowie Aristokraten und Gemeindevorsteher befanden. In Anbetracht der Art der, äh, Aktivitäten, denen wir frönten, werden Sie sicher verstehen, warum diese Leute unerkannt bleiben wollten."

„Um welche Art von Aktivitäten handelte es sich genau?", fragte Beatrice.

Yard besaß den Anstand zu erröten. „Bis auf wenige Ausnahmen war in der Regel alles möglich. Orgien waren beispielsweise äußerst beliebt."

„Wo befindet sich der Klub?", fragte Wick.

„In einem Privathaus in Mayfair. Der Sekretär wickelt alle Geschäfte des Hellfire Clubs von dieser Adresse aus ab. Die Veranstaltungen finden am ersten Samstagabend jedes Monats statt."

„Das ist heute Abend", sagte Beatrice leise.

Sie schien dasselbe zu denken wie Wick. Den Klub zu besuchen, könnte die einzige Möglichkeit sein, den Besitzer der Uhr zu finden. Aber wie würde er hineingelangen?

„Wie bewirbt man sich für die Mitgliedschaft?", fragte er Yard.

„Normalerweise wird man von einem bereits aufgenommenen Mitglied empfohlen. Aber in Ihrem Fall ist das womöglich nicht nötig."

Wick legte den Kopf schief. „Warum nicht?"

„Sie haben die Eintrittskarte in der Hand. Die Uhr gestattet Ihnen und einem Gast den Zutritt. Solange sie nicht deaktiviert wurde."

Bea schürzte die Lippen. „Was meinen Sie mit ‚deaktiviert'?"

„Als mir die Mitgliedschaft entzogen wurde, nahmen sie mir die Uhr ab. Ich beschwerte mich lautstark, weil ich das verdammte Ding bezahlt hatte und nach dem Verlust meiner Bank und meines Vermögens jeden Schilling brauchte." Der ehemalige Bankier hielt inne und schnaubte irritiert. „Schließlich wurde sie mir zurückgegeben, mit dem Vermerk, dass sie mich nicht mehr zum Eintritt in den Klub berechtige. Als ich sie untersuchte, bemerkte ich, dass das Zifferblatt tatsächlich leicht verändert worden war. Hier, lassen Sie mich einen Blick auf Ihre Uhr werfen."

Wick reichte sie ihm, und Yard klappte den Deckel auf.

„Ah, ja. Diese scheint noch aktiv zu sein", sagte er.

„Woher wissen Sie das?", fragte Beatrice, die herangetreten war, um das Zifferblatt zu begutachten.

„Sehen Sie dieses Symbol?"

„Die Hufeisen, meinen Sie?"

„Das sind keine Hufeisen. Die beiden Linien sollen eine Flamme darstellen, das Geheimzeichen des Hellfire Clubs. Als meine Uhr deaktiviert wurde, hat man die innere Linie entfernt. Einmal versuchte ich törichterweise, den Klub zu betreten, nachdem mir die Mitgliedschaft entzogen worden war. Die Wachen an der Tür wiesen mich jedoch ab, nachdem sie das Zifferblatt untersucht hatten."

Wick dachte an Doolittles Beschreibung des verpfändeten Schmuckstücks. „Wenn ich es mir recht überlege, sagte Alfred ebenfalls, da sei *ein* Hufeisen abgebildet, nicht mehrere."

„Du hast recht." Beatrice nickte. „Ich war so verblüfft von seiner kleinen Darbietung, dass ich die Diskrepanz zwischen der von ihm beschriebenen Uhr und unserer gar nicht bemerkte."

„Diese hier dürfte demnach noch gültig sein", sagte Yard, der die Taschenuhr fester umklammerte und sie begehrlich betrachtete.

„Ich hätte sie jetzt gerne wieder", sagte Wick.

Widerstrebend gab der ehemalige Bankier sie ihm zurück.

„Werden sie zusätzlich nach einem anderen Erkennungsmerkmal fragen?", wollte Beatrice wissen.

„Es gab ein Passwort", murmelte Yard und sah zu, wie Wick die Uhr einsteckte. „Als ich noch Mitglied war, wurde es regelmäßig geändert. Das letzte, an das ich mich erinnere, lautete *Altar des Pan*, aber ich bin sicher, mittlerweile gibt es ein neues."

Mit diesem Problem würden sie sich auseinandersetzen, wenn es so weit war.

„Nun brauchen wir nur noch die Adresse des Klubs", sagte Wick und winkte mit dem Geldschein.

Kapitel Neunundzwanzig

„**W**ir werden uns auf keinen Fall trennen, verstanden? Egal, was geschieht, du weichst nicht von meiner Seite", sagte Wick mit Nachdruck. Im schummrigen Licht der Kutsche wirkten seine Züge streng und unnachgiebig. „Und nimm um Himmels willen weder Maske noch Perücke ab."

„Natürlich nicht, ich bin ja keine Närrin."

Beas Perücke saß perfekt. Sie hatte Lisette gebeten, zusätzliche Haarnadeln zu verwenden, um die brünette Lockenpracht an ihrem Platz zu halten. Um Wick zu beschwichtigen, rückte sie noch einmal ihre weiße Satinmaske zurecht.

Außerdem hoffte sie, dadurch die Wogen zu glätten, denn sie hatten sich vorhin wieder einmal gestritten, und er war alles andere als glücklich darüber gewesen, dass sie ihren Willen durchsetzte. Er war felsenfest entschlossen gewesen, allein zum Hellfire Club zu fahren, während sie darauf beharrte, ihn zu begleiten. Immerhin ging es um *ihren* Feind, *ihre* Ländereien und *ihre* Pächter ... Sie würde nicht tatenlos zu Hause herumsitzen und Däumchen drehen.

Nach dem Besuch bei Yard hatten sie den gesamten

Heimweg über diskutiert und ihre Auseinandersetzung selbst nach ihrer Ankunft in Wicks Stadthaus fortgesetzt. Die Carlisles, samt Söhnen, hatten sich im Salon befunden, in ein recht waghalsiges Kartenspiel vertieft.

Der Vicomte hatte nur einen flüchtigen Blick auf das Gesicht seines Bruders geworfen und prompt seine Karten weggelegt. „Lassen wir ihnen etwas Privatsphäre", sagte er.

„Aber ich stand gerade im Begriff, dich zu schlagen ...", begann Violet zu protestieren, verstummte jedoch, als sie Beas finstere Miene bemerkte. „Also gut, Jungs. Wer hat Lust auf einen Bogenschießwettbewerb?"

Unter dem lauten Gejubel ihrer Söhne verließen sie das Zimmer und schlossen die Tür hinter sich.

„Ich werde nicht zulassen, dass du dein Leben riskierst", hatte Wick hervorgepresst.

„Warum solltest du deines riskieren?", konterte Bea. „Es ist schließlich mein Problem."

„Verdammt, ich dachte, das hätten wir geklärt. Du bist mein, Beatrice", sagte er und musterte sie eindringlich. „Und das bedeutet, dass deine Probleme auch meine sind."

Obwohl sein besitzergreifender Tonfall ihr Herz höherschlagen ließ, war sie nicht gewillt, in diesem Punkt nachzugeben.

„Noch bin ich nicht die Deine", stellte sie klar und ignorierte das bedrohliche Blitzen in seinen Augen. „Du bist mir wichtig, Wick. Ich vertraue dir mehr als jedem anderen. Aber wenn unsere Beziehung funktionieren soll, musst du an mich glauben und mir zutrauen, dass ich meine Angelegenheiten selbst regeln kann ... oder zumindest in der Lage bin, mich an der Lösung meiner Probleme zu beteiligen."

„Das ist keine Frage des Vertrauens, sondern des gesunden Menschenverstands. Du bist eine Frau, und dieser Hellfire

Club ist nichts weiter als ein Sündenpfuhl, in dem Orgien abgehalten werden ...“

„Wir haben uns auf einer Orgie kennengelernt. Damals hast du meine Anwesenheit nicht in Frage gestellt.“

„Das war etwas anderes.“ Er fuhr sich mit der Hand durchs Haar. „Da warst du noch nicht mein.“

„Die Tatsache, dass wir *jetzt* zusammen sind, verleiht meinem Argument noch mehr Nachdruck. Ich will einen Mann heiraten, der mich wie eine echte Partnerin behandelt, der mehr in mir sieht als einen Zeitvertreib im Bett, eine Gesprächspartnerin am Abendbrottisch oder eine Mutter für seine Kinder.“ Sie holte tief Luft, bevor sie ein für alle Mal die Grenzen ihrer Beziehung festlegte, ihm die Schranken aufzeigte, die sie ihn nicht würde überschreiten lassen. „Ich bin der Meinung, dass man so beginnen sollte, wie man fortfahren will. Wenn du mich nicht in deine gegenwärtigen Pläne einbeziehst, werde ich unsere Zukunft überdenken müssen.“

„Du stellst mir ein Ultimatum?“, fragte er ungläubig.

„Ich bin nur ehrlich. Wenn wir uns jetzt nicht einigen können, wie sollen wir dann mit anderen Problemen in unserer Ehe fertigwerden? Ich will keine Beziehung, die nur in guten Zeiten funktioniert.“

Ich will nicht so enden wie Mama. Bei dem Gedanken schnürte sich ihr die Kehle zu. *Ich will nicht jemandem mein Glück und meine Zukunft anvertrauen, nur damit er am Ende beides zerstört.*

Wick musterte sie nachdenklich. Sein beharrliches Schweigen verursachte ihr Unbehagen. Was, wenn er beschloss, dass sie die Mühe nicht wert war? Was, wenn er einfach alles hinwarf?

Lieber jetzt als später, sagte ihre innere Stimme. *Noch ist der Schmerz leichter zu ertragen.*

Nur glaubte sie nicht, dass er jemals leicht zu ertragen sein würde – nicht jetzt, nicht später, niemals. Denn tief in ihrem Herzen wusste sie, dass es keinen anderen Mann für sie geben würde.

Warum stellst du dich dann so an? Seit ihrer Ankunft in London hatte sie auf stur geschaltet. Sie bestand darauf, mit seinen Partnern zu sprechen, war mit Garrity aneinandergeraten und hatte sich sogar wegen eines *Geschenks* mit Wick gestritten. Auch an den zahlreichen anderen Meinungsverschiedenheiten war sie schuld gewesen. Und zu allem Überfluss hatte sie ihm nun auch noch die Pistole auf die Brust gesetzt.

Sie konnte sich einfach nicht zurückhalten. Dieses Bedürfnis, ihre Unabhängigkeit zu bewahren, war wie ein innerer Zwang ...

Wick drehte sich auf dem Absatz um, und zwar so abrupt, dass ihr Herz einen Satz machte. Ob sie nun doch zu weit gegangen war?

„Wohin gehst du?“, presste sie hervor, als er eine Hand auf den Türgriff legte.

„Vorkehrungen für heute Abend treffen“, knurrte er. „Ich muss mich um deine Sicherheit kümmern ... Und um unsere verdammten Verkleidungen.“

Bevor sie registrieren konnte, dass er sie in seine Pläne einbezogen hatte, war er hinausgestürmt.

Was sie zurück zu ihrem gegenwärtigen Wunsch brachte, die Wogen zu glätten, da sie wusste, dass er wider besseres Wissen handelte. Ehrlich gesagt überraschte es sie, dass er überhaupt eingelenkt hatte. Umso mehr wollte sie ihm beweisen, dass Zusammenarbeit der einzige Schlüssel zum Erfolg war.

Als die Kutsche zum Stehen kam, schob sie den Vorhang beiseite und schaute hinaus. Sie befanden sich in einer Straße voller Geschäften, Kneipen und Freudenhäusern.

„Wir sind nicht in Mayfair, sondern in Covent Garden“, stellte sie mit einem Stirnrunzeln fest.

„Ich muss erst noch einen Zwischenstopp einlegen." Er setzte seinen Hut auf, zog jedoch weder Mantel noch Maske an. „Ich brauche nur ein paar Minuten, also warte bitte ausnahmsweise ohne Einwände hier, ja?"

Da sie nicht schon wieder streiten wollte, nickte sie zustimmend. Er stieg aus und gab den Wachen, die vorne beim Kutscher saßen, die Anweisung, nach Bedrohungen Ausschau zu halten. Dann sah sie zu, wie er in einer zwielichtig aussehenden Taverne namens „Zum Goldenen Hirsch" verschwand.

Es dauerte eine halbe Stunde, bis er zurückkehrte. Nachdem er eingestiegen war, klopfte er mit seinem Gehstock an die Decke, und die Kutsche setzte sich in Bewegung. Beatrice glaubte, etwas in seinem Atem zu riechen ... *Bier?*

„Hast du getrunken?", fragte sie, ohne ihre Missbilligung zu verbergen.

„Ich bin trinkfest", sagte er knapp.

„Aber warum solltest du dich ausgerechnet jetzt volllaufen lassen?"

„Wenn man will, dass ein Mann redet, trinkt man eben ein paar Runden mit ihm." Bevor sie fragen konnte, mit wem er gesprochen hatte und warum, fügte er hinzu: „Stab des Dionysos."

„Was um Himmels willen soll das nun wieder bedeuten?"

„Im wörtlichen Sinne bezieht es sich auf den Spazierstock, mit dem der Gott Dionysos Trauben in Wein verwandelte. Auf symbolischer Ebene ist es wohl eine Anspielung auf den Schwanz eines Mannes", erklärte Wick trocken. „Auf der Ebene, die uns am meisten interessiert, ist es das Passwort, um in den Hellfire Club zu gelangen."

Vor Überraschung klappte ihr buchstäblich die Kinnlade herunter. „Aber wie ...?"

„Ich habe dir doch heute Nachmittag gesagt, ich würde Vorkehrungen treffen. Dazu gehörte unter anderem, das Passwort herauszufinden. Einer meiner Kontakte betreibt die Taverne und hörte zufällig, wie zwei seiner Stammgäste die Aufnahme in den ‚H. C.‘ feierten, wobei es sich um eine Art Klub handeln musste, wie er ihrem betrunkenen Gerede entnahm. Er sagte, die beiden jungen Wüstlinge hätten die Angewohnheit, am ersten Samstagabend des Monats auf ihrem Weg dorthin in seiner Kneipe vorbeizuschauen.“

„Wie hast du es geschafft, ihnen das Passwort zu entlocken?“, fragte Bea erstaunt.

Er zuckte mit den Schultern. „Nach ein paar Runden waren sie völlig dicht. Sie hätten mir sogar die Kombination für den Tresor verraten, in dem die Kronjuwelen aufbewahrt werden, wenn sie sie kennen würden. Hoffentlich kommen wir mit den Informationen, die ich erhalten habe, in den Klub hinein.“

„Wie außerordentlich klug von dir“, sagte sie voller Bewunderung.

Er warf ihr einen irritierten Blick zu. „Ich habe dir doch gesagt, dass du mir vertrauen kannst.“

„Das tue ich“, erwiderte sie aufrichtig. „Und ich hoffe, du mir ebenfalls.“

„Um Himmels willen, hier geht es nicht um Vertrauen, sondern um deine Sicherheit.“

„Keine Sorge, ich bin vorbereitet.“ Sie griff in eine ihrer Rocktaschen und zog ihre Pistole hervor. „Du weißt, dass ich nicht zögern werde, sie zu benutzen, wenn es nötig sein sollte.“

„Du bringst mich noch um“, brummte er missmutig.

„Ich verspreche dir, dass ich mich revanchieren werde, wenn wir heute Abend nach Hause kommen“, erwiderte sie mit einem koketten Lächeln.

Trotz seiner offensichtlichen Frustration bedachte er sie mit einem glühenden Blick. „Willst du dich bei mir einschmeicheln?“

„Ich versuche nur, meine Wertschätzung zum Ausdruck zu bringen."

„Dazu wirst du später im Bett noch ausreichend Gelegenheit haben, und zwar so, wie ich es will."

Sein autoritärer Tonfall jagte ihr einen wohligen Schauer über den Rücken. Was das Körperliche betraf, gab sie sich ihm bereitwillig hin. Das war der einzige Bereich in ihrer Beziehung, in dem sie ihm nur zu gerne die Führung überließ.

„Was immer du willst, Wick", sagte sie ernst.

Er musterte sie mit unverhohlenem Verlangen, sagte jedoch nichts weiter, sondern setzte seine Maske auf und schlüpfte in seinen Domino, als die Kutsche das zweite Ziel ihres Abends erreichte. Er half Bea beim Aussteigen und nickte den beiden Wachmännern zu, die auf der Kutsche saßen. Sie trugen Lakaienbekleidung und sollten draußen auf verdächtige Aktivitäten achten.

Als Bea am Ende einer belaubten Sackgasse die Stufen zu dem großen, eleganten Herrenhaus hinaufstieg, dessen Giebelfenster von Vorhängen verhüllt waren, musste sie an ihr erstes Treffen mit Wick denken. Damals hatten sie ebenfalls Masken und Kostüme getragen, um ihre Identitäten zu verbergen.

Diesmal waren sie jedoch nicht auf der Suche nach Vergnügen, sondern nach einem tödlichen Schurken.

Wick klingelte, und die schwarz gestrichene Tür öffnete sich.

„Guten Abend. Wie kann ich Ihnen helfen?", fragte der Butler höflich.

Nichts am Tonfall oder Verhalten des Dieners ließ deutete darauf hin, dass es sich hier um etwas anderes als eine normale Residenz handelte. Bea hörte nur gedämpfte, undeutliche Geräusche aus dem Inneren. Es war bei Weitem nicht so laut, wie man es von einem Maskenball erwarten würde. Hatte Stuart Yard ihnen die falsche Adresse gegeben?

Wick holte die Taschenuhr heraus. „Ich hatte gehofft, Sie könnten mir sagen, ob meine Uhr die richtige Zeit anzeigt."

„Mit Vergnügen, Sir." Der Butler nahm sie an sich, öffnete den Deckel und untersuchte das Zifferblatt. „Es scheint alles in Ordnung zu sein. Würden Sie und Ihr Gast bitte eintreten?"

Bea folgte Wick in das Vorzimmer und sah, dass es vom Rest des Hauses abgetrennt war. Zwei stämmige Wachen standen vor einer weiteren Tür aus schwerem Metall, wie diejenigen, die für gewöhnlich zum Schutz von Tresorräumen eingesetzt wurden.

„Wie lautet das Passwort, Sir?", fragte einer der Wächter.

„Stab des Dionysos", antwortete Wick leichthin.

Die Wachen wechselten einen Blick, dann zog einer von ihnen einen goldenen Schlüssel an einer Kette hervor und steckte ihn ins Schloss. Ein lautes Klicken ertönte, bevor die Tür sich öffnete und den Blick auf einen langen, von Fackeln erleuchteten Korridor freigab.

„Genießen Sie ihren Abend." Der Wächter winkte sie hindurch und schloss die Tür hinter ihnen.

Als ihre Augen sich an das schummerige Licht gewöhnt hatten, bemerkte Bea, dass der Gang spiralförmig nach unten verlief, sodass man nicht um die nächste Kurve sehen konnte. Das flackernde Licht der Fackeln warf unheimliche Schatten an die Wände.

„Wollen wir?", fragte Wick, dessen hochgezogene Brauen über den Rand seiner Halbmaske spitzten.

Der Durchgang war so schmal, dass sie hintereinander laufen mussten. Er ging voran, und sie folgte ihm mit einem mulmigen Gefühl. Die niedrige Decke und kargen Steinwände, die mit jedem Schritt näher zu rücken schienen, erinnerten sie an eine Gruft. Glücklicherweise erreichten sie schon bald eine weitere bewachte Tür.

Der Aufseher verbeugte sich. „Ich wünsche Ihnen einen angenehmen Abend."

Als er ihnen öffnete, drangen Geräusche zu ihnen heraus – Stimmen, Gelächter ... und animalische Laute. Zudem schlugen Bea verschiedenste Gerüche entgegen: Parfüm, Alkohol und der moschusartige Schweißgeruch kopulierender Körper. Die Eindrücke lösten ein kribbelndes Gefühl in ihrem Bauch aus.

Wick nahm ihre Hand und führte sie über die Schwelle. Sie war froh über ihre Maske, denn sie verbarg nicht nur ihr Gesicht, sondern auch den Ausdruck des Schocks darauf. Nach dem ersten Maskenball hatte sie geglaubt, dass sie nichts mehr überraschen könne, da sie das ganze Spektrum der Verderbtheit zu sehen bekam.

Oh, wie sie sich geirrt hatte.

Der riesige Raum war wie eine Arena angelegt, mit einer großen Bühne in der Mitte und einigen Dutzend Nischen entlang der Wände, die aufgrund ihrer opulenten, scharlachroten Einrichtung an Theaterlogen erinnerten. Sie waren mit Sesseln und Sofas aus Samt ausgestattet, und in einer gab es sogar ein riesiges Bett. Und was sich darin abspielte ... Bea musste schlucken.

Während einige der Nischen mit Vorhängen versehen waren, um die Privatsphäre zu wahren, waren andere völlig offen. In diesen Liebesnestern waren maskierte Personen mit einer Vielzahl sexueller Handlungen beschäftigt. Rechts von Bea saß eine nackte Frau auf dem Schoß eines Mannes, mit dem Rücken an seiner Brust ... eine Stellung, die Bea nicht einmal im Traum in den Sinn gekommen wäre. Die Frau ritt ihren Partner enthusiastisch, während er ihre prallen Brüste massierte.

Mit hochroten Wangen sah Bea zu Wick hinüber.

„Das ist eine ziemlich fortgeschrittene Reittechnik, die ich dir beibringen kann, wenn du willst", sagte er mit einem amüsierten, aber auch lüsternen Funkeln in den Augen. „Fürs

Erste ist jedoch Konzentration gefragt, mein Engel. Lass uns die Runde machen und schauen, ob wir jemanden erkennen."

Während sie an den Nischen vorbeigingen, wuchs ihre Verlegenheit ebenso wie ihre Erregung. Sie konnte sich der stimulierenden Wirkung nicht erwehren, die diese kopulierenden Paare – und manchmal auch Gruppen aus drei oder mehr Personen – auf sie hatten. In der nächsten Loge kniete eine Frau mit feuerroter Perücke und passend angemalten Lippen sowie Brustwarzen auf einem Sofa. Sie umklammerte die mit kunstvollen Schnitzereien verzierte Rückenlehne, während ein dunkelhaariger Bursche sie von hinten nahm.

Ein blonder Mann stand auf der anderen Seite des Sofas, hatte die Hände in ihren kupferfarbenen Locken vergraben und rammte sein steifes Glied tief in ihren kirschroten Mund. Gefangen zwischen Licht und Dunkelheit, stieß die Frau ein lustvolles, wenn auch gedämpftes Stöhnen aus, das Bea einen elektrisierenden Schock durch den Körper jagte.

„Komm bloß nicht auf dumme Gedanken", flüsterte Wick ihr ins Ohr. „Ich teile nicht gern."

„Ich möchte auch nicht geteilt werden", flüsterte sie zurück.

Der Gedanke, dass irgendein anderer Mann sie berührte, ließ sie in der Tat kalt. Schlagartig wurde ihr klar, dass es nicht der Akt an sich war, der sie erregte, sondern die völlige Hemmungslosigkeit in diesem Raum, die Art und Weise, wie diese Menschen sich ihren dunkelsten Trieben hingaben. Sich so vollständig gehen zu lassen, dass man sich nicht um das Urteil anderer scherte, dass man sich selbst zur Schau stellte, ob man nun einen Mann in umgekehrter Position ritt oder sich von zwei Schwänzen gleichzeitig verwöhnen ließ ...

Das war der Gedanke, der Bea feucht werden ließ.

Plötzlich wurde es still im Raum. Sämtliche Gäste schienen mitten im Akt zu erstarren, während ihre Blicke sich auf die Bühne richteten.

„He, ihr versperrt uns die Sicht!", rief eine männliche Stimme aus der Nische hinter ihnen. „Die Vorführung fängt gleich an, also sucht euch einen Platz. Oder gesellt euch zu uns."

Durch seine Maske betrachtete er Bea mit einem anzüglichen Grinsen. Zwei Frauen knieten zwischen seinen Beinen und leckten genüsslich an seinem Schwanz und seinen Hoden. Wick legte einen Arm um Beas Taille und führte sie zu einer unbesetzten Chaiselongue in der nächsten Nische.

Kaum hatten sie sich niedergelassen, versteifte er sich und murmelte: „Teufel noch eins, das gibt es doch nicht."

Sie folgte seinem Blick: Eine Frau in einer durchsichtigen römischen Toga hatte die Arena betreten. Sie führte einen Mann an einer Leine, die mit seinem Halsband verbunden war. *Großer Gott!* Der Mann war groß und hager und trug keine Kleidung außer dem Ledergeschirr, das um seine Hüften geschnallt war. Sein erigiertes Glied ragte durch ein Loch empor. Seine schwarze Ledermaske schmiegte sich an seine markanten Gesichtszüge, sein unnatürlich schwarzes Haar – zweifellos eine Perücke – fiel ihm zerzaust in die Stirn. Bea konnte die fiebrige Erregung in seinen eisblauen Augen funkeln sehen.

„Du lieber Himmel", flüsterte sie schockiert. „Ist das ... *Pastor Wright?*"

Kapitel Dreißig

Es gab Dinge, die konnte man nicht mehr aus seinem Gedächtnis verbannen, sobald man sie einmal gesehen hatte. Dennoch wünschte Wick sich nichts sehnlicher, als dass ein gnädiger Gott ihn von der Erinnerung an die vergangene Viertelstunde befreien mochte. Nicht, weil er prüde war oder die sexuellen Vorlieben anderer verurteilte, sondern weil er sich lieber die Augen auskratzen würde, als weiter zuschauen zu müssen, wie der ehrenwerte Pastor Henry Wright über einem Prügelblock lehnte und ausgepeitscht wurde. Er stöhnte und wand sich, während seine Herrin ihn mit ihrer Lederpeitsche malträtierte und ihn einen „ungezogenen Jungen", schimpfte.

Als sie in ein Geschirr schlüpfte, an dem ein riesiger, künstlicher Penis aus Elfenbein prangte, verzog Wick das Gesicht und schaute zu Bea hinüber. Sie verfolgte das Geschehen mit weit aufgerissenen Augen, in denen sich entweder Faszination oder blankes Entsetzen widerspiegelte. Er hoffte inständig, dass es sich nicht um Ersteres handelte.

„Wie gesagt: Komm hier bloß nicht auf dumme Ideen",

murmelte er. „Von uns beiden bist du die Einzige, die sich für den anderen bückt."

„Das ist alles sehr aufschlussreich", erwiderte sie mit einem schockierten Kichern. „Glaubst du, er genießt es, ausgepeitscht zu werden?"

„So ungewöhnlich ist das gar nicht. Es gibt Freudenhäuser, die sich auf die Kunst der Geißelung spezialisieren. Für den erlesenen Kunden, der es genießt, die Peitsche zu schwingen oder selbst verdroschen zu werden."

„Tatsächlich?", fragte sie erstaunt. „Warst du schon einmal in solch einem Etablissement?"

„Nein, weil es nicht zu meinen Vorlieben zählt", sagte er und legte einen Finger unter ihr Kinn. „Ich brauche keine Peitsche, um Kontrolle auszuüben."

Sie fuhr sich mit der Zunge über die Lippen, eine Geste, die ihn mehr erregte als alles, was er bisher an diesem Abend gesehen hatte.

„Lass uns das später näher ausführen", flüsterte er. „Wright wird hoffentlich bald fertig sein, also sollten wir uns darauf vorbereiten, ihn abzupassen."

„Seine Heuchelei ist mehr als erzürnend, aber glaubst du wirklich, dass er hinter den Anschlägen steckt?", fragte sie mit einem Stirnrunzeln. „Laut seinem Kalender war er bereits in London, als Fancy entführt wurde."

„Kalender können lügen. So oder so werden wir unsere Antworten bekommen", sagte Wick grimmig.

Nachdem der Pastor laut stöhnend und flehend seinen Höhepunkt erreicht hatte, zerrte seine Herrin ihn vom Peitschenblock, leinte ihn an und führte ihn unter dem tosenden Beifall der Zuschauenden aus dem Ring. Wick nahm Bea bei der Hand und folgte ihnen in diskretem Abstand.

Der Gang, der aus der Arena führte, wies zu beiden Seiten mehrere Türen auf. Während Wright durch eine von ihnen verschwand, ging seine Herrin weiter bis zum Ende des Korridors und stieg dort eine Treppe hinauf.

Sobald sie außer Sichtweite war, traten Bea und Wick an Wrights Tür und klopften an.

Er öffnete nur wenige Augenblicke später. Zwar trug er noch immer seine Maske, hatte sich glücklicherweise aber auch einen Morgenmantel umgebunden. „Dieses Zimmer ist besetzt ...“

Bevor er seinen Satz beenden konnte, hatte Wick ihn unsanft zurück in die kleine Kammer geschubst. Beatrice trat hinter ihnen ein und schloss die Tür.

„Was in Gottes Namen ...?“ Wrights eisblaue Augen weiteten sich vor Schock, als er Bea erkannte. „Miss Brown ... Sind Sie das?“

„In der Tat, Pastor“, erwiderte sie kühl.

Ihm klappte buchstäblich die Kinnlade herunter. „I-ich verstehe nicht. Wie haben Sie mich hier gefunden ...?“

„Wir haben Ihre Taschenuhr“, unterbrach Wick ihn schroff. „Die Sie haben fallen lassen, als Sie Miss Browns Scheune in Brand steckten.“

„W-wie bitte? Ich habe das Feuer nicht gelegt!“, stammelte Wright.

Entweder war der Mann ein ausgezeichneter Schauspieler ... oder tatsächlich unschuldig.

„Warum sollte ich Ihnen glauben? Seit Ihrer Ankunft im Dorf säen Sie Zwietracht gegen mich und meine Pächter“, sagte Bea und verschränkte die Arme vor der Brust. „Sie haben von Anfang an darauf hingearbeitet, mich loszuwerden.“

„Nein! Das heißt, *ja*“, verbesserte er sich hastig, als Wick ihm einen drohenden Blick zuwarf. „Ich weiß, dass ich Ihnen Schwierigkeiten bereitet habe. Aber das war nicht meine Idee, sondern Crombies.“

„In welcher Beziehung stehen Sie zu dem Junker?", fragte Wick.

„Er ... bezahlt mich dafür, Gerüchte über Miss Brown und ihre Pächter zu verbreiten", gab der Pastor zu. „Um ihren Ruf in der Gemeinde zu schädigen. Er will ihr Anwesen, wissen Sie, und er dachte, wenn sie sich, äh, unwillkommen fühlt, könnte er sie dazu überreden, ihm ihr Land zu verkaufen und zu verschwinden."

„War es auch Crombies Idee, dass Sie Mrs Haller schikanieren sollten?", fragte Beatrice scharf.

„Nein." Wright richtete sich mit einer Selbstgerechtigkeit auf, über die Wick nur staunen konnte. „Sarah Haller war eine Prostituierte und hat obendrein ein uneheliches Kind. Um des geistigen und moralischen Wohlergehens meiner Gemeinde willen musste ich an ihr ein Exempel statuieren ..."

„Während Sie sich selbst auf die wollüstigste Art und Weise vergnügen", unterbrach Beatrice ihn angewidert. „Wie können Sie es wagen, über sie zu urteilen? Sie, Sir, sind ein Heuchler der schlimmsten Sorte."

„Sie werden doch niemandem erzählen, was Sie heute Abend gesehen haben?" Offenbar begriff Wright endlich, dass er sich in einem Glashaus befand und hielt in seiner Steinschleuderei inne. „Es würde meine Karriere und mein Ansehen in der Gesellschaft ruinieren. Diejenigen unter meiner Obhut wären am Boden zerstört."

Wick ballte die Hände zu Fäusten. Nur zu gerne würde er diesem wehleidigen, doppelzüngigen Bastard einen ordentlichen Haken verpassen. Es war offensichtlich, dass der Pastor keine Reue für den Schmerz empfand, den er Mrs Haller zugefügt hatte, oder dafür, dass er Bestechungsgelder angenommen hatte, um Beatrice zu verleumden. Auch seine Gemeinde schien ihm gleichgültig zu sein.

Er bedauerte nur sich selbst und die Tatsache, dass er erwischt worden war.

Doch während es ihm eine gewisse Befriedigung verschaffen würde, den Mistkerl zu schlagen, kämen sie dadurch auch nicht weiter.

„Warum war Ihre Uhr in Miss Browns Scheune?", fragte er.

„War sie nicht. Ich kann es Ihnen beweisen." Wright wühlte in einem Kleiderstapel auf einem Stuhl in der Nähe. Als er zurückkam, hielt er eine Taschenuhr in der Hand.

„Sehen Sie?", sagte er eifrig. „Ich habe meine hier."

Wick untersuchte die Uhr. Sie war identisch mit der, die gerade in seiner Tasche steckte.

Verdammt. Wessen Uhr hatte er dann in der Scheune gefunden?

Beatrice runzelte die Stirn. „Diejenige in unserem Besitz gehört jemand anderem?"

„Wir brauchen eine Liste der Mitglieder des Klubs", sagte Wick.

„So etwas habe ich nicht. Keiner hat sie", sagte Wright schnell. „Die Gründer – wer auch immer sie sein mögen – legen großen Wert auf Anonymität. Deshalb bin ich auch beigetreten. Ein Mann meines Standes könnte es sich anders nicht leisten, gewissen, äh, Vergnügungen zu frönen."

Wick widerstand dem Drang, dem Mistkerl die Faust in das selbstgefällige Gesicht zu rammen. „Es gibt einen Sekretär", presste er hervor. „Wie kann man ihn kontaktieren?"

„Er hat ein Büro im ersten Stock." Wright fuhr sich nervös mit der Zunge über die Lippen. „Nehmen Sie die Treppe am Ende des Flurs in die oberste Etage. Aber vielleicht ist er heute Abend gar nicht da."

Umso besser. Wick würde dieses verdammte Büro auf den Kopf stellen, bis er fand, was er suchte.

„Ich habe Ihnen alles gesagt, was ich weiß", jammerte

Wright. „Habe ich Ihr Wort, dass mein Geheimnis bei Ihnen sicher ist?"

„Wir werden keine Geheimnisse für Sie bewahren", sagte Wick voll Abscheu. „Wenn Sie in Zukunft nicht erwischt werden wollen, stellen Sie nichts Unsittliches an. Und jetzt verschwinden Sie."

Panisch raffte Wright seine Sachen zusammen und floh aus dem Zimmer.

„Was für ein *Wiesel*", platzte Beatrice heraus.

„Zweifelsohne. Aber ich glaube, er sagt die Wahrheit. Und es lässt sich nicht leugnen, dass er seine Uhr bei sich hatte."

Sie nagte an ihrer Unterlippe und fragte schließlich: „Glaubst du, dass Crombie hinter dem Feuer und der Entführung steckt?"

„Es gibt eine Möglichkeit, das herauszufinden. Wenn er auf der Mitgliederliste steht, haben wir den Beweis."

„Dann lass uns das Büro des Sekretärs durchsuchen."

„Würdest du eventuell in der Kutsche warten?" Er musste es einfach versuchen, auch wenn er die Antwort kannte.

„Die Durchsuchung geht schneller, wenn wir zu zweit sind", sagte sie entschlossen.

Aus Gründen der Zweckmäßigkeit verzichtete Wick darauf, ihr zu widersprechen, und führte sie hinaus. Der Gang war leer, und das tosende Gebrüll der Menge ließ erahnen, dass die aktuelle Vorstellung ein durchschlagender Erfolg war, was ihnen die perfekte Ablenkung verschaffte. Sie mussten die Gunst der Stunde nutzen.

Er gab Beatrice ein Zeichen, ihm zu der Treppe zu folgen, die sie Wright zufolge zum Büro führen würde. Sie stiegen die mit Teppich ausgelegten Stufen hinauf und kamen im nächsten Stockwerk an. Der große Raum, den sie betraten, war so dekoriert worden, dass er einem Sultanspalast ähnelte. Auf dem Boden lagen überall runde, mit Seide überzogene Matratzen verteilt, auf denen Männer und Frauen es in allen erdenklichen Stellungen miteinander trieben. Schwere Samtvorhänge bedeckten die Wände, vermutlich, um das laute Gestöhne zu dämpfen.

„Nichts wie weiter", murmelte Wick.

Als sie die nächste Treppe erklommen, versperrten ihnen zwei Prostituierte den Weg, die außer ihren Masken und mit Federn geschmückten Perücken nichts trugen.

„Wir sind aber ziemlich zugeknöpft heute Abend, was?", sagte die rothaarige Dirne und zwinkerte ihm zu. „Brauchst du Hilfe beim Ausziehen oder dabei, dein kleines Fräulein zu züchtigen? Ich kann gut mit der Birkenrute umgehen."

Als er Beatrices finsteren Blick sah, sagte Wick schnell: „Nein, vielen Dank."

„Wenn du deine Meinung änderst, komm zu uns", säuselte die andere Dirne. „Wir werden im Serail des Sultans sein, wo gleich die Vorstellung beginnt."

„Ich frage mich, welche tapferen Seelen heute Abend im Glaskäfig auftreten werden", sagte ihre Freundin kichernd.

Die beiden schlenderten davon, und Wick und Bea setzten ihren Weg in die oberste Etage fort. Als er den Wachmann erblickte, der vor einer Tür am Ende des Flurs stand, zog er Beatrice gegen die Wand, sodass sie nicht gesehen werden konnten.

„Das muss das Büro des Sekretärs sein", flüsterte Beatrice. „Wie kommen wir an der Wache vorbei?"

Wick überlegte schnell. „Ich habe einen Plan. Warte hier."

Als er ein paar Minuten später zurückkehrte, wurde er von den beiden nackten Dirnen begleitet, denen sie auf der Treppe begegnet waren. Die rothaarige Frau, die angeboten hatte, Bea zu züchtigen, warf ihr ein freches Lächeln zu, bevor sie mit ihrer blonden Freundin Arm in Arm weiter den Flur hinunterging.

„Was machen die da?", flüsterte Bea Wick zu.

„Das, was sie am besten können. Warte ab und bleib in Deckung."

Vorsichtig spähte sie um die Wand herum und sah, wie die Frauen den Wachmann bezirzten, der sein Bestes tat, ihnen zu widerstehen. Doch schon bald gab er nach, und die beiden zerrten ihn in eines der anderen Zimmer, die vom Korridor abgingen. Die Blondine steckte noch einmal kurz ihren Kopf heraus und gab ihnen ein Daumenhochzeichen.

„Sie werden ihn so lange beschäftigen, wie sie können", sagte Wick. „Aber wir sollten uns besser beeilen."

Lautlos eilten sie in Richtung des Büros. Er rüttelte an der Türklinke … Natürlich war sie verschlossen.

„Ich brauche Haarnadeln", sagte er leise.

Bea zupfte ein Paar von ihrer Perücke und reichte sie ihm. Fasziniert beobachtete sie, wie er die Nadeln in das Schloss schob und geschickt damit herumhantierte. Ein leises Klicken ertönte … und die Tür schwang auf.

„Ist das Knacken von Schlössern eine erforderliche Fähigkeit in der Unterwelt?"

„Nein, aber in Eton schon." Er sah sich noch einmal wachsam um. „Lass uns reingehen."

Das Feuer im Kamin tauchte das Büro in flackerndes, orangefarbenes Licht. Ein großer Schreibtisch und deckenhohe Schränke dominierten das eine Ende des Raumes, während sich rechts daneben eine Sitzecke sowie eine weitere Tür befanden. Sie steuerten geradewegs auf den Tisch zu, wo Wick wieder seine Internatstricks anwendete, um die Schubladen zu öffnen. In der obersten fanden sie verschiedene Schreibutensilien, Papiere und ein Hauptbuch mit den Konten des Klubs, aber keine Liste der Mitglieder.

„Such du hier weiter. Ich überprüfe die Schränke", wies er Bea an.

Sie durchwühlte die restlichen Fächer und rümpfte die Nase, als sie ein Paar stinkende Strümpfe und ein Toupet fand, das einem toten Nagetier ähnelte. Während Wick systematisch die Türen der Schränke öffnete und schloss, trat sie zurück und sah sich im Raum um.

Wenn ich etwas Wichtiges verstecken wollte, welchen Ort würde ich dafür wählen?

Sie ging zur Sitzecke hinüber, wo ein Bücherregal stand, auf dem sich unzählige Wälzer aneinanderreihten. Selbst, wenn sie wüsste, wonach sie suchte, war die schiere Menge an Büchern überwältigend, und sie hatten wahrscheinlich nur noch wenige Minuten Zeit, bevor der Wächter zurückkehrte.

Wahllos zog sie eines aus dem mittleren Regal, öffnete es und blätterte darin herum, fand aber nichts.

Sie starrte auf die Reihen von Bänden und versuchte, wie das Mitglied eines Geheimbundes zu denken. Den Titeln nach besaß der Sekretär eine eklektische Sammlung: Abhandlungen über Immobilienverwaltung, eine Auswahl an Shakespeare, einige Geschichtsbücher, und ... Moment mal. Dantes *Inferno?*

Eine Geschichte über die Reise durch die Hölle.

Mit wachsender Aufregung griff sie nach dem ramponierten Buch auf dem zweiten Regal von oben. Sie musste sich auf die Zehenspitzen stellen, um es zu erreichen. Beim Herausziehen spürte sie eine leichte Gewichtsverlagerung, als ob sich etwas im Inneren bewegt hätte. Als sie es untersuchte, stellte sie fest, dass es gar kein Buch war, sondern ein Holzkästchen mit einem Ledereinband, dessen Ränder so geschnitzt waren, dass sie wie Seiten aussahen.

Sie schüttelte es und hörte ein leises, dumpfes Geräusch. Leider schien es keine Möglichkeit zu geben, es zu öffnen.

„Wick", flüsterte sie atemlos. „Ich habe etwas entdeckt."

Im Nu stand er neben ihr. „*Inferno* ... Sehr clever. Darf ich?" Er nahm ihr das Kästchen ab, stellte es auf den Schreibtisch und fuhr mit den Fingern methodisch über die Nähte. „Hier ist der Ledereinband nicht am Rücken befestigt. Wahrscheinlich gibt es einen Schalter ..."

Bea hörte ein leises Klicken, und der Deckel sprang auf wie eine Klappe.

Im Inneren, eingebettet in ein Stück Seide, lag ein schwarzes Lederbuch.

Wick hob den kleinen Band an und blätterte ihn durch.

Seite um Seite war mit Namen gefüllt. Daneben waren das jeweilige Datum der Aufnahme sowie der Status der Mitgliedschaft aufgeführt.

„Die Liste", hauchte Bea. „Wir haben sie gefunden ..."

Sie erstarrte, als sich Schritte und Stimmen näherten.

Blitzschnell steckte Wick das Buch in seine Jackentasche, stellte *Inferno* wieder ins Regal und zerrte sie zu der Tür neben der Sitzecke. Er machte kurzen Prozess mit dem Schloss und riss sie auf. Auf der anderen Seite befand sich eine Treppe, die nach unten führte. Er schob Bea hinein und schloss die Tür hinter ihnen, gerade als jemand das Büro betrat. Während sie die Stufen hinuntereilten, schlug ihr das Herz bei jedem Schritt bis zum Hals.

Hatte der Wachmann bemerkt, dass sie im Büro waren? War er hinter ihnen her?

Die Treppe führte zu einem kurzen Korridor, der von weiteren Türen gesäumt war. Keine von ihnen war gekennzeichnet oder ließ darauf schließen, welcher Weg nach draußen führte. Wick griff nach dem nächstgelegenen Knauf, und als dieser sich drehen ließ, betrat er mit angespannter Körperhaltung das Zimmer. Bea folgte ihm, und die Tür schwang hinter ihr zu.

Es war eine weitere Kammer, kleiner als das Büro, das sie

soeben verlassen hatten. Seltsamerweise standen ein Schreibtisch und ein Stuhl in der Mitte des Raumes. Die Wände bestanden aus großen, deckenhohen Fenstern. Aus irgendeinem Grund waren die Vorhänge auf der anderen Seite des Glases angebracht.

Bea beschlich ein ungutes Gefühl. „Irgendetwas stimmt hier nicht.“

„Lass uns von hier verschwinden“, sagte Wick mit grimmiger Miene.

Er ging zur Tür und versuchte, sie zu öffnen. „Verdammt, jemand hat sie von außen verriegelt!“

„Meine Damen und Herren, es scheint, als hätten wir heute Abend Darsteller im Glaskäfig!“, ertönte eine durchdringende Stimme.

Von der anderen Seite des Glases ertönte begeistertes Gejubel, und die Vorhänge öffneten sich langsam.

„Was zum Teufel ...?“, presste Wick hervor.

Er schob Bea hinter sich und stellte sich schützend zwischen sie und die Fenster, aber sie spähte schockiert über seine Schulter. Die hohen Glasscheiben gaben den Blick frei auf das Serail des Sultans, das sie vorhin durchquert hatten. Männer und Frauen räkelten sich auf bunten Seidenkissen und nippten an Champagnerflöten. Ihre maskierten Gesichter waren Wick und Beatrice zugewandt, als erwarteten sie ... eine Vorstellung?

„Mein Gott“, flüsterte Wick.

„Steht nicht einfach so herum!“, rief jemand. „Zieht euch aus und vögelt!“

Kapitel Einunddreißig

Verdammt ... Sie saßen in der Falle.

Während die Menge immer ungeduldiger wurde und nach einer verruchten Vorstellung verlangte, versuchte Wick fieberhaft, einen Ausweg zu finden. Er spürte das Gewicht des Buches in der Innentasche seines Jacketts ... der Schlüssel, der sie zu Beatrices Feind führen würde. Sie waren *so* kurz davor, das Rätsel zu lösen. Er musste sie nur noch hier herausbringen, ohne den wahren Grund ihrer Anwesenheit zu verraten.

Aber wie? Je länger er und Beatrice wie gelähmt in dem „Glaskäfig" verharrten, desto größer war die Wahrscheinlichkeit, dass sie aufflogen. Irgendjemandem würde auffallen, dass sie gar keine Mitglieder des Hellfire Clubs waren. Im Laufe des Abends hatte er in sämtlichen Räumen Wachen gesehen und wusste, dass er nicht gleichzeitig gegen eine Armee stämmiger Kerle kämpfen und Beatrice beschützen konnte.

Denk nach, Mann. Versag jetzt nicht. Lass Bea nicht im Stich ...

Als er eine Bewegung hinter sich wahrnahm, drehte er sich um, um sie zurückzuhalten, sie vor der neugierigen Menge zu schützen. Doch sie wich ihm aus und ließ sich anmutig vor ihm auf die Knie sinken. Erschrocken starrte er auf ihr nach oben gewandtes Gesicht, das von ihrer weißen Maske verdeckt wurde. Allein ihre funkelnden Augen und ihre vollen Lippen waren zu sehen.

„Was hast du ...?"

„Vertrau mir", flüsterte sie und legte eine Hand auf die verdeckte Knopfleiste seiner Hose.

Während sein Verstand nicht ganz mitzukommen schien, reagierte sein Körper wie immer auf ihre Berührung. Im Nu wurde er hart. Als sie begann, den Verschluss seiner Hose zu öffnen, wurde es still im Serail, und das Gebrüll wurde durch eine erwartungsvolle, erotische Energie ersetzt, die sich auch in ihrem Glasgefängnis ausbreitete.

Er konnte nicht glauben, was Bea da tat. Vielleicht wurde sie von der Anonymität ermutigt, die ihre Verkleidungen ihnen boten. Was auch immer der Grund sein mochte, ihr kühnes Vorgehen brachte sein Blut in Wallung, und rational betrachtet ließ sich nicht leugnen, dass dies der einzige Ausweg aus ihrer misslichen Lage sein könnte.

Sie befreite seinen harten Schwanz aus den Stofflagen und ließ ihre behandschuhten Finger über seine erhitzte Haut gleiten, während ein Raum voller Fremder ihnen dabei zusah. Das unverhohlene Verlangen in ihrem Blick verriet ihm, dass sie es so wollte, dass es sie erregte, ihm auf diese öffentliche Weise zu dienen ... was ihn nur noch härter werden ließ, verdammt. Es machte ihm nichts aus, eine Schau abzuziehen, solange sie bekleidet und vor den lüsternen Blicken geschützt blieb.

Seine Geliebte so unterwürfig vor ihm knien zu sehen, weckte seine dominanten Instinkte. Seit ihrer Ankunft in London hatte er gespürt, wie sie eine Mauer zwischen ihnen errichtete. Bei der geringsten Provokation, oftmals sogar ohne jeglichen Grund, hatte sie auf stur geschaltet. Manchmal erweckte es den Anschein, als würde sie ihn absichtlich provozieren, um die Grenzen seiner Geduld auszutesten. Seine Frustration war nur durch sein Verständnis für sie und ihr Bedürfnis nach Unabhängigkeit gemildert worden.

Im Leben war Beatrice ihm ebenbürtig. Diese Tatsache respektierte er. Aber er hatte eben auch das Bedürfnis, seinen eigenen Willen durchzusetzen. Und was eignete sich besser dafür, als ihre Unterwürfigkeit bis zum Äußersten auszureizen? Im Bett genoss er es, die Zügel in die Hand zu nehmen, während sie ihm mit Vergnügen die Führung überließ. Zwar hatte sie diese erotische Szene initiiert, aber er wusste, wie er ihnen im Folgenden die größtmögliche Lust bescheren konnte.

Er legte einen Finger unter ihr Kinn und sagte mit absichtlich tiefer Stimme, um nicht erkannt zu werden: „Sieh nur mich an. Ich will, dass dein Blick die ganze Zeit über auf mir ruht."

Die Wärme in ihren Augen und der wohlige Schauer, der sie durchfuhr, waren Zustimmung genug.

„Jetzt umschließe meinen Schwanz mit beiden Händen. So fest du kannst."

Sie gehorchte und ließ ihre Fäuste über seinen Schaft gleiten, ohne den Blick von dem seinen abzuwenden. Er stellte sich vor, wie die Szene für ihr Publikum aussehen musste: eine schöne, maskierte Frau, die vor einem Mann kniete und ihn mit eifriger Hingabe befriedigte. Der Gedanke erregte ihn fast so sehr wie ihre sanfte Berührung ... und entfachte auch seine dunkleren Begierden.

„Als Nächstes will ich deinen Mund um mich spüren", sagte er. „Streck die Zunge heraus."

Er nahm ihre Hände von seinem Schwanz und legte sie auf seine Oberschenkel. „Behalte sie dort."

„Sehr wohl, Sir."

Ihr Tonfall war frech, herausfordernd, so, wie er es von ihr kannte. So bereitwillig sie sich ihm auch unterwarf, war sie es doch gewohnt, die Kontrolle zu haben und immer genau das zu tun, was ihr gefiel. Er wusste, dass sie seinen Schwanz lutschen wollte, und er würde ihr diesen Wunsch erfüllen ... aber auf seine eigene Art und Weise.

Er umschloss seine Erektion und ließ seine Eichel über ihre zartrosa Lippen gleiten, bevor er sie darauf ablegte und für einen kurzen Augenblick die samtige Wärme genoss, die ihre seltene Zurschaustellung von Gehorsam nur noch versüßte. Er hörte das Gemurmel der Menge, als sie weiterhin zu ihm aufblickte, voller Lust und Bewunderung. Zu wissen, wie stark diese Frau war, die seinen Schwanz vor den Augen aller auf ihren Lippen ruhen ließ, weil er es ihr befohlen hatte, verlieh dem Akt eine besondere Bedeutung, die sein Herz höherschlagen ließ und sein Blut in Wallung brachte.

„So ist es gut", lobte er sie. „Jetzt lass brav den Mund offen, während ich ihn ficke."

Er vergrub eine Hand in den braunen Locken ihrer Perücke, fixierte ihren Kopf und ließ sich langsam zwischen ihre Lippen gleiten. Ein kehliges Stöhnen entfuhr ihm, als ihre feuchte, samtige Hitze seinen Schwanz umhüllte. Inzwischen war sie äußerst versiert in der Kunst der Fellatio, und er wusste genau, wie viel sie aushalten konnte, wie er sie mit seinen fordernden Stößen zum Wimmern brachte, wie erregend sie es fand, auf diese Weise von ihm benutzt zu werden.

Er drang so tief in sie ein, dass er hinten an ihren Rachen stieß, und stöhnte genussvoll auf, als ihre Halsmuskeln sich um ihn zusammenzogen. Das leise, glucksende Geräusch, das ihr entwich, weckte seine animalischen Instinkte. Er zog sich zurück und ließ sie einen Atemzug durch die Nase nehmen, bevor er die Bewegung wiederholte, immer schneller und tiefer, bis seine Hoden an ihrem Kinn ruhten.

Mit dem Daumen fuhr er den Umriss ihrer geschwollenen Lippen nach.

„Gefällt es dir, mich ganz tief in deinem Hals zu spüren, Täubchen?", fragte er.

Ihre Augen glühten vor Verlangen, selbst als schimmernde Tränen ihre Wimpern benetzten. Sie nickte, und er ließ seinen Schwanz herausgleiten, gab ihr einen Moment Zeit, sich zu erholen, bevor er ihren Mund erneut dominierte. Er war so kurz davor zu kommen. Ihre liebliche Unterwerfung und die lüsternen Geräusche der Menge brachten ihn schnell an den Gipfel der Ekstase, eine dunkle, zügellose Grenze, die er vor Beatrice mit keiner anderen Frau zu erreichen vermochte.

Es war eine Sache, hemmungslos zu vögeln, aber eine ganz andere, mit der Frau, für die man so viel empfand, auf diese Weise intim zu sein, zu wissen, dass man seine größten Misserfolge, seine dunkelsten Begierden, seine zärtlichsten Träume mit ihr teilen konnte ... weil sie alles davon aushielt und akzeptierte.

Weil sie unglaublich stark war.

Weil er ihr vertraute, sie *liebte*.

Die Erkenntnis traf ihn wie ein Blitz. Schwer atmend zog er sich aus ihr zurück.

„Lass den Mund schön weit offen für mich, Täubchen", knurrte er.

Gehorsam öffnete sie ihre roten, geschwollenen Lippen so weit es ging. Er pumpte seinen Schwanz immer härter und schneller, bis sein Orgasmus ihn wie eine Flutwelle erfasste, Woge um Woge schäumender Glückseligkeit, die ihn dazu brachte, sich in ihren wartenden Mund zu ergießen. Bebend betrachtete er sie, wie sie vor ihm kniete und stolz den Preis zur Schau stellte, den sie ihm entlockt hatte.

Ihr Publikum brach in stürmischen Beifall aus. Dass sie nicht allein waren, hatte er in der Hitze des Augenblicks völlig vergessen. Auch Beatrice schreckte auf, als hätte sie sich in der leidenschaftlichen Verbindung zwischen ihnen verloren und überhaupt nicht mehr registriert, dass da noch andere Menschen um sie herum waren. Ein Tropfen seines Samens klebte an ihrem Kinn, und als er ihn wegwischte, spürte er, wie sie vor Verlangen zitterte. Verdammt, ihre Unersättlichkeit brachte auch sein Blut erneut in Wallung.

„Ich werde mich bald um dich kümmern, Engel", murmelte er, während er ihr auf die Beine half. „Aber jetzt verbeuge dich, und dann lass uns von hier verschwinden."

In der Kutsche schmiegte Beatrice sich eng an seine Seite. Sie zitterte noch immer vor ungestilltem Verlangen und massierte seinen Oberschenkel auf äußerst erregende Weise, aber mit den Wachen, die vorne auf der Kutsche saßen, war es zu riskant. Er würde warten, bis sie zu Hause waren, und dann würde er sie bis zum Morgengrauen lieben.

In der Zwischenzeit nahm er das schwarze Buch heraus. Im flackernden Lampenlicht begannen sie, die Liste durchzulesen. Die Mitglieder waren in alphabetischer Reihenfolge nach Nachnamen aufgeführt. Daneben befanden sich Spalten, die das Datum der Aufnahme und den Status der Mitgliedschaft im Hellfire Club belegten.

Viele der aufgeführten Personen waren Wick bekannt: Aristokraten, Industrielle, mehr als ein paar Politiker.

Als er die Seite mit den Nachnamen aufschlug, die mit „G" begannen, hörte er Beatrice scharf nach Luft schnappen. Ihr Gesicht verlor jegliche Farbe.

„Was ist los, mein Engel?", fragte er. „Erkennst du jemanden?"

„T. Edgar Grigg", flüsterte sie und fasste sich an die Wange. „Der Mann, der meine Narbe verursacht hat ... Er war ein Gründungsmitglied."

Kapitel Zweiunddreißig

„Beatrice, wach auf."

Verwirrt schlug sie die Augen auf, unsicher, wo sie war. Dann sah sie, wie Wick die Vorhänge aufzog und erkannte, dass sie sich in seinem Zimmer befand. Nachdem sie aus dem Hellfire Club zurückgekehrt waren, hatte er sie bis in die frühen Morgenstunden geliebt. Es war, als ob ihre Zeit im Glaskäfig ihnen eine neue Ebene der Intimität eröffnet hatte, auf der es keine Tabus mehr gab. Er hatte unglaubliche Ausdauer und Virtuosität bewiesen und sie in Stellungen genommen, die ihr selbst jetzt noch die Röte ins Gesicht trieben.

Einmal hatte sie sich auf Händen und Knien positioniert, die Wange gegen die Matratze gepresst und den Po angehoben. Er hatte ihre Hüften gepackt und von hinten in sie hineingestoßen, und sie war jedes Mal, wenn seine schweren Hoden gegen ihre empfindlichen Schamlippen klatschten, halb wahnsinnig geworden vor Lust. Einmal war er mit dem Daumen in eine noch weitaus verbotenere Stelle ihres Körpers eingedrungen, und das Gefühl war so schockierend und verrucht gewesen, dass sie auf der Stelle zum Höhepunkt gekommen war. Immer wieder hatte er sie auf den Gipfel der Ekstase getrieben, bis sie so vom Stöhnen und Schreien so heiser war, dass sie kaum noch einen Ton herausbrachte.

Danach war sie eingeschlafen, doch an erholsamen Schlummer war nicht zu denken. Sie war von Bildern und Erinnerungen heimgesucht worden, die sich nicht einmal durch Wicks meisterhaftes Liebesspiel hatten vertreiben lassen.

Grigg, der Mann, der in ihrer Vergangenheit eine so entscheidende Rolle gespielt hatte, war in ihre Gegenwart eingedrungen. In ihren Träumen erschien er ihr als Gespenst, eine blutrünstige Erscheinung, der sie niemals entkommen konnte. Sie war gerannt und gerannt, hatte manchmal sogar geglaubt, den Herzschmerz endlich hinter sich gelassen zu haben, aber am Ende holte er sie doch immer wieder ein.

Ihre Schläfen pochten. Sie wusste, dass sie nicht klar denken konnte, dass es der Schlafmangel und die traumatischen Erlebnisse der letzten Stunden waren, die sie in diese seltsame Spirale gezogen hatten. Sie versuchte, sich einzureden, dass alles gut werden würde. Immerhin hatten sie und Wick einen Plan.

An diesem Tag würden sie Mr Lugo aufsuchen, den Ermittler, den Harry Kent ihnen empfohlen hatte. Sie wollten ihn bitten, Griggs Familie zu überprüfen, um herauszufinden, wer die Uhr geerbt haben könnte ... Wer sich womöglich für den Tod seines Verwandten an Beatrice rächen wollte.

Kurz hatte Bea erwogen, ihren Bruder aufzusuchen – der angesichts seines eigenen Rachefeldzugs gegen Grigg wahrscheinlich Informationen hatte –, sich dann aber dagegen entschieden. Was, wenn Benedict beschloss, die Sache selbst in die Hand zu nehmen? Wie sie ihn kannte, würde er versuchen, diesen neuen Gegner zu vernichten, ohne sich darüber im Klaren zu sein, dass die gegenwärtige Situation das Ergebnis seines Bedürfnisses nach Vergeltung war.

Sie erschauderte, als sie an das Unheil dachte, das ihr Bruder anrichten könnte. Nein, das durfte sie nicht riskieren. Es war besser, ein paar Tage zu warten, bis ein professioneller Ermittler die Antworten gefunden hatte.

Hätte Benedict Grigg nur in Ruhe gelassen, dachte sie verzweifelt. *Hätte ich mich nur nicht eingemischt, als Grigg den Jungen verprügelte ... Doch wie hätte ich angesichts solcher Grausamkeit tatenlos zusehen sollen?*

Sie rieb sich mit den Handballen über die Augen. Gott, sie brauchte mehr Schlaf. Warum hatte Wick sie so früh geweckt? Dem Licht nach zu urteilen, das er in den Raum strömen ließ, war der Tag gerade erst angebrochen. Und es war ja nicht so, dass sie sich Sorgen um die Dienerschaft machen mussten: Sein Kammerdiener war ebenso diskret wie Lisette und würde nicht einmal mit der Wimper zucken, wenn er Beatrice im Bett seines Herrn vorfand.

Wick musste ihren Gesichtsausdruck richtig gedeutet haben, denn er setzte sich neben sie auf die Matratze und strich ihr eine Strähne hinters Ohr. „Tut mir leid, dich zu wecken, wo ich dich doch des Schlafes beraubt habe, mein Engel.“

Sie spürte, wie sie errötete. Im Schutz der Nacht war es leicht gewesen, sich der verruchten Erotik ihres Liebesspiels hinzugeben. Jetzt, wo ihre Emotionen ohnehin völlig durcheinander waren, fühlte sie sich auf einmal befangen. Es war, als hätte man ihr eine Hautschicht abgezogen und sie entblößt und ungeschützt zurückgelassen.

Sie lächelte, um ihr Unbehagen zu überspielen. „Gibt es einen Grund dafür, dass du zu dieser unchristlichen Stunde schon auf den Beinen bist?“

„Leider ja.“

Wick war nicht der Typ, der sich verstellte. Normalerweise überbrachte er ihr Nachrichten, ob nun gut oder schlecht, auf direktem Wege. Deshalb schürte sein Zögern ihr Unbehagen nur noch mehr.

„Was ist passiert?", fragte sie, mit dem Schlimmsten rechnend. „Hat jemand herausgefunden, dass wir in dem Klub waren? Mein Gott, ist etwas auf meinem Anwesen vorgefallen ...?"

„Nein, mein Engel, nichts dergleichen. Es sind keine schlechten Nachrichten."

„Was ist es dann?", fragte sie in dringlichem Tonfall.

„Es geht um meine Mutter", erklärte er mit einem Stirnrunzeln. „Ich habe erfahren, dass sie heute hier ankommen wird."

„Mein liebster Wickham! Da du mich schon ewig nicht mehr besucht hast, du böser Junge, musste ich wohl oder übel zu dir kommen."

Während Wick sich geduldig von seiner Mutter umarmen ließ, hielten Bea und Violet sich im Hintergrund des Salons auf und verfolgten die Szene stillschweigend. Die verwitwete Vicomtesse war eine beeindruckende Frau, die in ihren Sechzigern sein musste, obwohl ihr sorgfältig gepflegter Teint und ihre schlanke Figur ihr ein wesentlich jüngeres Aussehen verliehen. Wick hatte eindeutig ihren frischen Hautton und ihren Knochenbau geerbt, und vielleicht stammte auch seine angeborene Eleganz von ihr. In ihrem smaragdgrünen Kutschenkleid mit Chinoiserie-Bordüre sah sie einfach hinreißend aus. Ihr goldbraunes, zu einem Knoten frisiertes Haar glänzte unter der geschwungenen Krempe ihres ausladenden Huts.

Nachdem sie Wick gründlich inspiziert hatte – wobei sie es sich nicht nehmen ließ, ihm zu sagen, wie müde er doch aussähe und dass er unbedingt die neue Augencreme probieren müsse, die sie mitgebracht hatte –, wandte sie sich an ihren ältesten Sohn.

„Carlisle", sagte sie mit einem kühlen Lächeln. „Ich habe dich gar nicht gesehen."

Da der Vicomte die ganze Zeit neben Wick gestanden hatte und mit seiner kräftigen Statur kaum zu übersehen war, konnte Beatrice nicht umhin, sich über die Bemerkung der Witwe zu wundern.

„Geben Sie nicht zu viel auf das, was sie sagt", raunte Violet ihr zu. „Das tue ich nie. Aber der arme Richard musste schon immer ihre fiesen, kleinen Spielchen ertragen. Sie pickt sich nun mal gerne ihre Lieblinge heraus, sogar bei unseren Jungs. Wenn es nach ihr ginge, würde sie Wickham – unseren und Ihren – nach Strich und Faden verhätscheln."

Wenn auch nicht einer pflichtbewussten Schwiegertochter entsprechend, so erschien Violets Bemerkung doch zumindest zutreffend.

„Mama, ich möchte dir eine Freundin vorstellen", sagte Wick.

„Steht sie dort drüben bei ... Ach, Violet, meine Liebe, du bist das!" Die Witwe kam zu ihnen herüber. „Ich war einen Moment lang geblendet von der grellen Farbe deines Kleides und habe dich gar nicht richtig erkannt."

Bea fand, dass Violets sonnenblumengelbes Kleid den brünetten Farbton ihrer Haare wunderbar zur Geltung brachte. Vi reagierte gar nicht auf die beleidigende Bemerkung ihrer Schwiegermutter, sondern beugte sich vor, um sie mit Luftküssen zu begrüßen.

„Guten Morgen, Mama", sagte sie strahlend. „Vielleicht sollten Sie Ihre Augen untersuchen lassen, während Sie in der Stadt sind? Carlisle zu übersehen, von meinem Kleid geblendet zu werden ... Das könnten Symptome nachlassender Sehkraft sein. In Ihrem Alter ist das nichts Ungewöhnliches, wissen Sie?"

Carlisle räusperte sich in dem offensichtlichen Versuch, ein Lachen zu unterdrücken.

„Mit meiner Sehkraft ist alles in Ordnung", zischte die Witwe.

„Brillen sind heutzutage ziemlich in Mode", sagte Vi mit einem unschuldigen Gesichtsausdruck. „Viele ältere Herrschaften tragen sie als Accessoire."

Die Vicomtesse straffte die Schultern und wandte sich mit würdevoller Miene Bea zu. „Wickham, Darling, stell mir doch bitte deine ... Freundin vor."

Während er sie miteinander bekannt machte, musterte die Witwe Bea eingehend. Da sie wusste, dass sie ältere Frau sie bereits seit ihrem Eintreffen in Augenschein genommen hatte, war dieser wohl ausreichend Zeit geblieben, ihre Reaktion auf die Narbe zu kontrollieren.

Dennoch brachte die Vicomtesse ihre Überraschung deutlich zum Ausdruck, als ihr Blick an Beas Wange haften blieb. In den weit aufgerissenen Augen der schönen Dame sah sie das Spiegelbild einer Bestie.

Bemüht, den Schmerz in ihrer Brust zu ignorieren, sagte sie sich, dass es keine Rolle spielen sollte, was Wicks Mutter von ihr dachte ... Aber das tat es. Denn in deren Gesicht sah sie genau das, was sie vor all den Jahren dazu gebracht hatte, aus London zu fliehen: Abscheu, versteckt hinter geheuchelter Sympathie.

„Meine liebe Lady Beatrice", sagte die Vicomtesse mit einem bekümmerten Lächeln. „Wie ich Ihren Mut bewundere. Es kann nicht leicht sein, nach London zurückzukehren."

„Mama", sagte Wick in warnendem Tonfall.

Bea hatte nicht vor, ihn ihre Kämpfe für sie austragen zu lassen. Sie tat so, als hätte sie die Bemerkung der Witwe missverstanden, und erwiderte: „Danke, Mylady. Da ich vom Lande komme, muss ich zugeben, dass es Mut erfordert, sich dem Trubel der Stadt zu stellen. Ich bin die Menschenmassen und den Lärm nicht gewohnt."

Die ältere Dame lächelte unbeirrt weiter. „Nun, ich kenne mehrere Wodehouses. Sind Sie mit dem Herzog von Hadleigh verwandt?"

„Er ist mein Bruder, aber wir haben schon seit einiger Zeit keinen Kontakt mehr. Ich würde es vorziehen, wenn es so bleibt."

Die Vicomtesse hob die dünnen Brauen, aber Bea hatte einfach direkt sein müssen. Was sie gar nicht gebrauchen konnte, war, dass die andere Frau Benedict auf ihre Anwesenheit in der Stadt aufmerksam machte.

Wick musste ihre Sorge geteilt haben, denn er sagte: „Ich vertraue darauf, dass du diskret sein wirst, Mama. Ich helfe Lady Beatrice in einer Angelegenheit, die mit größter Sorgfalt und Vorsicht behandelt werden muss. Wenn Informationen über ihren Aufenthaltsort an die Öffentlichkeit gelangen, könnte ihr Leben in Gefahr sein."

„Meine Güte, wie dramatisch." Schockiert fasste die Witwe sich an die Brust. „Keine Sorge, meine Lieben ... Ihr wisst, ich bin der Inbegriff der Diskretion. Ich werde niemandem auch nur ein Sterbenswörtchen verraten."

Kapitel Dreiunddreißig

Am darauffolgenden Tag erhielt Wick von seinen Männern die Nachricht, dass sie die Familie von Randall Perkins ausfindig machen konnten. Sie hatten mit einem Ehepaar namens Palmer gesprochen, das in den Seven Dials lebte. Die Palmers kannten zwar keinen Randall Perkins, sagten aber, sie hätten einen Neffen namens Ralph – offenbar ein bekannter Unruhestifter –, dessen Alter und körperliche Beschreibung, bis hin zum Feuermal, mit der von Perkins übereinstimmte.

Während Richard und Violet sich um die Unterbringung der Vicomtesse kümmerten – welche nicht gerade erfreut darüber war, dass Beatrice in ihrer Lieblingssuite wohnte –, machte Wick sich ohne Umschweife auf den Weg zu der Adresse, die seine Leute ihm genannt hatten. Da er von Bea begleitet wurde, die sich weigerte, zu Hause zu bleiben, nahm er zur Sicherheit Wachen mit.

Kurze Zeit später erreichten sie das Mietshaus im Herzen von Seven Dials. Nachts trieben sich in dem Viertel Diebe und Halsabschneider herum, und wer sich in die engen, verwinkelten Straßen und Sackgassen wagte, spielte mit seinem Leben.

Tagsüber wirkte die dicht besiedelte Gegend zwar weniger bedrohlich, aber Taschendiebe waren nach wie vor überall und hielten Ausschau nach neuen Opfern.

Als Wick Bea aus der Kutsche half, umklammerte sie alarmiert seine Hand.

„Was ist los?", fragte er.

„Ich schwöre, es ist wieder derselbe Junge", flüsterte sie. „Der, den ich vor drei Tagen vor deinem Büro gesehen habe und dann noch einmal vor Doolittles Emporium. Er versteckt sich in der Gasse auf der anderen Straßenseite."

Wick warf einen beiläufigen Blick in die von ihr angegebene Richtung. Tatsächlich sah er eine flüchtige Bewegung, das Aufblitzen von braunem Haar, einen zerrissenen Ärmel, der im Schatten verschwand.

„Ich schicke Wilcox hinterher", sagte er und deutete auf einen der Wachmänner.

„Nein, tu das nicht", hielt sie ihn zurück. „Er ist nur ein Kind. Ich bin sicher, dass er nichts Böses im Sinn hat."

„Du bist zu weichherzig, mein Engel. Dieses ‚Kind' sah aus wie ein Schmutzfink."

„Ein was?", fragte Bea und legte den Kopf schief.

„Die Schmutzfinken sind eine Bande von Straßenkindern, die an den Ufern der Themse nach Wertvollem suchen und als Taschendiebe ihren Lebensunterhalt verdienen. Sie sehen vielleicht unschuldig aus, aber versuch nur nicht, es mit einer ganzen Schar von ihnen aufzunehmen. Sie sind berüchtigt für ihre rätselhaften Ziele und ihre Loyalität gilt allein ihrer Bande." Wick warf einen angestrengten Blick in die Gasse. „Wenn du den Jungen wieder siehst, sag mir Bescheid. Ich werde mit ihrem Anführer sprechen."

„Du kennst ihren Anführer?"

„Ich habe ihn schon einmal angeheuert, um Informationen zu sammeln." Auf ihren verwirrten Blick hin erklärte er: „Die

Gassenjungen sind als Plünderer und Langfinger bekannt, aber ihr Hauptgeschäft ist der Erwerb und Verkauf von Wissen. Sie haben ihre Augen und Ohren überall, was äußerst nützlich ist, wenn man zum Beispiel in Erfahrung bringen möchte, was ein Konkurrent für ein Projekt bietet oder wie ein Abgeordneter abzustimmen gedenkt. Und während der Prinz der Gassenjungen nichts dagegen hat, wenn seine Leute ab und zu einen kleinen Diebstahl begehen, duldet er nicht, dass sie Frauen belästigen."

„Du hast wirklich interessante Bekanntschaften", sagte sie stirnrunzelnd.

„Willkommen in der Londoner Unterwelt", erwiderte er und führte sie zum Eingang des Mietshauses, ein baufälliges Gebäude mit durchhängendem Dach, das an ein in sich zusammenfallendes Soufflé erinnerte. „Bleib immer in meiner Nähe und sei wachsam."

Die Adresse, zu der sie wollten, befand sich im vierten Stock, was bedeutete, dass sie eine freiliegende, knarrende Treppe hinaufsteigen mussten, die den Anschein erweckte, als ob sie jeden Moment einstürzen könnte. Sie kamen an Wohnungen mit abblätternden Türen und an solchen ohne Türen vorbei, in denen ein schäbiger Vorhang als einziger Sichtschutz diente. Sie stolperten über Männer, die im Hausflur herumlagen, weil sie zu betrunken waren oder sich nicht aufraffen konnten, die letzten Schritte nach Hause zu gehen. Mütter in schmutzigen Schürzen kümmerten sich um schreiende Kinder, während einige der jüngeren Frauen nach Ausübung ihres nächtlichen Berufs noch stark geschminkt heimkehrten. Die Luft war erfüllt von unangenehmen, stechenden Gerüchen.

Schließlich erreichten sie ihr Ziel, eine Eckwohnung, deren Tür in einem fröhlichen Blau gestrichen war. Wick klopfte an und schnitt eine Grimasse, als das Schreien eines Säuglings von drinnen ertönte. Der langgezogene Jammerlaut löste einen weiteren aus, welcher wiederum den nächsten auslöste, und immer so weiter, wie ein Dominoeffekt. Innerhalb von Sekunden war die anschwellende Kakophonie im ganzen Hausflur zu hören.

Die Tür schwang auf, und eine stämmige Matrone, die eine schäbige Haube trug, starrte ihm entgegen.

Auf jedem Arm ein schreiendes Kind haltend, ein drittes auf den Rücken geschnallt, verlangte sie zu wissen: „Was woll'n Sie, hm? Ich hab den ganzen Morgen damit verbracht, die Kleinen zu beruhigen, und jetzt hämmern Sie hier so laut an die Tür, dass es selbst einen Toten wecken würde!"

„Es tut mir aufrichtig leid, Madam", sagte Wick und verbeugte sich. „Mein Name ist Wickham Murray, und dies ist Lady Beatrice Wodehouse. Einer meiner Männer war vorhin hier und sagte, Sie hätten Informationen über Randall Perkins, den Sie, wie ich glaube, als Ralph Palmer kennen?"

„Warum sind Sie hinter Ralph her?", fragte sie unverblümt.

Wick beschloss, dass Ehrlichkeit die beste Strategie war. „Wir vermuten, dass er in ein Komplott gegen Lady Beatrice verwickelt ist. Ein Komplott, das bisher Brandstiftung und Entführung beinhaltet hat."

„Dieser elende Taugenichts. Würde mich nicht im Geringsten überraschen." Schnaubend trat die Frau zur Seite. „Dann kommen Sie mal rein. Ich bin Mabel Palmer. Sie können mit meinem Mann David über seinen missratenen Neffen sprechen."

„Danke, Mrs Palmer. Darf ich?" Wick streckte die Arme aus, um ihr eines ihrer schreienden Kinder abzunehmen. Das war er ihr schuldig, immerhin hatte er sie geweckt.

Überrascht hob sie die Brauen. „Na so was, Sie sind ja 'n richtiger Gentleman. Von mir aus gerne."

Ehe er sich versah, hatte er ein Kind in jedem Arm und ein

weiteres auf den Rücken geschnallt. Er nahm die Aufgabe guten Willens an und wiegte die Kleinen sanft hin und her, während er Mrs Palmer in die Wohnung folgte. Innerhalb einer Minute schmachteten die beiden in seinen Armen ihn mit großen Augen an, während das dritte an seiner Schulter döste.

„Wie zum Teufel hat er das gemacht?", murmelte die Matrone Bea zu.

Deren Mundwinkel zuckten. „Ich habe keine Ahnung, Ma'am."

Sie betraten den Hauptwohnbereich, in dem sich die Küche, ein Tisch mit Stühlen und eine Schar spielender Kinder auf dem Boden befanden. Ein Vorhang hing über einer Tür auf der rechten Seite, durch die gerade ein breit gebauter, glatzköpfiger Mann trat, dessen buschiger Schnurrbart dringend gestutzt werden musste.

„David, das ist Mr Murray", sagte seine Frau. „Der Kerl, der etwas über deinen nichtsnutzigen Neffen wissen will. Ralph hat ihnen Unrecht getan, genau wie uns."

Er warf Wick einen abschätzigen Blick zu. „Warum hat der Schnösel die Drillinge?"

„Willst *du* sie haben?", konterte Mrs Palmer.

Statt einer Antwort setzte er sich auf einen der Stühle und legte die Füße auf eine alte Kiste. „Nehmen Sie Platz, Mr Murray. Behalten Sie die Kleinen, dann erzähle ich Ihnen, was Sie wissen wollen."

Wicks Fähigkeit, sich auf Menschen einzulassen, verblüffte Bea immer wieder. Von Bauern über Mitglieder der Unterwelt bis hin zu seiner eigenen Familie aus der Oberschicht fand er immer einen Weg, andere für sich zu gewinnen. Sein Charme war mehr als nur oberflächlich, seine wahre Schönheit lag darin, dass er jeden gleichwertig behandelte.

So schmiegten sich drei fremde Säuglinge glücklich an ihn, während der Vater der Drillinge, ein arbeitsloser Zimmermann, ihnen seine Leidensgeschichte über seinen Neffen Ralph Palmer erzählte, der tatsächlich auf die Beschreibung von Randall Perkins passte, von seiner Streitlust bis hin zu dem Muttermal auf der linken Gesichtshälfte.

„Ralph hatte keinen leichten Start ins Leben. Er wurde wegen seines Feuermals gehänselt, und als er zwölf war, haben seine Ma und sein Pa, mein älterer Bruder, den Löffel abgegeben. Ich und Mabel nahmen ihn auf und versuchten, ihn so gut wie möglich großzuziehen ...“

„Aber aus einer verdorbenen Saat wachsen giftige Früchte“, erklärte Mrs Palmer vom Herd aus, wo sie gerade Kartoffeln schälte. „Ralph war von Anfang an schwierig.“

„Inwiefern?“, fragte Bea.

„Er wollte nie zur Schule gehen, war immer in Schlägereien und dergleichen verwickelt.“ Mr Palmer seufzte. „Als der Junge sechzehn wurde, hatte er mehr als nur ’n paar Mal mit der Obrigkeit zu tun. Er geriet an die falschen Leute, und die brachten ihn dazu, dumme Dinge zu tun. Vor allem die Weiber. Es gab nichts, was er nicht getan hätte, um ’n hübsches Täubchen zu beeindrucken. Einmal entzündete er ’n Feuerwerk in einem verlassenen Lagerhaus und steckte es in Brand ...“

„Er hat Brandstiftung begangen?“, fragte Wick alarmiert.

„Nicht mit Absicht. Wie ich schon sagte, er wollte ein Mädel beeindrucken ...“

„Er ist ein Lügner, Dieb und Krimineller, und ich habe es satt, dass du ihn immer in Schutz nimmst“, sagte seine Frau und warf eine geschälte Kartoffel in einen hölzernen Eimer. „Hast du vergessen, dass du wegen ihm gefeuert wurdest und den Schaden bezahlen durftest, den er verursacht hat?“

„Welchen Schaden?", fragte Wick.

Mr Palmer holte tief Luft. „Jahrelang war ich der Hauptar-
beiter eines Bauunternehmers …"

„Das war ehrliche, gut bezahlte Arbeit", merkte seine Frau
an und warf eine weitere Kartoffel in den Eimer. „Aber dann
hat dieser Nichtsnutz alles ruiniert."

„Willst du die Geschichte erzählen, oder soll ich es tun?",
fragte er irritiert.

„Mach du ruhig", brummte sie. „Aber spiel seine Missetaten
nicht so runter. Du warst schon immer viel zu gutmütig, David
Palmer, und sieh nur, wohin uns das gebracht hat. Wegen ihm
sind wir in dieser Kloake gelandet."

„Wie ich schon sagte", fuhr Mr Palmer fort, „arbeitete ich
für einen Bauunternehmer, der mir die Schlüssel zu seiner
Werkstatt anvertraute. Darin gab's Werkzeuge und Materia-
lien, die allesamt einen hübschen Batzen Geld wert waren. Vor
etwa einem Jahr wachte ich eines Morgens auf und stellte fest,
dass sowohl meine Schlüssel als auch Ralph verschwunden
waren. Er hat sie mir geklaut, um die Werkstatt ausrauben zu
können."

„Und wir mussten die Konsequenzen tragen." Mit einem
Messer in der Hand ließ Mrs Palmer ihre Wut an einer Karotte
aus. „Unser ganzes Erspartes und unser Haus gingen für dieses
Verbrechen drauf."

Bea verspürte großes Mitgefühl für die Palmers, die ihr wie
anständige Leute erschienen. Sie wusste genau, wie es war,
wenn die Taten von Verwandten die eigene Zukunft beeinfluss-
ten, ob man es wollte oder nicht.

„Wir mussten die Schuld begleichen", sagte Mr Palmer
steif. „Es war eine Frage der Ehre. Ralph mag sich nicht um den
Ruf der Familie kümmern, aber ich schon."

„Und was hat uns das gebracht?", fragte seine Frau in den
Raum hinein. „Nach diesem Vorfall konnte mein David keine

feste Arbeit mehr finden, obwohl er der beste Zimmermann diesseits der Themse ist."

„Du musst der Dame und dem Herrn nicht unsere ganzen Sorgen aufhalsen, Mabel." Mr Palmer räusperte sich und fuhr fort: „Ralph war nicht allein für unser Unglück verantwortlich. Ich gebe auch der Frau die Schuld, mit der er sich rumgetrieben hat. Er war immer knapp bei Kasse, weil er ihr Sachen kaufte, um sie bei Laune zu halten."

„Die hielt sich immer für was Besseres", stimmte seine Frau ihm zu. „Hatte nicht mal den Anstand, uns zu besuchen. Ich hab sie nur einmal auf der Straße getroffen, als ich mit Ralph unterwegs war, und die feine Dame ist lieber weggelaufen, als mit uns gesehen zu werden."

„Wie war ihr Name?", fragte Bea neugierig. „Wie hat sie ausgesehen?"

„Mary Smith. Viel mehr weiß ich nicht über sie. Sie sah gut aus und wusste, wie man sich vornehm zurechtmacht", gab Mrs Palmer widerwillig zu. „Sie war blond, blauäugig und anmutig, wie eines von diesen Porzellanfigürchen."

„Wann haben Sie Ralph oder diese Mary Smith das letzte Mal gesehen?", fragte Wick.

„Seit er die Werkstatt geplündert hat, lässt Ralph sich hier nicht mehr blicken." Der Schreiner warf seiner Frau einen vielsagenden Blick zu, die auf dem Gemüse herumhackte, als wünschte sie sich, ihr Neffe läge auf dem Schneidebrett. Mit gedämpfter Stimme fügte er hinzu: „Allerdings hab ich vor ein paar Tagen gehört, dass er in der Stadt sein soll."

Beas Puls beschleunigte sich, und sie und Wick sahen einander an. Randall Perkins könnte in diesem Augenblick in London sein?

„Wo wurde er gesehen?", fragte Wick.

„Jemand behauptete, er sei in einer Taverne namens Zum Tanzenden Bären aufgetaucht, aber ich habe mit dem Barmann gesprochen – einem Freund von mir –, und er konnte nicht bestätigen, dass er meinen Neffen gesehen hat. Es tut mir leid, dass ich Ihnen nicht mehr dazu sagen kann, und noch mehr tut es mir leid, dass Ralph Ihnen beiden so viel Ärger bereitet hat", sagte Mr Palmer.

„Es ist nicht Ihre Schuld, Sir", erwiderte Bea. „Sie haben uns sehr geholfen."

Als sie sich erhob, taten die beiden Männer es ihr gleich.

Der Schreiner nahm seine schlafenden Kinder wieder an sich. „Das war doch das Mindeste, was ich tun konnte."

„Mein Unternehmen kann immer gute Männer gebrauchen." Wick zückte seine Karte und legte sie auf die Kiste. „Gehen Sie zu meinem Vorarbeiter und sagen Sie ihm, dass ich Sie geschickt habe."

Überrascht und gerührt starrte Mr Palmer ihn an. „Sir ... Ich weiß nicht, was ich sagen soll ..."

„Wie wär's mit *Danke*?", fiel seine Frau ihm ins Wort. „Oder mit *Halleluja*!"

Kapitel Vierunddreißig

Nach einer unruhigen Nacht kam Bea zeitig am nächsten Morgen zum Frühstück herunter. Sie war froh, Wick im Esszimmer anzutreffen, einen randvoll gefüllten Teller vor sich. Er stand auf, um sie höflich zu begrüßen, und bat den einzig weiteren Anwesenden, einen Diener, ihm etwas von der köstlichen Johannisbeermarmelade des Kochs zu bringen. Sobald der Lakai gegangen war, zog Wick Bea in seine Arme und küsste sie innig.

„Gott, wie ich dich vermisst habe", murmelte er.

Sie fuhr mit den Fingerspitzen über seinen glatt rasierten Kiefer und atmete sein würziges Parfüm ein.

„Ich habe nicht sehr gut geschlafen ohne dich an meiner Seite", gab sie zu.

Aufgrund der Anwesenheit der Vicomtesse hatten sie beschlossen, vorerst auf ihre nächtlichen Aktivitäten zu verzichten. Wick wollte Beas Ruf nicht gefährden, und sie wollte ihrer zukünftigen Schwiegermutter keine weiteren Gründe liefern, sie nicht zu mögen. Denn trotz Wicks gegenteiliger Beteuerungen wusste sie, dass die Witwe sie nicht für eine geeignete Partie für ihren Sohn hielt.

Während sie mit der schlechten Meinung der Vicomtesse leben konnte, brauchte sie sie nicht noch zu verstärken. Es war klar, dass Wick seine Mutter liebte, und die Witwe vergötterte ihren jüngeren Sohn. Der Gedanke, für einen Konflikt zwischen den beiden zu sorgen, bereitete ihr Unbehagen.

„Wir werden uns etwas Besseres einfallen lassen", sagte Wick und küsste ihre Fingerknöchel. „Natürlich könntest du mir gestatten, unsere Verlobung öffentlich bekannt zu geben. Wenn du nichts gegen eine Hochzeit in kleinem Rahmen einzuwenden hättest, könnte ich eine Sondergenehmigung des Bischofs besorgen. Dann wärst du im Handumdrehen die Meine, und dieses alberne Herumgeschleiche hätte ein Ende."

„Darüber sollten wir uns jetzt noch keine Gedanken machen." Sie zwang sich zu einem Lächeln. „Nach allem, was wir gestern über Randall Perkins – oder vielmehr Ralph Palmer – erfahren haben, weiß ich, dass wir kurz davor sind, den Schurken zu entlarven. Wir dürfen uns keine Ablenkungen leisten. Außerdem kann es nicht schaden, noch eine Weile zu warten, bevor wir die Sache offiziell machen."

Und um sicherzustellen, dass unser Glück von Dauer ist.

Sie vertraute ihm, vertraute darauf, dass sie ihm wichtig war. Und sie konnte nicht leugnen, dass sich ihre Gefühle für ihn von Tag zu Tag vertieften. Er war alles, was sie sich je von einem Liebhaber, einem Partner, einem Ehemann erhofft hatte. Und doch blieben noch so viele Dinge, die geklärt werden mussten. Es gab nicht nur einen geheimen Widersacher, den es aufzuhalten galt, sondern Wicks Gutachter, Mr Norton, musste auch seinen Bericht noch abliefern. Ihrer Erfahrung nach verlief der Weg zum Glück nie wie erhofft ...

„Ganz, wie du willst, mein Engel", sagte er und ließ ihre Hand los. „Warum holst du dir nicht erst einmal etwas zu essen, und dann planen wir unsere nächsten Schritte?"

Bea kam gerade mit gekochten Eiern, saftigen Würstchen

und Tomatenscheiben von der Anrichte zurück, als Carlisle eintraf. Der Vicomte befüllte seinen eigenen Teller und setzte sich zu ihnen an den Tisch.

„Glaubst du, dieser Ralph Palmer ist tatsächlich in London?", fragte er seinen jüngeren Bruder und schob sich einen Bissen in den Mund.

„Möglicherweise", sagte Wick. „Aber nachdem wir uns mit seinen Angehörigen getroffen hatten, schauten Beatrice und ich im Tanzenden Bären vorbei, und der Wirt bestätigte Mr Palmers Behauptung: Er wusste von niemandem, der Ralph persönlich gesehen hatte. Das Ganze könnte also nur ein Gerücht sein." Er nahm einen Schluck von seinem Kaffee. „Natürlich könnte ich ein paar Männer darauf ansetzen, Palmer zu finden, aber das wäre wie die Suche nach der sprichwörtlichen Nadel im Heuhaufen."

„Meine Intuition sagt mir, dass Grigg die heißere Spur ist", stimmte Bea zu, während sie eine Scheibe Toast mit Butter beschmierte. „Zum Glück haben wir Mr Lugo, der uns in dieser Hinsicht unterstützt."

„Lugo ist ein Meister in seinem Metier", sagte Carlisle. „Er und mein Schwager Ambrose haben einige der schwierigsten Fälle in London gelöst. Sie werden Ihre Antworten noch früh genug bekommen."

In diesem Moment erschien der Butler mit der Zeitung und legte sie neben Wick.

„Verdammt noch mal."

Auf sein energisches Fluchen hin starrten Bea und Carlisle ihn überrascht an.

„Was ist denn los?", fragte sie mit hämmerndem Herzen.

„Ich werde McGillivray erwürgen. Er und die Koalition der Töpfermanufakturen stecken dahinter", presste Wick hervor. „Sie haben gedroht, an die Öffentlichkeit zu gehen, wenn ich nicht mit ihnen zusammenarbeite, und genau das haben sie jetzt getan.“

„Was ist passiert?“, wollte sein Bruder wissen.

„Das hier.“ Er erhob sich und warf die Zeitung auf den Tisch.

Selbst aus ihrem Blickwinkel konnte Bea die in fetten Großbuchstaben gedruckte Schlagzeile nicht übersehen:

INVESTOREN WENDEN SICH VON GLNR AB, DA MURRAY VERSPRECHEN NICHT EINHÄLT.

Ihre Brust krampfte sich zusammen, als sie die blanke Wut in Wicks Zügen sah.

„Was ... was wirst du jetzt tun?“, stammelte sie.

„Ich weiß es nicht“, erwiderte er mit hartem, abweisendem Blick. „Die Investoren waren bereits nervös. Wenn sie das sehen, könnten sie sich endgültig zurückziehen. Und andere werden ihnen wie Lemminge folgen. Das ganze Projekt – unser Unternehmen – könnte den Bach runter gehen.“

„Wenn ich irgendwie helfen kann, Wickham ...“, begann Carlisle.

„Bleib hier und kümmere dich um Beatrice“, erwiderte sein Bruder schroff. „Ich muss ins Büro.“

Bevor Bea etwas sagen konnte, war er aus dem Zimmer gestürmt.

Wick hatte mit Chaos gerechnet, doch was er vorfand, als er beim Büro der Great London National Railway eintraf, überstieg seine schlimmsten Erwartungen.

Vor dem Gebäude hatte sich ein wütender Mob versammelt, und es bedurfte der Eskorte von sechs Wachen, um Wick sicher durch die Eingangstür zu bringen. Trotzdem kam er nicht ungeschoren davon. Er wischte sich rohes Ei und verdorbenes Gemüse vom Ärmel, als er Garritys Büro betrat.

Garrity saß hinter seinem Schreibtisch, Kent davor. Beide blickten äußerst ernst drein.

„Das war McGillivray", presste Wick hervor und schritt auf sie zu. „Er und die Koalition haben gedroht, sich von uns abzuwenden und die Konkurrenz zu unterstützen, wenn wir nicht bald mit dem Gleisbau beginnen."

„Man kann es ihnen nicht verdenken", sagte Garrity kühl. „Wir haben unseren Teil der Abmachung nicht eingehalten. Weder ihnen gegenüber noch all den anderen Investoren, die uns ihr Geld anvertraut haben."

Schuldgefühle machten sich in Wick breit. Er wusste, dass sein Mentor recht hatte. Sie hatten versagt ... Nein, *er* hatte versagt.

Verdammt noch mal, warum habe ich mich nicht mehr bemüht? Wie konnte ich meine Partner und Investoren im Stich lassen? Was zum Teufel ist nur los mit mir?

Seine Frustration und Wut auf sich selbst fühlten sich unangenehm vertraut an.

„Vielleicht lässt sich die Situation noch retten. Wenn wir eine Gegenäußerung mit unseren Absichten und einem genauen Zeitplan veröffentlichen würden, könnten wir eventuell das Schlimmste verhindern", sagte Kent mit einem Anflug von Nachsicht. „Gibt es etwas Neues von den Gutachtern?"

„Nortons Bericht sollte heute oder morgen eintreffen." Wicks Magen krampfte sich zusammen, als ihm ein beunruhigender Gedanke durch den Kopf schoss.

Und wenn Norton keinen Alternativplan vorlegen kann? Was dann?

Diese Möglichkeit hatte er bislang gar nicht in Betracht gezogen ... oder besser gesagt verdrängt, denn er hatte geglaubt, dass er unabhängig von den Ergebnissen seines Landvermessers einen Weg finden würde, die Dinge zu regeln. Von seiner Arroganz geblendet, war er überzeugt gewesen, dass ihm wie immer eine Lösung einfallen würde, wie selbst bei den schwierigsten Verhandlungen.

Scheitern war nie eine Option gewesen. Bis jetzt.

„Nortons Urteil ist keine Garantie für eine Lösung", sagte Garrity mit Nachdruck. „Die einzige Sofortmaßnahme, die eine Katastrophe verhindern kann, ist, uns Lady Beatrices Unterstützung zuzusichern. Um Himmels willen, Murray, es ist doch beschlossene Sache, dass Sie die Frau heiraten werden. Was ihr gehört, wird in Ihren Besitz übergehen, also kann sie sich genauso gut schon jetzt an den Gedanken gewöhnen."

„Diese Strategie hat bei Ihnen ja bestens funktioniert, nicht wahr?", konterte Wick.

Er wusste, dass er ins Schwarze getroffen hatte, als Garrity wütend die Augen zusammenkniff, ohne etwas zu erwidern.

Vor zwei Jahren hatte der ältere Mann eine Ehekrise durchgemacht, als er versuchte, seiner Frau in einer Erbschaftsangelegenheit seinen Willen aufzuzwingen. Dadurch hätte er Gabriella fast verloren, und am Ende war ihm klar geworden, dass nichts wichtiger war als die Liebe seiner Gemahlin. Da Wick die schmerzhafte Gewissensprüfung seines Mentors und dessen letztendliche Läuterung aus erster Hand miterlebte, wusste er, dass Garrity seine Lektion gelernt hatte.

„Also gut, dann kaufen wir Lady Beatrice und ihren gottverdammten Pächtern eben eine neue Bleibe", presste dieser nun hervor. „In Staffordshire oder auf dem Mond, wenn es sein muss. Machen Sie ihr ein Angebot, das sie nicht ablehnen kann."

„Mit dieser Taktik habe ich es ja als Erstes versucht. Es geht ihr nicht ums Geld. Camden Manor ist für Beatrice nicht nur ein Stück Land." Verflucht, er wusste nicht, wie er seinen Partnern die Lage begreiflich machen sollte. „Es ist nicht ... ersetzbar. Glauben Sie mir, ich habe mich bemüht ...“

„Geben Sie sich gefälligst *mehr* Mühe“, zischte Garrity.

„Zunächst einmal sollten wir die Investoren versammeln“, schaltete Kent sich ein. „Ich könnte ihnen den neuen Dampfmotor vorführen. Vielleicht werden die technologischen Fortschritte, die wir entwickelt haben, das Vertrauen wiederherstellen. Das verschafft uns mehr Zeit, um den Rest unseres Plans in die Tat umzusetzen.“

„Gute Idee“, sagte Garrity knapp. „Ich werde mich persönlich mit unseren wichtigsten Interessenvertretern in Verbindung setzen und ihnen versichern, dass sich die Pläne zwar verzögert haben, aber dennoch durchgeführt werden. Den Angestellten werde ich nahelegen, sich an die Firmenlinie zu halten. Also gut, meine Herren, die Aufgaben sind verteilt. Lassen Sie uns ans Werk gehen.“

Angespannt verließ Wick das Büro. Er wusste, was er zu tun hatte: dafür sorgen, dass die Eisenbahnstrecke gebaut wurde. Das bedeutete, dass er entweder seinen Schwur gegenüber Beatrice brechen und sie noch einmal bitten musste, ihr Land zu verkaufen ... oder das Unternehmen und die Menschen, die ihm vertrauten, im Stich zu lassen.

So oder so konnte er sich von Erfolg und Ehre verabschieden.

Kapitel Fünfunddreißig

Als Wick zu Hause ankam, wurde das von ihm gefürchtete Gespräch mit Beatrice durch einen Besuch von Mr Lugo verzögert. Die drei zogen sich umgehend in den Salon zurück. Beatrice nahm auf dem Sofa Platz und Wick stand hinter ihr, während der Ermittler sich ihnen gegenüber niederließ. Lugo war ein stämmiger Mann mit mahagonifarbener Haut und durchdringenden Augen, und seine tiefe Stimme barg den Akzent seiner afrikanischen Heimat. Er lehnte das Angebot eines Tees ab und kam direkt zur Sache.

„Ich habe begonnen, Nachforschungen über Thomas Edgar Grigg anzustellen", sagte er. „Die Ermittlungen befinden sich zwar noch im Anfangsstadium, aber ich glaube, ich habe bereits einige Informationen gesammelt, die von Interesse sein könnten."

„Da wir erst vor zwei Tagen mit Ihnen gesprochen haben, bin ich erstaunt, dass Sie überhaupt Informationen haben", sagte Bea mit unverhohlener Bewunderung. „Ihr Ruf ist offensichtlich wohlverdient, Sir."

Mr Lugo neigte geschmeichelt den kurz geschorenen Kopf.

„Zunächst einmal war Grigg Einzelkind und wurde in Manchester geboren. Seine Eltern starben, als er ein Jugendlicher war, woraufhin er eine Anstellung als Bergarbeiter annahm. Es gelang ihm, die Gunst der Tochter eines Kohlenhändlers zu erwerben, die aus London zu Besuch war, einer Frau namens Madeline Johnson. Er heiratete sie und stieg in das Familienunternehmen ein.

Nach dem Tod seines Schwiegervaters übernahm er das Geschäft und baute es aus, wodurch er zu großem Reichtum gelangte. Er und seine Gemahlin hatten ein Kind, einen Sohn namens Thomas Franklin Grigg, der 1816 geboren wurde.“

Wick rechnete in Gedanken nach. „Folglich wäre er heute vierundzwanzig Jahre alt. Wissen Sie, was nach dem Tod seines Vaters mit ihm geschah?“

„Es wird länger dauern, die Einzelheiten zu überprüfen, aber ich konnte ein paar Fakten herausfinden. Nachdem Griggs Geschäft ruiniert war und er sich das Leben nahm, blieben seine Frau und sein Kind mittellos zurück. Sie lebten bei ihren Verwandten und zogen von Haus zu Haus. Als der Junge schließlich alt genug war, schlug er eine Laufbahn in der Kirche ein.“

Bea und Wick sahen einander an. Der Schock in ihren Augen verriet ihm, dass sie zu demselben Schluss gekommen war wie er: männlich, Anfang zwanzig, Position innerhalb der Kirche ... Das beschrieb nur eine Person in ihrem unmittelbaren Umfeld.

„Wäre es möglich, dass Griggs Sohn ... Frank Varnum ist?“, fragte sie ungläubig.

„Varnum, sagten Sie?“ Lugo legte den Kopf schief und musterte sie wachsam.

„Ja, er ist der Hilfspfarrer der Dorfkirche.“ Sie hielt inne. „Er ist sehr nett.“

„Das tut nichts zur Sache“, sagte Wick grimmig. „Er war in

der Nähe, als die Anschläge verübt wurden. Wenn er tatsächlich Griggs Sohn ist, dann hat er auch ein Motiv: Rache für seinen Vater."

„Bei meinen Nachforschungen bin ich auf den Namen Varnum gestoßen." Lugo hatte ein kleines Notizbuch aus seinem weinroten Gehrock geholt und blätterte darin herum. „Ah, ja. Varnum war der Ehename von Mrs Griggs Schwester, bei der sie und ihr Sohn nach dem Tod ihres Mannes eine Zeit lang wohnten."

„Das kann kein Zufall sein", sagte Wick voll Überzeugung. „Frank Varnum und Thomas Franklin Grigg müssen ein und dieselbe Person sein, was ihn zu unserem Hauptverdächtigen macht."

Bea nagte an ihrer Unterlippe. „Du hast recht, auch wenn ich wünschte, dem wäre nicht so."

„Du hast eben ein gutes Herz, mein Engel." Wick legte ihr eine Hand auf die Schulter und drückte sie sanft. „Aber du darfst nicht vergessen, was dieser Schurke getan hat und wozu er fähig ist."

„Ich werde noch ein paar Tage brauchen, um die Spur von Thomas Franklin Grigg zu verfolgen", sagte Lugo. „Dann sollte ich in der Lage sein zu bestätigen, ob er tatsächlich dieser Frank Varnum ist, von dem Sie sprechen. In der Zwischenzeit bitte ich Sie dringend, Ihre Pächter auf die mögliche Verbindung hinzuweisen. Vorsicht ist besser als Nachsicht."

„Ich danke Ihnen, Sir", erwiderte Beatrice mit einem Nicken. „Das ist ein ausgezeichneter Rat."

„Obwohl wir einen vielversprechenden Verdächtigen haben, werde ich auch noch anderen Hinweisen nachgehen. Es könnte weitere Personen mit einer engen Verbindung zu Grigg geben, die möglicherweise einen Grund haben, Ihnen zu schaden. In ein paar Tagen werde ich mit meinem nächsten Bericht zurückkehren."

„Ich bin Ihnen sehr dankbar, dass Sie sich nicht nur meines Falles angenommen haben, sondern auch so zügig und gewissenhaft daran arbeiten."

„Es ist mir ein Vergnügen, Mylady. Jeder Freund der Familie Kent ist auch ein Freund von mir. Und ich habe mehr als einen Grund, diesen Fall schnell abzuschließen", fügte der Ermittler mit einem charmanten Lächeln hinzu. „Mrs Lugo hat mir zu verstehen gegeben, dass sie ohne mich in den Urlaub fahren wird, wenn ich mich nicht beeile."

„Bitte richten Sie auch ihr meinen aufrichtigen Dank aus", sagte sie herzlich.

Der Ermittler verbeugte sich zum Abschied und verließ den Salon.

Wick setzte sich zu Bea auf die Couch. „Wenigstens machen wir Fortschritte."

„Ich kann immer noch nicht glauben, dass Mr Varnum hinter diesen Anschlägen stecken soll. Am besten schreibe ich sofort Gentleman Henderson." Sie runzelte besorgt die Stirn und rang die Hände in ihrem Schoß. „Jetzt, da wir wissen, wer der Schurke ist, muss ich nach Camden Manor zurückkehren. Mir ist nicht wohl bei dem Gedanken, hier zu sein, während Mr Varnum jederzeit einen weiteren Angriff verüben könnte."

Wick presste die Zähne zusammen. Ihre Worte erinnerten ihn an das Gespräch, das sie führen mussten. Ein Gespräch, das durch Mr Lugos Enthüllungen verzögert und gleichzeitig noch notwendiger geworden war.

„Ich will nicht, dass du ohne mich reist", sagte er. „Es ist zu gefährlich. Und obwohl Varnum der wahrscheinlichste Täter ist, braucht Lugo noch Zeit, um zu bestätigen, dass es sich bei ihm tatsächlich um Griggs Sohn handelt. Es erscheint mir vernünftig, noch ein paar Tage zu warten, bis er allen anderen Hinweisen nachgegangen ist."

Sie hob herausfordernd das Kinn. „Nichtsdestotrotz sollte ich nach Hause gehen."

Ihm blieb nichts anderes übrig, als den Stier bei den Hörnern zu packen.

„Ich kann dich im Moment nicht begleiten. Nicht bei allem, was hier vor sich geht", sagte er unverblümt.

Ihre lavendelblauen Augen funkelten schuldbewusst. „Entschuldige, das war egoistisch von mir. Natürlich kannst du nicht gehen. Wie ... wie schlimm war es im Büro?"

„Es war nicht schön", erwiderte er aufrichtig. „Einige Investoren sind in Panik geraten und versuchen, ihre Anteile zu verkaufen, was bedeutet, dass die Kurse zu sinken beginnen. Wir müssen eine Erklärung abgeben, dass wir wie geplant mit dem Bau der Eisenbahn voranschreiten werden, sonst wird die Panik in totales Chaos umschlagen. Dann werden die Aktien fallen ... und unser Unternehmen vielleicht gleich mit ihnen."

„Aber wie könnt ihr diese Erklärung ohne Mr Nortons Urteil abgeben?"

Er hasste sich für das, was er von ihr verlangen musste.

„Indem ich dich bitte, dein Anwesen an die GLNR zu verkaufen", sagte er.

Angespannte Stille füllte den Raum.

„Du hast gesagt, dass du das nicht von mir verlangen würdest", erwiderte sie stirnrunzelnd. „Dass die Entscheidung bei mir läge."

„Ich weiß. Aber die Umstände ... haben sich geändert." Er zwang sich fortzufahren, auch wenn der Schmerz in ihrem Blick ihm das Herz brach. „Die Zukunft des Unternehmens hängt von mir ab, und ich muss das Richtige tun. Wir können dir Geld bieten, Beatrice, genug, um ein anderes Anwesen zu erwerben, wo immer du willst ..."

„Ich will kein anderes Anwesen. Du weißt, was Camden Manor für mich bedeutet", flüsterte sie. „Wie kannst du mich erneut dazu drängen, obwohl du versprochen hast, es nicht zu tun?"

Diese Frage konnte er ihr nicht beantworten. Sie hatte ja recht. Indem er sein Wort ihr gegenüber brach, verletzte er seinen Ehrenkodex und erwies sich als der Versager, der er immer gewesen war.

„Ich ..." Er spürte, wie sich die Mauern um ihn herum schlossen. „Vergiss einfach, dass ich gefragt habe."

„Natürlich kann ich es nicht vergessen. Wick, ich will dir ja helfen ... Aber wie du, bin auch ich für Menschen verantwortlich, die sich auf mich verlassen."

Der Kummer in ihrer Stimme schürte seinen Selbsthass. Er verfluchte sich dafür, ihr diese Qual zuzumuten, vor allem, weil es genug andere Sorgen gab, mit denen sie fertig werden musste. Es war seine Aufgabe, sie zu beschützen, doch er leistete in jeder Hinsicht miserable Arbeit.

„Ich verstehe", sagte er schroff.

„Tust du das?" Jetzt schwang Wut in ihren Worten mit, und er war froh darüber, denn er hatte nichts anderes verdient. „Es wäre nicht das erste Mal, dass ich die Erwartungen anderer nicht erfülle, weißt du? Nach meinem Unfall war ich nicht mehr die schöne Debütantin, die Croydon zur Frau haben wollte, oder die Tochter, auf die mein Vater stolz sein konnte. Mein eigener Bruder brachte es nicht einmal mehr über sich, mich anzusehen, ohne von Wut und Rachegelüsten zerfressen zu werden."

Ihre Worte versetzten ihm einen Stich ins Herz. „Ich bin nicht wie sie, Beatrice. Ich ... ich liebe dich."

So hatte er ihr seine Gefühle zwar nicht gestehen wollen, aber er verspürte plötzlich eine gewisse Dringlichkeit, als würde ihm die Zeit davonlaufen. Er wusste, dass er ihr wichtig war, aber *liebte* sie ihn auch? Wenn ja, dann würden sie sicher einen Weg finden ...

„Ist Liebe genug?", flüsterte sie.

Obwohl es nicht die Reaktion war, die er sich erhofft hatte, bemerkte er ihre Verzweiflung und konnte es nicht ertragen, sie leiden zu sehen. Er griff nach ihren Händen, die überraschend kalt waren.

„Natürlich ist sie das."

„Meine Eltern haben sich geliebt", sagte sie tonlos. „Sie waren einander treu ergeben ... bis zu meinem Unfall. Danach konnte Papa meine Nähe nicht mehr ertragen und hielt sich immer mehr von der Familie fern. Er starb in den Armen seiner Geliebten. Es brach meiner Mutter das Herz, und sie verstarb kurz darauf. Das Glück währt nicht ewig."

Ihre Worte ließ ihn erschaudern. Trotzdem rieb er behutsam ihre Hände, um sie zu wärmen.

„*Unser* Glück schon", sagte er nachdrücklich.

„Wie stellst du dir das vor? Wenn ich nicht nachgebe, wird dein Unternehmen scheitern. Wie könntest du mir das je verzeihen? Auch deine Partner und Freunde würden mich zu Recht als die Böse hinstellen."

„Das wird nicht passieren ..."

„Und wenn ich doch nachgebe", unterbrach sie ihn, „dann könnte *ich* mir das niemals verzeihen."

Er kämpfte gegen die wachsende Verzweiflung an. Es *musste* eine Lösung geben.

„Mr Nortons Bericht ist noch nicht zurück", sagte er hartnäckig. „Es besteht noch Hoffnung auf eine Alternative. Hör auf mich, Beatrice: Die Liebe wird einen Weg finden."

„Der Unterschied zwischen dir und mir ist", flüsterte sie, „dass du das tatsächlich glaubst."

Mit bleiernem Herzen kam Beatrice am nächsten Morgen die Treppe herunter. Sie hatte auf ihrem Zimmer gefrühstückt, da sie den Gedanken an Gesellschaft nicht ertragen konnte. Lisette hatte versucht, sie aufzumuntern, indem sie ein fröhliches, himbeerfarbenes Kleid für sie auswählte, aber Bea wusste, dass man ihr ihre düstere Stimmung ansah. Obwohl Wick am Abend zuvor zu ihr kommen wollte, hatte sie ihn abgewiesen.

Sie hatte Zeit gebraucht, um nachzudenken ... und um sich vorzubereiten.

Wie sehr wünschte sie sich, Fancy wäre in dieser schweren Stunde bei ihr. Ihre beste Freundin war für sie da gewesen, als ihr Leben das erste Mal in die Brüche gegangen war, und ihre Anwesenheit wäre auch jetzt ein großer Trost. Denn so sehr Beatrice Wicks Familie und Freunde auch mochte, glaubte sie nicht, dass sie auf deren Wohlwollen hoffen konnte, nachdem sie erst seine Firma und seine Karriere zerstört hatte.

Nicht einmal sie selbst würde sich danach noch ausstehen können.

Ich hätte Camden Manor nie verlassen dürfen. Ich gehöre dorthin – nicht hierher.

Das Bedürfnis, nach Hause zurückzukehren, war stärker denn je. Obwohl sie ihrem Butler eine Nachricht geschickt hatte, in der sie ihn aufforderte, nach Mr Varnum Ausschau zu halten, konnte sie das Gefühl nicht abschütteln, dass sie ihre Pflichten vernachlässigte. Die Erleichterung darüber, ihren geheimen Feind identifiziert zu haben, wurde durch das Wissen getrübt, dass sie nicht dort war, wo sie sein sollte ... und durch ihre wachsende Gewissheit, dass ihre Zeit mit Wick zu Ende ging.

Sie nahm es ihm nicht übel, dass er sie bat, den Verkauf ihres Anwesens zu überdenken. Ihretwegen war er in einer schrecklichen Zwickmühle. Wenn sie nur tun könnte, was er verlangte ... Aber das konnte sie nicht.

Ich bin nicht wie sie, Beatrice. Ich ... ich liebe dich.

Sein Geständnis hätte sie mit Freude erfüllen sollen, doch stattdessen verspürte sie einen tiefen Kummer, wenn sie daran dachte, ihn zu verlieren. Im Vergleich dazu verblassten all ihre anderen Verluste. Sie wusste, dass sie sich von diesem Schmerz nie wieder erholen würde ... Weil sie ihn liebte.

Mit jeder Faser ihres Herzens, auch wenn sie es hätte besser wissen müssen.

Unten angekommen, wollte sie nachsehen, ob er schon ins Büro aufgebrochen war. Als sie sich seinem Arbeitszimmer näherte, hörte sie seine Stimme und erstarrte, als sie die Worte einer anderen Person vernahm. Die Tür stand einen Spaltbreit offen, sodass sie das Gespräch, das er mit seiner Mutter führte, mitverfolgen konnte.

„Es ist nicht so, dass ich sie nicht mag, Wickham, aber du könntest eine so viel *bessere* Partie machen."

Die Worte der Witwe bohrten sich wie ein Dolch in ihr Herz.

„Mama, das haben wir doch schon besprochen", erwiderte Wick. „Ich werde Beatrice heiraten, und es würde mich sehr glücklich machen, wenn du dich nicht einmischst."

„Dein Glück ist genau der Grund, warum wir dieses Gespräch führen müssen. Hältst du sie deshalb für eine würdige Braut, weil sie die Schwester eines Herzogs ist? Ihre Familie mag zwar blaues Blut haben, aber Hadleigh verfällt mehr und mehr dem Wahnsinn, heißt es. Meinen Freunden zufolge gelten er und seine Gemahlin, die im Übrigen *Kauf-mann*stochter ist, wegen ihres skandalösen Verhaltens nicht mehr als angesehene Mitglieder des *ton*."

Bea biss die Zähne zusammen. Es gefiel ihr ganz und gar nicht, dass die Frau Tratsch über ihren Bruder verbreitete. Ob das Gesagte nun zutraf oder nicht, spielte dabei keine Rolle.

„Nun, glücklicherweise werde ich nicht Hadleigh heiraten,

sondern Beatrice. Und wie sie dir bereits mitteilte, hat sie sich von ihm losgesagt.“

„Blut setzt sich immer durch, Wickham, das weißt du doch.“

„Gott, ich hoffe nicht“, murmelte er, gerade so laut, dass Bea es hören konnte.

„Was hast du gesagt, Darling?“

„Nichts, Mama. Ich will ja nicht unhöflich sein, aber ich muss jetzt ...“

„Genau das ist dein Problem, Wickham, und daran bin wohl ich schuld. Ich habe dich zu einem Gentleman erzogen, und jetzt wird deine Ritterlichkeit dir zum Verhängnis. In Anbetracht von Lady Beatrices Makel verstehe ich, warum du Mitleid mit ihr hast ...“

„Mitleid ist nicht das, was ich für sie empfinde, und ich werde nicht dulden, dass du über Mängel herziehst, die nicht existieren.“ Sein eiserner Tonfall hielt Beas schwindende Hoffnung am Leben. „Ich liebe sie, Mama.“

„Ach, mein lieber Junge, seit wann bist du nur so bourgeois? Dafür ist zweifellos Carlisle verantwortlich. Er und Violet hängen praktisch wie Kletten aneinander, was wohl auf die bürgerliche Erziehung dieser Frau zurückzuführen ist.“

„Dank Vi ist Richard glücklich. Daran kannst du doch sicher nichts Verwerfliches finden?“

Die Witwe schnaubte verächtlich. „Carlisle hat es schon immer an Finesse gemangelt. In dieser Hinsicht ähnelt er ganz und gar deinem Vater. Aber du, mein Junge, kommst nach mir, was bedeutet, dass ich deine feinfühlige Natur verstehe.“

„Ach, daher habe ich also meine Feinfühligkeit?“

„Wickham, bitte nimm diese Angelegenheit nicht auf die leichte Schulter.“ Frustration schwang in der Stimme seiner Mutter mit. „Heute Morgen stand in den Zeitungen, dass sich ein Mob vor deinem Büro versammelt hat. Ein *Mob*! Man trachtet dir nach dem Leben, weil du es versäumt hast, den Kauf des Grundstücks einer gewissen Beatrice Brown auszuhandeln, die, wie ich annehme, keine Geringere ist als Lady Wodehouse. Was für eine anrüchige Person verwendet bitte einen Decknamen?"

„Dafür gibt es einen triftigen Grund, Mama. Sie hat sich nichts zuschulden kommen lassen. Wenn du jemandem die Schuld geben musst, dann mir."

„Das werde ich ganz sicher nicht tun", sagte die Witwe scharf. „Die Zeitungen schreiben, dass sie dich verführt hat, dass sie dich mit ihren Reizen zum Narren hält ... Und das alles nur, um mehr Geld für ihr Land herauszuschlagen."

So etwas schreibt man über mich?, dachte Bea verblüfft.

Sie wusste nicht, warum sie überrascht war. Eigentlich hätte sie auf das Schlimmste gefasst sein müssen. Aber erneut ins Licht der Öffentlichkeit gerückt zu werden, noch dazu auf so schändliche Weise, war schmerzhafter, als sie sich hätte vorstellen können.

„Dieses Biest ist dabei, dich zu ruinieren. Sie wird alles zerstören, wofür du so hart gearbeitet hast, und dich zum Gespött machen. Und trotzdem willst du zu ihr halten?"

Bea zuckte vor Schmerz zusammen. Die vorherigen Bemerkungen der Witwe hatten sie zwar verärgert und gedemütigt, aber sie konnte sie als das abtun, was sie waren: die kleinlichen Sorgen einer einfältigen Frau. Den Wahrheitsgehalt der letzten Aussage, die mit der Verzweiflung einer liebenden Mutter geäußert worden war, konnte sie jedoch nicht ignorieren.

Letzten Endes würde sie Wick ruinieren. Und er würde trotz allem zu ihr halten.

Aber wie kann ich mit mir selbst leben, wenn ich das zulasse?

Während die Vicomtesse weiter auf ihren Sohn einredete, begannen Beas Schläfen zu pochen. Sie wünschte, sie hätte eine

Lösung, einen Ausweg aus diesem Schlamassel. Sie wünschte, sie könnte Camden Manor einfach aufgeben. Gleichzeitig löste allein der Gedanke daran Panik in ihr aus: Ihre Kehle schnürte sich zu, ihre Handflächen wurden klamm, jeder Teil von ihr sträubte sich gegen die Vorstellung.

Ihr Anwesen war der einzig wahre Zufluchtsort, den sie und die Menschen, die auf sie zählten, je gehabt hatten. Wie konnte sie diesen sicheren Hafen wissentlich aufgeben? Sie war gerade einmal eine Woche in London, und schon bekam sie die Feindseligkeit der realen Welt zu spüren, die den sehnlichen Wunsch in ihr weckte, nach Hause zu gehen, wo sie hingehörte.

„Verzeihen Sie, Mylady."

Die Stimme des Butlers riss sie aus ihren Gedanken. Schuldbewusst wich sie von der Tür zurück.

„Ich, äh, bin gerade zufällig hier vorbeigekommen ...", stammelte sie mit glühenden Wangen. Sie war eine miserable Lügnerin und wünschte, sie hätte sich nicht gezwungen gefühlt zu flunkern, was sie nur noch schuldiger erscheinen ließ.

Wicks Butler jedoch zuckte nicht einmal mit der Wimper. „Welch ein Glück, dass Sie hier sind, Mylady. Der Brief, den Sie und Mr Murray erwartet haben, ist soeben eingetroffen."

Der Bericht des Landvermessers. Ihr Puls schnellte in die Höhe.

„Was ist denn hier draußen los?" Wick erschien im Türrahmen und musterte Bea forschend. „Ist alles in Ordnung?"

„Mr Nortons Bericht ist angekommen", presste sie hervor.

Mit angespannter Miene nahm er den Brief entgegen, den der Butler ihm reichte. Anschließend geleitete er Bea ins Arbeitszimmer, wo seine Mutter wartete. „Mama, ich muss mit Lady Beatrice unter vier Augen sprechen."

„Hältst du das für angemessen ...?", begann die Vicomtesse,

doch etwas in seinem Blick ließ sie verstummen, und schließlich rauschte sie beleidigt davon.

Wick ging zu seinem Schreibtisch und schob einen Brieföffner unter das Siegel, hielt dann jedoch inne und atmete tief durch.

„Nun lies ihn schon!", flehte Bea händeringend.

Er entfaltete das Blatt Papier und überflog die Zeilen.

„Norton schreibt, dass es keinen anderen Weg durch das Grundstück gibt", sagte er und sah fassungslos zu ihr auf. „Entweder verlieren wir die Bauernhöfe ... oder das Eisenbahnprojekt."

Kapitel Sechsunddreißig

Bea saß auf einer Fensterbank in ihrem Zimmer und starrte gedankenverloren hinaus. Eine Stunde war vergangen, seit Nortons unmissverständlicher Bericht eingetroffen war, der ihrer Zukunft mit Wick den Todesstoß versetzt hatte. Wenn sie ihr Anwesen nicht aufgab, machte sie sein Eisenbahnprojekt zunichte. Beide Optionen, die ihr zur Verfügung standen, würden in Kummer enden ... Und sie wusste, dass sie ihre Wahl bereits getroffen hatte.

Wick schien es ebenfalls zu spüren, denn er hatte sich ihr gegenüber plötzlich kühl und distanziert verhalten. Zum ersten Mal, seit sie ihn kannte, fehlten ihm die Worte. Was hätte er auch groß sagen sollen? Dass es ihm nichts ausmachte, die Frau zu heiraten, die seine Karriere zerstört und ihn zum Gespött der Öffentlichkeit gemacht hatte? Dass er eine solche Verräterin noch lieben konnte?

Es war vorbei. Er war nur zu ehrenhaft, um es zuzugeben.

Nachdem er gegangen war, um seinen Partnern die unliebsame Nachricht zu überbringen, war sie nach oben in ihre Gemächer geflohen. Sie ertrug die anklagenden Blicke der Vicomtesse ebenso wenig wie die Gesellschaft der Carlisles, deren Freundlichkeit und Mitgefühl ihr nur noch mehr zusetzten.

Ein Klopfen ertönte, und Lisette trat ein. „Es tut mir leid, Sie zu stören, Mylady, aber es ist ein Brief für Sie gekommen."

Eine böse Vorahnung überkam Bea, als sie die Adresse ihres eigenen Anwesens sah. Schnell brach sie das Siegel auf und schnappte entsetzt nach Luft, als sie die knappen Zeilen überflog, die in der unordentlichen Schrift ihres Butlers verfasst worden waren.

„Was ist passiert, Mylady?", fragte Lisette besorgt.

„Es hat ein weiteres Feuer gegeben", sagte Bea wie betäubt. „Das Haus der Ellerbys ist niedergebrannt ... Und Mrs Ellerby wurde schwer verletzt."

„*Mon dieu*", flüsterte das Dienstmädchen schockiert.

Das ist meine Schuld. Beas Brust schnürte sich zusammen, und Tränen schossen ihr in die Augen, als sie an das Leid dachte, das sie verursacht hatte. *Mrs Ellerby wurde meinetwegen verletzt. Ich hätte sie beschützen müssen. Ich hätte Camden Manor nie verlassen dürfen.*

Stattdessen hatte sie sich von einem unmöglichen Traum verführen lassen, ihre Sicherheit und ihren gesunden Menschenverstand aufgegeben, um dem Glück hinterherzulaufen, obwohl sie *wusste,* dass es nicht von Dauer sein konnte.

Abrupt erhob sie sich. „Ich muss sofort zurück."

„Aber, Mylady, ist das nicht gefährlich? Gewiss würde Mr Murray es nicht erlauben."

Lisette hatte recht: Wick würde ihr nicht gestatten, allein zu fahren. Aber hatte sie ihm nicht schon genug Ärger bereitet? Ihretwegen musste er sich mit seinem scheiternden Unternehmen und einem Mob wütender Investoren auseinandersetzen. In diesem Augenblick wurde ihr ein für alle Mal klar, was sie tun musste ... was sie von Anfang an hätte tun sollen.

Ich allein bin für meine Angelegenheiten verantwortlich. Die Einzige, die meine Zukunft bestimmen kann, bin ich.

Ihr Fehler war es gewesen, das zu vergessen. Niemand außer ihr war in der Lage, die Scherben ihres zerbrochenen Glücks aufzusammeln. Entschlossenheit erfüllte sie und verdrängte für einen Moment den Schmerz.

„Wir werden ohne sein Wissen abreisen", sagte sie, während sie nachdenklich durchs Zimmer lief. „Wer ist zurzeit im Haus?"

„Die beiden Wachen am Vordereingang. Und die Dienerschaft", erwiderte Lisette unsicher. „Lord und Lady Carlisle sind mit der Vicomtesse einkaufen gegangen."

Wie sie Violet und Richard kannte, hatten sie die Witwe sowohl zu Beas als auch deren eigenem Wohl aus dem Haus geschafft. Sie war ihnen äußerst dankbar für ihre Umsicht ... aus mehr als einem Grund.

„Ich muss eine private Reisekutsche mieten, und zwar schnell, bevor die anderen zurückkommen. Kannst du dich darum kümmern, Lisette?"

Das Dienstmädchen nickte.

„Der Kutscher soll in der Gasse hinterm Haus warten. Sobald die Dienerschaft zu Mittag isst, schleichen wir uns zum Hintereingang hinaus, um nicht von den Wachen gesehen zu werden. Geh jetzt, und beeil dich!"

Nachdem Lisette hastig das Zimmer verlassen hatte, setzte sich Beatrice an ihren Schreibtisch, um einen Brief zu verfassen.

Liebster Wickham,

wenn Du diese Zeilen liest, bin ich bereits auf dem Heimweg. Es hat einen weiteren Angriff gegeben, bei dem Mrs Ellerby schwer verletzt wurde. Ich muss mich um sie kümmern und der Verantwortung gerecht werden, die ich nie hätte aufgeben dürfen.

Obwohl der Schmerz sie erneut zu überwältigen drohte, zwang sie sich fortzufahren.

Dieser Abschied erfolgt zu einem passenden Zeitpunkt. Du musst Dich um die Belange Deiner Welt kümmern, ich mich um die der meinen. Ich vermag nicht in Worte zu fassen, wie leid es mir tut, Deinem Erfolg und Glück im Weg zu stehen. Natürlich würdest Du mir verzeihen, weil Du ein durch und durch ehrbarer Mann bist ... Aber ich könnte mir selbst nicht verzeihen.

Ihre Hand zitterte so stark, dass sich ein Tintenklecks auf dem Papier bildete. Eine Träne gesellte sich dazu, und sie wischte hastig die anderen weg, die ihr zu folgen drohten. Sie durfte nicht schwach werden, durfte nicht zulassen, dass ihr törichtes Herz noch mehr Kummer verursachte, als es ohnehin schon angerichtet hatte.

Und schließlich war dies nicht das erste Mal, dass sie eine Verlobung auflöste. Hatte es sich damals nicht wie das Ende der Welt angefühlt, Croydon zu verlassen? Irgendwann würde sie auch über den Verlust von Wick hinwegkommen.

Nein, wirst du nicht, klagte ihr Herz. *Denn er ist nicht nur eine Schwärmerei. Du liebst ihn. Und das wird sich nie ändern.*

Sie holte mehrmals tief Luft, um sich zu sammeln, und schrieb weiter:

Ich werde die Zeit, die wir zusammen hatten, immer in Ehren halten. Jedoch bitte ich Dich einzusehen, was auch ich akzeptiert habe: Ein Glück wie unseres ist nicht für die Ewigkeit bestimmt. Es ist das Beste, wenn wir uns jetzt trennen, um die süßen Erinnerungen zu bewahren und auf die Bitterkeit zu verzichten, die unsere Zukunft sicherlich überschatten würde.

In tiefer Verbundenheit.
Deine Beatrice

P. S. Bitte sorge Dich nicht um meine Sicherheit. Jetzt, wo ich weiß, dass Mr Varnum mein Feind ist, werde ich die notwendigen Vorsichtsmaßnahmen ergreifen.

Gegen ihre Gefühle ankämpfend, adressierte sie den Brief an Wick und legte ihn auf den Schreibtisch. Dann ging sie zum Kleiderschrank hinüber und holte eine Holzkiste heraus. Sie öffnete sie, nahm ihre Pistole mit dem Perlmuttgriff an sich und lud sie.

Das Gebrüll des Mobs vor dem Bürogebäude wurde immer lauter.

An diesem Morgen hatte jemand einen Ziegelstein durch die Fensterfront geworfen und die Angestellten in Angst und Schrecken versetzt. Garrity hatte eine Gruppe von Wachleuten herbeirufen müssen, die derzeit ihr Bestes taten, um das Chaos unter Kontrolle zu bringen. Wick und seine Partner hatten sich in Kents Büro zurückgezogen, da es sich im hinteren Teil des Gebäudes befand, am weitesten von den Unruhen entfernt. Es war nicht ganz einfach gewesen, Platz für sie alle zu schaffen, da Kents privater Bereich eine Kombination aus dem Arbeitszimmer eines geistesabwesenden Gelehrten und dem Labor eines verrückten Wissenschaftlers darstellte.

Sie saßen um einen Tisch herum, der überladen war mit Büchern, Zahnrädern und anderem, seltsamem Krimskrams, den Kent für seine Experimente verwendete. Mit grimmiger Miene informierte Wick seine Kollegen über Nortons Ergebnisse. Er fühlte sich wie betäubt von dem Wissen, dass sein Versagen für all das Chaos verantwortlich war: die Wut der Meute, die öffentliche Demütigung der Frau, die er liebte, und die Anspannung der Männer in diesem Raum, deren Vertrauen er missbraucht hatte.

„Wir werden ein paar Tage warten, bis wir verkünden, dass das Projekt gestorben ist", sagte Garrity kühl. „In der Zwischenzeit sollten wir das Büro schließen, damit die Angestellten nicht in Gefahr geraten. Und ich schlage vor, dass Sie, meine Herren, sich um Ihre Sicherheit und die Ihrer Familien kümmern. Ein Urlaub wäre angebracht."

„Tessa hat sich bereits geweigert, die Stadt zu verlassen", sagte Kent, der ein münzgroßes Zahnrad auf dem Tisch herumschob. An der Wand hinter ihm hing seine „Ideensammlung", eine schwarze Schiefertafel mit Diagrammen und Kritzeleien, die nur er entziffern konnte. Sein Motto – *so beständig wie Kohle* – stand in großen Lettern über allem anderen.

„Sie macht sich keine Sorgen wegen der Unruhestifter?", fragte Garrity.

„Sie sagt, dass jeder, der sie oder ihre Familie belästigt, es bereuen werde", erwiderte Kent trocken. „Und ich für meinen Teil zweifle nicht daran."

„Das ist wohl einer der Vorzüge, mit der Herzogin von Covent Garden verheiratet zu sein."

„Einer von vielen", stimmte Kent mit einem selbstgefälligen Grinsen zu.

„Ersparen Sie uns die Details", sagte Garrity und schüttelte den Kopf.

Diese Art von Geplänkel war normal unter Wicks Partnern. Jetzt allerdings, wo alles um sie herum zusammenzubrechen drohte, fühlte es sich nicht normal an ... Und das nur seinetwegen. Wick wünschte sich, die beiden würden ihn zurechtweisen, ihn anschreien ... oder noch besser, ihm eine verpassen. Gott wusste, dass er es verdient hatte.

„Nun, Murray?"

Er war so in Gedanken versunken, dass er Kents nächste Worte nicht mitbekommen hatte. „Wie bitte?"

„Ich sagte, dass Tessa Wachen zur Verfügung stellen könnte, falls Sie zusätzliche Sicherheit für Ihre Verlobte wünschen. Die Behauptungen, die heute Morgen in den Zeitungen standen, waren nicht nur verleumderisch, sondern auch verdammt gewagt", sagte der Wissenschaftler voller Empörung. „Diese Lügen könnten Ihnen und Lady Beatrice gefährlich werden."

Bea war von den Nachrichtenblättern als hinterhältige Verführerin und Wick als ihr argloses Opfer dargestellt worden, was absolut lächerlich war, aber das wusste die Öffentlichkeit natürlich nicht. Sobald sie Wind davon bekämen, dass Bea in seinem Haus wohnte, würde herauskommen, dass sie die geheimnisvolle Miss Brown war, und dadurch könnte sie in noch größere Gefahr geraten.

Na wunderbar. Gerade haben wir das Geheimnis um die Identität ihres Angreifers gelüftet, und jetzt hetze ich ihr eine ganze Stadt auf den Hals, die ihr nach dem Leben trachtet. Was für ein inkompetenter Mistkerl bin ich eigentlich?

„Ich weiß das Angebot zu schätzen", erwiderte er knapp.

Kent warf Garrity einen vielsagenden Blick zu.

Dieser räusperte sich und sagte: „Meine Jagdhütte in Hertfordshire ist nur eine halbe Tagesreise von London entfernt und zu dieser Jahreszeit recht idyllisch. Sie und Lady Beatrice können sich gerne dorthin zurückziehen, bis sich die Wogen geglättet haben."

Sein großzügiges Angebot war der Tropfen, der das Fass zum Überlaufen brachte. Die Emotionen, die Wick die ganze

Zeit über unterdrückt hatte, brachen aus ihm heraus. Unwirsch schob er seinen Stuhl zurück und sprang auf.

„Hören Sie endlich auf, um den heißen Brei herumzureden", presste er hervor. „Warum sagen Sie nicht einfach, was Sie wirklich denken?"

Kent blinzelte verwirrt. „Was denken wir denn?"

„Dass ich an allem schuld bin! Dass ich Sie beide, die Firma und unsere Investoren im Stich gelassen habe!" Wick hielt inne und fuhr sich mit der Hand durchs Haar. „Wegen meiner Unfähigkeit, das wichtigste Geschäft unseres Lebens auszuhandeln, wird die GLNR untergehen."

„Seit wann können Sie denn Gedanken lesen?", fragte Garrity ruhig.

Er warf seinem Mentor einen finsteren Blick zu. „Sie bereuen es, mir die Partnerschaft angeboten zu haben. Warum geben Sie es nicht einfach zu? Mir wäre es lieber, Sie würden mich anschreien, als so verdammt ... *nett* zu sein", rief er händeringend.

Garrity hob eine Braue und sah zu Kent hinüber. „*Sie* haben mir gesagt, ich solle umgänglicher sein."

Der Wissenschaftler zuckte mit den Schultern. „Woher sollte ich denn wissen, dass er Ihre ruppige Art bevorzugt?"

„Ich will einfach nur, dass Sie ehrlich sind", sagte Wick barsch. „Sagen Sie mir, wie wütend Sie auf mich sind, weil ich Sie enttäuscht habe. Ich kann damit umgehen. Verdammt ... Ich *verdiene* nichts anderes!"

„Von uns dreien ist nur einer wütend", erwiderte Garrity. „Aber das sind weder Kent noch ich."

„Das glaube ich Ihnen nicht." Er ballte die Hände zu Fäusten. „Ich habe *alles* ruiniert."

„Überschätzen Sie sich nicht, Murray", sagte sein Partner. „Sie waren nicht in der Lage, ein Projekt zu Ende zu führen. Deswegen ist noch lange nicht alles ruiniert."

„Wie können Sie das sagen? Ich habe diese Firma Geld und Investoren gekostet ...“

„Geld kann man ersetzen.“ Er traute seinen Ohren kaum, diese Worte ausgerechnet aus Garritys Mund zu hören. „Sowohl Kent als auch ich können den Verlust verkraften, und die Investoren kannten die Risiken, als sie in dieses Geschäft einstiegen. Diesbezüglich haben wir nie gelogen. Sie können nicht die Verantwortung für die Entscheidungen anderer übernehmen. Das war das Erste, das ich Ihnen beibrachte, als Sie für mich zu arbeiten begannen. Haben Sie das etwa vergessen?“

Wick schluckte schwer. „Sie sind zu nachsichtig mit mir.“

„Ich persönlich hätte nichts dagegen, Sie niederzumachen, aber Sie sind mir zuvorgekommen.“ In Kents Worten schwang Humor und Verständnis mit. „Hören Sie, wir alle machen Fehler.“

„Wissen Sie nicht mehr, als unser Genie hier letztes Jahr das Lagerhaus in die Luft jagte?“, sagte Garrity. „Dafür zahlen wir immer noch.“

Er wich dem Zahnrad aus, das der Wissenschaftler nach ihm warf.

„Der Punkt ist, dass wir alle schon mal in Ihrer Situation waren, Murray“, sagte Kent. „Aus eigener Erfahrung weiß ich, dass es schwieriger ist, sich selbst zu vergeben, als sich die Vergebung anderer zu verdienen.“

Die Worte seines Kollegen leuchteten ihm ein. Er *war* wütend auf sich selbst. Aber war das nicht auch gerechtfertigt? Er hatte die GLNR im Stich gelassen ... ebenso wie Beatrice. Gott, er hatte sie öffentlicher Demütigung ausgesetzt, obwohl sie schon mehr als genug gelitten hatte. Noch dazu hatte er sein Wort gebrochen und sie in die unmögliche Lage gebracht, sich zwischen ihm oder ihrem Anwesen entscheiden zu müssen.

Er könnte es ihr nicht verübeln, wenn sie ihn nie wieder sehen wollte.

„Ich weiß nicht, wie ich es geschafft habe, alles so zu vermasseln", murmelte er verzagt.

„Das ist Teil der menschlichen Natur", sagte Garrity und legte die Fingerspitzen aneinander.

„Sie haben versucht, das Richtige zu tun, aber es ist nicht so gelaufen, wie Sie es wollten. Glauben Sie mir, das habe ich auch schon erlebt", seufzte Kent. „Sie dürfen es sich nicht zum Vorwurf machen, darum gekämpft zu haben, die Interessen Ihrer Verlobten mit denen des Unternehmens in Einklang zu bringen."

Hatte sein Kollege am Ende recht damit?

Wick sah Garrity an. „Sie nehmen das alles ungewöhnlich gelassen hin. Gestern bestanden Sie noch darauf, dass ich Beatrice zwinge, ihre Ländereien zu verkaufen."

„Und Sie erinnerten mich daran, dass es wichtigere Dinge als Geld gibt." Sein Mentor strich sich ein imaginäres Staubkorn vom Ärmel seines dunklen Gehrocks. „Von Mrs Garrity bekam ich zu Hause Ähnliches zu hören. Sie sagte, dass wir Ihnen etwas schuldig seien, weil Sie vor zwei Jahren bei ihrer Rettung halfen, und sie hat recht. Sie haben das beschützt, was mir am wichtigsten ist. Mein Ehrgefühl verlangt, dass ich den Gefallen erwidere."

Wick runzelte die Stirn. „Es war *mir* eine Ehre, Ihrer Gattin zu helfen. Sie stehen keineswegs in meiner Schuld."

„Doch, das tue ich, und deshalb möchte ich Ihnen eines raten." Garrity lehnte sich vor und musterte ihn durchdringend. „Lassen Sie nicht zu, dass Ihre Vergangenheit Ihr gegenwärtiges Glück beeinträchtigt. Halten Sie nicht an dem fest, was Sie nicht ändern können. Seien Sie der Mann, der Sie heute sind ... Ein Mann, den Ihre Verlobte verdient."

Seine Worte riefen Wick in Erinnerung, was Beatrice während ihres Gesprächs über Monique zu ihm gesagt hatte: *Das Wichtigste ist, dass du dich verändert hast, dass du erwachsen geworden bist. So, wie ich dich jetzt kenne, kann ich bezeugen, dass du ein wahrer Gentleman bist, einer mit einem ausgeprägten Ehrgefühl.*

Ja, er *hatte* sich verändert. Er war nicht länger der rebellische Zweitgeborene, der nie die Anerkennung seines Vaters erhielt, und auch nicht der junge Wüstling, der ein rücksichtsloses Leben führte. Er hatte sich das Recht verdient, als Gentleman bezeichnet zu werden, und daran konnte auch ein gescheitertes Projekt nichts ändern.

„Sie haben recht", sagte er langsam.

Garrity hob eine Braue. „Wann habe ich das nicht?"

Es klopfte an der Tür, und Wick ging hinüber, um sie zu öffnen. Der Wachmann, den er Bea zugeteilt hatte, stand vor ihm.

„Wilcox?", fragte er alarmiert. „Warum sind Sie nicht bei Lady Beatrice?"

Der Wächter räusperte sich. „Sie ist weg, Sir. Sie und ihr Dienstmädchen sind gegangen, ohne ein Wort zu sagen."

„Das verlief wesentlich einfacher, als ich dachte", sagte Bea, während die Kutsche durch die Pall Mall rollte. „Ich glaube nicht, dass uns jemand gesehen hat."

„Was für ein Glück, Mylady", erwiderte Lisette, die ihr gegenübersaß.

Sie hatten den richtigen Moment abgepasst, als die Dienerschaft sich zum Mittagessen zurückzog, waren durch die Hintertür hinausgeschlüpft und in die wartende Kutsche geklettert. Da ihre findige Zofe an alles gedacht hatte, waren sie sofort losgefahren, ohne dass Bea dem Kutscher Anweisungen geben musste.

Nun bestand die Herausforderung darin, aus London

herauszukommen. Sie schlichen schon seit einer geraumen Weile im Schneckentempo dahin.

Bea zog die Vorhänge zurück und spähte hinaus. Die Durchgangsstraße war mit Karren, Kutschen und Menschenmassen zu Fuß und zu Pferd verstopft. Sie sah zwei Männer, die sich wild gestikulierend über eine umgekippte Eierkiste hinweg stritten. Plötzlich stürzte einer der Kerle auf den anderen zu, und Beas Herz setzte einen Schlag aus, als sie sah, wer hinter ihm stand.

Der pausbäckige Gassenjunge mit der Kappe. Das konnte kein Zufall sein.

Er beobachtet mich.

Nervös ließ sie den Vorhang los. „Lisette, siehst du den braunhaarigen Jungen, der hinter den streitenden Händlern auf der gegenüberliegenden Straßenseite steht?"

Das Dienstmädchen schaute aus dem Fenster. „Die Männer sehe ich, Mylady, aber hinter ihnen ist niemand."

Bea spähte erneut hinaus. Ihre Zofe hatte recht. Der Knabe war verschwunden.

„Er war da", beharrte sie. „Ein Straßenjunge mit einer Kappe."

„Es gibt unzählige solcher Kinder in London, Mylady." Mit einem verwirrten Lächeln griff das Dienstmädchen in einen Korb zu ihren Füßen. „Ich habe den Kutscher veranlasst, Proviant zu besorgen, da wir eine lange Reise vor uns haben. Soll ich Ihnen eine Tasse Tee einschenken, damit Sie Ihre Nerven beruhigen können?"

„Du denkst wirklich an alles, Lisette." Dankbar nahm sie die Tasse entgegen und nippte daran, während sie aus dem Fenster starrte.

Wer ist dieser Junge ... Und was will er von mir?

Kapitel Siebenunddreißig

„Warum ist sie einfach gegangen?" Aufgebracht tigerte Wick durch den Salon. „Mein Gott, weiß sie denn nicht, in welcher Gefahr sie sich befindet, ganz allein da draußen?"

Seine Fragen wurden vom Rest der Anwesenden mit Schweigen quittiert. Garrity und Kent hatten ihn vom Büro aus zurückbegleitet und saßen mit steinernen Mienen in den Ohrensesseln. Die Carlisles und seine Mutter waren vor wenigen Augenblicken nach Hause gekommen und teilten sich das Sofa. Richard und Violet sahen besorgt aus, während die Vicomtesse seelenruhig an einer Tasse Tee nippte.

„Bist du dir sicher, dass sie keinen Brief hinterlassen hat, in dem steht, wohin sie gegangen ist?", fragte Vi.

Wick schüttelte frustriert den Kopf. „Es gibt keinen Brief, keine Nachricht, nichts. Und ich habe das Personal befragt. Niemand hat gesehen, wann und wie sie das Haus verließ. Es wird vermutet, dass sie um die Mittagszeit abgereist sein muss. Die Wachen bemerkten etwa eine Stunde später, dass sie verschwunden war."

Warum würdest du das tun, mein Engel? Warum solltest du mich verlassen?

Eine eiskalte Hand griff nach seinem Herzen, als er sich mit der unvermeidlichen Antwort konfrontiert sah: Sie war gegangen, weil er sie im Stich gelassen hatte. Weil er sein Versprechen ihr gegenüber nicht halten konnte und einen öffentlichen Skandal über sie brachte. Weil es ihm nicht gelungen war, die einzige Frau zu beschützen, die er je geliebt hatte.

„Warum sind alle so überrascht über Lady Beatrices Verhalten?", fragte seine Mutter und stellte ihre Tasse auf dem Kaffeetisch ab. „Jeder hier hat die Artikel gelesen, nehme ich an. Ist es angesichts dessen, was über sie gesagt wird, so unerwartet, dass sie beschlossen haben könnte, die Stadt zu verlassen? Sie ist bis auf die Knochen blamiert worden. Ich an ihrer Stelle würde mich nie wieder in London blicken lassen."

Wick ballte die Hände zu Fäusten. *Es ist alles meine Schuld. Ich habe Beatrice das angetan.*

„Nimm dich in Acht, Mama", sagte Richard in mahnendem Tonfall.

„Ich sage nur die Wahrheit", erwiderte die Witwe pikiert. „Wenn ihr mich fragt, hat Lady Beatrice genau das Richtige getan. Es ist besser, die Sache würdevoll zu beenden. Du musst ihren Wunsch respektieren, Wickham, und sie gehen lassen."

Ihre Worte trafen ihn wie ein Schlag in die Magengrube. Hatte Bea die Sache mit ihm beendet? War ihre Abreise ein endgültiges Lebewohl?

Zur Hölle damit. Er warf seiner Mutter einen herausfordernden Blick zu.

„Ich liebe Beatrice, und ich werde sie *niemals* gehen lassen", presste er hervor. „Nicht, ohne um sie zu kämpfen."

„Sie ist die Mühe nicht wert, Darling. Meine Freundin, Lady Osmond, erwähnte mir gegenüber, dass ihre reizende Nichte gerade aus Frankreich zurückgekehrt sei ..."

„Komm, Mama, nehmen wir den Tee doch gemeinsam mit den Kindern ein", wurde sie von Violet unterbrochen, die ihre Schwiegermutter vom Sofa zerrte und in Richtung Tür schob.

„Aber ich bin noch nicht fertig", protestierte die Vicomtesse.

„Wick wird dich fertig machen, wenn du ihn nicht in Ruhe lässt", murmelte Vi so leise, dass die Witwe es nicht hörte.

Offensichtlich kannte seine Schwägerin ihn zu gut.

Kaum hatten die Damen das Zimmer verlassen, fragte Richard: „Wie sieht dein Plan aus?"

„Ich habe Wachen losgeschickt", begann er und versuchte, seine Gedanken zu ordnen. „Zusammen mit Garritys und Kents Männern durchkämmen sie die Gegend, um herauszufinden, ob jemand Beatrice gesehen hat und weiß, in welche Richtung sie unterwegs sein könnte."

„Vielleicht will sie zurück zu ihrem Anwesen?", mutmaßte sein Bruder.

Er atmete tief durch. „Ich habe Reiter entsandt, die die Gasthöfe auf dem Weg nach Staffordshire überprüfen sollen. Wenn sie sie finden, werden sie uns benachrichtigen. Aber mein Gefühl sagt mir, dass da etwas nicht stimmt. Zwar wollte sie unbedingt nach Hause zurückkehren, als sie von Frank Varnum erfuhr, und der Klatsch über sie in den Zeitungen hat diesen Wunsch wahrscheinlich noch verstärkt, aber ich kenne sie. Sie würde nicht einfach so verschwinden, ohne mir eine Nachricht zu hinterlassen."

Nein, Beatrice würde nicht wollen, dass er sich Sorgen machte, dessen war er sich sicher. Sie war verantwortungsbewusst und fürsorglich und gehörte nicht zu der Sorte Frau, die ihn ohne Erklärung verlassen oder die Verlobung auflösen würde, ganz gleich, was er getan hatte. Warum also waren sie und ihr Dienstmädchen so überstürzt aufgebrochen?

Als es an der Tür klingelte, überkam ihn eine verzweifelte Hoffnung. Vielleicht war Bea nur für einen Moment weggegangen. Vielleicht war alles nur ein dummes Missverständnis gewesen ...

Er eilte aus dem Salon, blieb jedoch wie angewurzelt im Vorzimmer stehen.

Der Neuankömmling, den sein Butler hereingelassen hatte, war ein großer, aristokratischer Mann, den Wick auch ohne eine formelle Vorstellung sofort erkannte. Der Herzog von Hadleigh sah Beatrice verblüffend ähnlich, nur war er eine kräftigere, männliche und wesentlich hochnäsig auftretendere Version von ihr.

„Wo ist meine Schwester?", verlangte er zu wissen. „Ich möchte sie auf der Stelle sprechen."

„Sie ist nicht hier." Da er wusste, wie viel Leid dieser Mann Beatrice zugefügt hatte, fiel es Wick ungemein schwer, ihm höflich die Hand zu reichen. „Wickham Murray, zu Ihren Diensten."

„Ich weiß, wer Sie sind", sagte der Herzog und musterte ihn verächtlich. „Die Zeitungen haben Ihre Beziehung zu meiner Schwester sehr detailreich dargelegt, und ich werde mich später mit Ihnen befassen ... nachdem ich mit Beatrice gesprochen habe."

„Wie ich bereits sagte: Sie ist nicht hier", erwiderte Wick schroff.

„Wo zum Teufel ist sie dann?"

„Das versuche ich verdammt noch mal herauszufinden."

„Sie haben meine Schwester *verloren*?"

Das war ja wohl die Höhe! Ausgerechnet *Hadleigh* beschuldigte Wick, sich nicht um Beatrices Wohlergehen zu kümmern, wo doch *seine* Taten, *seine* Rachegelüste, die Ursache für all ihre Probleme waren?

Wick machte ihr keinen Vorwurf, dass sie nichts mit ihrem Bruder zu tun haben wollte. Er wusste, dass sie befürchtete, Hadleigh würde noch mehr Unheil anrichten, wenn er sich einmischte. Er jedoch hatte keine Angst vor dem Bastard.

„Ihre Schwester ist gegangen, und ja, dafür übernehme ich eine gewisse Verantwortung", presste er hervor. „Die Zeitungen sind voller Lügen, vor denen ich sie hätte beschützen müssen. Aber auch Sie, Euer Gnaden, tragen einen Teil der Schuld an ihrer Situation. Sie wissen sicher, wovon ich spreche."

Der Herzog starrte Wick an und umklammerte seinen Gehstock. Obwohl er noch ein junger Mann war, hatte sein ausschweifendes Leben sichtbare Spuren hinterlassen. Tiefe Falten zeichneten sich um seinen Mund herum ab, und seine Augen waren blutunterlaufen, weil er zu wenig geschlafen, zu viel getrunken oder Rauschmittel genommen hatte ... Vermutlich alles drei. Seine Wangen waren eingefallen, und selbst seine maßgeschneiderte Kleidung konnte nicht verbergen, wie hager er war.

„Das ist eine Sache zwischen meiner Schwester und mir", erwiderte er gefährlich leise. „Sie sollten sich besser nicht einmischen."

Wick dachte gar nicht daran, vor dem aufgeblasenen Mistkerl ein Blatt vor den Mund zu nehmen. „Wegen Grigg wurde Beatrice unzähligen Angriffen ausgesetzt", sagte er unverblümt.

Die Fassade der Erhabenheit bröckelte, und ein gequälter Ausdruck trat in Hadleighs gerötete Augen.

„Wie ist das möglich?", stammelte er. „Grigg ist tot."

„Ich habe keine Zeit, um auf die Einzelheiten einzugehen", sagte Wick unwirsch. „Kurz gesagt, war sie auf ihrem Anwesen nicht mehr sicher. Ich habe sie nach London gebracht, um sie zu beschützen ... Und um die Identität ihres Feindes aufzudecken."

„Warum ist sie nicht zu mir gekommen? Ich hätte ihr geholfen. Ich hätte alles getan, um meine Fehler wiedergutzumachen ..."

Als er den Schmerz in der Stimme des Herzogs hörte, die Reue eines Mannes, der um sein Unrecht wusste, auch wenn er es nicht zugeben konnte, hätte Wick unter normalen Umständen Mitleid empfunden. Aber für den Gewissenskonflikt Seiner Gnaden hatte er nun wahrlich keine Zeit. Er musste Beatrice finden.

„Die Hinweise, die wir sammeln konnten, führten uns zu Griggs einzigem Kind: seinem Sohn Thomas Franklin Grigg, von dem wir glauben, dass er den Decknamen Frank Varnum benutzt. Er arbeitet als Dorfpfarrer in der Nähe von Beatrices Anwesen, und sie könnte zurückgegangen sein, um ihre Pächter vor ihm zu beschützen. Ich habe Männer losgeschickt, die die Umgebung nach ihr absuchen, und wenn sie sie nicht finden, fahre ich direkt nach Staffordshire. Daher wäre ich Ihnen dankbar, wenn Sie mich nicht weiter aufhalten würden."

Hadleigh starrte ihn an. „Varnum ist nicht Griggs einziges Kind."

„Wie bitte?" Eine eisige Hand legte sich um sein Herz. „Unser Ermittler sagte, er habe nur einen Erben."

„Ein *eheliches* Kind, ja. Aber er hatte auch eine Tochter mit seiner französischen Mätresse. Der Name des Mädchens war Marie, glaube ich."

Die Kälte breitete sich in seinem ganzen Körper aus. „Was wissen Sie über sie?"

„Nicht viel. Nach Griggs ... Ableben habe ich seiner Gemahlin auf anonymem Wege Geld geschickt. Ich versuchte auch, die Geliebte zu finden, aber sie verschwand und nahm das Mädchen mit." Hadleigh schluckte schwer. „Ich weiß, dass Griggs Sohn in den Dienst der Kirche eintrat, und vor ein paar Jahren gelang es meinem Informanten kurzzeitig, die Tochter aufzuspüren. Sie tauchte unter, bevor er den Kontakt herstellen konnte. Ich nehme an, dafür wäre es ohnehin zu spät gewesen. Auf jeden Fall hatte sie einen respektablen Beruf ergriffen."

„Als was arbeitete sie?", fragte Wick ... obwohl er die Antwort bereits erahnte.

„Sie hatte eine Ausbildung zum Dienstmädchen absolviert. Ich glaube, sie war Zofe."

Kapitel Achtunddreißig

Bea öffnete die Augen und sah sich benommen um, konnte im Halbdunkel jedoch nichts erkennen.

Der beißende Geruch von Kohle stieg ihr in die Nase.

Wo bin ich?, dachte sie schläfrig.

Sie versuchte, sich zu erinnern, wo sie zuletzt gewesen war ... In der Kutsche auf dem Weg nach Camden Manor. War sie immer noch dort? Als sie versuchte, sich zu bewegen, stellte sie mit einem Anflug von Panik fest, dass es nicht ging. Sie war *gefesselt*. Jemand hatte sie an eine Säule gebunden, und das raue Seil schnitt ihr unangenehm in Arme, Brust und Beine. Ein Taschentuch, mit dem sie geknebelt worden war, erstickte den angsterfüllten Schrei, der sich ihrer Kehle entrang.

Was ist hier los? Wer hat mir das angetan?

Verzweifelt suchte sie die Umgebung ab. Das Licht reichte gerade aus, um den langen, quadratischen Raum mit den geschwärzten Ziegelwänden und den rußverschmierten Fenstern auszumachen. Durch die Scheiben konnte sie vage Umrisse erkennen. Es schien, als befände sie sich oberhalb des Straßenniveaus. Die Decke erstreckte sich gute fünf Meter in die Höhe und hatte aus irgendeinem Grund ein rechteckiges Loch in der Mitte, durch das ein Stück Himmel zu sehen war.

Sie blinzelte nach oben. Waren das ... *Eisenbahnschienen*, die an den Rändern der Öffnung entlangliefen?

Sie schloss die Augen und lauschte, um weitere Hinweise auf ihren Aufenthaltsort zu erhalten. Sie hörte ... Wellen? Ein leises Plätschern, entfernte Schreie – ob menschlicher Natur oder von Möwen ließ sich nicht sagen. Jedenfalls schien sie sich in der Nähe von Wasser zu befinden, möglicherweise am Ufer der Themse oder eines Kanals.

Wie war sie ohne ihr Wissen hierhergekommen? Das schwindende Licht, das durch die Decke hereinfiel, deutete darauf hin, dass es bereits dämmerte, also war sie ziemlich lange bewusstlos gewesen. Hatte man sie betäubt? Das Letzte, woran sie sich erinnerte, war, dass sie mit Lisette in der Kutsche gesessen und Tee getrunken hatte.

Gütiger Himmel ... War der Tee vergiftet gewesen?

Panik übermannte sie, während die Schatten immer bedrohlicher wurden. In der Dunkelheit, die sich wie flüssiges Pech im Raum ausbreitete, schossen Bea fieberhafte Theorien durch den Kopf. War Frank Varnum in London? Hatte er es irgendwie geschafft, sie unter Drogen zu setzen? O Gott, und was war mit Lisette geschehen? Bei dem Gedanken, dass eine weitere Unschuldige wegen ihr verletzt worden sein könnte, zerrte sie verzweifelt an ihren Fesseln, doch das Seil grub sich nur noch tiefer in ihre Haut.

Sie saß in der Falle.

Unvermittelt wanderten ihre Gedanken zu Wick.

Inzwischen hatte er wahrscheinlich ihren Brief gelesen, und wie sie ihn kannte, war er hinter ihr her. Vermutlich war er bereits auf dem Weg nach Staffordshire und hatte keine Ahnung, dass sie hier war, gefesselt in einem düsteren Lagerhaus, wo sie ein noch düstereres Ende erwartete.

Tränen stiegen ihr in die Augen, als ihr klar wurde, dass sie ebenso einsam sterben würde, wie sie gelebt hatte. Plötzlich sah sie ein, wie töricht es gewesen war, Wick zu verlassen. Dass sie sich die ganze Zeit über selbst belogen hatte, indem sie sich einredete, ihm und ihren Pächtern zuliebe nach Camden Manor zurückkehren zu müssen ... obwohl sie es in Wirklichkeit nur für sich selbst getan hatte.

Weil sie sich vor ihrer tiefen, brennenden Liebe zu ihm fürchtete, zu dem Mann, der nicht nur die Mauer ihres Anwesens überwunden hatte, sondern auch die um ihr Herz. Sie hatte solche Angst, ihn – und mit ihm das größte Glück ihres Lebens – zu verlieren, dass sie es durch ihre eigenen törichten Handlungen zerstört hatte.

Ich liebe dich, Wickham Murray.

Sie wurde von der verzweifelten Entschlossenheit erfüllt, ihm diese Worte persönlich zu sagen. Ihr ganzes Leben lang hatte sie auf einen Mann wie ihn gewartet, und sie wollte ihre Träume nicht aufgeben. Nicht jetzt, wo sie dank ihm wusste, dass sie wahr werden konnten.

Plötzlich vernahm sie außerhalb des Raumes Stimmen und Schritte. Ein Schloss klickte, Scharniere quietschten. Bea erstarrte, als eine Gestalt auf sie zukam, die eine Laterne in der Hand hielt. Als die Person nahe genug herangekommen war, erkannte sie das feuerrote Muttermal auf deren Wange, die hervortretende Stirn und die lüsternen Gesichtszüge.

Ralph Palmer griff nach ihrem Knebel und riss ihn herunter.

Sie stieß einen Schrei aus, der abrupt unterbrochen wurde, als er ihr eine schallende Ohrfeige verpasste. Der metallische Geschmack von Blut erfüllte ihren Mund, und ihre Sicht verschwamm.

„Halt besser die Klappe. Beim nächsten Mal bin ich nicht

so nachsichtig", zischte er. „Außerdem hat es keinen Sinn zu schreien. Es ist niemand da, um dir zu helfen."

„Warum tust du das?", keuchte sie, bevor sie den Kopf hob und ihm geradewegs in die Augen sah. „Weil ich dich meines Grundstücks verwiesen habe?"

Er lachte hämisch. „Du bist zwar ein herrschsüchtiges Miststück, aber das ist nicht der Grund."

„Warum dann?"

Die Tür öffnete sich erneut, und eine blonde Frau kam auf sie zu. Obwohl sie ebenfalls eine Laterne trug, blieb ihr Gesicht im Schatten verborgen. Palmer ging ihr entgegen, und die beiden küssten sich leidenschaftlich, bevor sie sich von ihm löste und vor Bea trat.

Es dauerte einen Moment, bis diese ihren Schock überwunden hatte. „*Lisette?*"

„*Oui*, du einfältiges Miststück, ich bin es."

„Ich ... ich verstehe das nicht", stammelte sie. „Warum tust du das?"

„Weil du meinen Vater getötet hast, du elende Schlampe."

„Deinen Vater? Wer ...?" Die Erkenntnis traf sie wie ein Blitz. „Du bist Griggs *Tochter?*"

„Ganz richtig. Geboren von der Frau, die er liebte, nicht von der hässlichen Hexe, die er heiraten musste."

Lisettes französischer Akzent war verschwunden. Sie klang und verhielt sich wie ein völlig anderer Mensch, und sah auch irgendwie verändert aus, wie ein Reptil, das seine alte Haut abgeworfen hatte.

Als Bea einen Blick auf ihr Haar warf, sagte sie mit einem breiten Lächeln: „Gefällt dir meine Frisur? Im Moment ist das noch eine Perücke, aber sobald ich dich losgeworden bin, freue ich mich darauf, zu meinen natürlichen Wurzeln zurückzukehren. Vor allem, weil Ralph mich als Blondine bevorzugt ... nicht wahr, Liebster?"

„Ich nehme dich so, wie ich dich kriegen kann, Täubchen“, erwiderte er mit einem unterwürfigen Grinsen.

„Du wirst mich schon bald nehmen dürfen“, säuselte Lisette. „Gleich nachdem ich mit dieser Mörderin kurzen Prozess gemacht habe.“

„Ich habe deinen Vater nicht umgebracht!“, rief Bea verzweifelt.

„O doch, das hast du.“ Ihr ehemaliges Dienstmädchen schüttelte angewidert den Kopf. „Du hast deine arrogante Nase in Dinge gesteckt, die dich nichts angehen, und das hat dazu geführt, dass mein Vater in Ungnade gefallen und gestorben ist. Aber so ist die Aristokratie nun einmal, wie Papa zu sagen pflegte. Stets spielen sie sich der hart arbeitenden Mittelschicht gegenüber als Herr und Meister auf.“

„Ich habe mich deinem Vater gegenüber nicht aufgespielt. Er hat einen wehrlosen Jungen verdroschen ...“

„Halt den Mund, sonst lasse ich ihn dir von meinem Ralph stopfen!“

Bea schluckte schwer, als ihr ehemaliger Pächter bedrohlich mit den Knöcheln knackte.

„Wie ich schon sagte, hat dein Einmischen vor sieben Jahren Papa alles gekostet. Dein verdammter Bruder hat seinen Ruf ruiniert und ihn seiner Lebensgrundlage beraubt, bis ihm schließlich nur noch ein ehrenhafter Ausweg blieb.“ Tränen schimmerten in Lisettes Augen, doch es waren Tränen der Wut, die an Wahnsinn grenzten. „Er wollte meine wunderschöne *Maman* heiraten, weißt du? Er sagte uns, dass er auf den Tag hinsparen würde, an dem er die Beziehungen seiner unausstehlichen Frau nicht mehr brauche. Dann würde er sich von ihr scheiden lassen und mit uns, seiner wahren Familie, nach Frankreich ziehen und ganz neu anfangen. Aber *du* hast alles zerstört. Statt dieses wundervollen Traums habe ich einen Albtraum gelebt.“ Lisette kam mit dem Gesicht ganz nah an

Beas heran. „Weißt du, was nach Papas Tod mit mir passiert ist, hm?"

Zitternd schüttelte Bea den Kopf.

„*Maman* hatte Angst, dass dein Bruder uns verfolgen würde, also floh sie mit mir. Wir hatten kein Geld, keine Freunde, daher musste sie ihren einzigen Besitz – ihren schönen Körper – verkaufen, um uns durchzubringen. Doch sie war zu zerbrechlich, um ein solch schändliches Leben lange durchzustehen. Sie starb kurze Zeit später und ließ mich, ein sechzehnjähriges Mädchen, allein zurück. Und was tut eine mittellose Sechzehnjährige wohl, um zu überleben, *Mylady*?"

„Es tut mir leid", flüsterte Bea. „Was du durchmachen musstest, tut mir schrecklich leid. Aber es war nicht meine Schuld."

„Natürlich war es das, du Miststück!" Lisette ohrfeigte sie so hart, dass sie Sterne sah. „Deinetwegen wurde ich zur Hure. Ich, die Tochter eines Gentlemans, musste in den elendsten Vierteln der verruchtesten Städte ums Überleben kämpfen, bis ich schließlich einen festen Gönner fand, einen Kammerdiener, der die Zofe seiner Herrin überredete, mich auszubilden. Ich stellte mir selbst ein paar Empfehlungsschreiben aus, und so begann meine neue Karriere. Irgendwann hatte ich genug Geld gespart, um nach London zurückzukehren ... wo ich meinen lieben Ralph kennenlernte."

Sie streichelte sein Kinn, während er sie verträumt anstarrte. „Schon bei unserer ersten Begegnung wusste ich, dass ich den Partner gefunden hatte, den ich brauchte, um mein Lebenswerk zu vollenden."

„Für dich tu ich doch alles, mein Täubchen", sagte er.

„Es dauerte eine Weile, bis wir die nötigen finanziellen Mittel beschaffen konnten ... Rache bezahlt sich schließlich nicht von selbst", sagte Lisette und lachte über ihren eigenen Witz. „Aber dann machten wir uns gemeinsam auf den Weg nach Staffordshire. Ein Detektiv, den ich anheuerte, um dich aufzuspüren, sagte mir, dass du dich dort niedergelassen hättest.“

Mit „die nötigen finanziellen Mittel beschaffen“ meint sie wohl den Diebstahl in der Werkstatt, in der David Palmer arbeitete. Gott weiß, was sie und Ralph sonst noch verbrochen haben.

Bea begann, das Ausmaß von Lisettes Wahnsinn zu erkennen, ebenso wie die *Folie à deux* zwischen ihr und ihrem Liebhaber. Beide glaubten ernsthaft, dass die geistesgestörte Frau nichts Falsches getan hatte, dass ihre Handlungen völlig gerechtfertigt waren, ganz egal, wen sie dabei verletzte. Die zwei lebten in ihrem eigenen, verdrehten Universum, und Bea musste schleunigst einen Weg finden, daraus zu entkommen.

Vielleicht realisierte Wick ja, dass sie nicht auf dem Weg zurück nach Staffordshire war. Wie sie ihn kannte, würde er die Gasthöfe auf der Strecke gründlich überprüfen und es verdächtig finden, dass sie sich nirgends ein Zimmer genommen hatte. Der Gedanke erfüllte sie mit Hoffnung und Entschlossenheit.

Verwickle Lisette weiter ins Gespräch, um Zeit zu schinden. Finde heraus, was genau sie vorhat.

„Du hast also so getan, als wärst du misshandelt worden, um mein Mitgefühl zu wecken“, stellte sie fest.

„Das hat wunderbar funktioniert, nicht wahr? Du hast mich postwendend eingestellt“, erwiderte Lisette grinsend. „Armer Ralph. Dass er mir das Veilchen verpassen musste, hat ihm mehr wehgetan als mir.“

„Ich will meinem Täubchen nie wieder wehtun“, sagte er mit einem Schaudern.

Für Bea fügten sich weitere Teile zusammen. „Als Gentleman Henderson euch beide in der Scheune erwischte, hat Ralph dich gar nicht angegriffen, oder?“

„Nein, aber ich musste behaupten, dass er es tat, damit unsere Beziehung nicht aufflog.“ Lisette drohte ihrem Geliebten mit dem Finger, als wäre er ein ungehorsamer Hund. „Ich hatte dir doch gesagt, dass es nicht der richtige Zeitpunkt für ein Schäferstündchen war."

Er warf ihr einen flehenden Blick zu. „Aber ich hatte dich so vermisst, meine Prinzessin. Ich konnte einfach nicht widerstehen."

„Du kannst vielen Dingen nicht widerstehen, wie es scheint. Dazu gehört auch der Versuch, den Fabrikbesitzern Geld abzuluchsen", sagte seine Angebetete scharf. „Diese kleine List hinterließ eine Spur, die direkt zu uns führte."

„Ich dachte, es wäre eine gute Idee", jammerte er.

„Du sollst nicht denken, Ralph. Intelligenz zählt nicht zu deinen Stärken."

„Ganz wie du meinst, mein Schatz", sagte er in versöhnlichem Tonfall.

Lisette richtete ihre Aufmerksamkeit wieder auf Bea. „Immerhin warst du nicht die schlechteste Herrin, für die ich je gearbeitet habe. Du warst immer so dankbar für alles, was ich tun konnte, um dich weniger abstoßend aussehen zu lassen."

Sie bemühte sich, die Beleidigung zu ignorieren. „Warum hast du mich nicht einfach umgebracht? Du hattest reichlich Gelegenheit dazu."

„Dachtest du, ich würde dich so einfach davonkommen lassen?", fragte ihre ehemalige Zofe mit einem hinterlistigen Lächeln. „O nein, Lady Beatrice Wodehouse, du hattest es verdient zu leiden, die Angst und den Schmerz zu erfahren, die ich durchstehen musste."

„Du hast also die Drohung geschickt und die Scheune angezündet. Die Taschenuhr, die wir gefunden haben ... Sie gehörte dir."

„Das war ein unglücklicher Verlust. Sie war mein einziges Andenken an meinen lieben Papa. Er lernte *Maman* im Hellfire Club kennen, weißt du? Am Ende hatte er nicht mehr viel zu vererben, aber die Uhr hat er ihr hinterlassen, als Symbol ihrer Liebe. Sie hat sie nie verkauft, auch nicht, als es uns schlecht ging. Als sie starb, vermachte sie sie mir, und ich bewahrte sie nah an meinem Herzen auf, als Erinnerung an die Vergeltung, die mir geschuldet war."

„Und Fancy? Was hat sie getan, um deine Rache zu verdienen?"

Lisette warf ihr einen tadelnden Blick zu. „Sie hat sich entschieden, deine Freundin zu sein."

Wut stieg in Bea auf und verdrängte die Angst. Schon aus Prinzip konnte sie diese Wahnsinnige nicht gewinnen lassen.

„Was ist mit dem Feuer bei den Ellerbys?", fragte sie. „Das sind gute Leute, die nur versuchen, ihren Lebensunterhalt zu verdienen ..."

„Komm von deinem hohen Ross runter, du Miststück. Es gab kein Feuer. Ich habe die Nachricht von deinem Butler gefälscht, um dich zu einer überstürzten Abreise zu bewegen."

Bea erlaubte sich einen Moment der Erleichterung darüber, dass Mrs Ellerby nicht zu Schaden gekommen war.

„Was ist mit Frank Varnum?", fragte sie. „Er ist doch dein Halbbruder, nicht wahr? War er darin verwickelt?"

„Glaubst du, der fromme Hohlkopf hätte sich diesen Plan ausdenken können?", schnaubte Lisette. „Nein, er hat nichts mit der Sache zu tun. Er weiß nichts über mich, ich hingegen so einiges über ihn. Mein Vater hat immer gesagt, sein Sohn sei ein nichtsnutziger Weichling, und Varnum hat es bewiesen, indem er Papas Namen und sein Erbe verschmähte, als sei es etwas, wofür man sich schämen müsste."

Bea entschuldigte sich im Stillen bei dem Pfarrer, weil sie an ihm gezweifelt hatte.

„Wick wird nach mir suchen", sagte sie laut. „Ich habe ihm einen Brief hinterlassen, also weiß er, dass ich mit dir gegangen bin ..."

„Diesen Brief, meinst du?"

Das ehemalige Dienstmädchen zog das Schriftstück aus einer Innentasche seines Rocks, zerriss es in zwei Teile und ließ die Hälften zu Boden fallen. Mit ihnen schwand auch Beas Hoffnung.

„Mr Murray wird dich wohl für ziemlich taktlos halten, weil du einfach abgehauen bist, ohne dich zu verabschieden", fuhr Lisette fort. „Aber angesichts des Aufruhrs, den die Zeitungen um euch beide veranstaltet haben, wird er wahrscheinlich annehmen, dass du eure kleine Affäre mit deiner Abreise beenden wolltest."

„Er weiß, dass ich ihm das nicht antun würde." Bea schnürte es die Kehle zu. Sie konnte den Gedanken nicht ertragen, dass Wick tatsächlich glauben könnte, sie würde so skrupellos mit seinen Gefühlen umgehen ... Nicht, wenn er ihr alles bedeutete.

Warum nur habe ich ihm nicht gesagt, dass ich ihn liebe?

„Ich an seiner Stelle würde mir nicht die Mühe machen, nach einer entstellten Liebhaberin zu suchen, die einfach abgehauen ist, nachdem sie mein Unternehmen zerstört hat", höhnte Lisette. „Ich würde etwas trinken gehen, meine Wunden lecken und auf andere Weise Trost suchen. London bietet so viele reizvolle Möglichkeiten der Ablenkung."

Bea versuchte, die aufkeimende Verzweiflung zu unterdrücken. *Lass nicht zu, dass sie deine Gedanken vergiftet. Konzentriere dich.*

„Was hast du mit mir vor?", verlangte sie zu wissen. „Warum bin ich hier?"

„Leider kann dieses Spiel, so unterhaltsam es auch war, nicht ewig andauern. Es ist an der Zeit, ihm ein Ende zu setzen ... *Dir* ein Ende zu setzen", erklärte Lisette mit einem süßen, aber eindeutig wahnsinnigen Lächeln.

Wick erhielt Nachricht von den Männern, die die Gegend absuchten. Ein Fußgänger hatte eine Reisekutsche in die Gasse hinter dem Haus einfahren sehen, etwa zu der Zeit, als Bea verschwunden war.

Der Zeuge berichtete weiter, er habe beobachtet, wie ein Dienstmädchen ausstieg und den Kutscher auf äußerst unangemessene Weise umarmte, bevor dieser einen Schal über sein Gesicht zog, um ein feurig rotes Muttermal auf seiner Wange zu verdecken. Die Frau war im Haus verschwunden und einige Minuten später in Begleitung einer jungen Dame zurückgekehrt, mit der sie gemeinsam in die Kutsche stieg. Entrüstet fügte der Fußgänger noch hinzu, dass er beinahe von dem Fahrzeug überrollt worden wäre, als es aus der Gasse herauspreschte.

Der Bericht untermauerte Wicks Verdacht: Lisette war der Schlüssel zum Verschwinden seiner Verlobten, und sie steckte offenbar mit diesem Bastard Ralph Palmer unter einer Decke. Tatsächlich passte sie auf die Beschreibung, die Mrs Palmer ihnen von der Geliebten ihres Neffen, Mary Smith, gegeben hatte ... mit Ausnahme der Haarfarbe, die jedoch leicht verändert werden konnte.

Wick übermittelte die Beschreibung der Kutsche an die Gruppe, die bei der Suche half.

Dann ging er in das Zimmer des Dienstmädchens.

Das Quartier war schlicht eingerichtet mit einem Bett, einem Schrank und einem kleinen Tisch. In Anbetracht ihrer überstürzten Abreise hatte Lisette nicht viel Zeit zum Packen gehabt und die meisten ihrer Habseligkeiten zurückgelassen. In der Kommode fand er Ersatzkleidung und Pflegeprodukte, und sein Magen krampfte sich zusammen, als er die Flasche mit schwarzem Haarfärbemittel sah.

Auf dem Tisch lagen eine gefaltete Zeitung vom Vortag und ein Bleistiftstummel.

„Ich weiß, dass du dahinter steckst, Lisette ... Marie ... Wer auch immer du bist", flüsterte er. „Wohin hast du Beatrice gebracht, und was hast du mit ihr vor?"

Einen erfolgreichen Verhandlungsführer machte unter anderem die Fähigkeit aus, sich in die Lage anderer hineinzuversetzen. Er versuchte, wie das Dienstmädchen zu denken. Wenn Lisettes Motiv Rache war, dann hätte sie Beatrice schon längst töten können. Gelegenheiten gab es genug, und ein paar Tropfen Gift hätten ausgereicht. Doch statt ihre Herrin zu ermorden, hatte sie ruchlose Verbrechen begangen, die Angst und Unsicherheit schüren sollten.

Die Frau hatte sich offensichtlich ein ausgeklügeltes Katz-und-Maus-Spiel ausgedacht. Sie genoss das Leid, das sie verursachte. Vielleicht sah sie die Qualen, die sie Beatrice zufügte, als ihre wahre Vergeltung an. Außerdem schien sie ein Faible für dramatische Inszenierungen zu haben, warum sonst sollte sie den Nachnamen *Collier* verwenden? Es war, als ob sie ihre Gerissenheit zur Schau stellen musste, um ihnen unter die Nase zu reiben, dass sie, die Tochter eines Bergarbeiters, sie überlistet hatte.

Vermutlich hatte sie also ein großes Finale im Sinn, eine Abrechnung, die in ihrer verdrehten Vorstellung eine besondere Bedeutung haben würde ... Poetische Gerechtigkeit für den Vater, den sie verloren hatte. Etwas, das viel Planung erforderte, von dem sie schon seit Langem träumte, wovon sie womöglich besessen war ...

Er nahm die Zeitung zur Hand und schlug sie auf. Auf der Titelseite befand sich der Artikel über sein gescheitertes Eisenbahnprojekt, in dem auch Miss Beatrice Brown aus Staffordshire erwähnt wurde. Sein Puls schnellte in die Höhe, als er sah, dass ihr Name mit Bleistift eingekreist worden war.

War das Lisette gewesen?

Am Verhandlungstisch würde er das einen „Tell" nennen: ein verräterisches Zeichen, mit dem man unbewusst seine privaten Gedanken zum Ausdruck brachte. Indem sie Beatrices Namen eingekreist hatte, wollte das Dienstmädchen etwas kommunizieren.

Womöglich: *Diese Frau ist mein Ziel.* Oder: *Sie bekommt, was sie verdient.*

Er blätterte weiter und überprüfte jeden Artikel gründlich, konnte jedoch keine sonstigen Markierungen finden. Erst auf der letzten Seite, neben einer Anzeige für ein Mittel gegen Kolik, entdeckte er ein paar mit Bleistift geschriebene Zahlen:

6:00

14:00

22:00

Mit hämmerndem Herzen umklammerte er die Zeitung und eilte die Treppe hinunter. Seine Partner saßen in seinem Arbeitszimmer über einen Stadtplan von London gebeugt, auf dem sie die Gebiete markierten, die sie als Nächstes durchkämmen wollten. Richard hatte sich der Gruppe angeschlossen, die zu Fuß nach Beatrice suchte. Überraschenderweise war auch Hadleigh noch da. Der Herzog saß in einem Sessel und hielt ein Glas Whisky in der Hand, während die andere seinen Gehstock umklammerte, mit dem er einen unregelmäßigen, fahrigen Rhythmus auf den Boden klopfte.

„Ich habe etwas gefunden." Wick breitete die Zeitung neben der Karte aus, und die Männer versammelten sich um ihn, um einen Blick darauf zu werfen. „Ich glaube, Lisette hat diese Zahlen aufgeschrieben. Vielleicht sind es Uhrzeiten."

„Ein Fahrplan, vielleicht? Für Zug, Kutsche oder Schiff?", überlegte Kent. „Glauben Sie, dass sie plant, auf einem dieser Wege mit Lady Beatrice zu entkommen?"

„Eine entführte Frau in einem öffentlichen Verkehrsmittel

zu transportieren, wäre kein sehr kluger Plan", sagte Garrity. „Wie sollte sie unbemerkt entkommen?"

„Mein Bauchgefühl sagt mir, dass sie nicht vorhat, London zu verlassen", erklärte Wick. „Lisette hat mit uns gespielt, aber sie wusste, dass wir ihr dicht auf den Fersen sind. Sie will ihr Katz-und-Maus-Spiel beenden – die Frage ist nur, wo und wie sie es tun wird. Diese Zeiten ... Sie bedeuten etwas."

„Sechs Uhr, vierzehn Uhr, zweiundzwanzig Uhr." Kent trommelte mit den Fingern auf die Schreibunterlage. „Dazwischen liegt jeweils ein Abstand von acht Stunden. Was arbeitet nach einem so regelmäßigen Zeitplan ... und sogar nachts?"

In dem Moment, als er es sagte, weitete sich sein Blick, und er und Wick starrten einander an.

„*So beständig wie Kohle!*", riefen sie gleichzeitig aus.

Wicks Herz klopfte wie wild. „Es würde Sinn ergeben, dass Lisette sich dort rächen will ... Am Ort der größten Innovation ihres Vaters." Er schaute auf die Uhr auf seinem Schreibtisch. „Verdammt, es ist bereits acht. Wir haben keine Zeit mehr zu verlieren!"

Er rannte los, dicht gefolgt von Kent und Garrity.

„Wohin gehen wir?", fragte Hadleigh, der ihnen hinterherstolperte.

„Zum Kohlelager am Regent's Canal!", rief Wick.

Kapitel Neununddreißig

Bea war erschöpft von den unzähligen Versuchen, sich von ihren Fesseln zu befreien. Jedes Mal, wenn sie ein Rattern vernahm, zitterte sie und fragte sich, ob ihr Ende nahte. Lisette hatte sich einen Spaß daraus gemacht, ihr genau zu erzählen, wie sie sterben würde.

„Deinetwegen hat Papa nicht mehr erlebt, wie seine größte Erfindung verwirklicht wurde. Dieses Lagerhaus hätte sein – und mein – Vermächtnis werden sollen. Aber keine Sorge, ich werde diesem Ort meinen Stempel aufdrücken. In einer Stunde wird der nächste Zug kommen. Weißt du, wie ein Kohleabwurf funktioniert?"

Bea hatte sie wie betäubt angestarrt.

„Du befindest dich in dem Teil des Lagers, den man Trichter nennt. Wenn der Zug darüber hinwegfährt, öffnen sich die Böden der Waggons und die Ladung fällt direkt in das Loch über deinem Kopf. Ziemlich effizient, findest du nicht auch? Die Kohle wird dich lebendig begraben ... das heißt, wenn sie dich nicht vorher zerquetscht. Vielleicht bist du nicht mal mehr zu erkennen, wenn die Kohlensortierer morgen früh den Trichter öffnen und dich unter dem tonnenschweren Haufen finden."

Bea kämpfte gegen die wachsende Panik an. Lisette und Palmer waren vor etwa zehn Minuten gegangen, um sich auf ihre bevorstehende Abreise vorzubereiten. Sie wollten später zurückkehren und zusehen, wie Bea von der Kohle zerquetscht wurde, bevor sie nach Gretna Green aufbrachen.

Offensichtlich sollte ihr qualvoller Tod der Auftakt zu einer geistesgestörten Hochzeitsreise sein.

Sie starrte auf die flackernden Schatten, die die Laterne auf den Boden warf. Lisette hatte sie dort gelassen, damit Bea im Moment ihres Todes sehen konnte, wie die Kohlenlawine auf sie niederging ...

„Pssst."

Bea erstarrte wie ein Vogel, der den Flügelschlag eines Raubtiers hörte. Woher war dieses Geräusch gekommen?

„Pst, hier oben. Keine Sorge, Mylady, ich komme runter und befreie Sie."

Sie schaute nach oben und sah eine kleine, schattenhafte Gestalt durch das Loch in der Decke klettern. Der Junge hatte ein Seil um die Taille gebunden, an dem er schnell, aber behutsam heruntergelassen wurde, bis seine Stiefel den Boden berührten. Dann machte er sich los, lief zu Bea hinüber und schnitt ihre Fesseln durch.

Sie schüttelte das Seil ab und musterte anschließend das vertraute Gesicht mit den runden Wangen, dem braunen Haarschopf und der zerfledderten Kappe.

„Du bist der Junge, der mich beobachtet hat", sagte sie erstaunt. „Warum hast du mich die ganze Zeit über verfolgt?"

„Long Mikey ist mein Name. Aber wir haben keine Zeit zum Plaudern. Wir müssen hier verschwinden, bevor dieses hinterhältige Miststück zurückkommt."

Da hatte er allerdings recht.

„Binden Sie sich das um die Taille, Mylady.“

Er reichte ihr das Seil, und sie folgte seiner Aufforderung.

„Und jetzt gut festhalten!“

Sobald sich ihre Finger um das raue Material schlossen, stieß der Junge einen speziellen Pfiff aus, der wie ein Vogelruf klang. Sie spürte, wie sich das Seil anspannte, und dann wurde sie nach oben gezogen. Sie klammerte sich fest und schwebte durch die Dunkelheit auf die Öffnung im Dach zu, während ihr Retter unter ihr immer kleiner wurde.

Als sie oben ankam, halfen ihr mehrere Hände durch das Loch. Es waren weitere Kinder, die ebenso schäbig gekleidet waren wie ihr kleiner Retter. Als sie auf das Dach rollte, direkt neben den Gleisen, auf denen schon bald der Zug vorbeifahren würde, keuchte sie: „Long Mikey ...“

„Keine Sorge, Mylady. Er kommt als Nächster“, sagte ein hübsches Mädchen mit bernsteinfarbener Haut.

Sie warfen das Seil wieder hinunter. Die Kinder – sechs an der Zahl – zogen Long Mikey mit koordinierter Effizienz in Sicherheit, und Bea half ihnen, so gut sie konnte.

„Ich kann euch allen nicht genug danken ...“, begann sie, verstummte jedoch, als sie hörte, wie sich die Tür zum Trichter öffnete und Stimmen ertönten.

„Sie können uns später danken“, flüsterte Mikey. „Jetzt sollten wir lieber ganz schnell abhauen!“

Wick und seine Gruppe trafen um kurz nach neun am Kohlelagerplatz ein.

Der Mond schien durch den Nebel und tauchte das Gelände, das direkt am Regent's Canal lag, in gespenstisches, silbernes Licht. Ein Viadukt erstreckte sich über den ummauerten Hof und das Lagerhaus, in das die Kohle vom Zug aus abgeworfen wurde. Um diese Zeit waren keine Arbeiter mehr auf dem Gelände, dafür aber Wachen.

Wick stürmte auf den Eingang zu, und die anderen folgten ihm.

Das Eisentor war angelehnt. Vorsichtig trat er hindurch und sah einen Wächterstand in der Mitte des Weges, an dem Arbeiter und Besucher entweder links oder rechts vorbei mussten. Er wählte die rechte Seite ... und erstarrte, als er die Leichen erblickte.

Zwei Wachen lagen auf dem Kies hinter dem Häuschen. Auf ihren Hemden zeichneten sich dunkelrote Flecken ab, und ihre ausdruckslosen Augen verrieten ihm, dass ihnen nicht mehr zu helfen war. Das Lagerhaus, ein langes, dreistöckiges Backsteingebäude, über dessen oberstem Stockwerk die Gleise verliefen, befand sich etwa fünfzig Meter hinter ihnen.

Wick zückte seine Pistole, Garrity und Kent taten es ihm gleich. Hadleigh umklammerte seinen Spazierstock.

„Wir teilen uns auf und umzingeln das Lagerhaus", sagte Wick mit gedämpfter Stimme. „Garrity, Sie und Ihre Männer nehmen die Nordseite, Kent die Ostseite. Hadleigh, Sie nähern sich von Süden und ich von Westen. Noch irgendwelche Fragen?"

„Wer sind denn *die*?", flüsterte Kent.

Wick schaute in die Richtung, in die er deutete, und sah eine Reihe von schattenhaften Gestalten wie Ameisen an der Seite des Gebäudes herunterklettern. Eine nach der anderen sprangen sie zu Boden und huschten auf das Tor zu. Seine Hand verkrampfte sich um die Waffe, als sie sich näherten. Die vorderste Person entdeckte ihn und stieß einen Pfiff aus, der die anderen zum Stillstand brachte.

Gassenkinder ... Was hatten die hier zu suchen?

„Wick? Oh, Wick, bist du das?"

Maßlose Erleichterung überkam ihn, als Beatrice aus der

Gruppe hervortrat und auf ihn zueilte. Er rannte ihr entgegen, zog sie in seine Arme und hielt sie einen Moment lang einfach nur fest.

„Ich hatte solche Angst, dass ich dich nie wiedersehen würde", sagte sie mit gedämpfter Stimme.

„Ich bin hier, Liebling." Er löste sich von ihr und sah sie an. „Geht es dir gut?"

„Ja, dank Long Mikey und seinen Freunden. Sie haben mich aus dem Lagerhaus befreit", sagte sie atemlos. „Hör zu, Lisette ist da drin, mit Ralph Palmer. Sie ist ..."

„Griggs Tochter, ich weiß." Zärtlich streichelte er seiner Geliebten über die Wange. „Geh und warte in der Kutsche. Garrity, würden Sie und Ihre Männer auf Beatrice und die Gassenkinder aufpassen?"

„Selbstverständlich", erwiderte sein Kollege.

Ein Räuspern ertönte hinter ihnen. „Hallo, Beatrice."

Sie starrte ungläubig über Wicks Schulter. *Benedict?* Was machst du denn hier?"

Der Herzog vermied es, ihr in die Augen zu sehen.

„Du bist meine Schwester", sagte Hadleigh in angespanntem Tonfall. „Dachtest du, ich würde dir nicht helfen?"

Bevor sie etwas erwidern konnte, näherten sich Schritte ... Lisette und Palmer! Wick bemerkte den Schock und die Wut im Gesicht der ehemaligen Zofe, als sie registrierte, dass Beatrice nicht mehr allein war.

„Erschieß sie, Ralph!", rief sie.

Palmer hob seine Pistole.

„Alle Mann runter!", schrie Wick und warf Bea zu Boden.

Der Schuss ging daneben, die Kugel sprengte Teile des Wachhäuschens weg.

Wick sprang auf die Beine und erwiderte das Feuer. Kent tat es ihm gleich.

Lisette und Palmer machten auf dem Absatz kehrt und rannten zurück in den Hof.

„Garrity, bringen Sie Beatrice in Sicherheit", befahl Wick, während er nachlud.

„Kommen Sie, Mylady." Garrity bot ihr seinen Arm an, und seine Männer bildeten einen schützenden Kreis um sie und die Gassenkinder.

„Sei vorsichtig, Wick!", rief sie ihm zu.

Er nickte knapp, bevor er, Kent und fünf ihrer Männer in den Hof stürmten. Zu seiner Überraschung folgte Hadleigh ihnen.

Er sah gerade noch, wie Lisette und Palmer das Lagerhaus betraten. „Sie gehen wieder rein! Sie vier sichern die Ausgänge", wies er den Herzog sowie drei seiner Wachmänner an. „Der Rest folgt mir."

Vorsichtig betrat er das Erdgeschoss des Gebäudes. Mehrere Wandleuchten erhellten die leeren Buchten, in denen Waggons abgestellt werden konnten, um sie mit Kohle aus dem oberen Stockwerk zu füllen. Er hörte ein Geräusch links von sich und sah Palmer die Treppe hinaufrennen.

„Lisette ist zum anderen Ende der Halle gelaufen", sagte Kent. „Ich übernehme sie. Bleiben Sie an dem Mistkerl dran."

Von jeweils einem Wachmann begleitet, eilten sie in entgegengesetzte Richtungen davon.

Wick stürmte die Treppe hinauf, dicht gefolgt von Wilcox. Als er das nächste Stockwerk erreichte, bedeutete er dem Wächter, im Uhrzeigersinn um den Raum herumzugehen, während er sich die entgegengesetzte Richtung vornahm. Der beißende Geruch von Kohle lag in der Luft. Durch das Loch in der Decke drang Mondlicht herein und warf tanzende Schatten an die Wände, die es ihm schwer machten zu erkennen, worauf er seine Waffe richten sollte. Die Säulen waren verwirrend und in der Dunkelheit leicht mit Menschen zu verwechseln. Wick schlich an den Wänden entlang, die Waffe im Anschlag, als ihm eine Bewegung ins Auge fiel.

Palmer! Er kam hinter einer Säule hervor, die Pistole auf Wilcox gerichtet.

„Vorsicht!", brüllte Wick, während er seinerseits auf den Angreifer zielte.

Die Schüsse lösten sich gleichzeitig, und zwei Körper sackten zu Boden.

„Wilcox?", rief er fragend, während er zu Palmer hinübereilte.

„Es geht mir gut, Sir", stöhnte der Wachmann. „Die Kugel hat nur meinen Arm gestreift."

Wick beugte sich über seinen Widersacher. Der Rohling atmete rasselnd und presste die Hände auf die klaffende Wunde in seiner Brust. Bevor er feststellen konnte, ob dem Mann noch zu helfen war, fielen dessen Arme leblos zu Boden.

Über ihnen ertönten weitere Schüsse.

„Lass mich los, du Mistkerl!", kreischte Lisette.

Wick rannte die Treppe hinauf ins oberste Stockwerk, das unter freiem Himmel lag. Durch den wabernden Nebel wirkte der Hof unter ihnen schwindelerregend weit entfernt. Das Mondlicht glänzte auf den Schienen, zwischen denen sich die Öffnung befand, durch die die Kohle abgeworfen werden sollte. Wick entdeckte eine zusammengekrümmte Gestalt auf dem Bahnsteig neben den Gleisen und lief mit gezogener Pistole hinüber.

Es war Kent.

„Sind Sie verletzt?", fragte er und ging neben seinem Kollegen in die Hocke.

„Nicht ... dauerhaft", presste dieser hervor. „Sie hat mich getreten."

Als Wick begriff, wo Lisettes Tritt gelandet war, verzog er mitfühlend das Gesicht.

„Hadleigh ist ihr nachgelaufen", fügte Kent keuchend hinzu. „Sie sind da vorne."

In diesem Moment begann der Boden zu beben.

„Mein Gott, der Zug", stieß Wick hervor. „Warten Sie hier. Ich werde sie holen."

Er richtete sich auf und spähte in die Dunkelheit. Etwa zwanzig Meter vor sich sah er zwei Personen, die gefährlich nahe am Rand der Öffnung des Trichters miteinander rangelten. In ihren Kampf vertieft, schienen sie die Lokomotive nicht zu bemerken, die mit blendenden Scheinwerfern auf sie zusteuerte. Der Boden vibrierte unter seinen Füßen, während er zu ihnen hinübersprintete. Gerade, als er eine Warnung rufen wollte, sah er, wie Lisette rückwärts stolperte und auf der Kante ausrutschte. Sie verlor das Gleichgewicht und fiel durch das Loch ... aber Hadleigh stürzte nach vorne und packte sie an der Hand.

Einen Augenblick lang hing sie wie erstarrt in der Luft.

Der Herzog rief ihr etwas zu und versuchte, sie hochzuziehen, wobei er das Hupen der sich nähernden Lokomotive ignorierte. Als Wick sie erreichte, drehte Lisette ihm den Kopf zu und sah ihn an. Ihre Lippen verzogen sich zu einem triumphierenden Lächeln ... dann ließ sie los.

„*Nein!*" Hadleighs Schrei übertönte sogar das Dröhnen des Motors.

Wick zerrte den Herzog von den Gleisen auf den Bahnsteig. Nur einen Augenblick später fuhr der Zug ein. Das dumpfe Poltern der Kohle, die das Lagerhaus füllte, hallte durch die Nacht.

Kapitel Vierzig

Als sie Wick zusammen mit den anderen zurückkehren sah, drängte Bea sich zwischen den Wachmännern hindurch und rannte zu ihm. Er fing sie auf, drückte sie an sich und hielt sie fest in seiner warmen, beschützenden Umarmung.

„Ich habe mir solche Sorgen gemacht", flüsterte sie mit erstickter Stimme. „Was ist dort drinnen passiert?"

„Sie sind beide tot. Ich habe Palmer erschossen."

Als sie das hörte, lehnte sie sich ein wenig zurück und sah ihn an. Seine Miene war ernst, drückte jedoch kein Bedauern aus. Er hatte getan, was getan werden musste, und er akzeptierte es.

„Und Lisette?", fragte sie.

Wick zog sie wieder zu sich heran und flüsterte ihr ins Ohr: „Sie ist in den Tod gestürzt. Hadleigh hat versucht, sie zu retten ... und dabei sein eigenes Leben riskiert."

Beas Augen weiteten sich. Sie löste sich von ihm und sah sich suchend nach ihrem Bruder um. Er stand abseits der Gruppe, hatte die Schultern hochgezogen und den Blick auf einen weit entfernten Punkt gerichtet. Sie holte tief Luft und ging zu ihm hinüber.

„Benedict?"

Obwohl sie leise sprach, zuckte er zusammen, als hätte er nicht bemerkt, dass sie sich ihm näherte.

„Beatrice", erwiderte er mit rauer Stimme. „Geht es dir gut?"

Es war absurd, zu einem solchen Zeitpunkt Nettigkeiten auszutauschen. Ebenso absurd war die Tatsache, dass sie mit ihm, ihrem Bruder und einzigen noch lebenden Verwandten, seit Jahren kein Wort mehr gewechselt hatte. Die Kluft zwischen ihnen, die durch Schmerz, Verrat und Stolz verursacht worden war, erschien einst unüberwindbar. Sie war nach wie vor groß, und Bea wusste nicht, ob sie je wieder zueinander finden würden ... aber sie war gewillt, den ersten Schritt zu wagen.

„Mir geht es gut. Und dir?"

Er musterte sie erstaunt. „Mir geht es auch gut. Danke ... der Nachfrage."

Gott, das war wirklich lächerlich.

„Benedict, du hast gerade versucht, einer Frau das Leben zu retten, die vor deinen Augen in den Tod gestürzt ist. Wie *fühlst* du dich?"

„Ich habe dich im Stich gelassen." Seine Worte – ebenso wie die stürmischen Emotionen, die sich in seinem Gesicht abzeichneten – waren so unerwartet, dass sie schockiert nach Luft schnappte. „Was Grigg anbelangt, hätte ich mich zurückhalten müssen. Ich war einfach wütend ... wegen so vieler Dinge. Ich gab ihm die Schuld, machte ihn zum Sündenbock, aber ich wollte nie, dass er stirbt." Er hielt inne und schluckte schwer. „Auch wenn das meine Taten nicht entschuldigt, sollst du es wissen, Beatrice. *Ich wollte ihn nicht umbringen.*"

Als sie die Reue in seiner Stimme hörte und die herzzerreißende Qual in seinen Augen sah, trat sie einen Schritt näher und legte eine Hand auf seinen zitternden Arm. „Ich glaube dir."

Tränen stiegen ihm in die Augen, und er wandte schnell den Blick ab. Sie gab ihm einen Moment Zeit, um sich zu sammeln, denn sie musste dasselbe tun. Die Gefühle, die in ihr aufstiegen – eine Verschmelzung von Vergangenheit und Gegenwart –, waren einfach zu überwältigend. Plötzlich erschien Wick hinter ihr und legte die Arme um ihre Taille. Trostsuchend schmiegte sie sich an ihn und genoss seine Wärme.

Nach ein paar Augenblicken räusperte sich Hadleigh. „Dann darf man euch beiden also gratulieren?"

„Ja", sagte Wick, und die Überzeugung in seiner Stimme jagte ihr einen wohligen Schauer über den Rücken.

„Ich erwarte nicht, dass ich zur Hochzeit eingeladen werde, aber vielleicht könnte ich dich irgendwann einmal besuchen, wenn es dir passt, Beatrice?"

War sie bereit, ihren Bruder wieder in ihr Leben zu lassen? Sie war sich nicht sicher. Aber sie war auch nicht bereit, diese Tür endgültig zu schließen.

„Das wäre schön, Ben", sagte sie.

Als er den vertrauten Spitznamen hörte, glätteten sich die Falten auf seinen müden Zügen, und er sah wieder wie der jüngere Bruder aus, den sie einst kannte.

„Danke", sagte er und nickte knapp. „Nun, dann empfehle ich mich für heute. Ich glaube, deine Aufmerksamkeit wird anderswo benötigt."

Nachdem er gegangen war, drehte sie sich um und sah, dass sich die Gassenkinder hinter ihr aufgereiht hatten.

„Wir machen uns auch auf den Weg, Mylady", sagte Long Mikey.

„Wie kann ich mich jemals revanchieren? Ich verstehe immer noch nicht, warum ...“

„Tust du mir Unrecht, sollst du's bereuen, doch hilfst du mir, wirst du dich meiner ewigen Dankbarkeit erfreuen.'

Die Worte riefen eine schlummernde Erinnerung in ihr wach.

„Der Junge, den ich damals im Park vor Grigg rettete ...“, murmelte sie verwundert. „Er hat genau dasselbe gesagt.“

„Das ist das Motto der Schmutzfinken. Der Junge, dem Sie geholfen haben, heißt Long Joe, und er ist mein Bruder. Er wollte Ihnen auch gerne Hallo sagen.“

„Er ist hier?“, fragte sie erstaunt.

„Ja, Mylady. Da drüben.“

Sie schaute in die Richtung, in die Mikey zeigte. Ein strammer, braunhaariger Bursche, der gut zwei Meter groß sein musste, kam auf sie zu. Als er sie sah, grinste er breit, wodurch die Lücke zwischen seinen Vorderzähnen sichtbar wurde.

„Wir Straßenkinder sind Ihnen schon lange 'nen Gefallen schuldig“, fuhr Mikey fort. „Als wir hörten, dass Sie wieder in London sind und in Schwierigkeiten stecken, wussten wir, dass es an der Zeit war, die Schuld zu begleichen. Wir haben Sie die letzten Tage über im Auge behalten.“

„Deshalb bist du mir gefolgt ... Um mich zu beschützen?“

Mikey nickte. „Jetzt sind wir quitt.“

Ein Pfeifen schrillte durch die Nacht. Es kam vom Kanal her, wo eine Schute am Ufer angelegt hatte. Ein Mann trat aus der Kajüte, den Bea aus der Entfernung jedoch nicht deutlich genug sehen konnte. Er pfiff erneut, und die Kinder stellten sich in einer Reihe auf. Mikey ging voran, während Joe die Nachhut bildete. Sie marschierten hinunter zum Boot und stiegen ein, und sobald alle an Bord waren, glitt es hinaus in die Dunkelheit.

Bea sah Wick an. „Ich kann nicht glauben, dass die Gassenkinder die ganze Zeit über auf mich aufgepasst haben.“

Er bedachte sie mit einem liebevollen Blick und strich ihr sanft über die Wange. „Deine guten Taten sind nicht unbemerkt geblieben."

„Deine hingegen schon." Sie hielt inne und holte tief Luft. „Ich bin so egoistisch gewesen, Wick. So stur und blind."

„Das ist nicht wahr", protestierte er stirnrunzelnd.

„Lass mich ausreden. Es war dumm von mir, mit Lisette wegzugehen. Aber sie fälschte einen Brief von Gentleman Henderson, in dem stand, dass es einen weiteren Angriff auf Camden Manor gegeben habe. Ich geriet in Panik und beschloss, umgehend nach Hause zurückzukehren."

„Das ist verständlich. Du bist eine starke Frau, die es gewohnt ist, sich um ihr Anwesen und diejenigen unter ihrem Schutz zu kümmern."

„Aber das war nicht der wahre Grund, weshalb ich geflohen bin." Sie ergriff eine seiner großen, kräftigen Hände, wohl wissend, dass sie bei ihm auf ewig sicher und geborgen sein würde. „Ich bin davongelaufen, weil ich Angst davor hatte, wie sehr ich dich liebe."

„Mein Engel ..." Er drückte ihre Hand und sah ihr tief in die Augen.

„Ich hätte es dir schon viel früher sagen sollen. Wick ... Ich liebe dich so sehr, dass ich kaum noch klar denken kann. Und das macht mir Angst. Ich fürchte mich davor, wie sehr ich dich brauche, dass ich einfach alles für dich tun würde ... Davor, dass du mein Ein und Alles bist."

„So wie du für mich, Beatrice. Ich liebe dich ebenfalls", sagte er inbrünstig.

„Ich weiß, und das ist das größte Wunder von allen." Ihr Atem stockte angesichts der Gefühle, die sie zu überwältigen drohten, aber sie hatte noch mehr zu sagen. „Lange Zeit war ich überzeugt, niemals einen Mann zu finden, der mich so lieben würde, wie ich bin, und als ich dann dir begegnete, mit dem mein Glück wahr zu werden schien ... Da habe ich nur darauf gewartet, dass es endet. So wie mein früheres Leben nach meinem Unfall endete. Als sich dann die Probleme bezüglich deiner Eisenbahnstrecke immer weiter zuspitzten, redete ich mir ein, dass es so gekommen war, wie es kommen musste."

„Nichts geht zu Ende", sagte er. „Du bist die Meine, und daran wird nichts etwas ändern. Nur, weil das Eisenbahnprojekt nicht so gelaufen ist wie geplant, bin ich noch lange kein Versager. Das habe ich von dir gelernt, mein Engel. Du hast mir gezeigt, dass ich die Erlösung, die ich so verzweifelt suchte, bereits gefunden habe. Was ich wirklich brauche, bist *du*. Deine Liebe erfüllt mich mit Freude und gibt meinem Leben einen Sinn."

Sie wusste, dass sie seine Worte für immer in Ehren halten würde.

„Meine Liebe soll dir gehören, solange ich lebe", schwor sie. „Ebenso wie meine Ländereien."

Er runzelte die Stirn. „Nein, Beatrice. Das kann ich nicht annehmen."

„Doch, kannst du, denn Camden Manor soll mein Hochzeitsgeschenk an dich sein. Nun, nicht gerade ein Geschenk ... Ich erwarte einen angemessenen Preis für das Land, und ich werde dieses Geld dafür verwenden, meinen Pächtern zu helfen, neue Bleiben zu finden."

Er schüttelte den Kopf. Gott, warum war dieser Mann so stur?

„Ich werde nicht zulassen, dass du ein solches Opfer bringst. Ich weiß, was dir dein Anwesen bedeutet. Es ist der Zufluchtsort, den du für dich und andere errichtet hast, der einzige Ort, an dem du dich sicher fühlst, und das werde ich dir niemals nehmen."

Sie wusste, dass er es ernst meinte, was ihr die Entscheidung noch leichter machte.

„Weißt du, was mir durch den Kopf ging, als ich in dem Lagerhaus gefangen war und dachte, ich müsse sterben?"

Seine Gesichtszüge verhärteten sich, und er verstärkte instinktiv den Griff um ihre Taille. „Was denn, mein Engel?"

„Ich dachte, wie töricht es doch war, dich zu verlassen. *Du* gibst mir Sicherheit, Wick, nicht irgendein Stück Land. Ich habe Mauern um mich errichtet, um mein Herz zu schützen, aber was ich wirklich brauchte, warst du, der mutig genug war, sie niederzureißen. Du hast mich gelehrt, wieder zu vertrauen, zu erkennen, dass wahre Schönheit – nicht die äußerliche, sondern die des Herzens und der Seele – existiert. Deine Liebe gibt mir die Geborgenheit, nach der ich mich so lange gesehnt habe, und deine Arme sind der einzige Rückzugsort, den ich brauche."

Die tiefe Zuneigung in seinen Augen erwärmte sie bis ins Innerste ihres Wesens.

„Wenn das so ist", sagte er, „ist wohl eine Verhandlung angebracht."

Sie lächelte ihn neugierig an. „Worüber sollen wir denn verhandeln?"

„Wenn du willst, dass ich dein Anwesen kaufe, musst du im Gegenzug etwas für mich tun."

Sie musste lachen. „Das klingt nach einem ziemlich lukrativen Geschäft für dich."

„Ich bin nicht umsonst Londons bester Verhandlungsführer." Er zwinkerte ihr zu und kniete dann vor ihr nieder. „Lady Beatrice Wodehouse, würdest du mir die Ehre erweisen, mich per Sondergenehmigung zu heiraten, weil ich keine verdammte Minute länger warten will, dich zu meiner Frau zu machen?"

Was konnte sie dazu sagen, außer: „Ja, ja, *ja!*"

Unter dem Gejubel ihrer Freunde erhob er sich, schloss sie in die Arme und wirbelte sie herum, bis ihr vor Freude schwindelig wurde. Dann gab er ihr einen langen, leidenschaftlichen Kuss, der bewies, dass es bei diesem einmaligen Geschäft garantiert zwei Gewinner geben würde.

Epilog

„Wick, wir können doch unsere eigenen Gäste nicht allein lassen", sagte seine Frau atemlos, während er sie in ihr gemeinsames Arbeitszimmer zog und die Tür schloss, um die Geräusche des Maskenballs zu dämpfen.

„Die Ellerbys führen ihren Reel vor", antwortete er. „Bei ihrer lebhaften Tanzeinlage wird keiner merken, dass wir weg sind."

Mit dem Ball wollten sie die Einweihung ihres neuen Hauses feiern ... oder besser gesagt, die Renovierung von Beatrices ehemaligem Herrenhaus. Nachdem sie ihr Anwesen an die GLNR verkauft hatte, war Wick entschlossen gewesen, ihr zu helfen, das perfekte neue Grundstück zu finden. Wie sich herausstellte, lag die Lösung im wahrsten Sinne des Wortes direkt vor ihrer Nase.

Junker Crombie hatte das Zeitliche gesegnet und seinen Besitz einem entfernten und gleichgültigen Erben hinterlassen, der ihn prompt versteigerte. Bea konnte sich die Ländereien zu einem Schnäppchenpreis angeln. Mithilfe der Vermessungsingenieure gelang es Wick, die Grenzen des

412

Anwesens neu zu ziehen, sodass ihr altes Herrenhaus darin einbezogen war.

So bekam er zu guter Letzt seine Eisenbahn und sie behielt ihren Zufluchtsort. Auch ihre Pächter waren von dem nicht sehr aufwendigen Umzug begeistert gewesen. Und auf der anderen Seite war das Gras tatsächlich grüner: Laut Ellerby und den anderen zufriedenen Bauern war das neue Land äußerst fruchtbar und ertragreich.

„*Ich* fühle mich dabei nicht wohl", sagte Beatrice. „Das gehört sich nicht, Darling."

„Soll ich dir zeigen, was wirklich schlechtes Benehmen ist?" Er schlüpfte aus seinem Domino und deutete auf die prominente Ausbeulung in seiner Hose. „Wenn ich noch härter werde, platzt eine Naht, und dann haben wir einen echten Skandal am Hals."

Sie lachte atemlos. „In diesem Zustand warst du doch nicht den ganzen Abend über, oder?"

„Doch. Und zwar von dem Moment an, als ich dich die Treppe herunterkommen sah", erwiderte er ernst.

Beatrice hatte ihr Kostüm bis zur letzten Minute vor ihm geheim gehalten. Als sie kurz vor dem Eintreffen der Gäste die Stufen herunterschwebte, stockte ihm der Atem: Sie hatte sich als Gemeiner Bläuling verkleidet ... Jedoch wirkte nichts an ihr gewöhnlich. Ihr schillerndes, veilchenblaues Seidenkleid, an dessen Hinterseite hauchdünne, silberblaue Flügel befestigt waren, schmiegte sich anmutig an ihre anbetungswürdige Figur. Dazu trug sie den Schmuck, den er ihr geschenkt hatte: Die Schmetterlingsbrosche glitzerte an ihrem Mieder und ihr Verlobungsring, ein lavendelfarbener, von Diamanten umschlossener Saphir, funkelte an ihrem Finger.

Auf eine Maske hatte sie verzichtet.

Stattdessen war ihr Gesicht in einem exotischen Muster aus Blau, Lila, Rosa und Silber geschminkt. Sie hatte ihre Narbe in die Farbverläufe integriert, um ihre einzigartige Schönheit zu betonen. Als sie zu ihm herabgestiegen war, wie eine Göttin zu einem einfachen Sterblichen, wäre er vor Stolz beinahe geplatzt.

Und vor Erregung.

Er legte die Arme um ihre Taille und zog sie an sich. „Ich habe nie zuvor etwas Schöneres gesehen als dich, und ich will es bis zur Besinnungslosigkeit mit dir treiben."

„Mir geht es genauso", flüsterte sie mit glühendem Blick. „Dein Schreibtisch oder meiner?"

„Meiner. Er ist näher."

Sie lachte vergnügt, als er sie hochhob und auf der Tischoberfläche absetzte. Es war nicht das erste Mal, dass sie das Mobiliar zweckentfremdeten ... einer der Vorteile, wenn man sich das Arbeitszimmer mit seinem Ehepartner teilte. Er brachte sie in eine seiner Lieblingspositionen: rücklings auf seiner Schreibunterlage liegend, während er in seinem Stuhl saß. Ungeduldig schob er ihre Röcke hoch und begann, sie mit Lippen und Zunge zu befriedigen. Er liebte die Art, wie sie die Finger in seinem Haar vergrub und die Fußsohlen gegen seine Schultern presste, während sie sich ihrer Ekstase hingab.

Anschließend erhob er sich und drehte sie auf den Bauch. Während er mit einer Hand besitzergreifend ihren prallen Hintern knetete, befreite er mit der anderen seinen stahlharten Schwanz. Er positionierte seine geschwollene Eichel an ihrer Spalte und sah genüsslich dabei zu, wie sein Schaft zwischen ihren feuchten Schamlippen verschwand. Gott, es fühlte sich so verdammt gut an, auf diese Weise mit seiner Frau verbunden zu sein.

„Hör nicht auf", stöhnte sie, als er vollständig in sie hineingesunken war und in dieser Position verharrte.

„Du hast recht, mein Engel. Es ist unhöflich, unsere Gäste warten zu lassen, nicht wahr?"

Er zog sich zurück und stieß erneut in sie hinein. Ihre enge Pussy massierte seinen Schwanz mit jeder Bewegung seiner Hüften. Er nahm sie immer schneller und härter, bis seine Hoden bei jedem Stoß laut gegen ihre Scham klatschten. Sie wand sich unter ihm und hinterließ einen nassen Fleck auf der Lederunterlage, dessen Anblick ihn zweifellos jedes Mal hart machen würde.

Als er spürte, wie sich ein vertrauter Druck in ihm aufbaute, keuchte er: „Befriedige dich selbst, Liebling. Ich will, dass du für mich kommst und mich mit um die Beherrschung bringst."

Wimmernd gehorchte sie und schob eine Hand zwischen ihre Schenkel. Zu sehen, wie sie sich selbst fingerte, trieb ihn auf den Gipfel der Ekstase. Zum Glück war sie ebenfalls bereit: Mit einem Aufschrei gab sie sich erneut den Wellen der Verzückung hin. Ihre Scheidenmuskeln zogen sich rhythmisch um ihn zusammen, und er musste ein lautes Stöhnen unterdrücken, als er sich halb von Sinnen vor Lust in seine Geliebte ergoss.

Nachdem er wieder zu Atem gekommen war, säuberte er sie mit einem Taschentuch und half ihr dabei, ihr Kostüm zu richten. Da er sie noch nicht wieder zurück zu den anderen lassen wollte, schlang er die Arme um ihre Taille und genoss ihre Nähe.

„Wick?"

„Hmm?"

„Es gibt etwas, das ich dir sagen muss."

Sie klang ungewöhnlich nervös. Er lehnte sich ein wenig zurück, um ihr ins Gesicht sehen zu können. Und tatsächlich, da war ein Anflug von Besorgnis in ihren Augen. Da sie sich für gewöhnlich über alles austauschten, konnte er sich den Grund dafür denken.

„Machst du dir Sorgen um Fancy und Knighton?", fragte er.

Kurz bevor er und Beatrice mit Sondergenehmigung geheiratet hatten, waren Fancy und der Herzog in London aufgetaucht. Knighton hatte die reißerischen Artikel gelesen, in denen Beatrice für das Scheitern der GLNR-Pläne verantwortlich gemacht wurde, und die junge Miss Sheridan hatte darauf bestanden, ihrer besten Freundin zu Hilfe zu eilen. Glücklicherweise war bereits alles wieder in Ordnung, als sie in der Stadt eintrafen. Also hatte Fancy die Gelegenheit genutzt, um ihnen ihre eigenen schockierenden Neuigkeiten mitzuteilen.

Sie und Seine Gnaden hatten sich vermählt. Die Tochter des Kesselflickers war nun die Herzogin von Knighton. Nach dem, was Beatrice von ihrer Freundin erfahren hatte, war die Ehe aus der Not heraus geschlossen worden und brachte anfänglich so einige Hürden mit sich.

Bea nagte an ihrer Unterlippe. „Natürlich mache ich mir Sorgen um Fancy und werde sie zur Rede stellen, sobald sie und Knighton hier eintreffen. Aber das meinte ich nicht."

„Was ist es dann?"

„Wick, was hältst du von einer Erweiterung des Anwesens?"

„Aber wir haben doch gerade erst renoviert ..."

Er verstummte und riss die Augen auf, als ihn die Bedeutung ihrer Worte wie ein Hammer gegen den Schädel traf. Ausnahmsweise war er sprachlos. Er versuchte, eine Antwort zu formulieren, doch alles, was er sagen wollte, blieb ihm im Halse stecken.

Beatrice musterte ihn besorgt. „Ist alles in Ordnung?"

Alles, was er, der erfolgreichste Verhandlungsführer Londons, darauf erwidern konnte, war: „Bist du ... Sind wir ... *schwanger?*"

„Ja." Sie schenkte ihm ein schüchternes Lächeln. „Ich hoffe, du freust dich genauso sehr darüber wie ich."

„Oh, mein Engel." Er legte eine zitternde Hand an ihre Wange. „Ich bin mehr als *erfreut*. Du hast mir schon so viel gegeben ... Und jetzt schenkst du mir auch noch ein Kind!"

„Wenn ich es mir recht überlege", sagte sie mit einem neckischen Funkeln in den Augen, „werde ich den Großteil der Arbeit leisten, nicht wahr? Ich sollte auf jeden Fall ein paar Zugeständnisse dafür verlangen."

„Was immer dein Herz begehrt", flüsterte er ehrfürchtig.

„Aber meinen großen Traum hast du mir doch schon erfüllt."

„Dann eben alles, was dein Herz *sonst noch* begehrt."

Sie überlegte kurz und stellte sich dann auf die Zehenspitzen, um ihm etwas ins Ohr zu flüstern. Auf ihre freche Bitte hin lachte er auf. Und dann küsste er seine Frau, erfüllt von ewig währender Liebe und der Gewissheit, dass sie ihr Glück gefunden hatten.

DIE RÜCKKEHR DES HERZOGS

(c) Grace Callaway

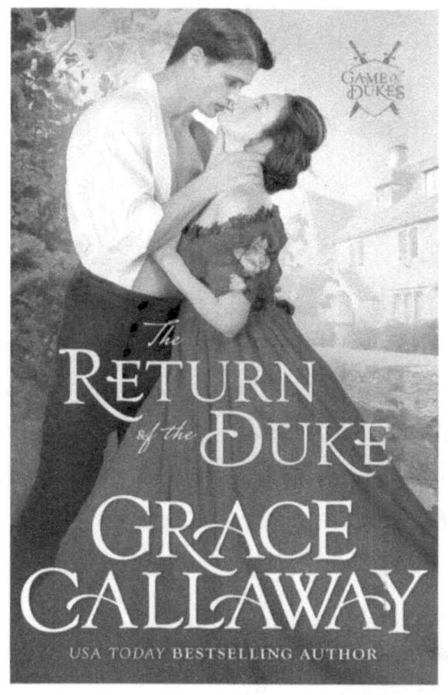

„Märchen trifft auf Eliza Doolittle! Grace Callaway hat sich das Beste bis zum Schluss aufgehoben. Diese

Liebesgeschichte war heiß, leidenschaftlich und voller Herz." – Stacy, *Goodreads*

Sie wollte das Einzige, was ihr Gemahl ihr nicht zu geben vermochte: sein Herz.

Als das Schicksal Fancy Sheridan, die Tochter eines einfachen Kesselflickers, in die Arme von Severin Knight, dem Herzog von Knighton, treibt, ist keiner der beiden auf die Konsequenzen vorbereitet. Fancy, die immer von einer leidenschaftlichen Märchenliebe geträumt hat, ist plötzlich mit einem stoischen Adeligen verheiratet, dessen Herz einer anderen gehört. Knighton, der eigentlich eine hochgeborene Gemahlin braucht, die seine unehelichen Halbgeschwister in die feine Gesellschaft einführen soll, musste stattdessen eine Frau ehelichen, die nichts von der Hautevolee weiß und sich noch weniger um ihre Regeln schert.

Ihre Vernunftehe wird durch die Anziehung, die zwischen ihnen brodelt, noch komplizierter. Tagsüber arbeitet Fancy daran, sich in eine anständige Dame zu verwandeln, nachts jedoch verdreht ihr einflussreicher Herzog ihr völlig den Kopf. Knighton wiederum ist fasziniert von seiner mutigen und einfallsreichen Herzogin, deren Zärtlichkeit seine tiefsten Sehnsüchte weckt und ihn langsam dazu zwingt, sich der Wahrheit in seinem eigenen Herzen zu stellen.

Während sich die Leidenschaft zwischen den Knightons ins Unermessliche steigert, drohen gefährliche Geheimnisse aus der Vergangenheit ihr junges Glück zu zerstören. Um zu überleben, müssen Fancy und Severin ihre Herzen entblößen und ihre dunkelsten Dämonen besiegen. Werden sie alles riskieren, um ihr Happy End zu finden?

Anmerkung der Autorin

Die Rolle, die Kohle im viktorianischen England spielte, kann gar nicht hoch genug eingeschätzt werden. Kohle bestimmte nicht nur das tägliche Leben der Menschen, sondern auch die technischen Fortschritte der Epoche, von dampfbetriebenen Lokomotiven und Schiffen bis hin zu weitläufigen Manufakturen. Tatsächlich war Großbritannien im 19. Jahrhundert der größte Kohlelieferant der Welt, mit einer jährlichen Produktion von über 60 Millionen Tonnen im Jahr 1854[1].

In Die Sühne des Herzogs beziehe ich mich auf den Prototyp eines „coal drop", ein Lager, über das ein Zug hinwegfährt und die mitgeführte Kohle über eine Öffnung im Boden des Waggons entlädt. Als Vorbild für diese Konstruktion diente ein Lagerhaus, das noch heute in London existiert (auch wenn es inzwischen zu einem Einkaufszentrum umfunktioniert wurde). Ich muss gestehen, dass ich mir eine gewisse künstlerische Freiheit erlaubt habe: Das Kohlelager in London wurde erst 1850 gebaut, ein Jahrzehnt nach der Geschichte von Wick und Bea, aber ich dachte mir, dass die Idee für einen Prototyp schon vorher existiert haben könnte ... und die fiktive Symbolik war einfach zu verlockend, um ihr zu widerstehen.

1 *Special Report of the Commissioner of Labor, Volume 12: Coal Mine Labor in Europe.* (1905). Washington: United States, Bureau of Labor.

Danksagungen

Die Sühne des Herzogs wurde während Stromausfällen, Waldbränden und Stürmen geschrieben, während Schreibwerkstätten, wöchentlichen Sitzungen im Coffeeshop mit meinen besten Freundinnen und in den frühen Morgenstunden in meinem speziell für mich errichteten Gartenhäuschen. Es wurde trotz Krankheit, Schulausfällen und anderer Überraschungen des Lebens verfasst. Mit anderen Worten: Ich habe diese Geschichte geschrieben, weil sie erzählt werden musste.

Schreiben ist meine Leidenschaft – auch wenn ich mir dabei manchmal die Haare ausreißen möchte –, und ich betrachte es als das größte Privileg, diese Freude mit Ihnen, liebe LeserInnen, teilen zu können. Danke, dass Sie mich auf dieser Reise begleiten. Ihre Unterstützung bedeutet mir alles.

An meine SchriftstellerkollegInnen: Ohne euch würde diese Reise nur halb so viel Spaß machen. Danke für eure Freundschaft, Inspirationen, Ratschläge und das Lachen. Ich bewundere eure Brillanz und Großzügigkeit.

Danke an meine Lektorin, die meine Charaktere genauso liebt wie ich und mir hilft, sie ins beste Licht zu rücken.

Und an meine Familie ... Wir haben ein weiteres Buch überstanden! Danke für eure Geduld, Unterstützung und Liebe.

Über die Autorin

Die internationale *USA-Today*-Bestsellerautorin Grace Callaway schreibt heiße, herzerwärmende, historische Liebesromane voller Spannung und Abenteuer. Ihr Debütroman schaffte es unter die Finalisten der Romance Writers of America®, Golden Heart® sowie auf Platz eins der National Regency Bestseller, und ihre weiterführenden Romane führen regelmäßig die nationalen und internationalen Bestsellerlisten an. Aktuell ist sie Gewinnerin des Daphne du Maurier Award for Excellence in Mystery and Suspense, des Maggie Award for Excellence in Historical Romance, des National Excellence in Romance Fiction Award, des Golden Leaf sowie des Passionate Plume Award. Sie hat einen Doktorabschluss in klinischer Psychologie von der University of Michigan und lebt mit ihrer Familie und ihrem Adoptivhund in einem Tal nahe dem Meer. In ihrer Freizeit liebt sie es zu tanzen, in gemütlichen Restaurants zu essen und mit ihrem Sohn Abenteuer zu erleben, die auf dessen sonderpädagogische Bedürfnisse angepasst sind.

Erfahren Sie mehr über Grace:
Deutscher Newsletter:
https://gracecallaway.com/deutschernewsletter
Website: www.gracecallaway.com

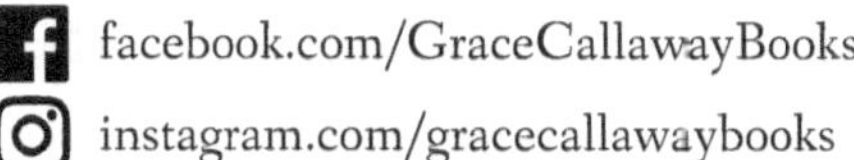

facebook.com/GraceCallawayBooks

instagram.com/gracecallawaybooks

9 781960 956217